U0098297

三六六・日日賞讀
古典詩詞經典名作

唐至清代

夏玉露・編注

目次

（*編號與頁碼相同。）

唐

五代十國

目次

目次

北南宋之交

南宋

目次

清

編輯說明

- **選　　取**　選取上，難免會有主觀成分，較少選入軍事邊塞、詠史懷古等類的詩詞。為兼顧拓展讀者的詩詞視野之目的，大眾耳熟能詳、幾乎人人都可琅琅上口的絕句也較少選入。

- **排　　序**　本書介紹之詩詞順序，係以朝代為先，再按作者的出生年排序，出生年不詳的作者之作品，則排在該朝代的最後面。但同一作者的詩詞排序，並非依創作順序排列。

- **詩詞版本**　古典詩詞流傳久遠，部分用字會有兩、三種版本；在字意注釋上，各家亦有不同看法。因考據訓詁非本書用意，僅擇一解釋。

- **注　　釋**　力求簡要精準。為了避免注釋編號影響賞讀，詩詞裡不加注釋編號，而是在注釋處註明詞彙所在行列，供讀者對照閱讀。此外，為了方便讀者閱讀，不需前後翻查注釋，每首詩詞皆附有完整注釋，因此相同詞語的注釋會重複出現。不過，相同詞語在不同詩詞中所用之意不見得相同，敬請注意。

- **賞讀譯文**　以字面解讀為主，力求逐字翻譯，在顧及語意完整性之外，皆不多添加其他字詞。不談言外之意及背景故事，亦不做過多揣測。因詩詞的曖昧性，各家解讀多有差異，字面解讀亦難完全精準，僅供讀者參考。關於詩詞中是否有延伸意涵，敬請各位讀者發揮想像力與感受力來解讀及詮釋。

以上種種，尚祈讀者見諒。

1 送杜少府之任蜀州

王勃

城闕輔三秦，風煙望五津。
與君離別意，同是宦遊人。
海內存知己，天涯若比鄰。
無為在歧路，兒女共沾巾。

賞讀譯文

三秦之地護衛著長安城，在風塵煙霧中望向蜀州的渡口。與你分離讓我滿懷惆悵，因為我們都是在外地做官的人。在天下若是有彼此了解的好朋友，那麼即使遠在天涯，也彷彿比鄰而居。我們不必在分手的岔路口，像小兒女那樣哭得淚溼手巾。

王勃（約650～676年）

字子安。與楊炯、盧照鄰、駱賓王並稱為「初唐四傑」。自幼聰敏好學，十六歲應試及第後，曾任朝散郎、沛王府修撰，後因作《檄英王雞文》而被逐出府，遊覽巴蜀等地三年。返回長安後，求補得虢州參軍，因私殺官奴再次被貶。最後，在探父返途中不幸溺水，驚悸而死。

題旨：送別友人

注釋

題－**少府**：官名，縣尉的別稱。／**之**：前往。／**蜀州**：在今四川省。

一行－**城闕**：城樓，指唐代京都長安城。／**輔**：護衛。／**三秦**：指長安（今西安市）附近的關中地區，在今陝西省。秦朝末年時，項羽將此區分封給三個秦國的降將。／**風煙**：風塵煙霧。／**五津**：指蜀州岷江的五個渡口，泛指蜀州。

二行－**宦遊**：到外地做官。

三行－**海內**：天下，四海之內。古人認為國土四面環海，稱國境為四海之內。

四行－**無為**：不必。／**歧路**：岔路，或指分手之處。

2 望月懷遠

海上生明月，天涯共此時。
情人怨遙夜，竟夕起相思。
滅燭憐光滿，披衣覺露滋。
不堪盈手贈，還寢夢佳期。

張九齡

題旨：賞月懷友

張九齡（673～740）字子壽，韶州曲江人。官至右丞相，後被貶。人稱曲江公。

一注釋一

題—**懷遠**，懷念遠方的親人。

二行—**情人**：有情人。／**遙夜**：長夜。／**竟夕**：整夜。

三行—**滅燭憐光滿**：化用自南北朝謝靈運〈怨曉月賦〉的「滅華燭兮弄曉月」。／**憐**：愛。／**光**：月光。／**滋**：繁多。

四行—**不堪**：無法。／**盈手**：握滿手中。化用自西晉陸機的〈明月何皎皎〉：「照之有餘輝，攬之不盈手。」／**佳期**：指與佳人相約會，亦泛指歡聚之期。

賞讀譯文

海上升起一輪明月，分隔在天涯兩端的我們共享著這一刻。有情人總是怨恨漫漫長夜，因為一整夜都會生起相思之情。我吹滅燭火，憐愛這滿屋的月光；而後披衣起身，感受到露水滋生繁多。我無法將這月光捧在手中送給你，只希望入睡後能夢見我們歡聚的情景。

3 早寒江上有懷

孟浩然

木落雁南渡，北風江上寒。
我家襄水曲，遙隔楚雲端。
鄉淚客中盡，孤帆天際看。
迷津欲有問，平海夕漫漫。

孟浩然（689～740）
襄陽人，世稱孟襄陽。曾隱居，也曾遊歷各地。四十歲時應進士不第，曾短暫擔任張九齡的幕僚。終生為布衣，無正式官職。

題旨：懷鄉思歸

—注釋—

一行—化用自南北朝鮑照的〈登黃鶴磯〉：「木落江渡寒，雁還風送秋。」

二行—**襄水曲**：漢水流經襄陽的河灣處。／**楚**：指楚地，為春秋戰國時期楚國所在的長江中下游一帶。

四行—**迷津**：迷失泊船的渡口。／**平海**：指長江下游出海口。／化用自《論語．微子》，孔子和子路向隱士長沮、桀溺詢問渡口的典故。

賞讀譯文

樹葉凋落，大雁南飛，陣陣北風吹得江上一片寒意。我家就在襄水彎，在遙遠楚地天空的那端。我的思鄉淚已在作客他鄉的這段期間流盡了，獨自乘坐孤帆遙望天際。迷失泊船渡口的我，想找人詢問，卻只看到夕陽下漫無邊際的江水出海口。

4 秋登蘭山寄張五

孟浩然

北山白雲裏，隱者自怡悅。
相望試登高，心隨雁飛滅。
愁因薄暮起，興是清秋發。
時見歸村人，沙行渡頭歇。
天邊樹若薺，江畔洲如月。
何當載酒來，共醉重陽節。

題旨：秋景懷友

【注釋】

題—**蘭山**：另有版本為「萬山」。

一行—**北山**：指張五隱居的山。／**隱者**：指張五。／化用自晉代陶弘景的〈詔問山中何所有賦詩以答〉：「山中何所有？嶺上多白雲。只可自怡悅，不堪持贈君。」

二行—**試**：另有版本為「始」。／**心**：思念之情。／**飛滅**：飛到遠方消逝了。

三行—**薄暮**：傍晚。／**興**：情致、趣味。／**清秋**：明淨爽朗的秋日。

五行—**薺**：薺菜。／化用自隋代薛道衡的〈敬酬楊僕射山齋獨坐〉：「遙望樹若薺，遠水舟如葉。」

六行—**何當**：何妨。／**重陽節**：自魏晉之後，人們習慣在九月九日重陽節登高遊宴。

賞讀譯文

隱者張五就住在北山上白雲籠罩之境，自得其樂地生活著。
我試著登高遙望北山，思念之情隨著大雁逐漸飛遠。
愁緒總是隨著傍晚的到來而起，興致則總是在清爽的秋日裡生發。
我時常看到正要回村子的人們，走過沙灘在渡口歇息。
天邊的樹看來如薺菜那般嬌小，江畔的沙洲則彎曲如新月。
你何不載酒過來，讓我們一起在重陽節暢飲至醉。

5 夏日南亭懷辛大

孟浩然

山光忽西落，池月漸東上。
散髮乘夜涼，開軒臥閑敞。
荷風送香氣，竹露滴清響。
欲取鳴琴彈，恨無知音賞。
感此懷故人，中宵勞夢想。

題旨：夏景懷友

注釋

一行—**山光**：山上的日光。
二行—**軒**：窗戶。／**閑敞**：悠適寬敞。閑，通「閒」。
四行—**恨**：遺憾、悔恨。
五行—**故人**：老友。／**中宵**：深夜。／**勞**：苦於。／**夢想**：在夢中想念。

賞讀譯文

山上的日光突然落下西邊，池上的月亮逐漸東升。我披散頭髮地享受傍晚的涼爽，打開窗戶，躺在悠適寬敞的地方。吹過荷花的風送來香氣，從竹葉滴落而下的露水發出清響。我想取出琴來彈唱一曲，卻遺憾沒有知音能聆賞。有感於此，讓我懷念起老友，甚至深夜時還疲於在夢中想念他。

6 宿業師山房待丁大不至

孟浩然

夕陽度西嶺，群壑倏已暝。
松月生夜涼，風泉滿清聽。
樵人歸欲盡，煙鳥棲初定。
之子期宿來，孤琴候蘿徑。

題旨：待友人不至

一注釋一

題一**業師**：法名「業」的僧人。「師」是對僧人的尊稱。／**山房**：僧舍。／**丁大**：丁鳳，為孟浩然的同鄉詩友。

一行一**壑**：山谷。／**倏**：忽然。／**暝**：昏暗。

三行一**煙鳥**：煙霧中的鳥。

四行一**之子**：此人，指丁大。／**期**：約定。／**蘿**：青蘿。

賞讀譯文

夕陽落下西嶺，山谷在轉瞬間變得昏暗。

月亮懸掛在松樹上，讓人感受到夜的沁涼，風聲挾帶泉水流動聲，滿耳都是清脆嘹亮的聲音。

樵夫幾乎都回家了，煙霧中的鳥兒也都在樹上棲息。

我與這個人約定好要來此處住宿，便帶著一把琴在長滿青蘿的小徑上等候。

⑦ 清明日宴梅道士房

孟浩然

林臥愁春盡，搴帷覽物華。
忽逢青鳥使，邀入赤松家。
金灶初開火，仙桃正落花。
童顏若可駐，何惜醉流霞。

題旨：赴宴情景

【注釋】

題【清明日：清明節。／宴梅道士山房：應梅道士之邀到山房赴宴。／山房：道士的房舍。

一行【搴帷：掀開簾帳，另有版本為「開軒」。（搴，音同「牽」。）

二行【青鳥使：傳說中，青鳥為西王母（王母娘娘）傳遞音訊的使者。此處指梅道士的使者。／赤松：赤松子，神仙名，載於晉代干寶搜集撰寫的《搜神記》中。此處指梅道士。

三行【金灶：道家煉丹的爐灶。／仙桃：傳說中西王母所種之桃。

四行【惜：捨不得。／流霞：仙酒名。

賞讀譯文

我坐在林間，為春天將盡而發愁，也掀開簾帳，欣賞景物風華。忽然間，我收到梅道士的使者帶來的訊息，邀我到他的山房作客。煉丹的爐灶剛剛起火，仙桃的花正片片凋落。如果童顏能夠永駐的話，何必捨不得暢飲流霞仙酒至醉。

8 江南旅情

祖詠

楚山不可極，歸路但蕭條。
海色晴看雨，江聲夜聽潮。
劍留南斗近，書寄北風遙。
為報空潭橘，無媒寄洛橋。

祖詠（約 699～746）登進士第後未授官，以漁樵自終。與王維交誼頗深。

題旨：夜景抒懷

注釋

一行 **楚山**：楚地之山。楚地為春秋戰國時期楚國所在的長江中下游一帶。／**極**：盡頭。

三行 **南斗**：星名，即斗宿，有六顆星。因坐落的天空位置在春秋時代為吳地（今江蘇）上空，而成為吳地的代稱。

四行 **空潭橘**：當地的特產名。／**媒**：指傳送物品之人。／**洛橋**：洛陽的洛橋，代指洛陽。

賞讀譯文

楚地之山綿延不絕，一望無盡頭；返鄉的歸路如此寂寥冷清。

從晴天的海色可以知道將要下雨，從夜裡的江聲可以知道大潮來了。

此處離傳說埋有寶劍的吳地很近；若要託付北風寄回家書，路途卻十分遙遠。

我想要將在地名產空潭橘寄回洛陽，卻沒有人可以幫忙傳送。

9 山居秋暝

王維

空山新雨後，天氣晚來秋。
明月松間照，清泉石上流。
竹喧歸浣女，蓮動下漁舟。
隨意春芳歇，王孫自可留。

題旨：秋日夜景

王維（約701～761）字摩詰，號摩詰居士。登進士第後，曾任右拾遺、監察御史、河西節度使、尚書右丞等職。曾被安祿山俘虜任官，著詩〈凝碧〉明志。晚期過著半官半隱的生活，先後隱居終南山和輞川等地。精通詩、書、畫、音樂等，有「詩佛」之稱。與孟浩然合稱「王孟」。

注釋

題—**暝**：天黑。
一行—**新雨**：剛下的雨。
三行—**浣女**：浣紗女。
四行—**隨意**：任由。／**春芳**：春天的花草。／**歇**：凋謝。／**王孫**：通常指貴族子孫，或尊稱一般年輕男子，此處則是隱居者之意，化用自《楚辭．招隱士》的「王孫兮歸來，山中兮不可以久留。」代指詩人自己。

賞讀譯文

空曠的山裡剛下過雨，在入夜後更感受到秋的涼意。
明月照耀在松林間，清澈的泉水流過石灘。
竹林間傳來浣紗女返家的喧笑聲，蓮花隨著行經的漁舟搖動。
任由春季的花草凋謝，秋日的夜景也值得我留戀。

10 終南山

王維

太乙近天都，連山到海隅。
白雲迴望合，青靄入看無。
分野中峰變，陰晴眾壑殊。
欲投人處宿，隔水問樵夫。

題旨：詠山景

注釋

題─**終南山**：秦嶺，西起甘肅省，東到河南省，主體在陝西省。

一行─**太乙**：太白山，秦嶺的最高峰。／**天都**：天帝之都，指長安。／**海隅**：海邊。

二行─**迴望**：回頭望。／**青靄**：紫色的雲氣。

三行─**分野**：古人以天上二十八星宿的分布，來劃分州郡的區域，稱為分野。／**中峰**：即主峰太白山。／**陰晴**：指天氣陰晴，或指向陽、背陽。

四行─**人處**：有人居處的地方。

賞讀譯文

太白山鄰近天帝之都長安，連綿的山脈幾乎快到海邊。周圍的雲海白茫茫連成一片，但一走進紫色雲氣裡卻又看不到雲的存在。天上的星宿是以廣大終南山的主峰為分界線，無論是陰是晴，每座山谷各有不同的風情。我想找個有人居住的地方投宿，便隔著溪水詢問對岸的樵夫。

11 終南別業

王維

中歲頗好道，晚家南山陲。
興來每獨往，勝事空自知。
行到水窮處，坐看雲起時。
偶然值林叟，談笑無還期。

題旨：生活抒懷

【注釋】

題【**終南**：終南山。／**別業**：別墅。

一行【**中歲**：中年。／**道**：指佛理。／**晚**：晚年。／**南山**：終南山。／**陲**：邊。

二行【**勝事**：美好快樂的事。

三行【**水窮處**：水源的盡頭。

四行【**值**：遇見。／**林叟**：山林裡的老人。

賞讀譯文

我從中年開始便頗好佛理，晚年就住在終南山邊。只要興致一來，我就獨自前往，其中的美好及快樂只有我自己知道。來到水源的盡頭，坐著看雲霧湧起。偶然遇到山林裡的老人，就暢快談笑，沒有預設回家的時間。

12 輞川閒居贈裴秀才迪

王維

寒山轉蒼翠，秋水日潺湲。
倚杖柴門外，臨風聽暮蟬。
渡頭餘落日，墟里上孤煙。
復值接輿醉，狂歌五柳前。

題旨：秋景抒懷

一注釋一

題—**輞川**：水名，在終南山下。／**裴迪**：王維的好友。
一行—**潺湲**：水緩慢流動。
三行—**墟里**：村落。
四行—**接輿**：春秋時期的楚國隱士陸通，耕作而活，常裝瘋作傻，拒不出仕，也曾在孔子面前高歌嘲諷，人稱「楚狂」。在此指裴迪。／**五柳**：晉代陶淵明自稱「五柳先生」，在此指王維自己。

賞讀譯文

寂靜的山逐漸轉為蒼翠，秋水日復一日地緩慢流動。
我倚著拐杖站在柴門外，迎著風聽黃昏時分的蟬叫聲。
渡頭那兒，還留有落日餘輝，村落裡開始升上縷縷炊煙。
再度遇到像接輿那般酒醉的你，在如五柳先生般淡泊自在的我面前，狂放地高歌。

13 積雨輞川莊作

王維

積雨空林煙火遲，蒸藜炊黍餉東菑。
漠漠水田飛白鷺，陰陰夏木囀黃鸝。
山中習靜觀朝槿，松下清齋折露葵。
野老與人爭席罷，海鷗何事更相疑。

題旨：生活抒懷

—注釋—

一行—**積雨**：久雨未晴。／**空林**：空疏的樹林。／**遲**：緩、慢。／**藜**：一種草本植物，嫩葉可食。／**黍**：一種穀物，俗稱「黃米」。／**餉**：送飯。／**菑**：田野。

二行—**漠漠**：密布羅列的樣子。／**陰陰**：樹木枝葉蔽覆的樣子。／**黃鸝**：黃鶯。

三行—**習靜**：靜修。／**朝槿**：木槿，皆為早上開花，傍晚凋謝。／**齋**：素食。／**葵菜**：又名冬葵、冬莧菜、滑菜，屬錦葵科植物。

四行—**野老**：指王維。／**海鷗何事更相疑**：《列子・黃帝》中，描述有海鷗懷疑一位舊識有心機而不再飛下來玩。

賞讀譯文

在下了很久的雨之後，空疏的樹林裡緩緩地升起炊煙，人們蒸藜葉、炊黃米飯，送飯到東邊的田野裡。

白鷺飛過羅列密布的水田上方，黃鸝在夏日枝葉茂密的林間啼叫。

我在山中靜修，時常欣賞早晨開花的木槿，偶爾採下帶著露水的葵菜，在松樹下吃清淡的素食。

我這個歸野的老人已經罷官，不再與人爭席了，海歐為什麼要懷疑我有心機呢？

14 月下獨酌

李白

花間一壺酒，獨酌無相親。
舉杯邀明月，對影成三人。
月既不解飲，影徒隨我身。
暫伴月將影，行樂須及春。
我歌月徘徊，我舞影零亂。
醒時同交歡，醉後各分散。
永結無情遊，相期邈雲漢。

題旨：賞月抒懷

李白（701～762）
字太白，號青蓮居士，有詩仙、詩俠之稱，與杜甫合稱李杜。曾供奉翰林，後漫遊各地，安史之亂時欲報效國家，做了許多嘗試，卻未能如願。

注釋

一行—**相親**：親近的人。
四行—**將**：與，共。／**及**：趁著。
六行—**同交歡**：一同起歡樂。
七行—**無情**：忘卻世情。／**遊**：交遊、交往。／**邈**：遙遠。／**雲漢**：銀河。

賞讀譯文

我拿著一壺酒來到花叢間，獨自飲酒，沒有親近的人作伴。
我舉起酒杯邀明月，加上我的影子，彷彿有三人在一起。
明月不會飲酒，影子也只是緊隨著我的身體。
我暫且與明月和影子作伴，因為得趁著美好春日行樂才行。
我高歌時，明月在一旁徘徊，我跳舞時，影子也跟著零亂舞動。
清醒時一同歡樂，喝醉後就各自分散。
我與明月和影子結交為忘卻世情的朋友，相約在遙遠的銀河相會。

15 古朗月行

李白

小時不識月，呼作白玉盤。
又疑瑤臺鏡，飛在青雲端。
仙人垂兩足，桂樹作團團。
白兔擣藥成，問言與誰餐。
蟾蜍蝕圓影，大明夜已殘。
羿昔落九烏，天人清且安。
陰精此淪惑，去去不足觀。
憂來其如何，悽愴摧心肝。

題旨：詠月抒懷，有暗喻時政之意

一注釋一

題一**朗月行**：樂府舊題。

二行一**疑**：懷疑。／**瑤臺**：傳說中西王母居住的地方。／**青雲**：指天空。

三行一**團團**：圓圓的樣子。

五行一**圓影**：指月亮。／**大明**：指月亮。

六行一**羿**：后羿。／**九烏**：九個太陽。傳說太陽裡有三足烏，因此又稱「日烏」。／**天人**：天上人間。

七行一**陰精**：指月亮。《史記．天官書》有：「月者，天地之陰，金之精也。」／**淪惑**：沉淪迷惑。／**去去**：遠去。

八行一**悽愴**：悲痛。另有版本為「悽愴」。

賞讀譯文

小時候，我不認識月亮，便叫它是白玉做的盤子。我又懷疑它是西王母宮中的鏡子，飛在天空的另一端。弦月時，看到仙人垂下雙足；滿月時，才看到桂樹。月中的白兔搗好藥了，請問是要給誰吃的呢？傳說蟾蜍會吃月亮，才讓夜裡的月亮缺了一角。昔日，有后羿射下九個太陽，讓天上人間都清平安寧。如今，月亮已沉淪迷惑，應該趕快遠離，不必再觀看了。我的憂傷到了什麼程度呢？悲痛得摧折了心肝。

古意

李白

君為女蘿草，妾作兔絲花。
輕條不自引，為逐春風斜。
百丈托遠松，纏綿成一家。
誰言會面易，各在青山崖。
女蘿發馨香，兔絲斷人腸。
枝枝相糾結，葉葉竟飄揚。
生子不知根，因誰共芬芳。
中巢雙翡翠，上宿紫鴛鴦。
君識二草心，海潮亦可量。

題旨：閨怨

—注釋—

一行—**女蘿**：松蘿，附著於其他植物上的地衣類植物。／**兔絲**：菟絲，一種攀附在其他植物上的寄生植物。
三行—**托**：依靠。
五行—**斷腸**：比喻極度悲傷。
六行—**竟**：全、整。
七行—**因誰**：與誰。
八行—**翡翠**：鳥名。
九行—**二草**：指女蘿和兔絲。

賞讀譯文

夫君是女蘿草，妻妾則是菟絲花。這兩種植物的輕柔枝條都不能自立延展，總是隨著春風而搖動。女蘿草依附在遠方的百丈高松上，纏綿成一家人。誰說兩者見面容易呢？其實各自待在青山崖的一端。女蘿草發散出美麗馨香，而失去依附的菟絲花早已悲傷枯萎。女蘿草與松樹的枝幹互相糾結，綠葉全部隨風飄揚。菟絲花雖生子，卻不知道自己的根在哪裡，能與誰共發芬芳。松樹裡有一對翡翠鳥的巢，上方還棲宿著紫鴛鴦。夫君如果能了解女蘿草和菟絲花的結合有多不容易，那麼海水就可以計量了。

17 把酒問月

李白

青天有月來幾時，我今停杯一問之。
人攀明月不可得，月行卻與人相隨。
皎如飛鏡臨丹闕，綠煙滅盡清暉發。
但見宵從海上來，寧知曉向雲間沒。
白兔搗藥秋復春，姮娥孤棲與誰鄰。
今人不見古時月，今月曾經照古人。
古人今人若流水，共看明月皆如此。
唯願當歌對酒時，月光長照金罇裏。

題旨：詠月抒懷

一注釋一

三行一**丹闕**：朱紅色的宮殿。／**綠煙**：指遮蔽月光的雲霧。／**滅盡**：消除。另有版本為「滅後」。／**清暉**：清朗的光輝。

四行一**宵**：夜晚。／**寧知**：怎知。／**曉**：早晨。

五行一**姮娥**：嫦娥。

八行一**當歌對酒**：化用自魏朝曹操的〈短歌行〉：「對酒當歌，人生幾何？」／**金罇**：精美的酒杯。

賞讀譯文

天空裡從什麼時候開始有月亮的？我現在放下酒杯來問問看。人類無法攀上明月，明月卻時常跟隨著人。皎潔的月光就像飛上天的明鏡，照著朱紅色宮殿；一旦遮蔽月光的雲霧散去後，就發出清朗的光輝。只見明月在入夜後從海上升起，怎知它一到早晨就隱入雲間。白兔從秋到春日復一日地搗藥，獨居的嫦娥有誰與她為鄰作伴呢？今人看不到古時的月亮，但今天的月亮卻曾照耀在古人身上。古人和今人猶如流水般逝去，而共同觀看的月亮都始終不變。只希望我在飲酒高歌時，月光能長照在我的美麗酒杯裡。

18 宣州謝朓樓餞別校書叔雲

李白

棄我去者昨日之日不可留，
亂我心者今日之日多煩憂。
長風萬里送秋雁，對此可以酣高樓。
蓬萊文章建安骨，中間小謝又清發。
俱懷逸興壯思飛，欲上青天覽明月。
抽刀斷水水更流，舉杯消愁愁更愁。
人生在世不稱意，明朝散髮弄扁舟。

題旨：送別親友

注釋

題－**謝朓樓**：南齊詩人謝朓任宣城太守時所建。／**校書**：秘書省校書郎。／**叔雲**：李白的族叔李雲，又名華，當代散文家。

三行－**長風**：遠風，大風。／**此**：指上句的景色。／**酣**：暢飲。／**高樓**：指謝朓樓。

四行－**蓬萊**：原指海中神山，仙府藏祕笈之處。東漢時，指國家藏書處東觀。／**建安骨**：指剛健遒勁的詩文風格。建安為東漢末期獻帝的年號，當時三曹和七子等作家的文風皆如此。／**小謝**：指謝朓。大謝則為謝靈運。／**清發**：指清新俊逸。

五行－**俱懷**：都懷有。／**逸興**：超脫世俗的意興。／**壯思**：雄心壯志。／**覽**：通「攬」，摘取。

六行－**稱意**：稱心如意。／**明朝**：明天。／**散髮**：棄冠披髮。

賞讀譯文

棄我而去的昨日種種，已經不可挽留；擾亂我心的今日種種，多令人煩憂。長風吹行萬里送走了秋雁，我們在高樓上對著這片景致，可以盡情暢飲。我想起東漢朝的文章、建安年代的剛健詩文風骨，還有謝朓詩作的清新俊逸。我們都懷有超脫世俗的意興，雄心壯志飛騰，想要飛上青天摘取明月。抽刀斬斷水，只會讓水流更洶湧；舉杯喝酒想要消去心中的愁，卻是愁上加愁。人生在世無法稱心如意，明天就棄冠散髮，乘著扁舟四處漂泊吧。

19 送友人

李白

青山橫北郭，白水遶東城。
此地一為別，孤蓬萬里征。
浮雲遊子意，落日故人情。
揮手自茲去，蕭蕭班馬鳴。

題旨：送別友人…

一注釋一

一行—**郭**：外城。
二行—**為別**：作別。／**蓬**：菊科飛蓬屬，多年生草本植物。／**征**：遠行。
三行—**故人**：老友。
四行—**自茲**：從此。／**班馬**：離群的馬。／**蕭蕭**：形容馬鳴聲。

賞讀譯文

青山橫在外城的北方，白水流過東城。我們就在這裡分別，像孤單的蓬草遠行至萬里之外。遊子的心境如浮雲般飄流不定，而老友的別情如落日般難以挽留。我們揮揮手從此離去，離群的馬也發出蕭蕭的嘶鳴聲。

20 清平調 三首

李白

・其一

雲想衣裳花想容，春風拂檻露華濃。
若非群玉山頭見，會向瑤臺月下逢。

・其二

一枝紅豔露凝香，雲雨巫山枉斷腸。
借問漢宮誰得似，可憐飛燕倚新妝。

・其三

名花傾國兩相歡，長得君王帶笑看。
解釋春風無限恨，沉香亭北倚闌干。

題旨：藉牡丹花詠楊貴妃

注釋

題─**清平調**：一種曲調。

一之一行─**檻**：欄杆。／**露**：露水。／**華濃**：花朵濃麗。

一之二行─**群玉**：神話中的仙山山名。／**會**：應當。／**瑤臺**：西王母的居處。

二之一行─**紅豔**：紅豔的牡丹。／**雲雨巫山**：戰國時代宋玉的〈高唐賦序〉提到，巫山神女「旦為朝雲，暮為行雨」，曾與楚王歡會。／**枉**：徒然、白費。／**斷腸**：比喻極度悲傷。

二之二行─**可憐**：可愛。／**飛燕**：西漢美女趙飛燕。／**倚**：依靠。

三之一行─**名花**：牡丹花。／**傾國**：指美女，即楊貴妃。出自西漢李延年〈佳人歌〉：「北方有佳人，絕世而獨立。一顧傾人城，再顧傾人國。」／**長**：常。

三之二行─**解釋**：消釋。／**春風**：指唐玄宗。／**沉香亭**：沉香木所築的亭子。／**闌干**：欄杆。

賞讀譯文

（其一）雲彩想成為妃子的衣裳，牡丹花想擁有妃子的容貌，受寵的妃子就像受春風吹拂、露水滋潤的牡丹花那般美麗。如果不是在群玉仙山上看到，應該只有在仙境的月下才能相遇。

（其二）妃子就像一枝紅豔的、露水凝住香氣的牡丹花，就連朝為雲暮為雨的巫山神女也只能白白悲傷。請問漢宮裡有誰與妃子相似？就連可愛的趙飛燕也要依靠新妝才能比得上。

（其三）名花牡丹和絕世美女相伴，總讓人心生歡喜，時常讓君王帶著微笑看，消解了春風裡的無限愁恨，妃子倚著沉香亭北邊的欄杆。

21 登金陵鳳凰臺

李白

鳳凰臺上鳳凰遊，鳳去臺空江自流。
吳宮花草埋幽徑，晉代衣冠成古丘。
三山半落青天外，一水中分白鷺洲。
總為浮雲能蔽日，長安不見使人愁。

題旨：懷古抒情

—注釋—

題—**鳳凰臺**：在金陵鳳凰山上。

一行—**江**：長江。

二行—**吳宮**：三國時，孫吳曾在金陵建都築宮。／**晉代**：指東晉，也曾建都於金陵。／**衣冠**：士大夫的穿戴，代指官紳。／**古丘**：古墳。

三行—**三山**：山名，在南京長江岸邊。／**一水**：指長江。

四行—**浮雲**：比喻奸邪小人。／**日**：比喻賢良。／化用自西漢陸賈的《新語・辨惑》：「故邪臣之蔽賢，猶浮雲之障日月也。」／**長安**：代指朝廷和皇帝。

賞讀譯文

鳳凰臺上曾有鳳凰來這裡遊玩，如今，鳳凰離開，只剩空臺，長江的流水仍兀自奔流著。三國孫吳宮殿裡的花草已被掩埋在僻靜的小徑下，東晉的官紳也長眠在古墳裡了。被雲霧籠罩的三山似乎隱身在青天之外，長江被擋在中間的白鷺洲分成二條水流。都說如浮雲般的奸邪小人，會遮蔽如日光般普照天下的賢良；遲遲望不見長安，實在使人發愁。

22 菩薩蠻

平林漠漠煙如織

李白

平林漠漠煙如織，寒山一帶傷心碧。
暝色入高樓，有人樓上愁。
玉階空佇立，宿鳥歸飛急。
何處是歸程，長亭更短亭。

題旨：賞景抒懷

—注釋—

一行—**平林**：平原上的林木。／**漠漠**：密布羅列的樣子。／**寒山**：荒僻寂靜的山。／**傷心**：非常、萬分。

二行—**暝色**：夜色。

三行—**玉階**：玉砌的臺階。／**宿鳥**：歸巢棲息的鳥。

四行—**亭**：古代設在路邊的休憩亭舍，十里設一長亭，五里設一短亭。／**更**：連，接。

賞讀譯文

平原上樹林密布，煙霧瀰漫如織，荒僻的群山非常碧綠。
夜色襲入高樓，有人在樓上發愁。
我徒然地站在玉階上許久，只見鳥兒急忙地飛回巢中棲息。
哪裡才是我返鄉的路程呢？一路上得接連經過許多長亭和短亭。

23 黃鶴樓

崔顥

昔人已乘黃鶴去，此地空餘黃鶴樓。
黃鶴一去不復返，白雲千載空悠悠。
晴川歷歷漢陽樹，芳草萋萋鸚鵡洲。
日暮鄉關何處是，煙波江上使人愁。

題旨：弔古懷鄉

崔顥（約 704 ～ 754）
登進士第後，曾任太僕寺丞、司勳員外郎等職。詩名大，但事蹟流傳甚少。

一注釋一

題一**黃鶴樓**：古代名樓，在今湖北省武昌縣。
二行一**悠悠**：安閒暇適的樣子。
三行一**晴川**：陽光照耀下的江面。／**歷歷**：清楚可數。／**漢陽**：地名。／**萋萋**：草茂盛的樣子。／**鸚鵡洲**：地名，在湖北省武昌縣西南。
四行一**日暮**：傍晚、黃昏。／**鄉關**：故鄉家園。／**煙波**：煙霧瀰漫的水面。

賞讀譯文

昔日的仙人已經乘著黃鶴離去，這裡只剩下黃鶴樓。黃鶴一離開就不再回來，千年來白雲只是安閒暇適地飄浮著。晴天之下的河川清楚倒映著漢陽一帶的樹林，鸚鵡洲上長滿了茂盛的芳香青草。傍晚了，我的家鄉在哪個方向呢？這煙霧瀰漫的江景實在使人發愁。

24 尋南溪常山道人隱居

劉長卿

一路經行處，莓苔見履痕。
白雲依靜渚，春草閉閑門。
過雨看松色，隨山到水源。
溪花與禪意，相對亦忘言。

題旨：賞景寫意

劉長卿（約 709 ~ 786）
字文房。登進士第後，曾任監察御史、長洲縣尉、轉運使判官、隨州刺史等職，多次遭貶至華南一帶，亦曾因被人誣陷而入獄。

注釋

一行 **莓苔**：青苔。／**履痕**：腳印、足跡。
二行 **渚**：水中的小沙洲。／**閑**：柵欄、木欄。
四行 **忘言**：不藉言語而心領神會。

賞讀譯文

一路行經的地方，青苔上都看得見腳印。
白雲陪伴著幽靜的小沙洲，春草遮蔽了後方的柵門。
看著雨後的松樹光采，循著山勢來到水源地。
從溪花領悟到禪意，心神領會，不必多言。

25 餞別王十一南遊

劉長卿

望君煙水闊，揮手淚霑巾。
飛鳥沒何處，青山空向人。
長江一帆遠，落日五湖春。
誰見汀洲上，相思愁白蘋。

題旨：送別友人

一注釋一

題一**餞別**：設酒食送行。
一行一**煙水**：煙霧瀰漫的水面。／**霑**：沾濕。
二行一**飛鳥**：指遠行的人。／**沒**：隱沒、消失。／**向人**：對著人。
三行一**五湖**：太湖的別稱。
四行一**汀洲**：水中的沙洲。／**白蘋**：水中浮草，又名「水蘋」。夏末秋初開白色花。

賞讀譯文

看著你的小船行駛在煙霧瀰漫的廣闊江面上，我揮著手，淚水已沾濕手巾。那宛如飛鳥的遠行之人消失在何處？只剩青山空對著人。長長的江水上，孤帆漸行漸遠，落日下的太湖散發濃濃的春意。有誰看到我站在汀洲上，以滿懷相思的愁容對著白蘋呢？

26 旅夜書懷

細草微風岸，危檣獨夜舟。
星垂平野闊，月湧大江流。
名豈文章著，官應老病休。
飄飄何所似，天地一沙鷗。

杜甫

題旨：夜景抒懷

杜甫（712～770） 字子美，自稱少陵野老、杜陵野客，世稱詩聖。早年漫遊各地，後因進士不第而困居長安。安史之亂後，曾任左拾遺、華州司功參軍、檢校工部員外郎，最後棄官漂泊各地。

—注釋—

題—**書懷**：書寫心中思緒。

一行—**危檣**：高高的船桅杆。

二行—**月湧**：倒映在水面的月亮，隨著水流湧動。／**大江**：長江。

四行—**飄飄**：飄泊不定。

賞讀譯文

微風吹拂過細草密布的岸邊，高立著桅杆的小船在夜裡獨自停泊著。星星低垂，平坦的原野十分開闊，倒映在水面的月亮，則隨著長江的水流湧動著。我的名氣難道是因為文章而顯赫嗎？隨著逐漸年老病多，也應該從官位退休了。我四處飄泊的樣子像什麼呢？就像飛翔在天地間的一隻沙鷗吧。

27 贈衛八處士

杜甫

人生不相見，動如參與商。今夕復何夕，共此燈燭光。
少壯能幾時，鬢髮各已蒼。訪舊半為鬼，驚呼熱中腸。
焉知二十載，重上君子堂。昔別君未婚，兒女忽成行。
怡然敬父執，問我來何方。問答未及已，兒女羅酒漿。
夜雨剪春韭，新炊間黃粱。主稱會面難，一舉累十觴。
十觴亦不醉，感子故意長。明日隔山岳，世事兩茫茫。

題旨：訪友抒懷

一注釋一

題—**處士**：指隱居不仕的人。

一行—**動如**：動輒就像。／**參、商**：二十八星宿裡的星名。商星在東方，參星在西方，且出沒時間不同，永遠不會相見。／**今夕復何夕**：指今晚不同於尋常的夜晚。多為驚喜慶幸之意。

二行—**蒼**：斑白。／**熱中腸**：內心深感悲痛。

三行—**君子**：指衛八。

四行—**怡然**：和悅的樣子。／**未及已**：還沒說完。／**羅**：羅列。

五行—**新炊**：剛煮好的飯。／**間**：攙和。／**主**：主人。／**累**：接連。／**觴**：酒杯。

六行—**故意**：老朋友的情誼。／**茫茫**：不明的樣子。

賞讀譯文

人生在世，朋友之間動輒就像參星和商星那樣，難以相見。今晚是什麼樣的日子？我們竟然能共聚在這一盞燈燭光之下。

人的少壯年華能有多長呢？我們的鬢髮都已經斑白。探訪舊識，多半已身在鬼魂世界，讓人聲聲感嘆，心中悲痛不已。

哪能知道在二十年後，能夠重新來到你家的廳堂。當年分別時，你還沒結婚，如今已有了眾多子女。

他們和悅地向父執輩的我敬禮，問我來自何方。我還沒回答完，他們就忙著羅列酒水。

你冒著夜雨剪下春韭，剛煮好的飯裡攙和了黃粱。你說，要見面實在太難了，一舉杯就互敬了十杯酒。

你把十杯酒喝下肚，也絲毫沒有醉意，讓人感受到老朋友深長的情誼。明日之後，我們又要相隔千山萬水，未來的世事將會如何變化，真是讓人難以預料。

28 寄李儋元錫

韋應物

去年花裏逢君別，今日花開又一年。
世事茫茫難自料，春愁黯黯獨成眠。
身多疾病思田里，邑有流亡愧俸錢。
聞道欲來相問訊，西樓望月幾回圓。

韋應物（736～約 792）
長安人，家世顯赫，早年曾在宮中擔任「三衛郎」，豪放不羈；安史之亂後，發憤讀書，進士及第後，曾任滁州、江州、蘇州等地刺史。詩風與王維相近，擅長山水田園詩。

題旨：生活抒懷

一注釋一

題一**李儋**：字元錫，曾任殿中侍御史。
二行一**黯黯**：心情頹喪感傷。
三行一**田里**：田園鄉里。／**邑**：管轄的地區。／**流亡**：出外逃亡、逃荒的人。／**俸錢**：國家的俸祿。
四行一**聞道**：聽説。

賞讀譯文

去年在春花盛開時與你相逢又別離，過了一年來到如今，花又開了。世事曖昧不明，實在難以預料，我懷著春愁，心情頹喪地獨自入眠。多種疾病纏身，讓我想要回歸田園鄉里；我管轄的地區裡有流亡的百姓，也讓我覺得愧對國家的俸祿。聽説你要來探望我之後，我已經上西樓看了好幾回的月圓。

29 淮上喜會梁州故人

韋應物

江漢曾為客，相逢每醉還。
浮雲一別後，流水十年間。
歡笑情如舊，蕭疏鬢已斑。
何因不歸去，淮上有秋山。

題旨：喜逢友人

一注釋一

題一**淮上**：淮水邊，今江蘇淮陰一帶。／**梁州**：在今陝西省。／**故人**：老友。

一行一**江漢**：長江和漢水交會一帶，在今湖南省。

二行一**浮雲**：指生活飄泊不定。／**流水**：時光流逝如水。

三行一**蕭疏**：稀疏。

四行一**何因**：為什麼。／**歸去**：回去。

賞讀譯文

我曾經在江漢一帶作客，每次與你相逢總是不醉不歸。我們像飄泊的浮雲般分別之後，時光如流水，已匆匆過了十年。我們相逢歡笑，情誼如舊，只是稀疏的雙鬢都已經斑白。為什麼我不回故鄉呢？因為淮上有美麗的秋季山景。

30

竹枝詞 二首

劉禹錫

・其一

楊柳青青江水平，聞郎江上唱歌聲。
東邊日出西邊雨，道是無晴還有晴。

・其二

山桃紅花滿上頭，蜀江春水拍江流。
花紅易衰似郎意，水流無限似儂愁。

題旨：賞景抒情

劉禹錫（772～842）
字夢得。曾任監察御史，後被貶為朗州司馬，陸續擔任連州、夔州、和州、蘇州、汝州、同州刺史。與白居易同為提倡元和體的詩人。

賞讀譯文

（其一）楊柳一片青綠，江面平靜，聽到郎君在江上唱歌的聲音。東邊出著太陽，西邊下著雨，這算是無晴天還是晴天呢？

（其二）山桃的紅花開滿了樹頭，蜀江的春水拍著江岩滾滾而流。像紅花般易衰的是郎君的情意，像流水般無盡頭的是我的愁緒。

31 秋曉行南谷經荒村

柳宗元

杪秋霜露重，晨起行幽谷。
黃葉覆溪橋，荒村唯古木。
寒花疏寂歷，幽泉微斷續。
機心久已忘，何事驚麋鹿。

柳宗元（773～819）字子厚。登進士第後，曾任監察御史、禮部員外郎。因參與王叔文主導的永貞革新失敗，被貶任永州司馬、柳州刺史。主張「以文明道」，在古文上與韓愈齊名。與劉禹錫交情深厚。為唐宋八大家之一。

題旨：秋景抒懷

｜注釋｜

題｜**南谷**：在永州郊外。
一行｜**杪秋**：晚秋。
二行｜**唯**：只有。
三行｜**寂歷**：凋零稀疏的樣子。／**幽泉**：幽深隱僻的泉水。
四行｜**機心**：機巧之心。／**何事**：為何。

賞讀譯文

晚秋時分，霜露越來越濃重。清晨起床，來到幽谷中。黃葉覆蓋著溪橋，荒廢的村子裡只剩下古老的樹木。寒涼的天氣裡，稀疏的花朵都快凋零殆盡，幽深隱僻的泉水些微地斷續流出。我早就已經忘記那些機巧用心了，為何會驚動麋鹿呢？

32 登柳州城樓寄漳汀封連四州

柳宗元

城上高樓接大荒，海天愁思正茫茫。
驚風亂颭芙蓉水，密雨斜侵薜荔牆。
嶺樹重遮千里目，江流曲似九回腸。
共來百越文身地，猶自音書滯一鄉。

注釋

題－**柳州**：在今廣西省。／**漳汀**：漳州和汀洲，在今福建省。／**封連**：封州和連州：在今廣東省。／永貞元年，柳宗元與其他七人皆因依附王叔文而被貶。元和十年三月，包含柳宗元在內的四人被分派為刺史，柳宗元為柳州刺史，韓曄為汀州刺史，韓泰為漳州刺史，陳諫為封州刺史，劉禹錫為連州刺史。

一行－**接**：目接、看到。／**大荒**：荒僻原野。／**茫茫**：廣大無邊的樣子。

二行－**驚風**：突來的一陣強風。／**亂颭**：吹動。／**芙蓉**：荷花的別稱。／**薜荔**：又稱木蓮，一種蔓生植物。

三行－**重遮**：層層遮住。

四行－**共來**：指與其他四人一起被貶至遠方。／**百越**：泛指五嶺以南的少數民族。／**文身**：在身上紋刺圖案，為部分少數民族的習俗。／**猶自**：仍舊。／**音書**：音信。

題旨：江景抒懷

賞讀譯文

在城裡登上高樓，眼前便是大片荒僻原野，我心中如海天般的愁思也漫無邊際。突來的一陣強風吹動了開滿芙蓉的池水，細密的雨絲斜斜地打在爬滿薜荔的牆上。山嶺上的樹林層層遮住了看向千里外的視線，江流像九轉回腸那般曲折。我們一同來到南方有著紋身習俗的地方，書信仍舊難以傳遞，各自滯留在一鄉。

33 漁翁

漁翁夜傍西巖宿，曉汲清湘燃楚竹。
煙銷日出不見人，欸乃一聲山水綠。
回看天際下中流，巖上無心雲相逐。

柳宗元

題旨：詠漁翁

一注釋一

一行一**傍**：靠近。／**西巖**：應是指永州境內的西山，參見作者的〈始得西山宴遊記〉。／**汲**：取水。／**湘**：湘江之水。／**楚**：指楚地，為春秋戰國時期楚國所在的長江中下游一帶。

二行一**銷**：消散。

三行一**下中流**：由中流而下。／**巖**：高峻的山崖。

賞讀譯文

漁翁每到晚上就靠著西山歇宿，天亮後就汲取清澈的湘江之水，燃燒楚地的竹子來煮食。一旦雲霧散去，日出後，就不見人影，只在一片山水綠意間聽見欸乃聲。回頭看江水從天際中間流過來，高峻山崖的雲朵無心地相互追逐。

34 湖南正初招李郢秀才

杜牧

行樂及時時已晚，對酒當歌歌不成。
千里暮山重疊翠，一溪寒水淺深清。
高人以飲為忙事，浮世除詩盡強名。
看著白蘋芽欲吐，雪舟相訪勝閑行。

題旨：生活抒懷

杜牧（803～約853）字牧之。曾任黃、池、睦、湖等州刺史，以及司勳員外郎、中書舍人等職。與李商隱齊名，合稱「小李杜」。

【注釋】

題—**李郢**：字楚望，曾任侍御史。

二行—**暮**：暮色。／**淺深**：深淺不一。

三行—**高人**：品德高尚的人，多指隱士。／**飲**：飲酒。／**除**：除了。／**強名**：虛名。

四行—**白蘋**：水中浮草，又名「水蘋」。夏末秋初開白色花。／**雪舟**：化用自《世說新語》，王子猷在夜裡冒雪乘船去找朋友的事蹟。／**閑**：通「閒」。

賞讀譯文

想要及時行樂，卻為時已晚；想要對著酒高歌，卻唱不出什麼。綿亙千里的高山在暮色裡層層相疊成一片青翠，透過清澈的寒冷溪水，能一窺深淺不一的溪床。高尚的隱士只把飲酒當成該忙的要事，人世間除了寫詩以外，其他都是虛名。眼看白蘋就要吐新芽了，在雪夜裡行舟訪友，總勝過隨意閒遊。

35

代贈

李商隱

樓上黃昏欲望休，
玉梯橫絕月如鉤。
芭蕉不展丁香結，
同向春風各自愁。

李商隱（812～858）
字義山，號玉谿生、樊南生。父早亡，家境貧苦。因捲入牛李黨爭，仕途不順遂。與杜牧合稱「小李杜」，與溫庭筠合稱為「溫李」。

題旨：愁思

一注釋一

一行**一休**：作罷。
二行**一橫絕**：橫度。
三行**一不展**：沒有展開。／**丁香結**：丁香的花蕾，因大多含苞不放，被用來比喻愁思固結不解。

賞讀譯文

本來想到樓上眺望黃昏景色，但最後作罷了；再度抬頭看橫越的玉梯時，卻見一彎新月就高掛在天上。如同還沒展開的芭蕉葉、固結未開的丁香花，我們同時迎向春風，卻懷抱著各自的愁思。

36 春雨

李商隱

悵臥新春白袷衣，白門寥落意多違。
紅樓隔雨相望冷，珠箔飄燈獨自歸。
遠路應悲春晼晚，殘宵猶得夢依稀。
玉璫緘札何由達，萬里雲羅一雁飛。

題旨：相思情懷

一注釋一

一行一**白袷衣**：白色的夾衣，為唐人的閒居便服。／**白門**：代指男女約會之地。／**寥落**：冷清，不熱鬧。

二行一**紅樓**：華美的樓房，亦指女子的住處。／**珠箔**：珠簾，在此指細雨綿綿。

三行一**晼晚**：日暮黃昏。／**殘宵**：殘夜，夜將盡時。／**殘宵**：殘夜，夜將盡時。／**依稀**：指夢境迷離。

四行一**玉璫**：玉做的耳墜，是古代常用的男女定情信物。／**緘札**：指書信。／**雲羅**：烏雲密布如羅網。

賞讀譯文

我穿著新春的白袷衣，惆悵地坐臥在家。昔日的約會地已經變得冷清，與我的心意大大相違。隔著雨看向你住過的紅樓，只覺得淒冷。在如珠簾般的綿綿細雨中，我獨自走回家。身在遙遠路途之外的你，應該也會為春日的黃昏景色而悲傷吧！但我只能在夜將盡的夢裡見到你迷離不定的身影。我該怎麼把定情信物和書信寄給你呢？在烏雲密布萬里的天空裡，只看到一隻孤雁飛過。

37 無題（昨夜星辰昨夜風）

李商隱

昨夜星辰昨夜風，畫樓西畔桂堂東。
身無彩鳳雙飛翼，心有靈犀一點通。
隔座送鉤春酒暖，分曹射覆蠟燈紅。
嗟余聽鼓應官去，走馬蘭臺類轉蓬。

題旨：生活抒懷

－注釋－

一行－**畫樓**：華麗的樓閣。／**桂堂**：華美的廳堂。

二行－**心有靈犀一點通**：「通犀」出自《漢書．西域傳贊》：「明珠、文甲、通犀、翠羽之珍盈於後宮。」唐初顏師古注此書時，引三國時代如淳的說法：「通犀，中央色白，通兩頭。」借喻相愛雙方的心靈感應。

三行－**送鉤**：古代的一種遊戲，分兩組進行，一組將鉤藏在手中傳送，讓另一隊猜鉤在誰的手中。／**分曹**：分組。／**射覆**：用水盂等器具蓋住物品，讓其他人猜。／**蠟燈**：燃蠟燭的燈。

四行－**嗟**：感嘆詞。／**聽鼓應官**：到官府上班。古代官府在上班及下班時間皆會擊鼓。／**蘭臺**：指李商隱任職的秘書省。／**走馬**：騎馬疾行。／**類**：就像是。／**轉蓬**：飛轉的蓬草。

賞讀譯文

在昨夜那樣的星辰與風裡，我們在華麗樓閣西側的美麗廳堂東邊相聚。
我們不像彩鳳擁有一對翅膀，可以一起到處飛翔，但心靈卻像通犀那樣相通。
眾人喝著暖暖的春酒，隔著座位玩送鉤遊戲；在蠟燈的紅光下，又分組玩射覆遊戲。
可惜我聽到更鼓聲，得到官府上班了。我騎著快馬到任職的秘書省，覺得自己就像飛轉不停的篷草。

38 無題（相見時難別亦難）

李商隱

相見時難別亦難，東風無力百花殘。
春蠶到死絲方盡，蠟炬成灰淚始乾。
曉鏡但愁雲鬢改，夜吟應覺月光寒。
蓬山此去無多路，青鳥殷勤為探看。

題旨：相思情懷

一注釋一

一行一**東風**：春風。

二行一**蠟炬**：蠟燭，也指蠟燭的火光。／**淚**：指蠟燭燃燒時滴落的液態蠟。

三行一**曉鏡**：晨起照鏡子。／**但**：只。／**雲鬢**：捲曲如雲的鬢髮。／**吟**：嘆息。

四行一**蓬山**：蓬萊山，傳說中的海上仙山，比喻被思念者居住的地方。／**青鳥**：傳說中，青鳥是為西王母傳遞音訊的使者。

賞讀譯文

我們要相見實在不容易，分別時也就更難分難捨，尤其是在春風無力吹送、百花凋殘的暮春。春蠶直到死前一刻才不再吐絲，一如我對你的思念；蠟燭直到燃燒成灰才不再滴落蠟液，一如我為你流下的淚。每當晨起照鏡子時，就擔心我的雲鬢已不再美麗；在夜裡嘆息時，應該會覺得月光寒冷吧。你所居住的地方，距離這裡沒有多遠的路途，希望能有青鳥殷勤地為我們探看及傳遞對方的消息。

39 無題（重帷深下莫愁堂）

李商隱

重帷深下莫愁堂，臥後清宵細細長。
神女生涯原是夢，小姑居處本無郎。
風波不信菱枝弱，月露誰教桂葉香。
直道相思了無益，未妨惆悵是清狂。

題旨：相思情懷…

注釋

一行：**莫愁**：借指女主角。／**清宵**：清靜的夜晚。／**細細**：緩慢的樣子。

二行：**神女**：指戰國時代宋玉〈高唐賦〉中，楚王夢見的「旦為朝雲，暮為行雨」的巫山神女。／**小姑**：指年輕未嫁的女子。

四行：**直道**：即使說。／**了**：全然。／**清狂**：癡狂。

賞讀譯文

放下重重帷幕，圍住了莫愁堂。我躺在床上，只覺得清靜的夜實在緩慢又漫長。像神女那樣與郎君相遇，原本就是幻夢一場；在未嫁女子的住處，本來就沒有郎君的蹤影。命運如狂風，不信我像菱枝那般脆弱；也沒有月夜露水，讓桂葉般的我散發清香。即使說相思全然沒有益處，卻不妨礙我為這份惆悵陷入癡狂而不悔。

40 錦瑟

李商隱

錦瑟無端五十絃，一絃一柱思華年。
莊生曉夢迷蝴蝶，望帝春心託杜鵑。
滄海月明珠有淚，藍田日暖玉生煙。
此情可待成追憶，只是當時已惘然。

題旨：生活抒懷

—注釋—

一行—**錦瑟**：裝飾華美的瑟。／**無端**：為何。／**五十絃**：傳說古瑟有五十絃，後來改為二十五絃。／**華年**：少年。

二行—**曉夢**：拂曉時的夢。／**望帝**：商周至春秋時代之間的古蜀君主，名叫「杜宇」，傳說他於死後化為杜鵑鳥。／**春心**：有感傷身世之意，化用自《楚辭．招魂》：「目極千里兮傷春心。」

三行—**珠**：指海中蚌珠，也指海中鮫人的淚變成珠的傳說。／**藍田**：在今陝西省，為玉的產地。

四行—**情**：情景。／**可待**：就要、就會。／**惘然**：模糊不清的樣子。

賞讀譯文

美麗的瑟為什麼會有五十根絃？這一絃一柱都讓我回想起青春年華。莊周在拂曉時的夢中化身為蝴蝶，望帝在死後將傷懷交託給杜鵑鳥。明月照耀下的大海裡，有鮫人的淚凝成珠；在暖日之下，藍田的玉石看起來晶潤光亮，彷彿化為一縷青煙。這樣的情景就要成為追憶了，但當時的我只覺得茫然失措。

41 更漏子

星斗稀　溫庭筠

星斗稀，鐘鼓歇，簾外曉鶯殘月。
蘭露重，柳風斜，滿庭堆落花。
虛閣上，倚欄望，還似去年惆悵。
春欲暮，思無窮，舊歡如夢中。

溫庭筠（約 812～866）
本名岐，字飛卿。出身沒落的貴族家庭，屢舉進士不第。恃才不羈，性喜譏刺權貴。曾任隋縣尉、方城縣尉、國子監助教等職。精通音律。詩與李商隱齊名，時稱「溫李」；詞與韋莊齊名，並稱「溫韋」，為花間派鼻祖，多寫女子閨情。

題旨：相思情懷

—注釋—

一行—**鐘鼓**：報時的鐘鼓聲。／**殘月**：將落的月亮。
三行—**虛閣**：空閣。
四行—**舊歡**：昔日的歡樂，亦指舊情人。

賞讀譯文

天上星光稀疏，報時的鐘鼓也停歇了，窗簾外有早起的黃鶯及將要落下的月亮。
蘭花上有著沉重的露珠，風將柳樹吹得歪斜，庭院裡堆滿了落花。
我站在空無他人的樓閣上，倚著欄杆遠望，心情跟去年一樣惆帳。
春天又到盡頭了，我的思念無窮無盡，往日的歡樂宛如夢一場。

42 更漏子

玉爐香

溫庭筠

玉爐香，紅蠟淚，偏照畫堂秋思。
眉翠薄，鬢雲殘，夜長衾枕寒。
梧桐樹，三更雨，不道離情正苦。
一葉葉，一聲聲，空階滴到明。

題旨：相思情懷

—注釋—

一行—**香**：燃香的煙。／**紅蠟**：紅蠟燭。／**畫堂**：裝飾華麗的廳堂。／**秋思**：指在秋夜思念丈夫的女子。

二行—**眉翠**：畫上黛色（青黑色）的眉毛。／**薄**：淡。／**鬢雲**：指女子捲曲如雲的鬢髮。／**殘**：散亂。／**衾**：大被子。

三行—**三更**：為晚上十一點到一點。／**不道**：不管。

賞讀譯文

玉爐裡飄著香煙，流著淚的紅蠟燭，搖曳的燭光偏偏照在華麗廳堂裡那位思念丈夫的女子。她的青黑色眉妝已經褪淡，如雲鬢髮也散亂了，在漫長的夜裡只覺得枕被透著寒涼。三更時下起的雨，打在梧桐樹葉上，不管女子正為著離情而苦，一葉一聲地不停輪流發出聲響，又紛紛滴落在無人的石階上，直到天明。

43

菩薩蠻

水晶簾裏玻璃枕

溫庭筠

水晶簾裏玻璃枕，暖香惹夢鴛鴦錦。
江上柳如煙，雁飛殘月天。
藕絲秋色淺，人勝參差剪。
雙鬢隔香紅，玉釵頭上風。

題旨：相思情懷

注釋

一行—**玻璃**：古代指天然水晶。

二行—**殘月**：將落的月亮。

三行—**藕絲秋色淺**：藕絲在秋天時的顏色接近白色，在此指衣服的顏色為淺白色。／**人勝**：插在鬢髮上的彩絹飾物，多剪成人形。

四行—**香紅**：指鮮花。

賞讀譯文

水晶簾裡，女子睡在玻璃枕上。溫暖的香煙繚繞，讓蓋著鴛鴦錦被的女子做了夢。

江邊垂柳似乎籠罩著一層煙霧，大雁飛過月亮即將西落的天邊。

女子穿上淺藕色衣服，參差地剪著人勝飾物。

雙鬢上都插著香紅的鮮花，頭上的玉釵在風的吹動下微微搖晃。

44 菩薩蠻

玉樓明月長相憶

溫庭筠

玉樓明月長相憶，柳絲裊娜春無力。
門外草萋萋，送君聞馬嘶。
畫羅金翡翠，香燭銷成淚。
花落子規啼，綠窗殘夢迷。

題旨：相思情懷

—注釋—

一行—**玉樓**：精美的樓閣。／**裊娜**：柔美纖細的樣子。／**春**：指春風。

二行—**萋萋**：草茂盛的樣子。

三行—**畫羅**：有圖案的絲織品。／**金翡翠**：指畫羅上有金色翡翠鳥圖案。／**香燭**：添加了香料的蠟燭。

四行—**子規**：杜鵑鳥。初夏時常晝夜不停啼叫，叫聲類似「不如歸去」。相傳為商周至春秋時代之間的古蜀君主杜宇之魂所化，又叫杜宇、鶗鴃、啼鴃、鷤鴃。／**綠窗**：綠紗窗，代指婦女的居室。

賞讀譯文

女子總是站在樓閣上，對著明月回憶往事。柔弱的春風吹動柔美纖細的柳絲。

送郎君離開的那天，門外芳草長得正茂盛，還聽到嘶嘶的馬鳴聲。

羅帳上繡著金色翡翠鳥圖案，芳香的蠟燭燒融成一滴滴的淚。

窗外有花正飄落，杜鵑鳥哀聲啼叫，綠紗窗內的女子對沒有結局的殘夢感到茫然失措。

45

菩薩蠻

杏花含露團香雪

溫庭筠

杏花含露團香雪，綠楊陌上多離別。
燈在月朧明，覺來聞曉鶯。
玉鉤褰翠幕，妝淺舊眉薄。
春夢正關情，鏡中蟬鬢輕。

題旨：相思情懷

注釋

一行—**陌**：田間道路。

二行—**朧明**：朦朧、不清楚。／**覺**：醒。

三行—**玉鉤**：玉製的帳鉤。／**褰**：揭起。（音同「牽」。）／**舊眉**：昨日所畫的黛眉。

四行—**關情**：觸動情感。／**蟬鬢**：薄如蟬翼的雙鬢。／**輕**：薄。

賞讀譯文

含露的杏花好似一團團散發香氣的白雪；在青綠楊樹夾道的路上，有許多人在此分別。

燈還亮著，但月色已經朦朧；一覺醒來便聽見早起鶯鳥的啼叫聲。

用玉鉤將翠綠帳幕揭起，前一天畫的妝已經褪淡，眉色也變淺薄了。

春夜裡的夢觸動了心中的情感，我對著鏡子梳整好輕薄的蟬鬢，（期待愛人回來）。

46 菩薩蠻　南園滿地堆輕絮

溫庭筠

南園滿地堆輕絮，愁聞一霎清明雨。
雨後卻斜陽，杏花零落香。
無言勻睡臉，枕上屏山掩。
時節欲黃昏，無憀獨倚門。

題旨：相思情懷

一注釋一

一行一**一霎**：一陣。

三行一**勻睡臉**：指剛睡醒的紅潤臉頰，就像勻上了脂粉。／**屏山**：屏風，上面多畫山水圖案。

四行一**無憀**：空閒而煩悶的心情。

賞讀譯文

南園裡堆了滿地的輕盈柳絮，在心情憂愁之際，又聽到陣雨的聲音。雨後出現了斜陽，凋落的杏花散發微微的香氣。女子醒來後，臉頰紅潤得像勻上脂粉，默默無言地在屏風的遮掩下，躺在枕頭上發呆。直到快要黃昏了，她還是無聊煩悶地獨自倚著門。

47 菩薩蠻

翠翹金縷雙鸂鶒

溫庭筠

翠翹金縷雙鸂鶒，水紋細起春池碧。
池上海棠梨，雨晴紅滿枝。
繡衫遮笑靨，煙草黏飛蝶。
青瑣對芳菲，玉關音信稀。

題旨：相思情懷

注釋

一行｜**翠翹**：指鸂鶒的尾巴。／**金縷**：鸂鶒羽毛的花色。／**鸂鶒**：一種水鳥，外形近似鴛鴦，但體型較大，羽毛多為紫色，常成對出入。音同「溪赤」。

二行｜**海棠梨**：海棠樹，薔薇科蘋果屬，花期四至五月，果期八至九月。

四行｜**青瑣**：指裝飾皇宮門窗的青色圖紋，亦指刻鏤成格的窗戶，也有富貴人家之意。／**芳菲**：花草，或指美好時節。／**玉關**：甘肅省的玉門關，在此指遊子的所在地。

賞讀譯文

有著翠綠尾巴、金紋羽色的一對鸂鶒，游過春日碧綠的池水，撩起細微的波紋。
池畔有海棠梨樹，在雨後放晴時，開滿了整樹的紅花。
女子用繡衫遮住自己的笑靨，就像飛蝶留戀煙草那般。
她透過華美的窗戶欣賞花草，遠在外地的遊子卻很少寫信回來。

48 更漏子

鐘鼓寒

韋莊

鐘鼓寒，樓閣暝，月照古桐金井。
深院閉，小庭空，落花香露紅。
煙柳重，春霧薄，燈背水窗高閣。
閒倚戶，暗沾衣。待郎郎不歸。

題旨：賞景思人

韋莊（836～910）字端己，京兆杜陵人。早年遍遊各地，年近六十才登進士第，曾任校書郎、左補闕。後入前蜀為官。著有《浣花集》。

【注釋】

一行【**暝**：昏暗。／**古桐**：老桐。／**金井**：因月光照射而呈金色的水井。或指有銅製邊欄的水井。／化用自唐代李白的〈贈別舍人弟臺卿之江南〉：「梧桐落金井，一葉飛銀床。」

三行【**燈背**：燈火漸漸熄滅。／**高閣**：高大的樓閣。／**水窗**：臨水之窗。

四行【**戶**：一扇門，亦指房屋出入口。

賞讀譯文

半夜的鐘鼓聲讓人聽了心寒，樓閣裡一片昏暗；窗外，明月照著梧桐老樹，一旁的水井也反射著金色光芒。深深的庭院裡門扉緊閉，小庭裡空寂無人，紅色落花上有露水凝取餘香。煙霧中的柳樹看來沉重，春霧卻顯得輕薄；高大樓閣的臨水窗旁，燈火漸漸熄滅。女子百無聊賴地倚著門扉，暗自滴落的淚水已沾濕衣襟，因為她所等待的那位郎君遲遲不歸。

49

浣溪沙

清曉妝成寒食天

韋莊

清曉妝成寒食天，柳毬斜裊間花鈿。
捲簾直出畫堂前。
指點牡丹初綻朵，日高猶自憑朱欄。
含顰不語恨春殘。

題旨：思春情懷

注釋

一行—**清曉**：清晨。／**寒食**：節令名，通常在冬至後第一〇五日，在清明節前一或二日。傳統上當日禁火，一律吃冷食。／**柳毬**：一種女子的頭飾品。／**裊**：搖曳。／**間**：相隔。／**花鈿**：婦女的額飾。

二行—**畫堂**：裝飾華麗的廳堂。

三行—**憑**：倚靠。

四行—**含顰**：皺眉。／**殘**：將盡的。

賞讀譯文

女子在寒食節這天的清晨起床化妝，將柳毬斜插在頭上輕輕搖曳，又在眉間裝飾花鈿。
她捲起簾子，直接走到華麗的廳堂前。
女子的手指點觸初綻放的幾朵牡丹花，太陽逐漸高升，她仍舊獨自倚著紅色欄杆，
她緊皺眉頭不發一語，怨怪春天已快到盡頭。

50

菩薩蠻

人人盡說江南好

韋莊

人人盡說江南好，遊人只合江南老。
春水碧於天，畫船聽雨眠。
爐邊人似月，皓腕凝雙雪。
未老莫還鄉，還鄉須斷腸。

題旨：春景抒懷

一注釋一

一行一**只合**：只應。／**老**：老去。
二行一**碧於天**：比天色還碧綠。／**畫船**：裝飾華美的遊船。
三行一**爐邊**：指酒店。爐，為舊時酒店放酒甕的地方，形狀類似鍛爐。
四行一**須**：必定，肯定。／**斷腸**：比喻極度悲傷。

賞讀譯文

每個人都說江南是好地方，遊人應該在江南待到老去。
春天的江水比天空還要碧綠，還能在華麗的遊船上聽著雨聲入眠。
賣酒的女子美如月，潔白的雙腕就像凝結了一層雪。
在還未衰老前不要返鄉，要是返鄉的話，一定會極度悲傷的。

51 春晴

王駕

雨前初見花間蕊，
雨後全無葉底花。
蜂蝶紛紛過牆去，
欲疑春色在鄰家。

題旨：詠春景

王駕（851～不詳）字大用，自號守素先生。登進士第後，官至禮部員外郎，之後棄官歸隱。

賞讀譯文

在下雨前，才剛看到花兒吐蕊，
在雨後卻看不到綠葉下有任何花朵。
蜜蜂和蝴蝶紛紛飛到牆的另一邊去，
我懷疑滿園花開的春色跑到鄰家了。

52

登山

李涉

終日昏昏醉夢間，
忽聞春盡強登山。
因過竹院逢僧話，
又得浮生半日閒。

題旨：生活情景

李涉（約806～835年前後在世）
自號清溪子。曾任太子通事舍人、峽州司倉參軍、國子博士等職。

注釋

一行｜**醉夢**：酒醉未醒。／**強**：勉強。

二行｜**浮生**：人生。

賞讀譯文

整天都昏昏沉沉的，酒醉未醒，
忽然間聽到春天就要到盡頭了，便勉強去登山。
因為經過竹院，遇見僧侶便談起話來，
讓我又偷得了人生中的半日悠閒時光。

53 題破山寺後禪院

常建

清晨入古寺，初日照高林。
曲徑通幽處，禪房花木深。
山光悅鳥性，潭影空人心。
萬籟此俱寂，惟聞鐘磬音。

題旨：出遊情景

常建（約 727 年前後在世）
登進士第後，曾任盱眙尉等職，因仕途不得意而隱居。

一注釋一

題一**破山寺**：「破山」為山名，「寺」指興福寺，在今江蘇省。

一行一**初日**：初升的太陽。／**高林**：高聳的樹林。

二行一**幽**：幽靜。／**禪房**：僧人居住修行的房屋。

三行一**悅**：動詞，使……高興。／**潭影**：潭水中的倒影。／**空**：動詞，使……空。

四行一**萬籟**：萬物發出的各種聲音。／**鐘磬**：佛寺中用來召集眾僧的樂器。

賞讀譯文

我在清晨來到這座古老的寺廟，初升的太陽正照在高聳的樹林上。曲折的小徑通向幽靜的角落，禪房就位在花木的深處。美麗的山間景色讓鳥兒歡欣不已，潭中倒影也讓人心中的煩憂一掃而空。萬物的聲音在此時全都寂靜下來，只聽到寺院裡敲鐘磬的聲音。

54 題松汀驛

張祜

山色遠含空，蒼茫澤國東。
海明先見日，江白迥聞風。
鳥道高原去，人煙小徑通。
那知舊遺逸，不在五湖中。

題旨：賞景、訪友不遇

張祜（約800前後在世）
字承吉，自稱處士。曾短暫為官，受元稹排擠，便寓居於淮南一帶。

一注釋一
題一**松汀驛**：驛站名，今在江蘇太湖旁。
一行一**含**：包含。／**空**：天空。／**蒼茫**：曠遠迷茫。／**澤國**：多水的地方。在此指太湖周邊一帶。
二行一**海**：指太湖。／**江白**：江水上的白波。／**迥**：遙遠。
三行一**鳥道**：僅容飛鳥通過的道路，比喻險峻狹窄的山路。
四行一**遺逸**：隱士。／**五湖**：指太湖。

賞讀譯文

遠方的山景與天空融為一體，太湖東邊的景色一片曠遠迷茫。水面逐漸清朗，先看到太陽緩緩升起，江面翻湧著白波，從遠處傳來風聲。從狹窄的山路可抵達高原，有小徑通往幾戶人家。那些隱居的昔日友人在何處？我訪遍太湖，都沒看到他們的蹤影。

55 不第後賦菊花

待到秋來九月八，
我花開後百花殺。
衝天香陣透長安，
滿城盡是黃金甲。

黃巢

題旨：詠菊

黃巢（不詳～884）
出身鹽商家庭，屢試不第。因官吏壓榨百姓而起義，曾建立「大齊國」，三年後即兵敗身亡。

｜注釋｜

一行｜**我花**：指菊花。／**殺**：凋謝。
二行｜**透**：瀰漫。／**黃金甲**：指金黃色鎧甲般的菊花。

賞讀譯文

等到入秋後的九月八日，
菊花開了之後，百花便都凋謝了。
一陣陣的衝天香氣瀰漫在長安城裡，
滿城全是金黃色鎧甲般的菊花。

56

寒食

韓翃

春城無處不飛花，
寒食東風御柳斜。
日暮漢宮傳蠟燭，
輕煙散入五侯家。

題旨：季節風情

韓翃（約 754 ～ 780 年前後在世）
字君平，大曆十才子之一。登進士第後，曾任多位節度使幕府、駕部郎中、中書舍人等職。

注釋

題——**寒食**：節令名，通常在冬至後第一〇五日，在清明節前一或二日。傳統上當日禁火，一律吃冷食。
一行——**飛花**：飄飛的楊花（柳絮）。
二行——**東風**：春風。／**御柳**：御苑裡的柳樹。
三行——**日暮**：傍晚、黃昏。／**漢宮**：指唐宮。
四行——**五侯家**：東漢桓帝曾封協助誅殺外戚權臣梁冀等人的五位宦官為侯，之後泛指專權的宦官。

賞讀譯文

春天的京城裡，無一處沒有柳絮在飛舞，
寒食節這天的春風把御苑裡的柳樹吹得東歪西斜。
黃昏時分，宮廷裡開始傳蠟燭分火，
燭火的輕煙都飄進權貴人家了。

57

菩薩蠻

迴塘風起波紋細

李珣

迴塘風起波紋細，刺桐花裏門斜閉。
殘日照平蕪，雙雙飛鷓鴣。
征帆何處客，相見還相隔。
不語欲魂銷，望中煙水遙。

題旨：賞景思人

李珣（約855～930）
字德潤，為波斯人後裔。曾以秀才為王衍賓客，事蜀主。通醫理，兼賣香藥。蜀亡後，不仕。

注釋

一行｜**迴塘**：環曲的水池。

二行｜**平蕪**：雜草繁茂的平原。／**鷓鴣**：外觀與雞相似，體型較小，羽色大多黑白相雜。

三行｜**征帆**：遠行的船。／**客**：作客。／**相見**：指在夢中相見。

四行｜**魂銷**：靈魂離體而消失，形容極度悲傷或歡樂激動。／**望中**：視野之內。／**煙水**：煙霧瀰漫的水面。

賞讀譯文

風吹過環曲的水池，撩起細細的波紋。刺桐花後方的門扉緊閉著。
夕陽照著雜草繁茂的平原，一對對鷓鴣飛過天際。
遠行的人所乘的船正在哪裡作客呢？雖然在夢裡相見，實際上卻相隔兩地。
這一切令人無言以對，傷心得魂魄幾乎要消失；一眼望去，那人遠在煙霧瀰漫的江水另一端。

58

漁歌子

九疑山

李珣

九疑山，三湘水，蘆花時節秋風起。
水雲間，山月裏，棹月穿雲遊戲。
鼓清琴，傾綠蟻，扁舟自得逍遙志。
任東西，無定止，不問人間醒醉。

題旨：生活抒懷

一注釋一

一行一**九疑山**：山名，傳說為舜的葬身處。／**三湘水**：指湘江水域。／**蘆花時節**：指秋天。

二行一**棹月穿雲**：水上行舟，水面有月和雲的倒影。

三行一**清琴**：音調清雅的琴。／**綠蟻**：濁酒。

賞讀譯文

在九疑山及三湘水的水域，每到蘆花開的季節就吹起了秋風。在流水白雲之間、灑滿月光的山裡，行船穿過月和雲的倒影，彷彿在與它們玩遊戲似的。彈奏音調清雅的琴，再倒一杯濁酒，在扁舟上能實現自在逍遙的生活志向。任意往東或往西，從來沒有固定的停泊處，也不問人間是醒是醉。

59

漁歌子

荻花秋

李珣

荻花秋，瀟湘夜，橘洲佳景如屏畫。
碧煙中，明月下，小艇垂綸初罷。
水為鄉，篷作舍，魚羹稻飯常餐也。
酒盈杯，書滿架，名利不將心掛。

題旨：生活抒懷

一注釋一

一行一荻：多年生禾本科水陸兩生植物，秋天開花。／瀟湘：瀟水和湘水，在今湖南省。／橘洲：地名，在長沙境內的湘水中，舊時產橘。

二行一綸：釣魚的絲線。

三行一篷：船帆，代指船。

賞讀譯文

在荻花盛開的秋天，行舟於瀟湘水上，橘洲的美麗風景猶如屏風上的畫作。在碧綠的水煙中，明亮的月光下，我在小艇上剛收起垂下的釣魚線。江水就是我的家鄉，小艇就是我的房子，魚羹和米飯是日常的餐食。看著裝滿美酒的杯子，擺滿書籍的架子，我完全不將名利掛在心上。

60 浣溪沙

蓼岸風多橘柚香

孫光憲

蓼岸風多橘柚香，江邊一望楚天長。
片帆煙際閃孤光。
目送征鴻飛杳杳，思隨流水去茫茫。
蘭紅波碧憶瀟湘。

孫光憲（約 900～968）
字孟文，自號葆光子。為農家子弟，好讀書。五代後唐時，曾任陵州判官；之後在十國中的荊南為官，累官至檢校秘書監兼御史大夫。

題旨：江景抒懷

注釋

一行 **楚天**：春秋戰國時期的楚國在長江中下游一帶，之後泛指南方天空。

二行 **片帆**：孤舟。

三行 **征鴻**：遠飛的鴻雁。鴻雁又稱大雁，是一種候鳥，於春季返回北方，秋季飛到南方越冬。／**杳杳**：深遠。

四行 **蘭紅**：指紅蘭，為菊科草本植物，夏秋時開紅色管狀花。／**瀟湘**：原指湖南的瀟湘流域一帶，後泛指所思之處。

賞讀譯文

長滿蓼草的岸邊，一陣陣風帶來橘柚的香味，站在江邊望向遼闊的南方天空，一艘孤帆在水煙之際閃著一點光芒。我目送征鴻飛向遠處，思緒也隨著流水奔騰，茫無邊際。在紅蘭花、碧綠江波的環繞下，讓人思念起遠方的親人。

61

漁歌子

泛流螢

孫光憲

泛流螢，明又滅，夜涼水冷東灣闊。
風浩浩，笛寥寥，萬頃金波澄澈。
杜若洲，香郁烈，一聲宿雁霜時節。
經霅水，過松江，盡屬儂家日月。

題旨：夜景抒懷

注釋

一行　**流螢**：飛行的螢火蟲。

二行　**浩浩**：浩蕩。／**寥寥**：稀疏。／**金波**：水面波浪上的月光。

三行　**杜若**：一種香草植物，開白色花。／**宿雁**：夜間停宿的大雁。

四行　**霅水**：位在浙江省吳興縣。／**松江**：吳淞江，位在江蘇省境內。

賞讀譯文

一大片螢火蟲的亮光忽明忽滅，涼夜裡江水冷冽，東灣的景色相當廣闊。風勢強勁浩蕩，傳來幾聲的稀疏笛音，廣大的澄澈江水面，在月光下蕩漾著金波。長滿杜若草的水洲，散發濃烈的香氣；歇息停宿的大雁啼叫一聲，又到了霜降時節。在經過霅水和松江後，這裡的日月風景全部專屬於我了。

62

浣溪沙

春到青門柳色黃

馮延巳

春到青門柳色黃，一梢紅杏出低牆，
鶯窗人起未梳妝。
繡帳已闌離別夢，玉鑪空裊寂寥香。
閨中紅日奈何長。

題旨：閨怨

馮延巳（903～960）字正中。於南唐的烈祖李昪、中主李璟二朝為官，與李璟關係緊密，四度任宰相又被罷黜。

｜注釋｜

一行｜**青門**：漢代長安城的東南門，因城門為青色，俗稱「青門」，古人常在此折柳送別。後泛指京城城門或送別之地。（「柳」有「留」的諧音，表示挽留之意。）

二行｜**闌**：將盡、晚。／**裊**：繚繞。

賞讀譯文

春天到來了，送別之地的柳葉已經轉黃，一枝紅杏的梢頭也伸出低牆外，
鶯鳥在窗外啼叫，女子已起床卻還未梳妝。
繡帳裡，離別之夢已經結束，玉鑪徒然地繚繞著輕煙，傳來幾縷寂寥的香氣。
紅日照進閨房內，讓人感覺時間好漫長。

63

酒泉子　芳草長川

馮延巳

芳草長川，柳映危橋橋下路。歸鴻飛，行人去，碧山邊。

風微煙澹雨蕭然，隔岸馬嘶何處。九迴腸，雙臉淚，夕陽天。

題旨：送別親友

一注釋一

一行—**危橋**：高聳的橋。

二行—**鴻**：鴻雁，又稱大雁，是一種候鳥，於春季返回北方，秋季飛到南方越冬。／**行人**：遠行的人。

三行—**澹**：淡。／**蕭然**：空寂。

四行—**九迴腸**：指愁思翻轉糾結。

賞讀譯文

芳草夾岸的長河，柳樹映著高橋下方的道路。北返的歸鴻飛走了，遠行的人到了碧山邊。微風輕送，煙霧淡薄，細雨空寂，對岸的馬在何處嘶鳴呢？愁緒迴轉糾結，臉上流著雙行淚，此刻已是夕陽西下時分。

64 採桑子

花前失卻遊春侶

馮延巳

花前失卻遊春侶，獨自尋芳。
滿目悲涼，縱有笙歌亦斷腸。
林間戲蝶簾間燕，各自雙雙。
忍更思量，綠樹青苔半夕陽。

題旨：春景抒情

注釋

二行 **笙歌**：泛指奏樂唱歌。／**斷腸**：比喻極度悲傷。／**尋芳**：出遊賞花。
四行 **忍**：怎忍。／**思量**：想。

賞讀譯文

在花季前失去了一起賞遊春景的伴侶，只能獨自出遊賞花。
無論怎麼看，都覺得滿眼盡是悲涼景色，就算有歡欣的音樂歌舞聲，也讓人極度悲傷。
在樹林間嬉戲的蝴蝶、穿梭在簾間的燕子，全都成雙成對的，
我怎麼忍心再去多想？照射在綠樹青苔上的，只是剩下一半的夕陽。

65

清平樂

雨晴煙晚

馮延巳

雨晴煙晚，綠水新池滿。
雙燕飛來垂柳院，小閣畫簾高捲。
黃昏獨倚朱闌，西南新月眉彎。
砌下落花風起，羅衣特地春寒。

題旨：生活抒懷

一注釋一

一行—**晚**：傍晚。
二行—**畫簾**：有畫飾的簾子。
三行—**朱闌**：朱紅色的欄杆。
四行—**砌**：臺階。／**羅衣**：絲質的衣服。／**特地**：特別。

賞讀譯文

雨後放晴，傍晚時分籠罩著輕煙。池塘裡滿溢著剛滴進的綠水。一對燕子飛來柳樹低垂的庭院裡，小閣的畫簾已高高捲起。黃昏時，我獨自倚著朱紅色的欄杆，西南方的天空裡掛著一彎眉月。臺階下的落花隨風飛舞，身穿羅衣，特別感覺到春天的寒意。

66 謁金門

風乍起

馮延巳

風乍起，吹縐一池春水。

閑引鴛鴦香徑裏，手挼紅杏蕊。

鬥鴨闌干獨倚，碧玉搔頭斜墜。

終日望君君不至，舉頭聞鵲喜。

題旨：相思情懷

注釋

一行—**乍**：忽然。

二行—**閑引**：無聊地逗引。閑，通「閒」。／**香徑**：飄散花草芳香的小徑。／**挼**：揉搓。

三行—**鬥鴨**：讓鴨子相鬥的遊戲。／**闌干**：即欄杆。／**碧玉搔頭**：碧玉做的簪子。

賞讀譯文

春風忽然吹起，吹縐了整座池塘的水面。

我閒來無事地在充滿花香的小徑裡逗引鴛鴦，手裡揉搓紅杏的花蕊。

我獨自靠在鬥鴨臺的欄杆，頭上的碧玉簪子已經歪斜了。

我一整天都盼望著郎君的到來，他卻始終沒有出現；我抬頭聽見鵲鳥的叫聲，或許牠是來報喜的。

67

點絳唇

蔭綠圍紅

馮延巳

蔭綠圍紅，飛瓊家在桃源住。
畫橋當路，臨水開朱戶。
柳徑春深，行到關情處。
顰不語，意憑風絮，吹向郎邊去。

題旨：相思情懷

注釋

一行 **飛瓊**：仙女名，為西王母身邊的侍女。代指美麗女子。／**桃源**：世外桃源，代指女子居處的美好環境。

二行 **畫橋**：雕飾華麗的橋梁。／**朱戶**：朱紅色門戶，指富貴人家。

三行 **關情**：觸動情感。

四行 **顰**：皺眉。／**憑**：憑藉。

賞讀譯文

深濃綠蔭圍繞著紅花，女子的家就在那美麗的世外桃源。華麗的橋梁正對著道路，紅色門戶緊鄰著水岸敞開。女子走在散發濃濃春意的柳樹小徑，來到觸動情感的地方。她緊皺眉頭，不發一語，任憑心意隨著風中的柳絮，吹到郎君的身邊去。

68 鵲踏枝

六曲闌干偎碧樹

馮延巳

六曲闌干偎碧樹，楊柳風輕，展盡黃金縷。
誰把鈿箏移玉柱，穿簾海燕驚飛去。
滿眼游絲兼落絮，紅杏開時，一霎清明雨。
濃睡覺來慵不語，驚殘好夢無尋處。

※關於本詞作者，亦有晏殊、歐陽脩之說。

題旨：春景抒懷

【注釋】

一行【**六曲**：曲折。／**闌干**：即欄杆。／**偎**：緊靠著。／**黃金縷**：初吐芽的嫩黃柳枝。

二行【**鈿**：以金銀珠寶為裝飾。／**玉柱**：箏上定弦用的玉製小柱。

三行【**游絲**：飄在半空中，由昆蟲類所吐的絲。／**落絮**：飄落的柳絮。／**一霎**：一陣子。

四行【**覺來**：醒來。／**慵不語**：一作「鶯亂語」。

賞讀譯文

曲折的欄杆緊鄰著碧綠的樹林，春風輕輕吹過楊柳，黃金般的柳枝搖曳展露美姿。是誰動了鈿箏上的玉柱，發出的聲響把海燕嚇得穿簾飛去。眼前都是游絲和飄落的柳絮，紅杏正盛開著，突然下起一陣雨。熟睡醒來後，慵懶地不發一語，因為做到一半的殘餘美夢已無處尋覓了。

69 鵲踏枝

幾日行雲何處去

馮延巳

幾日行雲何處去。忘卻歸來，不道春將暮。百草千花寒食路，香車繫在誰家樹。

淚眼倚樓頻獨語。雙燕來時，陌上相逢否。撩亂春愁如柳絮，悠悠夢裡無尋處。

題旨：相思情懷

注釋

一行—**行雲**：戰國時代宋玉的〈高唐賦序〉提到，巫山神女「旦為朝雲，暮為行雨」。後指行蹤不定的美人，在此指在外的情郎。／**歸來**：回來。／**不道**：不知道。

二行—**寒食**：節令名，通常在冬至後第一〇五日，在清明節前一或二日。傳統上當日禁火，一律吃冷食。

三行—**陌**：市中街道。

四行—**悠悠**：漫長。

賞讀譯文

如行雲般的他，連日來到底去哪兒了？忘了回來，難道不知道春天即將結束了嗎？寒食節到了，路上長滿百草千花，他乘坐的香車會繫在誰家的樹上？我含著淚倚樓遙望，不斷地自言自語。雙燕飛過來時，可有在路上遇到他？我的春愁如紛飛柳絮那般撩亂，在漫長的夢裡也不知道該去何處找他。

70 鵲踏枝

誰道閒情拋擲久　　馮延巳

誰道閒情拋擲久。每到春來，惆悵還依舊。
日日花前常病酒，敢辭鏡裏朱顏瘦。
河畔青蕪堤上柳。為問新愁，何事年年有。
獨立小橋風滿袖，平林新月人歸後

※關於本詞作者，亦有歐陽脩之說。

題旨：春景抒懷

注釋

一行－**閒情**：閒愁、春愁。
二行－**病酒**：飲酒過量導致身體不適。／**朱顏**：青春紅潤的容貌。
三行－**青蕪**：青草。／**何事**：為何。
四行－**平林**：平原上的樹林。／**新月**：上弦月。／**歸**：回去。

賞讀譯文

誰說我已經把閒愁拋開很久了？每到春天，我還是滿懷惆悵。
每天我都在花前喝酒，經常喝到渾身不舒服，不想看鏡中的紅潤容貌日漸消瘦。
河畔青草茂盛，堤上柳樹垂著枝條。我想要問新愁，為何年年都會有？
我獨自站在小橋上，任春風盈滿衣袖，直到新月照在平原樹林上，行人回去之後。

71 鵲踏枝

蕭索清秋珠淚墜

馮延巳

蕭索清秋珠淚墜，枕簟微涼，展轉渾無寐。
殘酒欲醒中夜起，月明如練天如水。
階下寒聲啼絡緯，庭樹金風，悄悄重門閉。
可惜舊歡攜手地，思量一夕成憔悴。

題旨：相思情懷

注釋

一行—**蕭索**：蕭條衰頹。／**清秋**：明淨爽朗的秋天，亦指深秋。／**枕簟**：枕頭和竹蓆。／**展轉**：輾轉，翻來覆去。／**寐**：睡。

二行—**殘酒**：殘留的醉意。／**中夜**：半夜。／**練**：柔軟潔白的絲絹。

三行—**絡緯**：蟋蟀，俗稱「紡織娘」。／**金風**：指秋風。在五行中，秋屬金。／**重門**：屋內的門。

四行—**可惜**：惋惜。／**思量**：想。

賞讀譯文

在萬物蕭條的深秋，我流下滾滾珠淚；枕頭和竹蓆微微發涼，我翻來覆去，始終沒有入睡。殘存的醉意快要消散了，我在半夜起身，只見明亮的月光如白絹，夜空如水。臺階下，傳來蟋蟀淒寒的啼叫聲，秋風吹過院子裡的樹，靜悄悄的夜裡，屋內的門扉緊閉著。我為舊日攜手歡度的地方感到惋惜，回想了一整夜，讓人變得憔悴萬分。

72 浣溪沙

手捲真珠上玉鉤

李璟

手捲真珠上玉鉤，依前春恨鎖重樓。
風裏落花誰是主，思悠悠。

青鳥不傳雲外信，丁香空結雨中愁。
回首綠波三楚暮，接天流。

李璟（916～961）

南唐第二位皇帝。初名景通，字伯玉，南唐建立後，改名璟。即位後，曾是南唐領土最大的時期，但因奢侈無度，導致國力下降。之後在後周的威脅下，削去帝號，改稱國主，史稱「南唐中主」。與其子李煜並稱「南唐二主」。

─注釋─

一行─**真珠**：珍珠簾。／**玉鉤**：簾鉤的美稱。／**依前**：依舊。／**鎖**：幽禁、封閉，延伸為籠罩之意。／**重樓**：高樓。

二行─**悠悠**：憂思不盡。

三行─**青鳥**：傳說中，青鳥是為西王母傳遞音訊的使者，在此指帶信的人。／**雲外**：遙遠的地方。／**丁香結**：丁香的花蕾，因大多含苞不放，被用來比喻愁思固結不解。

四行─**三楚**：古地名，指南楚、東楚、西楚，泛指長江中下游一帶。

題旨：春愁

賞讀譯文

捲起珍珠簾，掛上玉鉤，春愁依舊籠罩著我所在的高樓。到底誰才是風中落花的主人呢？讓人不禁愁思悠悠。

信使不傳來遙遠外地的消息，丁香花空在雨中含苞展現愁容。回首看向暮色中的三楚地，碧綠江水正流向天際。

73

浣溪沙

菡萏香銷翠葉殘

李璟

菡萏香銷翠葉殘，西風愁起碧波間。
還與韶光共憔悴，不堪看。
細雨夢回雞塞遠，小樓吹徹玉笙寒。
多少淚珠何限恨，倚闌干。

題旨：秋景抒懷

注釋

一行—**菡萏**：荷花的別稱。
二行—**韶光**：美好的時光。／**不堪**：無法忍受。
三行—**雞塞**：漢代時的要塞「雞鹿塞」的簡稱，之後泛指邊塞。／**吹徹**：吹到最後一曲。／**寒**：指玉笙的簧片遇冷或潮溼，導致音聲不暢、不合律。
四行—**多少**：很多、許多。／**何限**：無限。／**闌干**：即欄杆。

賞讀譯文

荷花的香氣已消散，翠綠荷葉也已凋殘，西風吹動碧波，讓人心生愁緒。年華與韶光一同憔悴了，讓人不敢多看一眼。在細雨中，夢見自己回到了遙遠的邊塞；在小樓上吹玉笙，吹到最後一首，樂聲已經開始走調。我倚著欄杆，不停流下的淚珠裡藏了無限的愁恨。

74 子夜歌

人生愁恨何能免

李煜

人生愁恨何能免，銷魂獨我情何限。
故國夢重歸，覺來雙淚垂。
高樓誰與上，長記秋晴望。
往事已成空，還如一夢中。

李煜（937～978）
初名從嘉，字重光，號鐘隱、蓮峰居士，為南唐的末代君主，世稱李後主。在南唐滅亡後被北宋俘虜。精書法、工繪畫、通音律，有詞聖之稱。

一注釋一
一行一**何能**：如何能。／**免**：免去、消除。／**銷魂**：哀傷至極，好像魂魄離開形體而消失。／**獨我**：只有我。／**何限**：無限。
二行一**覺來**：醒來。
三行一**誰與**：與誰。／**長記**：永遠記得。
四行一**還如**：猶如。

題旨：愁思

賞讀譯文

人生的愁恨要如何才能消除？怎麼只有我獨自哀傷到魂魄幾乎要消失？
我在夢中又回到了故國，醒來後不禁雙眼垂淚。
還有誰能跟我一起登上高樓？我永遠記得在晴朗秋日所望見的景色。
但是往事已經成空，就好像夢一場。

75 長相思

一重山

李煜

一重山，兩重山，
山遠天高煙水寒，相思楓葉丹。
菊花開，菊花殘，
塞雁高飛人未還，一簾風月閒。

題旨：秋景

注釋

一行 **丹**：紅色。／**煙水**：煙霧瀰漫的水面。

四行 **塞雁**：塞外的鴻雁。鴻雁又稱大雁，是一種候鳥，於春季返回北方，秋季飛到南方越冬。古人常用來表達對遠方親人的懷念。／**風月**：清風明月，指閒適的景色。／**閒**：安靜。

賞讀譯文

高山一重又一重，
山是如此遠、天是如此高，水面籠罩著寒煙，相思之情如楓葉般火紅。
菊花開了又謝，
塞外的鴻雁已經高飛遠離，我所思念的人尚未回來，簾外的清風明月如此寂靜。

76

相見歡

林花謝了春紅

李煜

林花謝了春紅，太匆匆。
無奈朝來寒雨晚來風。
胭脂淚，留人醉，幾時重。
自是人生長恨水長東。

題旨：春愁

注釋

一行—**春紅**：春天的花朵。

二行—**朝來**：早晨。

三行—**胭脂淚**：女子的眼淚，在此指雨中落花，化用自唐代杜甫的〈曲江對雨〉：「林花著雨胭脂濕。」／**留人醉**：令人陶醉。／**重**：再度相會。

四行—**自是**：自然是。

賞讀譯文

樹林間的紅花凋謝了，生命來去實在太過匆匆；
無奈都是因為早晨下了寒雨，晚上又吹來幾陣風。
雨中的落花就像美人的胭脂淚，令人憐愛又陶醉，什麼時候才能再度相會呢？
人生原本就會長留下許多遺恨，就像流水總是不停地向東流逝而去。

77 相見歡

無言獨上西樓

李煜

無言獨上西樓，月如鉤。
寂寞梧桐深院鎖清秋。
剪不斷，理還亂，是離愁。
別是一般滋味在心頭。

題旨：夜景抒懷

注釋

一行　**鎖**：幽禁、封閉，延伸為籠罩之意。／**清秋**：明淨爽朗的秋天，亦指深秋。

三行　**離愁**：離國之愁。

賞讀譯文

我無言地獨自走上西樓，只見天上的明月一彎如鉤，寂寞的梧桐樹佇立在深靜庭院裡，籠罩在濃濃的秋色下。怎麼剪也剪不斷，整理了還更亂的，是離國之愁；這讓我心頭縈繞著不同於一般的痛苦滋味。

78

浪淘沙

簾外雨潺潺

李煜

簾外雨潺潺，春意闌珊。
羅衾不耐五更寒。
夢裏不知身是客，一餉貪歡。

獨自莫憑闌，無限江山。
別時容易見時難。
流水落花春去也，天上人間。

題旨：亡國傷痛

注釋

一行—**潺潺**：形容雨聲。／**闌珊**：衰落、蕭瑟。

二行—**羅衾**：絲綢被子。／**不耐**：抵擋不了。／**身是客**：身在客地。／**一餉**：片刻、暫時。

三行—**憑闌**：倚靠欄杆。／**江山**：指南唐的江山。

賞讀譯文

簾外傳來潺潺雨聲，盎然春意已經衰殘了。
絲綢被子抵擋不了五更的寒氣。
我在夢裡不知道自己身居客地，貪享著片刻的歡愉。
千萬別獨自倚靠欄杆，遠眺過去的無限江山。
告別這片江山是容易的，要再相見卻萬分困難；
春天如同落花隨著流水而去般遠離，往昔對我而言亦如天上人間般相隔遙遠了。

79 望江南

多少恨

李煜

多少恨，昨夜夢魂中。
還似舊時游上苑，車如流水馬如龍。
花月正春風。

題旨：亡國傷痛

注釋

一行 **夢魂**：夢。古人認為人的靈魂能在睡夢中離開肉體，故稱之「夢魂」。

二行 **舊時**：從前。／**上苑**：供帝王玩賞、打獵的園林。／**馬如龍**：馬匹絡繹不絕像一條蛟龍似的。

賞讀譯文

心中的多少愁恨，都被昨夜夢中的情景給勾起了。在夢中，我好像又回到從前的上苑裡遊樂，往來的車馬就如流水和蛟龍般絡繹不絕。在明月照耀之下，春風正吹拂著盛開的繁花。

80

清平樂

別來春半

李煜

別來春半，觸目柔腸斷。
砌下落梅如雪亂，拂了一身還滿。
雁來音信無憑，路遙歸夢難成。
離恨恰如春草，更行更遠還生。

題旨：春景抒懷

注釋

一行 **春半**：春天的一半。／**柔腸**：柔曲的心腸，比喻纏綿的情意。

二行 **砌**：臺階。／**梅**：梅花。

三行 **雁**：古人把鴻雁視為信差的代表。相傳漢武帝時，漢使接獲密告，得知匈奴將使臣蘇武流放北海，卻謊稱他已死，並用計對匈奴說，漢皇帝射下的一隻鴻雁上有蘇武的帛書，讓蘇武得以被釋放。／**無憑**：沒有憑據。

賞讀譯文

自離別以來，已經過了半個春天。觸目所見的景色，都讓人柔腸寸斷。臺階下飄落的梅花就如白雪般紛亂，我將身上的落花都拂去後，隨即落花又飄滿全身。鴻雁已經飛回來，卻沒有稍來任何書信憑據；路途如此遙遠，就連歸返的夢都難以做成。離別的愁恨就跟春天的野草一樣，隨著越走越遠，越是繁生。

81

喜遷鶯

曉月墜

李煜

曉月墜，宿雲微，無語枕頻攲。
夢回芳草思依依，天遠雁聲稀。
啼鶯散，餘花亂，寂寞畫堂深院。
片紅休掃儘從伊，留待舞人歸。

題旨：相思情懷

注釋

一行 **曉月**：指早晨的殘月。／**宿雲**：夜間的雲。／**微**：消散。／**攲**：傾斜，斜靠。（音同「棲」。）

二行 **夢回**：夢醒。／**芳草**：指夢中所見的女子。／**依依**：留戀不捨。／**雁聲稀**：音信很少。古人把鴻雁視為信差的代表。相傳漢武帝時，漢使接獲密告，得知匈奴將使臣蘇武流放北海，卻謊稱他已死，並用計對匈奴說，漢皇帝射下的一隻鴻雁上有蘇武的帛書，讓蘇武得以被釋放。

三行 **餘花**：尚未凋謝的花。／**畫堂**：華美的廳堂。

四行 **片紅**：飄落的花瓣。／**伊**：他，指片紅。／**舞人**：指所愛的女子。

賞讀譯文

早晨的殘月已經墜落，夜間的雲朵已經消散。我沉默地頻頻斜靠枕頭。夢醒後，我依然留戀著夢中的女子；然而天高遠闊，很少有鴻雁帶來音訊。啼叫的黃鶯已經散去，殘存未凋的花景已顯得紛亂；一個人寂寞地待在華美廳堂和深院裡。不要掃滿地的落花，就隨它去，等到我所愛的人回來後再說吧。

82

虞美人

春花秋月何時了

李煜

春花秋月何時了，往事知多少。
小樓昨夜又東風，故國不堪回首月明中。
雕闌玉砌應猶在，只是朱顏改。
問君能有幾多愁，恰似一江春水向東流。

題旨：春景抒懷

注釋

一行　**春花秋月**：比喻美好的時光與景物。／**了**：結束。

二行　**東風**：春風。／**故國**：指南唐。

三行　**雕闌玉砌**：雕花彩飾的華麗欄杆，玉石砌的臺階，泛指富麗堂皇的建築，在此指南唐故宮。／**朱顏**：青春紅潤的容貌。

四行　**君**：作者自稱。

賞讀譯文

春花秋月的美好時光何時結束？往事還記得多少？
昨夜，小樓上又吹來春風，在月光下，我不忍回想故國的種種。
南唐宮殿的雕欄玉砌應該都還在，只是年少的容顏已經變老了。
若問我心裡有多少哀愁？大概就像那滔滔不絕向東流去的一江春水吧。

83 虞美人

風回小院庭蕪綠

李煜

風回小院庭蕪綠，柳眼春相續。
憑闌半日獨無言，依舊竹聲新月似當年。
笙歌未散尊罍在，池面冰初解。
燭明香暗畫堂深，滿鬢青霜殘雪思難任。

題旨：春景抒懷

一注釋一

一行一**風**：春風。／**庭蕪**：庭院裡的雜草。／**柳眼**：指柳樹的嫩葉。
二行一**憑闌**：倚靠欄杆。／**竹聲**：風吹竹林的聲音。
三行一**笙歌**：泛指奏樂唱歌。／**尊罍**：酒杯。
四行一**清霜殘雪**：鬢髮蒼白，如同霜雪。／**思**：憂思。／**難任**：難以承受。

賞讀譯文

春風再度回來，小庭院裡的雜草變得鮮綠，柳樹上也冒出新葉，新的春天接續來到人間。我獨自倚靠欄杆，半日不發一語；那風吹過竹林的聲音，還有天上的一彎新月，都與當年相似。宴席裡的笙歌還未結束，酒杯仍擺在桌上；池面的冰已經開始融解。華美廳堂深處，點著明亮燭光，因香煙氤氳而有些黯淡，而我已是兩鬢灰白如殘雪，難以承受憂思。

84

臨江仙

櫻桃落盡春歸去

李煜

櫻桃落盡春歸去，蝶翻金粉雙飛。
子規啼月小樓西，
畫簾珠箔，惆悵卷金泥。
門巷寂寥人去後，望殘煙草低迷。
爐香閑裊鳳凰兒，
空持羅帶，回首恨依依。

題旨：春怨或亡國傷痛

注釋

一行—**櫻桃**：指櫻桃花，於早春開花，初夏時結果實。／**歸去**：回去。／**翻**：翻飛。／**金粉**：指蝴蝶的翅膀。

二行—**子規**：杜鵑鳥。初夏時常晝夜不停啼叫，叫聲類似「不如歸去」。相傳為商周至春秋時代之間的古蜀君主杜宇之魂所化，又叫杜宇、鶗鴃、啼鴃、鵜鴃。

三行—**畫簾**：有畫飾的簾子。／**珠箔**：珠簾。／**金泥**：金粉裝飾物。

四行—**寂寥**：冷清。／**殘煙**：淡淡的煙霧。／**低迷**：模糊迷離。

五行—**閑裊**：香煙緩緩地繚繞飄動。閑，通「閒」。／**鳳凰兒**：香爐的外形、裝飾，或香煙飛散的形狀。

六行—**空**：徒然的。／**羅帶**：絲帶。／**恨依依**：愁恨綿綿不斷。

賞讀譯文

櫻桃花都已經落盡，春天也回去了。蝴蝶雙雙拍動裝飾了金粉似的翅膀飛舞著。
小樓西邊，有杜鵑鳥對著月亮啼叫，
我惆悵地捲起飾有金泥的精美珠簾。
那人離去後，門巷顯得無比冷清，我只能望著淡淡煙霧中模糊不清的綠草。
爐中香煙緩緩地繚繞飄動，宛如一隻鳳凰的身影，
我徒然地拿著絲帶，回首過往，只覺得愁恨綿綿不斷。

85 謝新恩

冉冉秋光留不住

李煜

冉冉秋光留不住，滿階紅葉暮。
又是過重陽，臺榭登臨處。
茱萸香墜，紫菊氣飄庭戶。
晚煙籠細雨。
噰噰新雁咽寒聲，愁恨年年長相似。

題旨：秋景抒懷

一注釋一

一行一**冉冉**：緩慢行進。／**秋光**：秋天的時光。
二行一**登臨處**：指登高望遠的地方。
三行一**香墜**：裝有香料的墜子。／**紫菊氣**：紫菊的香氣。
五行一**噰噰**：鳥和鳴的聲音。（噰，音同「庸」。）／**新雁**：剛從北方飛來的大雁。／**咽寒聲**：嗚咽悲涼的聲音。

賞讀譯文

緩慢前行的秋光已經留不住了，傍晚時，臺階上滿滿都是紅葉。又來到重陽節，該是上臺榭登高望遠的時候了。人人佩戴茱萸花和香墜，紫菊花的香氣也飄滿庭院門戶。夜晚，煙霧籠罩著細雨。遠處傳來新雁悲涼的噰噰鳴叫聲，讓人不禁感嘆心中所懷的愁恨，年復一年都很相似。

86

菩薩蠻

梨花滿院飄香雪

毛熙震

梨花滿院飄香雪，高樓夜靜風箏咽。
斜月照簾帷，憶君和夢稀。
小窗燈影背，燕語驚愁態。
屏掩斷香飛，行雲山外歸。

毛熙震
曾任後蜀秘書監。

題旨：閨怨

【注釋】
一行【**香雪**：比喻梨花。／**風箏**：懸掛於簷下的金屬片。／**咽**：聲音悲淒滯塞。
四行【**行雲**：遠行的人。或有戰國時代宋玉〈高唐賦〉中，楚王在夢中與「旦為朝雲，暮為行雨」的巫山神女歡會，而引申的男女歡合之意。／**歸**：回來。

賞讀譯文

滿院的梨花宛如飄著香氣的白雪，靜夜裡的高樓上，傳來風箏的嗚咽聲。月光斜照在簾帷上，我思憶著郎君，卻很少在夢裡見到他。我背對著小窗前的燈影，燕子的呢喃低語激起了我的愁緒。屏風掩著窗頭，斷續的香煙飛繞，彷彿行雲從山外回來了。

87 生查子

春山煙欲收

牛希濟

春山煙欲收，天澹星稀小。
殘月臉邊明，別淚臨清曉。
語已多，情未了，迴首猶重道。
記得綠羅裙，處處憐芳草。

題旨：相思情懷

牛希濟（約925年前後在世）
牛嶠的侄子。曾於前蜀任起居郎、翰林學士、御史中丞等職，之後隨前蜀主降於後唐，曾任雍州節度副使。

注釋

一行—**煙欲收**：霧氣開始變淡。／**天澹**：天將亮。
二行—**殘月**：將落的月亮。／**清曉**：清晨。
三行—**重道**：再次叮嚀。

賞讀譯文

充滿春意的山上煙霧逐漸散去，天將要亮了，星辰看來稀疏且渺小。將落的月光照得我們的臉龐發亮，臨別的淚水潸潸落下，已經快到清晨了。我們已經說了太多話，卻還沒有將情意訴說完，回首時又再次叮嚀，要記得我這個穿著綠羅裙的女子，無論到哪裡，看到芳草就要想起我、憐愛我。

88

浣溪沙

枕障薰爐隔繡帷

張泌

枕障燻爐隔繡帷，二年終日苦相思。
杏花明月始應知。
天上人間何處去，舊歡新夢覺來時。
黃昏微雨畫簾垂。

題旨：相思情懷

張泌
一說為唐末進士，唐亡後曾長時間滯留長安。一說為「張佖」，於南唐時，曾任監察御史、內史舍人等職，降宋後，官終右諫議大夫史館修撰。

注釋

一行—**枕障**：枕頭前的屏障。／**繡帷**：錦繡帷幕。
三行—**覺**：睡醒。
四行—**微雨**：細雨。／**畫簾**：有畫飾的簾子。

賞讀譯文

枕障前的燻爐香氣隔著錦繡帷幕傳來，我已經終日苦苦相思兩年了，
杏花和明月應該都明白我的心思。
我要到天上人間的何處去尋找你呢？只能在清醒時回憶舊日歡情入夢的情景。
黃昏時分飄著微微細雨，畫簾始終低垂著。

89 蝴蝶兒

蝴蝶兒　張泌

蝴蝶兒，晚春時。
阿嬌初著淡黃衣，倚窗學畫伊。
還似花間見，雙雙對對飛。
無端和淚拭燕脂，惹教雙翅垂。

題旨：思春情懷

注釋
一行—阿嬌：漢武帝陳皇后的小名，為少女的代稱。
二行—伊：蝴蝶。
四行—無端：沒由來。／和淚：帶著淚。／拭：擦抹。／燕脂：紅色顏料，可用於化妝或作畫。

賞讀譯文

晚春時節，蝴蝶紛飛。
少女剛穿上淡黃色衣裳，靠在窗邊，學著畫蝴蝶。
畫中蝴蝶就好像花叢間所見的那樣，成雙成對飛舞。
少女沒由來的流下淚，帶著淚水擦抹畫中的紅色顏料，卻使得畫中蝴蝶的翅膀垂了下來。

90

河傳

棹舉

顧夐

棹舉，舟去。波光渺渺，不知何處。
岸花汀草共依依，雨微，鷓鴣相逐飛。
天涯離恨江聲咽，啼猿切，此意向誰說。
艤蘭橈，獨無憀，魂銷，小爐香欲焦。

題旨：離愁

顧夐（約 928 年前後在世）
曾在前蜀任茂州刺史，後蜀任太尉等職。

一注釋一

一行—**棹**：船槳。／**渺渺**：遼闊而蒼茫的樣子。
二行—**汀**：指汀洲，水中的沙洲。／**鷓鴣**：外觀與雞相似，體型較小，羽色大多黑白相雜。
三行—**切**：急切。
四行—**艤**：使船靠岸。／**蘭橈**：以木蘭樹製成的船槳，代指船隻。／**無憀**：空閒而煩悶的心情。／**魂銷**：哀傷至極，好像魂魄離開形體而消失。

賞讀譯文

我划起船槳，小舟逐漸遠去。四周的波光蒼茫遼闊，不知自己身在何處。汀洲岸邊的花草彼此依偎著，天空飄起細雨，鷓鴣鳥相互飛逐。遠在天涯的離恨，讓江水為我嗚咽，猿隻也急切啼叫著；這種心情該向誰訴說呢？我將小舟停靠在岸邊，獨自無聊愁悶，哀傷到魂魄幾乎要消失，小爐中的香也快燒盡變焦了。

91

山園小梅

林逋

眾芳搖落獨鮮妍，占斷風情向小園。
疏影橫斜水清淺，暗香浮動月黃昏。
霜禽欲下先偷眼，粉蝶如知合斷魂。
幸有微吟可相狎，不須檀板共金樽。

題旨：詠梅花

林逋（967～1028）字君復，錢塘人，一生隱居在西湖附近的山上，終生無娶，以種梅養鶴自娛。

注釋

一行—**鮮妍**：指梅花鮮麗開放。／**占斷**：占有全部。

二行—**疏影**：疏落的影子，指梅花。／**暗香**：淡雅的幽香。

三行—**霜禽**：白鳥。／**偷眼**：偷看。／**粉蜨**：蝴蝶。／**合**：應該。

四行—**微吟**：指自己的詩。／**狎**：親近。／**檀板**：一種打拍子用的樂器。／**金樽**：金屬做的酒杯。

賞讀譯文

百花都已經凋落，只剩下梅花鮮麗綻放著，獨自占盡了小園中的美麗風情。梅枝疏落的影子橫斜在清淺的水面上，黃昏入夜後，有梅花的淡雅香氣飄散其間。白鳥要飛下來之前，會先看梅花一眼；粉蝶若知道梅花的美，一定會為此失魂落魄。幸好我能吟詩來親近梅花，不需要執檀板高歌和舉杯飲酒來欣賞。

92

八聲甘州

對瀟瀟暮雨灑江天

柳永

對瀟瀟暮雨灑江天，一番洗清秋。
漸霜風淒緊，關河冷落，殘照當樓。
是處紅衰翠減，冉冉物華休。
惟有長江水，無語東流。

不忍登高臨遠，望故鄉渺邈，歸思難收。
嘆年來蹤跡，何事苦淹留。
想佳人妝樓顒望，誤幾回天際識歸舟。
爭知我倚闌干處，正恁凝愁。

柳永（約 984 ～ 1053）

原名三變，字景莊，後改名永，字耆卿。因排行第七，又稱柳七。出身官宦世家，早年沉醉聽歌買笑生活，多次參加科舉不中。年近半百中進士，曾任睦州團練推官、余杭縣令、曉峰鹽鹼、泗州判官、屯田員外郎等職。為婉約派代表人物之一。

題旨：懷鄉思歸

注釋

一行—**瀟瀟**：下雨聲。／**清秋**：深秋。

二行—**霜風**：秋風。／**淒緊**：淒涼緊迫。／**關河**：關塞與河流。／**殘照**：落日餘光。

三行—**是處**：到處。／**紅衰翠減**：花落葉凋。／**冉冉**：慢慢地，漸漸地。／**物華**：美好的景物。／**休**：指衰殘。

五行—**渺邈**：遙遠。／**歸思**：想回家的心思。

六行—**何事**：為何。／**淹留**：長期停留。

七行—**妝樓**：婦人的閨房。／**顒望**：盼望。／**誤幾回天際識歸舟**：多少次把遠處駛來的船隻誤認成我的歸舟。

八行—**爭**：怎。／**闌干**：即欄杆。／**恁**：如此。

賞讀譯文

看著傍晚的一陣雨灑落江面，將深秋景色洗滌了一番。秋風越來越淒涼逼人，關塞與山河看來一片蕭條，落日餘光照著樓閣。到處都已花落葉凋，美好的景物逐漸衰殘，只有長江水持續無言地往東奔流而去。

我不忍心登高望遠，因為一看向在遙遠他處的故鄉，就讓人的歸鄉心思難以收回。可嘆我這幾年的行蹤，是為了什麼而長期停留在外地？我想佳人應該在閨房裡盼望著，多次將天際的船帆誤以為是我的歸舟吧？她怎麼知道我也倚著欄杆，如此地發愁呢？

93 卜算子

江楓漸老

柳永

江楓漸老，汀蕙半凋，滿目敗紅衰翠。
楚客登臨，正是暮秋天氣。
引疏砧斷續殘陽裏。
對晚景，傷懷念遠，新愁舊恨相繼。

脈脈人千里。念兩處風情，萬重煙水。
雨歇天高，望斷翠峰十二。
盡無言，誰會憑高意。
縱寫得離腸萬種，奈歸雲誰寄。

題旨：羈旅離愁

【注釋】

一行—**江楓**：江邊的楓樹。／**汀蕙**：沙洲上的蕙草。

二行—**楚客**：自比為戰國時代楚國辭賦作家宋玉，他在〈九辯〉裡寫了「悲哉！秋之為氣也。蕭瑟兮，草木搖落而變衰。憭慄兮，若在遠行。登山臨水兮，送將歸。」有遲暮悲愁、羈旅失志之意。／**登臨**：登高望遠。

三行—**疏砧**：斷斷續續的擣衣聲。砧為擣衣石，代指擣衣聲。擣衣是指用杵捶打生絲，使其柔白富彈性，能裁成衣物；古代婦女在秋涼時節常為了幫親人趕製冬衣而擣衣。／**殘陽**：夕陽餘暉。

五行—**脈脈**：含情，藏在內心的感情。／**煙水**：煙霧瀰漫的水面。

六行—**望斷**：放眼遠望，直到看不見為止。／**翠峰十二**：指巫山十二峰。

七行—**誰會**：誰能理解。／**憑高**：登上高處。

八行—**歸雲**：指歸心，或行蹤飄忽的神女。

賞讀譯文

江邊楓樹的葉子逐漸枯萎，沙洲上的蕙草半數都已經凋零，滿目所見都是殘破紅花和衰敗綠草。猶如楚客宋玉的我登高望遠，現在正是深秋時節。夕陽餘暉下，傳來斷斷續續的擣衣聲。看著這樣的傍晚景色，讓人感傷地懷念遠方的佳人，新愁和舊恨陸續湧上心頭。

相隔千里的兩人，心懷情意想念對方，無奈隔著迷濛的千山萬水，分隔兩處。雨停後，天空看起來清亮高遠，視線直到遠處的巫山十二峰。我無言以對，誰能體會我登上高處時的心情呢？就算能寫下心中的萬種離愁，卻沒有誰能幫我寄送。

94

玉蝴蝶

望處雨收雲斷

柳永

望處雨收雲斷，憑闌悄悄，目送秋光。晚景蕭疏，堪動宋玉悲涼。水風輕，蘋花漸老，月露冷，梧葉飄黃。遣情傷，故人何在。煙水茫茫。

難忘。文期酒會，幾孤風月，屢變星霜。海闊山遙，未知何處是瀟湘。念雙燕難憑音信，指暮天空識歸航。黯相望，斷鴻聲裏，立盡斜陽。

題旨：羈旅離愁

注釋

一行—**雨收雲斷**：雨停雲散。／**憑闌**：倚靠欄杆。／**悄悄**：寂靜無聲，一說憂愁。

二行—**蕭疏**：清疏稀落。／**堪動**：能夠引發。／**宋玉悲涼**：戰國時代楚國辭賦作家宋玉，在〈九辯〉裡寫了「悲哉！秋之為氣也。蕭瑟兮，草木搖落而變衰。憭慄兮，若在遠行。登山臨水兮，送將歸。」有遲暮悲愁、羈旅失志之意。

三行—**蘋花**：一種在夏秋開小白花的水生植物。

四行—**遣**：使得。／**故人**：老友。／**煙水**：煙霧瀰漫的水面。

五行—**文期酒會**：與友相聚，暢談詩文，飲酒唱和。／**幾孤**：多少次辜負。／**風月**：清風明月，指閒適的景色。／**星霜**：因星星的位置每年循環一次，秋霜每年遇寒而降，「星霜」即指一年。

六行—**瀟湘**：原指湖南的瀟湘流域一帶，後泛指所思之處。

七行—**憑**：憑藉、託付。／**暮天**：傍晚的天空。／**空**：徒然地。

八行—**斷鴻**：離群的孤雁。／**立盡斜陽**：站到太陽下山為止。

賞讀譯文

我看向雨停雲散處，靜靜地倚著欄杆，目送這一片秋天光景。暮秋景色如此清疏稀落，觸發了我心中那份跟宋玉相同的悲涼心情。水面上微風輕拂，蘋花逐漸老凋；月下露水涼冷，梧桐葉片片轉黃飄落。這景色讓人不禁感傷老友在何處。眼前只見一片煙水茫茫。

難以忘懷從前和友人暢談詩文、飲酒唱和的景象。如今已經辜負許多次美景，過了好幾年。海如此遼闊，山如此遙遠，我所想念之處在哪個方向呢？我想，雙燕難以託寄音信，只能指著黃昏天際，徒然地辨識返航的船隻。我黯然地望向遠方，聽著離群孤雁的鳴叫聲，佇立到太陽下山為止。

95 安公子

遠岸收殘雨

柳永

遠岸收殘雨，雨殘稍覺江天暮。
拾翠汀洲人寂靜，立雙雙鷗鷺。
望幾點，漁燈隱映蒹葭浦。
停畫橈，兩兩舟人語。
道去程今夜，遙指前村煙樹。

遊宦成羈旅，短檣吟倚閒凝佇。
萬水千山迷遠近，想鄉關何處。
自別後，風亭月榭孤歡聚。
剛斷腸，惹得離情苦。
聽杜宇聲聲，勸人不如歸去。

題旨：懷鄉思歸

【注釋】

一行──**殘雨**：將止的雨。
二行──**拾翠**：古代婦女春遊採拾花草。／**汀洲**：水中的沙洲。
三行──**隱映**：若隱若現。／**蒹葭**：蘆葦。／**浦**：河岸，水邊。
四行──**畫橈**：繪有圖案的槳，泛指船隻。／**舟人**：船夫。
六行──**遊宦**：離開家鄉到外地任官。／**羈旅**：寄居他鄉。／**檣**：船的桅桿。／**凝佇**：凝神佇立。
七行──**鄉關**：故鄉。
八行──**月榭**：賞月的臺榭。／**孤**：少；或辜負之意。
九行──**斷腸**：比喻極度悲傷。
十行──**杜宇**：杜鵑鳥。初夏時常晝夜不停啼叫，叫聲類似「不如歸去」。相傳為商周至春秋時代之間的古蜀君主杜宇之魂所化，又叫子規、鶗鴂、啼鴂、鵜鴂。／**歸去**：回去。

賞讀譯文

遠處岸邊的雨漸漸停了，雨停後我才發覺天色已經昏黃了。拾翠嬉遊的女子已經離開汀洲，四周一片寂靜，只佇立著一對對鷗鷺。我看到幾點漁燈在蘆葦岸邊若隱若現。船隻停泊後，船夫三三兩兩地閒聊，說著今天晚上的行程，遙指前方村落煙霧繚繞的樹林。

離鄉到外地任官的我，長期寄居他鄉，此刻倚著短短的船桅凝神佇立。隔著千山萬水，讓人搞不清楚遠近，我所思念的故鄉到底在哪裡呢？自從我離開後，乘涼賞月的亭榭裡就少有人歡聚了。我才剛為了離情之苦而惹得極度悲傷，卻又聽見杜鵑鳥聲聲鳴叫，勸人「不如歸去」。

96 曲玉管

隴首雲飛

柳永

隴首雲飛，江邊日晚，煙波滿目憑闌久。
立望關河蕭索，千里清秋，忍凝眸。
杳杳神京，盈盈仙子，別來錦字終難偶。
斷雁無憑，冉冉飛下汀洲，思悠悠。
暗想當初，有多少幽歡佳會，
豈知聚散難期，翻成雨恨雲愁。阻追遊。
每登山臨水，惹起平生心事，
一場消黯，永日無言，卻下層樓。

題旨：相思離愁

注釋

一行—**隴首**：山丘上。／**煙波**：雲煙瀰漫的水面。／**憑闌**：倚靠欄杆。

二行—**關河**：關塞河流，泛指山河。／**蕭索**：蕭條衰頹。／**清秋**：深秋。／**忍凝眸**：不忍注視。

三行—**杳杳**：遙遠渺茫。／**神京**：京城，指汴京（今開封）。／**盈盈**：儀態輕巧美好。／**仙子**：比喻美女，指詞人所想念的歌女。／**錦字**：指妻子寫給丈夫的信，或情書。源自《晉書》中所記載，秦州刺史竇滔被徙流沙，其妻蘇氏織錦為回文旋圖詩贈之。／**偶**：遇到。

四行—**斷雁**：離群的孤雁。／**憑**：依靠。／**冉冉**：慢慢地，漸漸地。／**汀洲**：水中的沙洲。／**悠悠**：憂思不盡。

六行—**雨恨雲愁**：雲雨有男女歡會的象徵，源自戰國時代宋玉的〈高唐賦序〉提到，巫山神女「旦為朝雲，暮為行雨」，曾與楚王歡會。此句指愛情不能成功，讓人充滿怨恨哀愁。

八行—**消黯**：黯然銷魂。／**永日**：長日。／**層樓**：高樓。

賞讀譯文

山丘上雲彩飛過，江邊天色已晚，我倚著欄杆望向這片煙波浩瀚的景色許久。我佇立著看向蕭條衰頹的山河，但綿延千里的深秋景致，讓人不忍注視。京城所在之處遙遠渺茫，我與美麗佳人分離後，始終沒有收到她寄來的音信。離群無依的孤雁緩緩飛下汀洲，我的心中憂思不盡。

暗自回想當初，兩人有多少次的愉快歡會，沒想到聚散難以預料，反而讓此情充滿怨恨哀愁。難以再一同追遊。每次只要登高望遠欣賞山水風光，就會勾起這樁生平心事，讓人一陣黯然銷魂，終日無語，最後才走下高樓離開。

97 佳人醉

暮景蕭蕭雨霽

柳永

暮景蕭蕭雨霽，雲淡天高風細。
正月華如水，金波銀漢，潋灩無際。
冷浸書帷夢斷，卻披衣重起。臨軒砌。

素光遙指，念翠娥杳隔，音塵何處，相望同千里。
儘凝睇，厭厭無寐，漸曉雕闌獨倚。

題旨：相思離愁

【注釋】

一行【暮景：日落時的景色。／雨霽：雨後天晴。／蕭蕭：形容風雨聲。

二行【月華：月光。／金波：月光。／銀漢：銀河。／潋灩：水光閃動。

三行【書帷：書房。／軒砌：屋前臺階。

四行【素光：潔白的月光。／翠娥：美人之眉，代指美人。／杳：不見蹤影，毫無消息。／音塵：指信息。

五行【凝睇：凝望，注視。／厭厭：懨懨，懶倦，精神不振的樣子。／曉：天亮。／雕闌：雕花彩飾的華麗欄杆。

賞讀譯文

黃昏時分，蕭蕭陣雨已停，天氣轉晴。雲層淡薄，天空看來高遠，細風輕拂著。正是月光如流水，金色光波襯映銀河，無邊無際地閃動著。寒氣侵入書房，打斷我的夢。我披上衣服，再度起床來到屋前臺階。我遙指著潔白的月光，想起杳無音信的佳人，到底身在何處？我倆相望著同一個明月，卻相隔千里。我一直凝望著明月，無精打彩卻也不想入睡，直到天色漸亮，仍獨自倚著華麗欄杆。

98 采蓮令

月華收

柳永

月華收，雲淡霜天曙。
西征客此時情苦。
翠娥執手送臨歧，軋軋開朱戶。
千嬌面盈盈佇立，無言有淚，斷腸爭忍回顧。
一葉蘭舟，便恁急槳凌波去。
貪行色豈知離緒。
萬般方寸，但飲恨，脈脈同誰語。
更回首重城不見，寒江天外，隱隱兩三煙樹。

題旨：離別情景

—注釋—

一行—**月華**：月光。／**霜天**：嚴寒的天氣。／**收**：指落下。

二行—**西征客**：西行的旅人。

三行—**翠娥**：美人之眉，代指美人。／**臨歧**：岔路口，在此指道別處。／**軋軋**：開門聲。／**朱戶**：朱紅色門戶，指富貴人家。

四行—**千嬌面**：千嬌百媚的臉龐。／**盈盈**：儀態輕巧美好。／**爭忍**：怎忍。／**斷腸**：比喻極度悲傷。

五行—**蘭舟**：木蘭樹打造的船，為船隻的美稱。／**恁**：這樣。

六行—**行色**：行程。

七行—**方寸**：指心緒，心情。／**飲恨**：懷恨而不能發洩。／**脈脈**：含情，藏在內心的感情。

八行—**重城**：指城郭。古代的城有外城和內城，故有此稱。

賞讀譯文

月光漸收，寒冷天氣裡，雲層淡薄的天空已露出曙光。我這個要往西行的旅人，此時心情正悲苦。

佳人牽著我的手要送別，軋軋地打開了朱紅門扉。千嬌百媚的她，輕盈柔美地佇立著，流淚而無言以對。我如此悲傷，怎麼忍心回顧。

我乘上一艘船，船夫就這樣急划著槳，乘水面而去。我只顧著後面的行程，怎能體會離別的愁緒？

我心中有著萬種心緒，卻只能懷著愁恨，含情而無人可傾訴。我再度回首，已經看不到重重城郭，只見寒江流向天際之外，隱約有兩、三棵煙霧籠罩的樹。

99 雨霖鈴

寒蟬淒切

柳永

寒蟬淒切，對長亭晚，驟雨初歇。
都門帳飲無緒，留戀處蘭舟催發。
執手相看淚眼，竟無語凝噎。
念去去千里煙波，暮靄沉沉楚天闊。
多情自古傷離別，更那堪冷落清秋節。
今宵酒醒何處，楊柳岸曉風殘月。
此去經年，應是良辰好景虛設。
便縱有千種風情，更與何人說。

題旨：離別情景

注釋

一行—**寒蟬**：秋蟬。／**淒切**：淒涼悲切。／**長亭**：古代約每十里設一個休憩亭，稱為長亭，通常是送別的地方。／**驟雨**：忽然降落的大雨。

二行—**都門**：國都之門，在此指北宋的首都汴京。／**帳飲**：設帳餞行。／**無緒**：沒有心情。／**蘭舟**：木蘭樹打造的船，為船隻的美稱。

三行—**凝噎**：喉嚨哽塞，說不出話。

四行—**去去**：越去越遠，表示行程遙遠。／**煙波**：雲煙瀰漫的水面。／**暮靄**：傍晚的雲霧。／**沉沉**：深厚的樣子。／**楚天**：春秋戰國時期的楚國在長江中下游一帶，之後泛指南方天空。

五行—**更那堪**：哪裡能夠忍受。／**冷落**：蕭條。／**清秋節**：深秋時節。

六行—**曉風**：晨風。／**殘月**：將落的月亮。

七行—**經年**：經過一年或若干年。

八行—**縱**：即使。／**風情**：指男女風月之情。

賞讀譯文

秋蟬鳴叫聲淒涼而悲切，面對長亭時天色已晚，一陣忽然降落的大雨剛剛停歇。我們在京城旁設帳餞別，但我一點心情也沒有。正在依依不捨時，我搭乘的船隻已催促著要出發了。我們牽著手，流淚看著彼此，竟然一句話也說不出來。只想到去程遙遠，要乘著江水到千里之外，那暮靄深厚的遼闊南方天空之下。多情的人自古總是為了離別而傷心，哪裡能夠忍受這樣蕭條的深秋時節。今天晚上酒醒後，我會在哪裡？應該是在天邊掛著殘月、晨風吹拂的楊柳岸吧。這一去又經過好幾年，應該所有良辰美景都形同虛設，與我無關。就算有千種風月情懷，又能對誰傾訴呢？

100 望遠行

長空降瑞

柳永

長空降瑞，寒風翦，淅淅瑤花初下。
亂飄僧舍，密灑歌樓，迤邐漸迷鴛瓦。
好是漁人，披得一蓑歸去，江上晚來堪畫。
滿長安，高卻旗亭酒價。

幽雅。乘興最宜訪戴，泛小棹越溪瀟灑。
皓鶴奪鮮，白鷳失素，千里廣鋪寒野。
須信幽蘭歌斷，彤雲收盡，別有瑤臺瓊榭。
放一輪明月，交光清夜。

題旨：詠雪

注釋

一行—**長空**：遼闊的天空。／**瑞**：白雪。／**翦**：剪，如剪刀銳利。／**淅淅**：形容風雨的聲音。／**瑤花**：如玉般的雪花。

二行—**迤邐**：連續不斷的樣子。／**鴛瓦**：鴛鴦瓦，成對的瓦。

三行—**好是**：就算是。／**歸去**：回去。／**堪畫**：足以入畫。／化用自唐代鄭谷的〈雪中偶題〉：「亂飄僧舍茶煙濕，密灑歌樓酒力微。江上晚來堪畫處，漁人披得一蓑歸。」

四行—**長安**：代指汴京。／**旗亭**：酒樓。因樓外懸著旗子，故有此稱。

五行—**訪戴**：指訪友。引自東晉王子猷在雪夜乘舟訪友人戴安道的故事，他花了一夜的時間到戴安道的住處，卻不見戴安道就直接返家，認為「吾本乘興而行，興盡而返，何必見戴？」／**棹**：船。

六行—**皓鶴**：白鶴。／**白鷳**：又名銀雞、白雉。／**素**：白色的生絹。

七行—**幽蘭**：古曲名，全名為〈幽蘭白雪〉。／**彤雲**：下雪前的灰暗濃雲。／**瑤臺瓊榭**：被雪覆蓋的樓臺亭榭。

八行—**交光**：月光和地上積雪銀光交相輝映。／**清夜**：寂靜的夜晚。

賞讀譯文

遼闊的天空降下白雪，寒風銳利如剪刀，如玉般的雪花淅淅地剛剛落下。雪花在僧舍周圍亂飄，密集地灑落在歌樓上，連續不斷地逐漸遮蓋了屋瓦。就算是漁夫也披上蓑衣回去了，江上傍晚時的景色美得足以入畫。人們湧入京城裡，酒樓都抬高了酒價。

這般幽雅的風景，最適合趁著好興致去拜訪朋友，乘著小船越過溪流，一派瀟灑。白雪覆蓋著廣達千里的原野上，讓白鶴和白鷳的白色羽翼相形失色，不再光鮮潔白。相信在〈幽蘭白雪〉一曲演奏結束、灰暗濃密的雪雲散去後，會有白雪覆蓋的如玉般樓臺亭榭美景。再放出一輪明月，讓月光和地上積雪的銀光在寂靜的夜晚裡交相輝映。

101 訴衷情近

雨晴氣爽

柳永

雨晴氣爽，佇立江樓望處。
澄明遠水生光，重疊暮山聳翠。
遙認斷橋幽徑，隱隱漁村，向晚孤煙起。
殘陽裏，脈脈朱闌靜倚。
黯然情緒，未飲先如醉。愁無際。
暮雲過了，秋光老盡，故人千里，
竟日空凝睇。

題旨：秋景懷友

注釋

一行—**雨晴**：雨過天晴。／**望處**：所能望見的地方。／**澄明**：清澈明亮。／**聳翠**：聳立著翠綠的山峰。

二行—**向晚**：傍晚。

四行—**殘陽**：夕陽餘暉。／**脈脈**：含情，藏在內心的感情。

六行—**暮雲**：黃昏的雲。／**故人**：老友。

七行—**竟日**：整天。／**凝睇**：凝望，注視。

賞讀譯文

雨過天晴後空氣清爽，我佇立在江樓上看向遠處。遠方清澈明亮的水波反射著光芒，暮色籠罩著層層重疊的翠綠山峰。遠遠地，我認出了殘破斷橋、幽靜小路和隱隱約約的漁村，還有一縷孤煙在傍晚時升起。夕陽餘暉下，我含情不語地倚著紅色欄杆。黯然低落的情緒，讓我還沒喝酒就好像醉了。愁緒無邊無際。傍晚的雲彩飄過了，秋天已經到盡頭，老友卻在遙遠的千里之外。這讓我整天徒然地凝望這片景色。

102

傾杯

鶩落霜洲

柳永

鶩落霜洲，雁橫煙渚，分明畫出秋色。
暮雨乍歇。小楫夜泊，宿葦村山驛。
何人月下臨風處，起一聲羌笛。
離愁萬緒，聞岸草切切蛩吟如織。
為憶。芳容別後，水遙山遠，何計憑鱗翼。
想繡閣深沉，爭知憔悴損天涯行客。
楚峽雲歸，高陽人散，寂寞狂蹤跡。
望京國。空目斷遠峰凝碧。

題旨：秋景思人

注釋

一行—**鶩**：野鴨。／**煙渚**：煙霧籠罩的水中小洲。
二行—**小楫**：船槳，代指船。
四行—**切切**：擬聲詞，蟋蟀的鳴叫聲。／**蛩**：蟋蟀。
五行—**芳容**：美好的容貌，代指佳人。／**鱗翼**：魚雁，古人以為魚雁能傳遞書信。
六行—**繡閣**：女子居住的閨房。／**爭知**：怎知。／**損**：表程度，意為極。
七行—**楚峽**：巫峽。或有戰國時代宋玉〈高唐賦〉中，巫山神女「旦為朝雲，暮為行雨」而引申的男女歡合之意。／**歸**：回去。／**高陽**：高陽酒徒，泛指好飲酒而放蕩不羈的人。／**狂**：放縱、放蕩。
八行—**京國**：京城。／**目斷**：視線極限之處。

賞讀譯文

野鴨停落在結霜的沙洲上，雁鳥飛過煙霧籠罩的水中小洲，鮮明地畫出了秋天的景色。傍晚的雨剛停，小船在夜裡停泊，人們寄住在葦岸旁的山邊小村驛站。誰在月下迎風的地方，吹起了一聲羌笛樂。在繁多愁緒被勾起之時，又聽到岸邊草地裡有蟋蟀如紡織機般切切地鳴叫著。

一切只因為回憶。自從與佳人分別後，兩人之間相隔遙遠山水，哪有什麼方法能傳送書信。我想她待在深閨裡，應該為了我這個天涯行客而憔悴不堪了。巫峽的雲已回去，高陽酒徒也在聚會後四散，只剩我一個人的寂寞狂放身影。我望向京城，在視線極限之處，只見遠方的翠綠山峰。

103

滿江紅

暮雨初收

柳永

暮雨初收，長川靜征帆夜落。
臨島嶼蓼煙疏淡，葦風蕭索。
幾許漁人飛短艇，盡載燈火歸村落。
遣行客當此念回程，傷漂泊。

桐江好，煙漠漠。波似染，山如削。
繞嚴陵灘畔，鷺飛魚躍。
游宦區區成底事，平生況有雲泉約。
歸去來一曲仲宣吟，從軍樂。

題旨：江景抒懷

注釋

一行—**長川**：指桐江。／**征帆**：遠行的船。
二行—**蓼煙**：籠罩在蓼花上的煙霧。／**葦風**：吹著蘆葦的風。／**蕭索**：冷落衰頹的樣子。
三行—**幾許**：多少。
四行—**遣**：促使。／**行客**：旅客。
六行—**嚴陵灘**：地名。
七行—**游宦**：在外做官。／**區區**：微不足道。／**底事**：何事。／**雲泉約**：指與白雲、山泉有約。
八行—**歸去**：回去。／**仲宣吟，從軍樂**：仲宣指東漢時的建安七子王粲，寫有〈從軍行〉一組五首，受到曹操重用。

賞讀譯文

傍晚的雨剛停，桐江江水安靜了下來。遠行船隻的帆都收落下來。我來到島嶼旁，疏淡的輕煙籠罩著蓼花，吹過蘆葦的風衰頹無力。多少漁夫飛快地划著小艇，全都載著燈火要返回村落。身為旅客的我，對著此景想起返鄉一事，為自己的漂泊而感傷。

桐江的景色十分美好，輕煙籠罩著，水波似乎被染上色彩，山形猶如被刀斧削過般稜角分明。繞過嚴陵灘岸，有鷺鳥飛過，魚躍水面而出。我到外地做官，如此微不足道的職位能成就什麼事？況且我這一生還有歸隱山林的想法。回去吧！卻又想到王粲寫的〈從軍行〉。

鳳棲梧

佇倚危樓風細細

柳永

佇倚危樓風細細。
望極春愁，黯黯生天際。
草色煙光殘照裏，無言誰會憑闌意。

擬把疏狂圖一醉，對酒當歌，強樂還無味。
衣帶漸寬終不悔。為伊消得人憔悴。

題旨：賞景思人

—注釋—

一行—**危樓**：高樓。

二行—**望極**：望向視線極限之處。／**黯黯**：昏暗不明。

三行—**憑闌**：倚靠欄杆。

四行—**擬把**：打算。／**疏狂**：狂放不羈。／**強樂**：強顏歡笑。

五行—**衣帶漸寬**：指人逐漸消瘦。／**消得**：值得。

賞讀譯文

我佇立在高樓上倚著欄杆，吹來的風柔細無力。

我望向視線極限之處，春愁似乎暗地裡在天際生起。夕陽照在青草和煙霧上，閃耀著色彩與光芒。我默默無言，誰能體會我倚著欄杆時的心情。

我本打算要狂放不羈地喝個大醉，邊喝酒邊唱歌，但如此強顏歡笑，還是覺得索然無味。

我逐漸消瘦，衣帶變得愈來愈寬鬆，但我終究不感到後悔。為了伊人，值得讓人變憔悴。

105

御街行

紛紛墜葉飄香砌

范仲淹

紛紛墜葉飄香砌，夜寂靜，寒聲碎。
真珠簾捲玉樓空，天淡銀河垂地。
年年今夜，月華如練，長是人千里。
愁腸已斷無由醉，酒未到，先成淚。
殘燈明滅枕頭攲，諳盡孤眠滋味。
都來此事，眉間心上，無計相迴避。

題旨：賞景思人

范仲淹（989～1052）字希文。幼年喪父，曾因母親改嫁而更名朱說。登進士第後，改回本名。曾任廣德軍司理參軍、西溪鹽官、興化縣令、秘閣校理、陳州通判、蘇州知州、龍圖閣直學士、參知政事等職，屢因秉公直言而遭貶斥。病逝於調任途中。

【注釋】

一行—**香砌**：有落花的臺階。／**寒聲**：寒風吹樹葉的聲音。／**碎**：細碎，時斷時續。

二行—**真珠**：珍珠。／**玉樓**：樓閣的美稱。／**天淡**：天空清澈無雲。

三行—**練**：柔軟潔白的絲絹。

四行—**愁腸**：憂思鬱結的心腸。／**無由**：無法。

五行—**明滅**：忽明忽暗。／**攲**：傾斜，斜靠。（音同「棲」。）／**諳盡**：嚐盡。

六行—**都來**：算來。／**無計**：沒有辦法。

賞讀譯文

樹葉紛紛飄落在滿是落花、散發香氣的臺階上。寂靜的夜裡，斷續聽見寒風吹動樹葉的聲音。捲起珍珠簾，樓閣裡空空蕩蕩的。天空清澈無雲，長長的銀河垂落到大地的盡頭。每年此時的夜晚，月光都如白色絲絹般明亮，卻總是人兒相隔千里。愁腸已經斷了，不可能再醉。酒還沒喝下口，我就已經開始流淚。將要燃盡的燈開始忽明忽暗，我斜靠在枕頭上，嚐盡獨自入眠的滋味。算來這椿心事，無論是眉間或心中，都沒有辦法避開它。

106

蘇幕遮

碧雲天

范仲淹

碧雲天，黃葉地，秋色連波，波上寒煙翠。
山映斜陽天接水，芳草無情，更在斜陽外。
黯鄉魂，追旅思，夜夜除非，好夢留人睡。
明月樓高休獨倚，酒入愁腸，化作相思淚。

題旨：羈旅鄉愁

—注釋—

一行—**碧雲**：天空中的浮雲。／**寒煙翠**：翠綠色的寒煙。

三行—**黯**：心情憂鬱。／**鄉魂**：思鄉的情思。／**追**：追隨，有纏住不放之意。／**旅思**：羈旅在外的愁思。

四行—**愁腸**：憂思鬱結的心腸。

賞讀譯文

天空中浮雲朵朵，地上滿是黃葉，這番秋色與江波相連，江波上籠罩著翠綠色的寒煙。夕陽斜照著青山，遠處水天相連，然而芳草更無情，還在斜陽所照的山之外。

我因思鄉情懷而黯然失神，老是追著這份羈旅在外的愁思，除非每天晚上有好夢才能讓我入睡。千萬不要獨自倚在高樓上賞明月，否則酒一喝入愁腸，都化成相思淚流下了。

107 一叢花

傷高懷遠幾時窮

張先

傷高懷遠幾時窮，無物似情濃。
離愁正引千絲亂，更東陌，飛絮濛濛。
嘶騎漸遙，征塵不斷，何處認郎蹤。
雙鴛池沼水溶溶，南北小橈通。
梯橫畫閣黃昏後，又還是，斜月簾櫳。
沉恨細思，不如桃杏，猶解嫁東風。

題旨：閨怨

張先（990～1078）

字子野。曾任嘉禾判官、通判、渝州屯田員外郎等職，以尚書都官郎中辭官退休。

一注釋一

一行—**窮**：盡頭。

二行—**千絲**：指許多柳條。／**陌**：市中街道。／**飛絮**：飄飛的柳絮。

三行—**嘶騎**：嘶叫的馬匹。／**征塵**：車馬行走所揚起的塵土。

四行—**溶溶**：寬廣的樣子。／**橈**：船槳，代指船。

五行—**梯橫**：梯子橫放收起。／**畫閣**：裝飾華麗的樓閣。／**簾櫳**：窗簾和窗櫺，泛指門窗的簾子。

六行—**解**：知道。／**嫁東風**：隨著東風（春風）吹落飄去。

賞讀譯文

登高望遠之際的傷懷心情，何時才有盡頭？沒有什麼東西比我的感情還要濃烈。離愁正使得千萬柳絲隨風亂舞，更東邊的街道上，柳絮飄飛，一片霧濛濛。嗚叫著的馬匹已逐漸遠離，後方的塵土不斷揚起，我能在哪裡找到郎君的蹤跡？成雙鴛鴦悠游的池沼，水面寬廣，還有小船往來南北之間。黃昏後，通往華麗樓閣的梯子已經橫放收起，斜斜的月光再度透過窗簾照進屋內。我懷著深沉的恨意細細思量，發覺我還不如那桃花、杏花，可以自由隨著春風飄去。

108 千秋歲

數聲鶗鴂

張先

數聲鶗鴂，又報芳菲歇。
惜春更選殘紅折，雨輕風色暴，梅子青時節。
永豐柳，無人盡日花飛雪。

莫把么絃撥，怨極絃能說。
天不老，情難絕，心似雙絲網，中有千千結。
夜過也，東窗未白孤燈滅。

題旨：閨怨

注釋

一行—**鶗鴂**：杜鵑鳥。初夏時常晝夜不停啼叫，叫聲類似「不如歸去」。相傳為商周至春秋時代之間的古蜀君主杜宇之魂所化，又叫杜宇、子規、鶗鴃、啼鴃、鵜鴃。／**芳菲**：花草。

二行—**殘紅**：剩下的花朵。／**風色暴**：風勢狂暴。

三行—**永豐**：唐代洛陽的坊名。／**盡日**：一整天。／**花飛雪**：指柳絮。

四行—**么弦**：琵琶的第四弦，為各弦中最細的。

賞讀譯文

幾聲杜鵑鳥的啼叫聲，又來通知花草將要衰謝了。
因為愛惜春天，我選折了剩下的幾朵花。天空飄著細雨，風勢卻十分狂暴，又到了梅子青綠的季節。
無人影的永豐園裡，柳絮從樹上飄落而下，一整天如雪般飛舞著。
不要再撥弄琵琶的么絃了，我心中的深怨連絃線都能為我訴說。
天不會老，這份情也不會斷絕，多情的心就像雙絲編織的網，裡面有著千萬個結。
夜晚過去了，東邊窗外天色未亮，屋裡的孤燈已經熄滅。

109

天仙子

水調數聲持酒聽

張先

水調數聲持酒聽，午醉醒來愁未醒。
送春春去幾時回，
臨晚鏡，傷流景，往事後期空記省。
沙上並禽池上暝，雲破月來花弄影。
重重簾幕密遮燈，
風不定，人初靜，明日落紅應滿徑。

題序
時為嘉禾小倅，以病眠不赴府會。（注：小倅為判官。）

題旨：傷春抒懷

一注釋一

一行—**水調**：曲調名。

三行—**流景**：流去的時光。／**空**：徒然。／**記省**：回憶、記憶。／化用自唐代杜牧的〈代吳興妓春初寄薛軍事〉：「自悲臨曉鏡，誰與惜流年。」／

四行—**並禽**：成對的鳥兒。／**暝**：天黑，暮色籠罩。／**弄影**：影子搖動。

六行—**落紅**：落花。

賞讀譯文

拿著酒杯聽幾聲〈水調〉樂曲，中午喝酒的醉意已醒，但心中的愁還未醒。
送春離開後，它要到什麼時候才回來呢？
傍晚時攬鏡自照，不禁為流去的時光而感傷，所有往事在後來只能徒然地回憶。
成對鳥兒待在沙洲上，池上天色漸暗。月亮從雲層破開處冒出來，花影在月下搖曳。
重重的簾幕緊密地遮住燈光，
風還沒有停息，人聲已經安靜下來，明天落花應該又堆滿小徑了。

110 青門引

乍暖還輕冷

張先

乍暖還輕冷，風雨晚來方定。
庭軒寂寞近清明，殘花中酒，又是去年病。

樓頭畫角風吹醒，入夜重門靜。
那堪更被明月，隔牆送過鞦韆影。

題旨：傷春抒懷

注釋

一行　**庭軒**：庭院中的小室。／**寂寞**：寂靜／**中酒**：喝醉。／**病**：憂慮。

三行　**樓頭**：樓上。／**畫角**：樂器名。傳自西羌，形如牛、羊角，表面彩繪裝飾，吹奏時發出嗚嗚聲。／**重門**：屋內的門。

四行　**那堪**：怎麼承受。

賞讀譯文

天氣剛暖和不久又變涼冷，風雨直到傍晚才停歇。清明時節將近，我在寂靜的庭院小室裡，對著所剩無幾的花朵喝到酒醉，再度懷著跟去年一樣的憂慮。

樓上的畫角被風吹響。入夜後，重門內一片寧靜。哪能忍受明月送來隔牆外的鞦韆影子。

訴衷情

花前月下暫相逢

張先

花前月下暫相逢。苦恨阻從容。何況酒醒夢斷，花謝月朦朧。

花不盡，月無窮。兩心同。此時願作，楊柳千絲，絆惹春風。

題旨：愛戀心情

一注釋一

一行一苦恨：深恨。

四行一絆惹：牽纏。

賞讀譯文

我們在花前月下短暫相逢。深深怨恨那些阻擋我們從容談情的外力。那情景就好像酒醒夢斷般消逝，花兒謝了，月色也朦朧。然而，花不會開盡，月色亦無窮盡，只要我們倆心意相同。此時時刻，我願意化為楊柳的千萬枝條，牽纏著春風不放。

112

玉樓春

綠楊芳草長亭路

晏殊

綠楊芳草長亭路，年少拋人容易去。
樓頭殘夢五更鐘，花底離情三月雨。
無情不似多情苦，一寸還成千萬縷。
天涯地角有窮時，只有相思無盡處。

題旨：相思離愁

晏殊（991～1055）
字同叔。十四歲時以神童入試，被賜同進士出身，曾任右諫議大夫、集賢殿學士、禮部刑部尚書、兵部尚書等職。為晏幾道的父親，世稱晏殊為大晏，晏幾道為小晏。

—注釋—

一行—**長亭**：古代約每十里設一個休憩亭，常是人們送別之地。

二行—**樓頭**：樓上。／**殘夢**：沒做完的夢。

三行—**一寸**：指心。／**千萬縷**：千思萬緒。

賞讀譯文

通往長亭的路上，有青綠楊樹和芳香綠草夾道，年少時總是容易轉身就拋人離去。我在樓上高枕入眠，五更鐘卻打斷了我的夢；暮春三月的雨水落到花叢底下，就像離情逐漸漫開。無情不似多情那般讓人痛苦，一寸心都化成了千思萬緒。天涯地角都有盡頭，但相思之情卻無窮無盡。

113 木蘭花

燕鴻過後鶯歸去

晏殊

燕鴻過後鶯歸去，細算浮生千萬緒。
長於春夢幾多時，散似秋雲無覓處。
聞琴解佩神仙侶，挽斷羅衣留不住。
勸君莫作獨醒人，爛醉花間應有數。

題旨：人生感懷

注釋

一行—**浮生**：人生。／**歸去**：回去。

二行—化用自唐代白居易的〈花非花〉：「來如春夢無多時，去似朝雲無覓處。」

三行—**聞琴**：取自漢代司馬相如彈琴對卓文君示愛的故事。／**解佩**：漢代劉向《列仙傳．江妃二女》中提到，有仙女解佩贈予鄭交甫後就消失了，之後將解佩延伸為男女情愛期許之意。／**羅衣**：絲質的衣服。

四行—**應有數**：應該數得出來。

賞讀譯文

燕子和鴻雁飛過之後，黃鶯也回去了，仔細算數這人生的經歷，真是千頭萬緒。人生並沒有比春夢長過多少；與人離散後，就像秋雲那樣無處尋覓了。昔日用琴聲傳情、互贈玉佩的神仙眷侶，如今就算拉斷羅衣也挽留不住。勸你不要做唯一清醒的人，能夠縱情爛醉在花叢間的時光有限，應該數得出來。

114

浣溪沙

一向年光有限身

晏殊

一向年光有限身，等閑離別易銷魂，
酒筵歌席莫辭頻。
滿目山河空念遠，落花風雨更傷春，
不如憐取眼前人。

題旨：人生感懷

注釋

一行—**一向**：一晌，片刻。／**年光**：年華、時光。／**有限身**：有限的生命。／**等閑**：平常。閑通「閒」。／**銷魂**：哀傷至極，好像魂魄離開形體而消失。

二行—**頻**：頻繁。

三行—**滿目**：形容充滿視野。

四行—**憐**：憐愛。／**取**：語助詞，置於動詞後，表示動作的進行。／**憐取眼前人**：取自唐代元稹《會真記》中崔鶯鶯寫的詩：「還將舊來意，憐取眼前人。」

賞讀譯文

短暫的時光，有限的生命，平常的離別就容易讓人哀傷到魂魄幾乎要消失，
不要頻繁推辭這些酒筵歌席。
我放眼望去，滿眼都是山河景觀，心中徒然地思念遠方；風雨摧落繁花，讓人更感傷春光的消逝，
不如好好珍惜眼前的人吧！

115

浣溪沙

一曲新詞酒一杯

晏殊

一曲新詞酒一杯，去年天氣舊亭臺，
夕陽西下幾時迴。
無可奈何花落去，似曾相識燕歸來。
小園香徑獨徘徊。

題旨：傷春抒懷

—注釋—

一行—**一曲新詞**：一首填上新詞的歌。／**去年天氣**：跟去年此時相同的天氣。／**去年天氣舊亭臺**：化用自五代鄭谷的〈和知己秋日傷懷〉：「流水歌聲共不回，去年天氣舊池臺。」

二行—**迴**：返回。

三行—**燕歸來**：燕子從南方飛回來。

四行—**香徑**：飄散花草芳香的小徑。

賞讀譯文

聽一首填上新詞的歌，配著一杯酒；今天的天氣跟去年此時一樣，亭臺也跟舊日一樣，但夕陽西下後，幾時回來呢？

我無可奈何地看著繁花落盡，似曾相識的燕子從南方回來，一個人獨自徘徊在小園裡飄散花草芳香的小徑。

116

清平樂

金風細細　晏殊

金風細細，葉葉梧桐墜。
綠酒初嘗人易醉，一枕小窗濃睡。
紫薇朱槿花殘，斜陽卻照闌干。
雙燕欲歸時節，銀屏昨夜微寒。

題旨：秋愁

【注釋】

一行【**金風**：指秋風。在五行中，秋屬金。／**細細**：輕微的樣子。

二行【**綠酒**：古代土法釀酒，酒為黃綠色。

三行【**紫薇**：落葉小喬木，夏日開花，秋天凋謝。／**朱槿**：常綠小灌木，終年開花，夏秋最盛。／**卻照**：正照。／**闌干**：即欄杆。

四行【**歸**：指秋天燕子飛回南方。／**銀屏**：鑲嵌雲母石等物的屏風。

賞讀譯文

秋風輕拂，梧桐葉一片片落下。
我初次品嚐綠酒，很容易就醉了，便枕在小窗旁睡得深濃。
紫薇花和朱槿花都已經凋落，斜陽正照著欄杆。
在這個雙燕要南歸的季節裡，昨夜我待在屏風內側也感到微寒了。

117

清平樂

紅箋小字

晏殊

紅箋小字，說盡平生意。
鴻雁在雲魚在水，惆悵此情難寄。
斜陽獨倚西樓，遙山恰對簾鉤。
人面不知何處，綠波依舊東流。

題旨：相思情懷

注釋

一行 **紅箋**：紅色的信紙。／**平生意**：一生的愛慕之意。

二行 **鴻雁**：古人把鴻雁視為信差的代表。相傳漢武帝時，漢使接獲密告，得知匈奴將使臣蘇武流放北海，卻謊稱他已死，並用計對匈奴說，漢皇帝射下的一隻鴻雁上有蘇武的帛書，讓蘇武得以被釋放。／**魚**：指信差。漢代古詩〈飲馬長城窟行〉中有：「客從遠方來，遺我雙鯉魚，呼兒烹鯉魚，中有尺素書。」此外，古代人會將書信放在刻成魚形的兩片木片中。／**惆悵**：悲愁、失意。

三行 **簾鉤**：指已捲起窗簾。

四行 **人面**：指所愛之人。引自唐代崔護的〈題都城南莊〉：「去年今日此門中，人面桃花相映紅。人面不知何處去，桃花依舊笑春風。」

賞讀譯文

在紅色信紙上寫滿小字，說盡了我這一生的愛慕之意。然而，鴻雁飛在雲上，魚兒躲在水裡，我感傷著這份情意難以寄出。斜陽下，我獨自倚在西樓上，捲起窗簾，正好與遠方的山巒相對。我的愛人不知身在何處，江水上的綠波依舊往東方流去。

118

訴衷情

芙蓉金菊鬥馨香

晏殊

芙蓉金菊鬥馨香。天氣欲重陽。
遠村秋色如畫，紅樹間疏黃。
流水淡，碧天長。路茫茫。
憑高目斷，鴻雁來時，無限思量。

題旨：詠秋景

一注釋一

一行一**芙蓉**：木芙蓉，花期為八至十月。／**金菊**：黃菊。／**鬥**：比，爭。／**馨香**：芳香。／**天氣**：時令，時節。

三行一**淡**：清澈。／**長**：指空間、距離大。

四行一**憑高**：登上高處。／**目斷**：放眼遠望到極限。／**思量**：想念。

賞讀譯文

木芙蓉和黃菊爭相散發馨香，又快到重陽時節了。
遠處村子的秋景如畫一般，紅葉樹林間夾雜些許黃葉。
流水清澈，青天遼闊，路途卻茫茫看不到盡頭。
登高望向遠方視線極限處，在鴻雁飛來的季節裡，總引起我無限的想念。

119 鵲踏枝

檻菊愁煙蘭泣露

晏殊

檻菊愁煙蘭泣露。羅幕輕寒，燕子雙飛去。
明月不諳離恨苦，斜光到曉穿朱戶。
昨夜西風凋碧樹。獨上高樓，望盡天涯路。
欲寄彩箋兼尺素，山長水闊知何處。

題旨：相思離愁

—注釋—

一行—**檻**：欄杆。／**羅幕**：絲質帷幕。／**輕寒**：輕微的寒意。
二行—**不諳**：不瞭解。／**朱戶**：朱紅色門戶，指富貴人家。
三行—**凋**：衰落。／**碧樹**：綠樹。
四行—**彩箋**：彩色的信箋。／**尺素**：指書信。古人會用一尺長左右的白色素絹來寫信。

賞讀譯文

欄杆旁的菊花籠罩著輕煙，看來哀愁；蘭花上沾了露水，好似在哭泣。羅幕之間透著輕微的寒意，燕子雙雙飛走。
明月不懂得離別的苦恨，直到天亮還將斜光照進富貴人家裡。
昨夜的西風讓綠樹凋落了一些葉片。我獨自走上高樓，望向天涯盡頭的道路。
我想要用彩箋和尺素寫信寄給你，然而山脈綿長、江水遼闊，哪能知道你在何處呢？

120

踏莎行

小徑紅稀

晏殊

小徑紅稀，芳郊綠徧。高臺樹色陰陰見。
春風不解禁楊花，濛濛亂撲行人面。
翠葉藏鶯，珠簾隔燕。爐香靜逐遊絲轉。
一場愁夢酒醒時，斜陽卻照深深院。

題旨：春愁

—注釋—

一行—**紅稀**：花兒稀少。／**芳郊**：花草叢生的郊野。／**徧**：同「遍」。／**樹色**：樹林的景色。／**陰陰**：樹木枝葉稠密的樣子。

二行—**不解**：不懂得。／**禁**：約束。／**楊花**：即柳絮。

三行—**遊絲**：蜘蛛等蟲吐的絲。

四行—**卻**：正好。

賞讀譯文

小徑上花兒稀少，郊野上綠草遍布。站在高臺上，樹林景色看來枝葉稠密、濃蔭密布。春風不懂得約束柳絮，讓它亂飛成濛濛一片，隨意撲到行人的臉上。翠綠的葉子裡藏著鶯兒，珠簾隔開了燕子，爐香的煙靜靜地繞著遊絲轉。我做了一場愁夢，酒醒時，斜陽正好照進深深的院子裡。

121 踏莎行

碧海無波

晏殊

碧海無波，瑤臺有路。思量便合雙飛去。
當時輕別意中人，山長水遠知何處。

綺席凝塵，香閨掩霧。紅箋小字憑誰附。
高樓目盡欲黃昏，梧桐葉上蕭蕭雨。

題旨：相思離愁

注釋

一行 **瑤臺**：神仙居住的地方。／**思量**：想。／**合**：應該。

二行 **意中人**：心中所思念或屬意的人，多指心中所愛戀的異性。

三行 **綺席**：華麗的坐席。／**凝**：聚集。／**香閨**：女子的居室。／**掩**：遮蔽。／**紅箋**：紅色信紙。／**憑**：託附。／**附**：帶去。

四行 **目盡**：望盡。／**欲**：將要。／**蕭蕭**：形容風雨聲。

賞讀譯文

碧海上平靜無波，有道路可以通往瑤臺，想來應該要成雙飛去才對。當時輕易就離開了意中人，如今兩人相隔遙遠山水，怎麼知道她在哪裡？華麗的坐席上已堆滿灰塵，她的居室也被煙霧遮蔽了，這寫滿小字的紅色信紙該託附誰帶去呢？快要黃昏時，我在高樓上遠望前方盡頭，蕭蕭細雨打在梧桐葉上。

122

木蘭花

東城漸覺風光好

宋祁

東城漸覺風光好，縠皺波紋迎客棹。
綠楊煙外曉雲輕，紅杏枝頭春意鬧。
浮生長恨歡娛少，肯愛千金輕一笑。
為君持酒勸斜陽，且向花間留晚照。

宋祁（998～1061）
字子京。曾任國子監直講、太常博士、工部尚書員外郎、知制誥、史館修撰、翰林學士承旨等職。

題旨：詠春抒懷

注釋

一行—**縠皺波紋**：縠為縐紗，縠皺波紋形容波紋細如縐紗。（縠，音同「胡」。）／**棹**：船槳，在此指船。

二行—**鬧**：濃盛。

三行—**肯愛**：豈肯吝惜。／**千金**：指金錢。／**一笑**：指美人的笑。

四行—**晚照**：夕陽餘暉。

賞讀譯文

東城的風光漸漸讓人覺得美好，水面上縐紗般波紋迎接著客船。瀰漫煙霧的綠楊樹外，有清晨的雲輕飄著，紅杏開滿枝頭，散發濃盛的春意。這一生我總是怨恨歡娛的時光太少，怎會吝惜千金而輕忽美人的笑呢？我為你舉起酒杯勸斜陽，就在花叢間留下餘暉吧。

123

玉樓春

別後不知君遠近

歐陽脩

別後不知君遠近，觸目淒涼多少悶。
漸行漸遠漸無書，水闊魚沉何處問。
夜深風竹敲秋韻，萬葉千聲皆是恨。
故欹單枕夢中尋，夢又不成燈又燼。

題旨：相思離愁

歐陽脩（1007～1072）字永叔，號醉翁、六一居士。曾任滁州、揚州、潁州等地太守，以及翰林學士、參知政事、兵部尚書、太子少師等職。為唐宋八大家之一。

一注釋一

一行—**觸目**：目光所及。／**悶**：苦悶、煩悶。
二行—**魚沉**：魚不傳書。指音訊全無。
四行—**故**：故意。／**欹**：傾斜，斜靠。（音同「棲」。）／**單枕**：孤枕。／**燼**：燈芯燒盡成灰。

賞讀譯文

自從離別後，不知你所在之處是遠是近，只覺得目光所見的景物都讓人感到淒涼又充滿許多苦悶。
我們漸行漸遠，也逐漸沒有書信往來。水這麼廣闊，傳信的魚又沉到深處，我要到哪裡詢問呢？
夜深了，風吹動竹林，敲出秋季獨有的聲韻，萬片葉子傳出的千聲秋響，充滿了愁恨。
我故意斜倚著孤枕，想在夢中尋找你，但夢還沒做成，燈芯就已燒成灰燼了。

124

玉樓春

尊前擬把歸期說

歐陽脩

尊前擬把歸期說，未語春容先慘咽。
人生自是有情癡，此恨不關風與月。
離歌且莫翻新闋，一曲能教腸寸結。
直須看盡洛城花，始共春風容易別。

題旨：離愁

注釋

一行—**尊前**：樽前，餞行的酒席前。／**春容**：指佳人的容顏。／**慘咽**：嚴重嗚咽。

三行—**離歌**：送別曲。／**闋**：曲調。／**腸**：柔腸（柔曲的心腸）。

四行—**洛城**：指洛陽。／**花**：指牡丹。洛陽盛產牡丹。

賞讀譯文

在酒席上打算把歸期說出來，還沒開口，佳人就嗚咽得慘兮兮。
人生本來就有執著於情感的人，這愁恨本來就與風月無關。
先不要為離歌換上新曲調，光是這一曲就能讓人柔腸寸寸纏結了。
必須好好賞盡洛陽盛產的牡丹花，才能輕易地向春風道別。

125 生查子・元夕

歐陽脩

去年元夜時，花市燈如晝。
月上柳梢頭，人約黃昏後。
今年元夜時，月與燈依舊。
不見去年人，淚濕春衫袖。

題旨：人生感懷

※關於此詞作者，另有朱淑真之說。此詞在歐陽脩的《廬陵集》和朱淑真的《斷腸集》中都有收錄，關於真正的作者是誰，自明朝以來就有爭論。

注釋

一行 **元夜**：元宵節之夜。自唐代起有觀夜燈的習俗。北宋時從正月十四至十六日開宵禁，是年輕人密約幽會、談情説愛的好機會。／**花市**：繁華的街市。／**燈如晝**：燈火像白天一樣。

四行 **濕**：另有版本為「滿」。

賞讀譯文

去年的元宵夜裡，熱鬧街市的燈光亮得有如白天。
月亮升上柳樹梢頭，人兒約在黃昏後見面。
今年的元宵夜裡，燈光和月亮都如以往那般明亮，
我卻沒看到去年相見的那個人，為此流淚不止，沾濕了春衫的袖子。

126

青玉案

一年春事都來幾

歐陽脩

一年春事都來幾。早過了，三之二。
綠暗紅嫣渾可事。
綠楊庭院，暖風簾幕，有個人憔悴。
買花載酒長安市，又爭似家山見桃李。
不枉東風吹客淚。
相思難表，夢魂無據，惟有歸來是。

題旨：傷春離愁

一注釋一

一行一**春事**：春天的事物。／**都來**：算來。／**幾**：多少。／三之二：三分之二。
二行一**嫣**：美豔、豔麗。／**渾可事**：算不了什麼事。
四行一**長安**：代指汴京。／**爭似**：怎似。／**家山**：家鄉的山。
五行一**不枉**：不怪。／**東風**：春風。
六行一**夢魂**：夢。古人認為人的靈魂能在睡夢中離開肉體，故稱之「夢魂」。／**是**：正確。

賞讀譯文

一年中的春日風光算起來有多少？早已經過了三分之二。
綠草茂密，紅花美豔，都算不了什麼。
在有綠楊樹的庭院裡，暖風吹動的簾幕旁，有一個憔悴的人。
在京城市集裡買花和載酒，又怎麼比得上家鄉山上的桃李呢？
我不怪春風吹落旅人的淚。
這份相思難以表達，又不能憑藉夢來實現，只有回去才是正確的。

127 浪淘沙
把酒祝東風

歐陽脩

把酒祝東風，且共從容。垂楊紫陌洛城東，總是當時攜手處，遊遍芳叢。

聚散苦匆匆，此恨無窮。今年花勝去年紅。可惜明年花更好，知與誰同。

題旨：傷春抒懷

注釋

一行 **把酒**：拿著酒杯。／**東風**：春風。／**祝**：祈禱。／**從容**：緩慢，留連。／化用自唐代司空圖的〈酒泉子〉：「黃昏把酒祝東風，且從容。」

二行 **垂楊**：柳樹的別名。／**紫陌**：京城的道路。／**洛城**：洛陽。／**總是**：大多是。／**芳叢**：花叢。

賞讀譯文

拿起酒杯向春風祈禱，不妨與我一起留連遊賞。洛陽城東邊的道路上柳樹搖曳，大多是當時我們攜手同遊，遍訪花叢之處。

我苦於聚散太匆匆，這份愁恨實在無窮無盡。今年的花比去年更紅豔，可惜就算明年的花開得好，哪知道會與誰一同欣賞呢？

128

採桑子

群芳過後西湖好

歐陽脩

群芳過後西湖好，狼藉殘紅，
飛絮濛濛，垂柳闌干盡日風。
笙歌散盡遊人去，始覺春空，
垂下簾櫳，雙燕歸來細雨中。

題旨：詠西湖

一注釋一

一行一**群芳**：百花。／**狼藉**：凌亂不堪。／**殘紅**：落花。

二行一**闌干**：縱橫散亂的樣子。／**盡日**：一整天。／**風**：隨風飄動。

三行一**簾櫳**：窗簾和窗櫺，泛指門窗的簾子。

四行一**歸來**：回來。

賞讀譯文

在百花盛開的季節過後，西湖的風景很美好，凌亂的落花，濛濛飄飛的柳絮，垂柳枝條縱橫散亂，一整天隨風飄動。在歌席結束、遊人散去後，才覺得春日已消逝一空。放下窗簾時，正好看到一雙燕子在細雨中回來。

129 蝶戀花

庭院深深深幾許

歐陽脩

庭院深深深幾許，楊柳堆煙，簾幕無重數。
玉勒雕鞍遊冶處，樓高不見章臺路。
雨橫風狂三月暮，門掩黃昏，無計留春住。
淚眼問花花不語，亂紅飛過鞦韆去。

※此詞也見於馮延巳的集中。

題旨：傷春閨怨

一注釋一

一行—**幾許**：多少。／**無重數**：多到數不清。
二行—**玉勒雕鞍**：指豪華的車馬。玉勒為玉製的馬銜（放在馬嘴裡的條狀物），雕鞍為精雕花紋的馬鞍。／**遊冶處**：指歌樓伎院。／**章臺**：漢代長安的一條街名，指歌伎聚居的地方。
三行—**雨橫**：凶暴的驟雨。／**無計**：沒有辦法。
四行—**亂紅**：零亂的落花。

賞讀譯文

深深的庭院，到底有多深呢？楊柳間籠罩著一團煙霧，一重重簾幕多到數也數不清。郎君乘著豪華車馬到歌樓伎院去，我登上高樓卻望不見那歌伎聚君的地方。下著狂風暴雨的暮春三月裡，即使在黃昏後掩上門扉，也沒有辦法留住春天。我眼中含淚地問花，花卻沉默不語，只見落花零亂地飛過鞦韆而去。

130

踏莎行

候館梅殘

歐陽脩

候館梅殘，溪橋柳細，草薰風暖搖征轡。離愁漸遠漸無窮，迢迢不斷如春水。

寸寸柔腸，盈盈粉淚，樓高莫近危闌倚。平蕪盡處是春山，行人更在春山外。

題旨：相思離愁

注釋

一行　**候館**：旅舍。／**草薰**：草的香氣。／**征轡**：遊子坐騎的韁繩。轡，韁繩。／化用自南朝江淹的〈別賦〉：「閨中風暖，陌上草薰。」

二行　**迢迢**：悠長的樣子。

三行　**柔腸**：柔曲的心腸，比喻纏綿的情意。／**盈盈**：充滿的樣子。／**粉淚**：混和了粉妝的淚水。／**危**：高聳的。

四行　**平蕪**：雜草繁茂的平原。／**行人**：指外出遠行的人，遊子。

賞讀譯文

旅舍旁的梅花已經凋落，溪橋旁的柳樹長出了細枝，暖風吹來草的香氣，遊子搖動韁繩一路往前行。走得越遠，離愁越是無窮盡，如春水一般悠長不間斷。女子為此柔腸寸斷，滿溢的淚水混入了妝粉，希望她不要登上高樓倚著欄杆望遠。綠草叢生的平原盡頭是春山，而遊子在春山之外的更遠處。

131 千秋歲引

別館寒砧

王安石

別館寒砧，孤城畫角，一派秋聲入寥廓。
東歸燕從海上去，南來雁向沙頭落。
楚臺風，庾樓月，宛如昨。
無奈被些名利縛，無奈被他情擔閣，
可惜風流總閒卻。
當初漫留華表語，而今誤我秦樓約。
夢闌時，酒醒後，思量著。

賞讀譯文

客館傳來寒氣森森的擣衣聲，孤城城頭傳來嗚嗚的畫角聲，滿秋意的聲音傳入遼闊的天地之間。往東邊回去的燕子從海上飛走，南邊來的雁子往沙洲邊飛落停下。那楚王遊蘭臺時吹的涼風、庾亮上南樓賞的明月，依舊如昨。無奈我被那些名利所束縛，又被其他情感給耽擱，讓我的風流情事總被閒置不理。當初隨意留下想離世學仙的話語，如今卻誤了我的秦樓之約。我在夢醒時，酒醒後，不斷思量著這一切。

題旨：秋景抒懷

王安石（1021～1086）字介甫，號半山，封荊國公。世稱王荊公。出生於仕宦之家，中進士後，曾任淮南推官、鄞縣知縣、舒州通判、常州知府、江東刑獄提典等地方官職，以及參知政事、宰相等中央要職。曾推出青苗法、農田水利法和募役法等新法。因反對勢力二度遭罷相後即退隱。為唐宋八大家之一。

—注釋—

一行—**別館**：客館、旅店。／**砧**：擣衣石，代指擣衣聲。擣衣是指用杵捶打生絲，使其柔白富彈性，能裁成衣物；古代婦女在秋涼時節常為了幫親人趕製冬衣而擣衣。／**孤城**：孤立的城。／**畫角**：樂器名。傳自西羌，形如牛、羊角，表面彩繪裝飾，吹奏時發出嗚嗚聲。／**一派**：一片、一番。／**寥廓**：空曠，指天地之間。

二行—**歸**：回去。／**沙頭**：沙灘邊、沙洲邊。

三行—**楚臺風**：出自戰國時代楚國宋玉的〈風賦〉：「楚襄王遊於蘭臺之宮……有風颯然而至，王乃披襟而當之，曰：『快哉此風！』」／**庾樓月**：指庾亮登上南樓所見的月。出自《世說新語．容止》：「庾太尉（庾亮）在武昌，秋夜氣佳景清……因便據胡床，與諸人詠謔，竟坐甚得任樂。」

四行—**擔閣**：同耽擱。

六行—**漫**：隨便、胡亂。／**華表語**：學仙的念頭及想法。華表為豎立在宮殿、墳墓、城門前的大柱。《搜神後記》中有「丁令威……學道於靈虛山。後化鶴歸遼，集城門華表柱。」／**秦樓**：女子的住處。

七行—**闌**：殘、盡。

132

元日

王安石

爆竹聲中一歲除，
春風送暖入屠蘇，
千門萬戶曈曈日，
總把新桃換舊符。

題旨：詠新年

一注釋一

題一**元日**：農曆正月初一。

一行一**歲**：一年。／**除**：逝去。

二行一**屠蘇**：藥酒名，一種用屠蘇草浸泡的酒，有團圓之意，也有除瘟疫之說。

三行一**千門萬戶**：家家戶戶。／**曈曈**：天亮時由暗轉明的樣子。

四行一**桃**：桃符，在桃木板寫上神荼、鬱壘兩位神明的名字，懸掛在門旁，為春聯的前身。

賞讀譯文

在爆竹聲中，一年又過去了。
春風送來的暖意也融入屠蘇酒中。
家家戶戶總是在天色轉亮之際，
用新桃符換下舊桃符。

133 桂枝香

登臨送目

王安石

登臨送目，正故國晚秋，天氣初肅。
千里澄江似練，翠峰如簇。
歸帆去棹斜陽裏，背西風，酒旗斜矗。
彩舟雲淡，星河鷺起，畫圖難足。

念往昔繁華競逐，歎門外樓頭，悲恨相續。
千古憑高，對此漫嗟榮辱。
六朝舊事如流水，但寒煙衰草凝綠。
至今商女，時時猶唱，後庭遺曲。

題旨：秋景懷古

注釋

一行—**登臨**：登高望遠。／**送目**：看向遠方。／**故國**：指六朝故都金陵。／**肅**：冷冽。

二行—**澄江**：清澈的長江。／**練**：柔軟潔白的絲絹。／**簇**，叢聚。

三行—**歸帆去棹**：往來的船隻。帆、棹（船槳），都代指船。／**酒旗**：古代酒店的招牌。／**斜矗**：斜立。

四行—**彩舟**：遊艇畫船。／**星河**：銀河。／**鷺**：白鷺，或指長江與秦淮河相匯處的白鷺洲。／**難足**：難以完美地表現出來。

五行—**繁華競逐**：爭相過著豪華的生活。／**門外樓頭**：指南朝陳的亡國慘劇。出自杜牧〈臺城曲〉：「門外韓擒虎，樓頭張麗華。」韓擒虎是隋朝開國大將，張麗華是陳後主的寵妃。／**相續**：前後連接。

六行—**千古**：比喻時代悠遠。／**憑高**：登上高處。／**漫嗟**：空嘆。

七行—**六朝**：指三國吳、東晉、南朝宋、齊、梁、陳，六個建都於金陵的朝代。／**舊事**：往事。／**衰草**：枯草。

八行—**商女**：歌女。／化用自唐代杜牧的〈泊秦淮〉：「商女不知亡國恨，隔江猶唱後庭花。」

賞讀譯文

我登高看向遠方，現在正是六朝故都金陵的深秋時節，天氣開始變得冷冽。千里長的清澈長江如一條白絹，翠綠的山峰像簇擁在一起。斜陽裡有船隻來來往往，酒旗背著西風斜斜矗立著。遊艇畫船航行在輕淡的雲彩下，銀河在白鷺洲上漸漸亮起，就算畫圖也難以完整呈現這幅景象。

想起往昔的人們競相過著豪華的生活，也感嘆敵軍已來到城門外、國王與寵妃卻在樓頭享樂的亡國情事等，這類悲恨的事情前後連接發生。長久以來，多少人登高懷古，空嘆這些朝代的榮辱。六朝的往事已經如流水般逝去，然而枯草在寒煙中仍凝成一片綠意。如今，歌女依舊時常吟唱著〈後庭花〉遺曲。

134

清平樂

留春不住

王安國

留春不住，費盡鶯兒語。
滿地殘紅宮錦汙，昨夜南園風雨。
小憐初上琵琶，曉來思繞天涯。
不肯畫堂朱戶，春風自在楊花。

王安國（1028～1074）
字平甫，王安石之弟、曾鞏之妹婿。應推薦召試，被賜進士，曾任西京國子教授、崇文院校書、大理寺丞、集賢校理等職。與王安石政見不合。

題旨：傷春抒懷

一注釋一

二行一**殘紅**：落花。／**宮錦**：宮廷特有的錦緞。代指落花。

三行一**小憐**：指北齊後主的淑妃馮小憐，善彈琵琶，代指彈琵琶的歌女。

四行一**畫堂朱戶**：華麗的廳堂、朱紅色門戶，指富貴人家。／**楊花**：即柳絮。

賞讀譯文

留不住春天，白白費盡了鶯兒的啼叫聲。昨夜的風雨，讓南園裡滿地都是髒汙的落花。女子剛學會彈琵琶，早上醒來，思緒繞著遠方天涯的事。柳絮不肯飛進富貴人家，隨著春風自在飛舞。

135

少年遊

離多最是

晏幾道

離多最是，東西流水，終解兩相逢。
淺情終似，行雲無定，猶到夢魂中。
可憐人意，薄於雲水，佳會更難重。
細想從來，斷腸多處，不與者番同。

晏幾道（約 1031～1106）
字叔原，號小山，為晏殊之子。曾任潁昌府許田鎮監、開封府推官等職。晚年家道中落。為婉約派代表。

題旨：離情

【注釋】

一行—**離**：離別。／**東西流水**：各向東西的流水。
二行—**淺情**：薄情。／**行雲**：戰國時代宋玉的〈高唐賦序〉提到，巫山神女「旦為朝雲，暮為行雨」。後指行蹤不定的美人。／**夢魂**：夢。古人認為人的靈魂能在睡夢中離開肉體，故稱之「夢魂」。
三行—**可憐**：可惜。／**佳會**：美好的聚會。／**難重**：難再來。
四行—**斷腸**：比喻極度悲傷。／**者番**：這番，這一次。

賞讀譯文

離別大多是像各往東西的流水，終有兩相逢的時候。
薄情的人終究像行雲般行蹤不定，卻仍到我的夢中來。
可惜人的情意比雲水還薄，美好的聚會很難再來一次。
仔細一想，從以前到現在有多次極度悲傷的經驗，都不像這次那麼令人心痛。

136

木蘭花

東風又作無情計

晏幾道

東風又作無情計，豔粉嬌紅吹滿地。
碧樓簾影不遮愁，還似去年今日意。
誰知錯管春殘事，到處登臨曾費淚。
此時金盞直須深，看盡落花能幾醉。

題旨：傷春

注釋

一行—**東風**：春風。／**計**：打算。／**豔粉嬌紅**：指花。
二行—**碧樓**：指華美的樓閣。／**登臨**：登高望遠。／**今日**：泛指同一時節。
三行—**費淚**：消耗眼淚。
四行—**金盞**：精美的酒杯。／**直須**：就要。

賞讀譯文

春風又打算做出無情的舉動，把嬌豔的白花和紅花全都吹落滿地。華美樓閣的簾影遮擋不住愁緒，我的心情還是跟去年此時相同。誰知道我錯管那些暮春的殘破景象，到處登高望遠都曾為此落淚。這時應該在精美酒杯裡倒滿酒，在看盡落花之前能醉上多少回呢？

137 木蘭花

鞦韆院落重簾暮

晏幾道

鞦韆院落重簾暮，彩筆閑來題繡戶。
牆頭丹杏雨餘花，門外綠楊風後絮。
朝雲信斷知何處，應作襄王春夢去。
紫騮認得舊遊蹤，嘶過畫橋東畔路。

題旨：相思情懷

—注釋—

一行—**院落**：庭院。／**暮**：黃昏。／**彩筆**：指華美的文才。源自南朝的官員暨文學家江淹，少時曾夢見有人授他五色彩筆，從此文思敏捷。／**閑**：通「閒」。／**繡戶**：雕繪華美的門戶，多指婦女的居室。

二行—**丹杏**：紅杏。

三行—**朝雲**：戰國時代宋玉的〈高唐賦序〉提到，巫山神女「旦為朝雲，暮為行雨」。後指行蹤不定的美人。／**信斷**：音訊斷絕。／**襄王春夢**：同樣引自宋玉的〈高唐賦序〉。

四行—**紫騮**：紫毛的駿馬。

賞讀譯文

黃昏暮色灑落在架著鞦韆的庭院及重重簾幕上，我閒來無事拿起筆在繡戶上題詩。牆頭有雨後殘餘的紅杏花，門外有風吹過綠楊柳後飄飛的白絮。那行蹤不定的女子音訊全無，不知在何處？我想應該是到襄王的春夢裡去了。紫色駿馬認得舊日遊賞的蹤跡，一邊嗚嘶著，一邊走過畫橋東邊的道路。

138

生查子

關山魂夢長

晏幾道

關山魂夢長，魚雁音塵少。
兩鬢可憐青，只為相思老。
歸夢碧紗窗，說與人人道。
真箇別離難，不似相逢好。

題旨：相思情懷

注釋

一行 **關山**：關隘與山峰，比喻路途遙遠或行路困難。／**魚雁**：古人以為魚雁能傳遞書信，後以此代稱書信。／**音塵**：消息。

二行 **可憐**：在此處為非常、很之意。／**青**：青黑色。

三行 **歸夢**：歸鄉之夢。／**碧紗窗**：代指情人居所的窗。／**人人**：對親近之人的暱稱。

四行 **真箇**：真的是。

賞讀譯文

我們相隔遙遠，連魂夢都覺得難以到達，書信傳送的消息也越來越少。

我烏黑的雙鬢都因為相思而變老了。

歸鄉之夢來到綠紗窗外，要跟親愛的你說，別離真的是難事，不像相逢那麼好啊！

139

阮郎歸

舊香殘粉似當初

晏幾道

舊香殘粉似當初，人情恨不如。一春猶有數行書，秋來書更疏。
衾鳳冷，枕鴛孤。愁腸待酒舒。夢魂縱有也成虛，那堪和夢無。

題旨：相思情懷

注釋

一行—**粉**：妝粉。
二行—**疏**：稀少。
三行—**衾**：大被子。／**枕**：枕頭。／**愁腸**：鬱結憂思的心境。／**舒**：舒緩。
四行—**夢魂**：夢。古人認為人的靈魂能在睡夢中離開肉體，故稱之「夢魂」。／**那堪**：何況。／**和**：連。

賞讀譯文

舊香和殘粉都跟當初一樣，可恨人情卻不如它們。春天時還有幾行書信，但秋天以來，書信卻越來越少。被子上的鳳凰似乎覺得寒冷，枕頭上的鴛鴦看起來好孤單。糾結的愁腸只能等著酒來舒緩了。就算在夢中相見，最後也是一場空，何況連夢都沒有。

140

思遠人

紅葉黃花秋意晚

晏幾道

紅葉黃花秋意晚，千里念行客。
飛雲過盡，歸鴻無信，何處寄書得。
淚彈不盡臨窗滴，就硯旋研墨。
漸寫到別來，此情深處，紅箋爲無色。

題旨：相思情懷

一注釋一

一行—**黃花**：菊花。／**行客**：遊子。
二行—**歸**：回來。／**鴻**：指鴻雁。古人把鴻雁視為信差的代表。相傳漢武帝時，漢使接獲密告，得知匈奴將使臣蘇武流放北海，卻謊稱他已死，並用計對匈奴說，漢皇帝射下的一隻鴻雁上有蘇武的帛書，讓蘇武得以被釋放。
三行—**就硯**：落在硯臺上。
四行—**別來**：別後。／**紅箋**：紅色信紙。

賞讀譯文

轉紅的樹葉、黃色的菊花，已經到了晚秋時節，我思念著千里之外的遊子。飛雲飄過眼前，回來的鴻雁沒有帶來書信，我要把書信寄到哪裡去呢？我的眼淚在窗前不停滴落，掉在硯臺上，我便立刻用它來研墨。我逐漸寫到分別之後這份感情的深濃處時，紅色信紙的顏色已經變淡了。

141

御街行

街南綠樹春饒絮

晏幾道

街南綠樹春饒絮，雪滿游春路。
樹頭花豔雜嬌雲，樹底人家朱戶。
北樓閑上，疏簾高卷，直見街南樹。

闌干倚盡猶慵去。幾度黃昏雨。
晚春盤馬踏青苔，曾傍綠陰深駐。
落花猶在，香屏空掩，人面知何處。

題旨：春景思人

注釋

一行—**饒**：充滿，多。／**雪**：指白色的柳絮。

二行—**嬌雲**：彩雲。／**人家**：指所戀之人。／**朱戶**：朱紅色門戶，指富貴人家。

三行—**閑**：通「閒」。／**北樓**：街道北邊的樓臺。／**疏簾**：稀疏的竹織窗簾。

四行—**闌干**：即欄杆。／**倚盡**：指倚靠很久。／**慵去**：懶得離去。

五行—**盤馬**：騎馬馳騁盤旋。

六行—**香屏**：華美的屏風。／**人面**：指所愛之人。化用自唐代崔護的〈題都城南莊〉：「人面不知何處去，桃花依舊笑春風。」

賞讀譯文

春日，街道南邊的綠樹充滿了白絮，如雪一般鋪滿遊春的道路。樹上豔麗的花以彩雲為背景，樹下是那富貴人家的門戶。我閒來登上街道北邊的樓臺，將疏簾捲高，直接看到街道南邊的樹。

我倚靠欄杆許久，還懶得離去，度過了幾場的黃昏雨。我在晚春時騎馬踏著青苔四處盤旋，也曾在綠蔭深處停留。落花還在，華美屏風徒然遮擋著，誰知道那女子到哪裡去了？

142

清平樂

留人不住

晏幾道

留人不住，醉解蘭舟去。
一棹碧濤春水路，過盡曉鶯啼處。
渡頭楊柳青青，枝枝葉葉離情。
此後錦書休寄，畫樓雲雨無憑。

題旨：離情別怨

注釋

一行 **蘭舟**：木蘭樹打造的船，為船隻的美稱。
二行 **棹**：船槳，代指船。
四行 **錦書**：指妻子寫給丈夫的信，或情書。源自《晉書》中所記載，秦州刺史竇滔被徙流沙，其妻蘇氏織錦為回文旋圖詩贈之。／**畫樓**：華麗的樓閣。／**雲雨**：有男女歡會的象徵，源自戰國時代宋玉〈高唐賦〉中，巫山神女「旦為朝雲，暮為行雨」，曾與楚王歡會，引申而來。

賞讀譯文

留不住情人，便在喝醉之後，解開船隻的纜繩划船離去。
這一艘船穿過碧綠的春水波濤間，一路經過早起鶯鳥啼叫之處。
渡頭旁的青綠楊柳樹，每一枝一葉看起來都充滿依依離情。
從今以後，不要再寄情書了，華麗樓閣裡的歡會不再有憑據。

143

蝶戀花

醉別西樓醒不記

晏幾道

醉別西樓醒不記。春夢秋雲，聚散真容易。
斜月半窗還少睡，畫屏閑展吳山翠。
衣上酒痕詩裏字，點點行行，總是淒涼意。
紅燭自憐無好計，夜寒空替人垂淚。

題旨：相思離愁

注釋

一行　**西樓**：指歡宴之地。／**春夢秋雲**：比喻美好而短暫的事物。如白居易〈花非花〉的「來如春夢無多時，去似朝雲無覓處」。

二行　**畫屏**：有彩畫的屏風。／**閑**：通「閒」。／**吳山**：屏風上的江南山景。

四行　**空**：徒然的。／化用自唐代杜牧的〈贈別〉：「蠟燭有心還惜別，替人垂淚到天明。」

賞讀譯文

在喝醉後離開西樓，醒來時不記得當時的情況。聚散就跟春夢和秋雲一樣容易消逝。

斜月照著半邊窗戶，我還沒什麼入睡，看著畫屏上悠閒展開吳山的翠綠風景。

衣服上的酒痕，詩裡的文字，一點一行都充滿了淒涼的心意。

紅燭自憐沒有好方法，便在寒夜裡徒然為人垂淚。

144

蝶戀花

卷絮風頭寒欲盡

晏幾道

卷絮風頭寒欲盡。墜粉飄紅，日日香成陣。新酒又添殘酒困，今春不減前春恨。

蝶去鶯飛無處問。隔水高樓，望斷雙魚信。惱亂層波橫一寸，斜陽只與黃昏近。

題旨：愁春思人

注釋

一行 **頭寒**：指殘寒。／**粉**：白花。／**紅**：紅花。

三行 **望斷**：放眼遠望，直到看不見為止。／**雙魚**：指書信。漢代古詩〈飲馬長城窟行〉中有：「客從遠方來，遺我雙鯉魚，呼兒烹鯉魚，中有尺素書。」此外，古代人會將書信放在刻成魚形的兩片木片中。

四行 **層波**：指眼睛。

賞讀譯文

春風捲動柳絮，殘寒就要結束了。飄墜的白花和紅花，每日都傳來一陣陣香氣。我新喝下的酒，又增添了殘餘醉意給人的困倦，今年的春恨也不比去年少。蝴蝶和鶯鳥都飛走了，我無處可詢問。我站在水邊的高樓上，看向遠方視線極限處，期盼有書信送來。但讓這一雙眼睛煩亂的是，太陽西斜，又到黃昏時分了。

145 臨江仙

夢後樓臺高鎖

晏幾道

夢後樓臺高鎖，酒醒簾幕低垂。
去年春恨卻來時。
落花人獨立，微雨燕雙飛。

記得小蘋初見，兩重心字羅衣。
琵琶絃上說相思。
當時明月在，曾照彩雲歸。

題旨：相思情懷

【注釋】

二行—**卻來**：又來，再來。
三行—**微雨**：細雨。
四行—**小蘋**：當時一位歌女的名字。／**羅衣**：絲質的衣服。
六行—**彩雲**：比喻美人，此處指小蘋。

賞讀譯文

夢醒後，高高的樓臺深鎖著；酒醒後，簾幕低垂著。
去年的春恨又來到心頭。
人在落花間獨自佇立，燕子在微微細雨中雙飛。
記得我與小蘋初次見面時，她穿著有兩重心字的絲衣，
彈著琵琶訴說相思的滋味。
當時的明月曾照著彩雲般的她回去，如今仍在此處。

146

鷓鴣天

醉拍春衫惜舊香

晏幾道

醉拍春衫惜舊香，天將離恨惱疏狂。
年年陌上生秋草，日日樓中到夕陽。
雲渺渺，水茫茫。征人歸路許多長。
相思本是無憑語，莫向花箋費淚行。

題旨：相思離愁

【注釋】

一行【**疏狂**：指狂放不羈的人，指詞人自己。

二行【**陌**：田間道路。

三行【**渺渺**：遼闊而蒼茫的樣子。／**茫茫**：水勢浩大無邊的樣子。／**征人**：遊子。／**許多長**：非常長。

四行【**花箋**：書信。

賞讀譯文

我醉醺醺地拍著春衫，珍惜上面的舊香，但老天卻拿離恨煩擾我這疏狂的人。每年路上都長滿秋草，每天我都在樓中坐到夕陽西下時。雲空遼闊，流水浩大無邊，遊子的回鄉路非常漫長。相思本來就沒辦法憑藉言語來傳達，不要向書信浪費一行行淚了。

147 春日偶成

程顥

雲淡風輕近午天，
傍花隨柳過前川。
時人不識余心樂，
將謂偷閒學少年。

題旨：生活抒懷

程顥（1032～1085）字伯淳，學者稱明道先生。登進士第後，曾任澤州晉城令、太子中允、監察御史、監汝州酒稅、鎮寧軍節度判官、宗甯寺丞等職。因反對王安石新政，不受重用，轉而潛心學術。與其弟程頤一起向周敦頤學習，世稱「二程」，為北宋理學的奠基者，後來由朱熹繼承和發展，世稱「程朱學派」。

注釋

一行 **午天**：正午。

二行 **時人**：當時的人。／**余心**：我心。

賞讀譯文

淡淡的雲，輕柔的風，將近正午時，
我沿著花叢和柳樹林，走過前面的河流。
當時的人不懂得我心中的快樂，
將會說我偷空閒時間學少年。

148 卜算子・送鮑浩然之浙東

王觀

水是眼波横，山是眉峰聚。
欲問行人去那邊，眉眼盈盈處。

才始送春歸，又送君歸去。
若到江南趕上春，千萬和春住。

王觀（1035～1100）

字通叟。登進士第後，曾任大理寺丞、江都知縣等職。之後因被視為王安石的門生而遭罷職，從此為平民。

題旨：送別友人

一注釋一

題一**鮑浩然**：生平不詳，詞人的朋友。／**之**：往。

一行一**水是眼波横**：水像眼波横向流動。／**山是眉峰聚**：山像緊皺的眉毛。

二行一**欲**：要。／**行人**：遠行的人，指鮑浩然。／**眉眼盈盈處**：山水秀麗的地方，也指佳人所在之處。／**盈盈**：美好的樣子。

三行一**才始**：才剛。／**歸**：回去。

賞讀譯文

江水像眼波横向流動，青山像緊皺的眉毛。

我要問遠行的人去哪裡？他説是山水秀麗的地方。

我才剛送春回去，又送你回去。

如果你到江南時趕上了春天的腳步，千萬要和春天住在一起。

149 卜算子・黃州定惠院寓居作

蘇軾

缺月掛疏桐，漏斷人初靜。
誰見幽人獨往來，縹緲孤鴻影。
驚起卻回頭，有恨無人省。
揀盡寒枝不肯棲，寂寞沙洲冷。

蘇軾（1036～1101）字子瞻、和仲，號東坡居士。蘇洵長子。登進士第後，曾任中書舍人、翰林學士、禮部尚書等職；夾在新舊兩黨間，曾多次被貶至地方。詩、詞、賦、散文、書法和繪畫皆擅長。為唐宋八大家之一。

題旨：夜景抒懷

一注釋一

題—**定惠院**：在今湖北省黃岡縣。

一行—**缺月**：彎月。／**漏斷**：「漏」指古人計時用的漏壺。漏斷指漏壺中的水已盡，代表深夜了。

二行—**幽人**：隱居的人。／**縹緲**：隱隱約約，若有似無。

三行—**省**：明白。

賞讀譯文

彎彎的缺月掛在葉子疏落的桐樹上，夜已深，漏壺水盡，人也剛安靜下來。有誰看到隱居的人獨自往來？他隱約不明的身影就像是一隻孤鴻。他突然被驚起，回頭張望，心裡有恨卻沒有人明白。他挑遍了寒枝卻不肯棲息，寧願待在寂寞寒冷的沙洲上。

150 少年遊・潤州作，代人寄遠

蘇軾

去年相送，餘杭門外，飛雪似楊花。
今年春盡，楊花似雪，猶不見還家。
對酒捲簾邀明月，風露透窗紗。
恰似姮娥憐雙燕，分明照畫梁斜。

題旨：相思情懷

【注釋】

題【潤州】：今江蘇省鎮江。

一行【餘杭】：在今浙江省杭州。／【楊花】：即柳絮。

三行【化用自唐代李白的〈月下獨酌〉：「舉杯邀明月，對影成三人。」

四行【姮娥】：嫦娥，亦指月。／【畫梁】：雕飾畫紋的屋樑。

賞讀譯文

去年在餘杭門外相送時，雪花紛飛如柳絮。今年春天已來到盡頭，柳絮飄飛似雪，卻還沒看到那人返家。我捲起簾子，拿起酒杯邀明月對飲，風露透過窗紗進到屋裡。就像嫦娥憐惜雙宿的燕子似的，月光斜斜地照在華美屋樑上。

水調頭歌

明月幾時有

蘇軾

明月幾時有，把酒問青天。
不知天上宮闕，今夕是何年。
我欲乘風歸去，惟恐瓊樓玉宇，高處不勝寒。
起舞弄清影，何似在人間。

轉朱閣，低綺戶，照無眠。
不應有恨，何事長向別時圓。
人有悲歡離合，月有陰晴圓缺，此事古難全。
但願人長久，千里共嬋娟。

題序

丙辰中秋，歡飲達旦，大醉，作此篇兼懷子由。（注：子由為蘇軾的弟弟蘇轍。）

注釋

一行－**把酒**：拿著酒杯。

二行－**天上宮闕**：指月中的廣寒宮。

三行－**歸去**：回去。／**瓊樓玉宇**：美玉砌成的華麗樓宇，指廣寒宮。／**不勝**：承受不了。

四行－**弄**：搖動。／**清影**：身影。／**何似**：哪裡比得上。

五行－**轉**：指月亮移動。／**朱閣**：朱紅色的華麗樓閣。／**低**：指月亮下移。／**綺戶**：雕飾華麗的門窗。／**無眠**：沒有睡意的人。

六行－**何事**：為何。

七行－**此事**：指人的歡合和月的晴圓。

八行－**但**：只。／**共**：一起欣賞。／**嬋娟**：美妙的姿容，代指美人或月亮。

題旨：賞月懷人

賞讀譯文

什麼時候會有明亮的圓月呢？我拿著酒杯問青天。不知道在天上的廣寒宮裡，今晚是哪一年呢？我想要乘著風回去，只怕在華美樓閣中，忍受不了高處的寒冷。跳舞搖動身影，怎麼比得上人間呢？月光轉過朱紅色樓閣，在綺麗的窗戶外逐漸下移，照著毫無睡意的我。明月不應該有恨，但為什麼它總是在人們別離時特別圓呢？人世間有悲歡離合，月亮有陰晴圓缺，這種事自古以來就難以圓滿。只希望人能活得長久，即使相隔千里也能一同欣賞美麗的月光。

152

水龍吟

似花還似非花

蘇軾

似花還似非花，也無人惜從教墜。
拋家傍路，思量卻是，無情有思。
縈損柔腸，困酣嬌眼，欲開還閉。
夢隨風萬里，尋郎去處，又還被鶯呼起。
不恨此花飛盡，恨西園落紅難綴。
曉來雨過，遺蹤何在，一池萍碎。
春色三分，二分塵土，一分流水。
細看來，不是楊花，點點是離人淚。

題序

次韻章質夫〈楊花詞〉

一注釋一

一行—**從教**：任由、任憑。

二行—**拋家傍路**：指楊花（柳絮）離開柳樹，落到路邊。／**無情有思**：看似無情，卻有愁思。轉化自唐代韓愈的〈晚春〉：「楊花榆莢無才思，惟解漫天作雪飛」。

三行—**縈**：縈繞。／**柔腸**：柔曲的心腸，在此指女子，或指柳枝，化用自唐代白居易的〈楊柳枝〉：「人言柳葉似愁眉，更有愁腸似柳絲。」／**嬌眼**：指女子的眼睛，或指柳葉。

四行—**鶯呼起**：引用唐代金昌緒的〈春怨〉：「啼時驚妾夢。」

五行—**西園**：歷代皆有園林稱西園，泛指園林。／**落紅**：指落花。／**綴**：連結、縫補。

六行—**曉**：清晨。／**一池萍碎**：指楊花（柳絮）落水化為浮萍。

七行—**春色三分**：春色已被三分。／**春色**：代指楊花（柳絮）。／**離人**：離開家園的人。

八行—**楊花**：即柳絮。

題旨：詠柳抒懷

賞讀譯文

柳絮像是花，卻不是花，也沒有人憐惜，任由它墜落。它拋開家落到路邊，仔細思量，發現它看似無情卻滿懷愁思。愁緒縈繞，損傷了女子的柔腸寸心，困倦的她想睜開雙眼，卻又閉上。她在夢裡隨風飛了千萬里，只為了尋找郎君的去處，卻被鶯鳥的啼叫聲喚起。

不恨柳絮全都飛走，只恨園林裡的落花無法重新連回枝幹。清晨以後下過一場雨，柳絮遺留的蹤跡在哪裡？它已碎化為一池的浮萍。春色被分成三分，兩分落入塵土裡，一分隨著流水逝去。仔細看來，那不是柳絮，點點滴滴都是離人的眼淚。

153

永遇樂

明月如霜

蘇軾

明月如霜，好風如水，清景無限。
曲港跳魚，圓荷瀉露，寂寞無人見。
紞如三鼓，鏗然一葉，黯黯夢雲驚斷。
夜茫茫重尋無處，覺來小園行徧。

天涯倦客，山中歸路，望斷故園心眼。
燕子樓空，佳人何在，空鎖樓中燕。
古今如夢，何曾夢覺，但有舊歡新怨。
異時對黃樓夜景，為余浩歎。

題旨：夜景抒懷

題序

彭城夜宿燕子樓，夢盼盼，因作此詞。（注：唐代時張尚書建蓋燕子樓給愛伎盼盼居住。）

一注釋一

一行一**寂寞**：孤單冷清。

三行一**紞如**：擊鼓聲。（紞，音同「膽」。）／**鏗然**：形容聲音響亮。／**黯黯**：黯然、沮喪。／**雲**：雲指行雲，即盼盼。戰國時代宋玉的〈高唐賦序〉提到，楚王在夢中與「旦為朝雲，暮為行雨」的巫山神女歡會。

四行一**茫茫**：不明。／**覺來**：醒來。／**徧**：同「遍」。

五行一**倦客**：對作客他鄉的旅居生活感到厭倦的人。／**望斷**：放眼遠望，直到看不見為止。／**心眼**：心思。

六行一**何曾**：不曾。

八行一**異時**：他日。／**黃樓**：徐州（江蘇省銅門縣）東門上的大樓，為蘇軾知徐州時所建。／**浩歎**：長嘆。

賞讀譯文

月光皎潔如霜，好風如水般輕柔，到處都是清雅的景色。彎曲的河港有魚跳出水面，圓圓的荷葉上有露水滴落，一派寂寞冷清，卻沒有人看到。三聲擊鼓聲，葉子落地的響亮聲，驚醒了我與佳人相會的美夢，讓人沮喪。夜色茫茫不清，沒有地方可重新尋回夢境，醒來後，我便到小園裡走了一圈。

身在天涯的疲倦旅客，走在山中的歸路上，一心思念故園，放眼遠望著。燕子樓裡空無一人，佳人到哪裡去了？只徒然鎖住了樓中的燕子。古今都如夢一般，卻不曾有人夢醒，只有留下舊歡和新怨。到了他日，後人對著黃樓夜景，也會為我長嘆吧。

154

好事近・西湖夜歸

蘇軾

湖上雨晴時，秋水半篙初沒。
朱檻俯窺寒鑑，照衰顏華髮。
醉中吹墮白綸巾，溪風漾流月。
獨棹小舟歸去，任煙波搖兀。

題旨：賞遊抒懷

—注釋—

一行—**篙**：撐船用的竹竿。／**初沒**：剛剛沉入水中。
二行—**朱檻**：船上的紅色欄杆。／**鑑**：鏡子。此處指水面。／**華髮**：花白的頭髮。
三行—**墮**：掉落。／**白綸巾**：白青交織的絲質頭巾。／**漾**：水波搖動。
四行—**棹**：划船的長槳。／**歸去**：回去。／**煙波**：雲煙瀰漫的水面。／**搖兀**：搖蕩。

賞讀譯文

西湖上，雨過天晴時，竹篙有一半剛剛沉入秋天的湖水中。我倚靠著船上的紅色欄杆，俯瞰鏡子般的寒冷水面，倒映出我衰老的容顏和花白的頭髮。我喝醉後，風吹落了我的白綸巾，也吹動溪水，水面上蕩漾著流動的明月倒影。我獨自划著小船回去，任憑船隻在雲煙瀰漫的水面上搖動。

155

江城子・乙卯正月二十日夜記夢

蘇軾

十年生死兩茫茫。不思量，自難忘。
千里孤墳，無處話淒涼。
縱使相逢應不識，塵滿面，鬢如霜。
夜來幽夢忽還鄉。小軒窗，正梳妝。
相顧無言，惟有淚千行。
料得年年腸斷處，明月夜，短松岡。

題旨：悼念亡妻

【注釋】

一行【**十年**：指結髮妻子王弗去世已十年。／**思量**：想。／**茫茫**：不明的樣子。

四行【**幽夢**：隱約的夢。／**軒**：小房間。

五行【**顧**：看。

六行【**料得**：料想。／**斷腸**：比喻極度悲傷。／**短松**：矮松。／**短松岡**：種著矮松的山上，指蘇軾葬妻之地。

賞讀譯文

十年來我們兩人生死相隔，互不清楚對方的情況。就算不去想，自然也難以忘懷。你的孤墳在千里之外，我沒有地方可以訴說心中的淒涼。就算我們再度相逢，你應該不認得我了，因為我早已風塵滿面，鬢髮如霜。入夜後，隱約夢到我忽然回到故鄉。你坐在小房間的窗邊，正在梳妝打扮。我們相視無言，只流下了千行淚水。料想每年讓我心碎悲傷的地方，就是月光明亮的夜裡，種著矮松的山上。

江城子・湖上與張先同賦

蘇軾

鳳凰山下雨初晴。水風清，晚霞明。
一朵芙蕖，開過尚盈盈。
何處飛來雙白鷺，如有意，慕娉婷。
忽聞江上弄哀箏。苦含情，遣誰聽。
煙斂雲收，依約是湘靈。
欲待曲終尋問取，人不見，數峰青。

注釋

一行—**鳳凰山**：位在杭州。
二行—**芙蕖**：荷花，指彈箏女子。／**盈盈**：輕巧美好的樣子，指彈箏女子。
三行—**白鷺**：暗指愛慕彈箏女子的人。／**娉婷**：形容女子的容貌或體態輕巧美好，代指美女。
四行—**弄**：彈奏。／**哀箏**：悲涼的箏聲。
五行—**斂**：聚集。／**雲收**：雲消散。／**依約**：依稀隱約。／**湘靈**：古代傳說中的湘水之神。此處用來形容彈箏女子。
六行—**取**：語助詞。／化用自唐代錢起的〈省試湘靈鼓瑟〉：「曲終人不見，江上數峰青。」

題旨：遊賞心情

賞讀譯文

鳳凰山下，雨後剛剛放晴，水面吹拂過清新的風，晚霞明亮燦爛。女子就像一朵盛開的荷花般嬌美輕盈，有一雙白鷺不知從哪裡飛來，好像含有情意，傾慕著女子美妙的姿態。忽然聽到江上傳來彈奏哀曲的箏樂。這般含著悲苦的心情，是要給誰聽呢？煙氣聚攏，浮雲散去，彈箏女子彷彿湘水女神般。本來想等曲子結束後尋人詢問，卻沒看到人，只看到幾座青峰。

157

定風波

莫聽穿林打葉聲

蘇軾

莫聽穿林打葉聲，何妨吟嘯且徐行。
竹杖芒鞋輕勝馬，誰怕，一蓑煙雨任平生。
料峭春風吹酒醒，微冷，山頭斜照卻相迎。
回首向來蕭瑟處，歸去，也無風雨也無晴。

題旨：賞遊抒懷

題序

三月七日，沙湖道中遇雨。雨具先去，同行皆狼狽，余獨不覺。已而遂晴，故作此。（注：沙湖位在黃州（今湖北省黃岡市）附近。）

注釋

一行—**吟嘯**：吟詠長嘯。

二行—**芒鞋**：草鞋。／**輕**：輕快。／**一蓑**：蓑衣，用蓑草編製成的雨衣。

三行—**料峭**：微寒。

四行—**向來**：剛才。／**蕭瑟**：形容風吹樹葉的聲音。／**歸去**：回去。

賞讀譯文

不要聽雨滴穿過樹林打在葉子上的聲音，何不吟詠長嘯，同時慢慢前行。手拿竹杖，腳穿草鞋，走起來比騎馬還輕快。一生穿著蓑衣走在煙雨中，誰會怕呢？微寒的春風吹來，讓我從醉意中醒來，感到有點冷，山頭斜照的夕陽正迎面相照。回頭看剛才走過的風雨瀟瀟處，在回去的路上，已無風雨，也沒有晴日了。

158 南鄉子

霜降水痕收

蘇軾

霜降水痕收，淺碧鱗鱗露遠洲。
酒力漸消風力軟，颼颼，破帽多情卻戀頭。
佳節若為酬，但把清尊斷送秋。
萬事到頭都是夢，休休，明日黃花蝶也愁。

題旨：人生抒懷

題序

重九，涵輝樓呈徐君猷。（注：涵輝樓位在黃州（今湖北省黃岡市），徐君猷為蘇試謫居黃州時的太守。）

注釋

一行—**水痕收**：指水位降低。／**淺碧**：指水淺而綠。／**鱗鱗**：形容水波如魚鱗。

二行—**酒力**：酒進入人體後產生的麻醉作用。／**破帽多情卻戀頭**：化用自《晉書．孟嘉傳》，書中記載孟嘉於九月九日登龍山，帽子被風吹落而不覺。

三行—**酬**：應酬，交際往來。／**把**：拿著。／**尊**：酒杯。／**斷送**：打發。

四行—**黃花**：菊花。

賞讀譯文

霜降時節，水位痕跡逐漸降低，淺水上的綠波如魚鱗片片，露出了遠方的洲島。在酒力作用漸漸消退時，風力也疲軟了，颼颼地吹著，我的破帽卻多情地眷戀著頭。面對佳節要怎麼應酬？就是拿著酒杯打發秋日時光。世間萬事到頭來都只是一場夢，就此罷休吧！蝴蝶如果知道菊花明天就要凋謝，也會發愁的。

159

春宵

蘇軾

春宵一刻值千金，
花有清香月有陰。
歌管樓臺聲細細，
鞦韆院落夜沉沉。

題旨：詠春天

注釋

一行 **春宵**：春天的夜晚，亦指美好的歡樂時光。／一**刻**：極短的時間。古代將一晝夜分為一百刻。／**陰**：陰影。

三行 **歌管**：唱歌奏樂。／**院落**：庭院。／**沉沉**：深沉。

賞讀譯文

春夜十分珍貴，短暫的一刻就價值千金。飄散著花的清香，還有月光照射下的陰影。樓臺上隱約傳來細微的歌唱奏樂聲，有著鞦韆的庭院裡已夜深人靜。

160

浣溪沙

西塞山邊白鷺飛

蘇軾

西塞山邊白鷺飛，散花洲外片帆微，
桃花流水鱖魚肥。
自庇一身青篛笠，相隨到處綠蓑衣，
斜風細雨不須歸。

題旨：詠漁夫生活

【注釋】

一行【**西塞山**：山名，位在湖北武昌。／**散花州**：又名散花灘，位在位在湖北武昌。／**片帆**：孤舟。／**微**：細小、不明顯。

二行【**鱖魚**：又名桂魚。（鱖，音同「桂」。）

三行【**庇**：遮蓋。／**篛笠**：斗笠。／**蓑衣**：蓑草編成的雨衣。

賞讀譯文

西塞山邊有白鷺飛過，散花洲外有一艘看來微小的船。桃花盛開季節的流水裡，鱖魚隻隻都肥美。我自己戴著青色斗笠遮擋全身，無論走到哪裡都有綠蓑衣相隨，就算吹著斜風、飄著細雨，也不必回去。

161 湖上初雨

蘇軾

水光瀲灩晴初好，
山色空濛雨亦奇。
欲把西湖當西子，
淡粧濃抹總相宜。

題旨：詠西湖

注釋

一行　**瀲灩**：波光閃動相映。／**初好**：另有版本為「方好」。／**空濛**：煙雨迷茫的樣子。／**奇**：特別。

二行　**西子**：指春秋時代越國美女西施。／**相宜**：適合。

賞讀譯文

晴天時水面波光瀲灩，景色十分美好；雨天時山色迷茫濛瀧的樣子也很特別。這讓人想要把西湖比作西施，無論是化淡粧或濃抹胭脂，都很適合。

162

蝶戀花

花褪殘紅青杏小

蘇軾

花褪殘紅青杏小，燕子飛時，綠水人家繞。
枝上柳綿吹又少，天涯何處無芳草。

牆裏鞦韆牆外道，牆外行人，牆裏佳人笑。
笑漸不聞聲漸悄，多情卻被無情惱。

題旨：惜春傷情

【注釋】

一行【**花褪殘紅**：指杏花已凋謝。／**人家**：民家。

二行【**柳綿**：柳絮。

四行【**漸悄**：漸漸沒有聲音。／**多情**：指行人多情。／**無情**：指牆內鞦韆的佳人不知情。

賞讀譯文

紅杏花已經凋謝，一顆顆青色杏果小小的，燕子飛舞著，綠水繞過村落人家。枝頭上的柳絮被風吹得少了許多，但天涯哪裡沒有芳草呢？

牆裡的佳人盪著鞦韆嬉笑，牆外路上的行人聽見了。牆內的笑聲逐漸聽不到，變得靜悄悄的；多情的行人卻被不知情的佳人擾亂了心情。

163

鷓鴣天

林斷山明竹隱牆

蘇軾

林斷山明竹隱牆，亂蟬衰草小池塘。
翻空白鳥時時見，照水紅蕖細細香。
村舍外，古城旁，杖藜徐步轉斜陽。
殷勤昨夜三更雨，又得浮生一日涼。

題旨：生活抒懷

【注釋】

一行【林斷：樹林盡頭。／亂蟬：指蟬聲雜亂。／衰草：枯草。
二行【翻空：在空中翻飛。／蕖：荷花。／細細：細微。
三行【杖藜：拄著藜杖。
四行【殷勤：辛勤。／浮生：人生。

賞讀譯文

樹林盡頭能看到清楚的山峰，竹林後方隱藏著牆面。蟬聲雜亂，枯草環繞著小池塘。天空中時時可見翻飛的白鳥，荷花投映在水面上，散發細微的香氣。我在村舍外、古城旁，拄著藜杖緩緩漫步，直到斜陽轉至西邊。昨夜三更時，老天辛勤地下了一場雨，讓我這人生又擁有了一日的涼快。

164 謝池春慢

殘寒消盡

李之儀

殘寒消盡，疏雨過清明後。
花徑款餘紅，風沼縈新皺。
乳燕穿庭戶，飛絮沾襟袖。
正佳時，仍晚晝，著人滋味，真箇濃如酒。

頻移帶眼，空只恁厭厭瘦。
不見又思量，見了還依舊，
為問頻相見，何似長相守。
天不老，人未偶，且將此恨，分付庭前柳。

李之儀（約 1038～1117）
字端淑，號姑溪居士。曾任樞密院編修官、原州通判等職。與蘇軾、黃庭堅、秦觀交好。因曾任蘇軾的幕僚而被參劾，一度停職；之後又得罪權貴蔡京而被流放，但遇赦復官後並未赴任。

—注釋—

一行—**清明**：清明節。
二行—**款**：慰留，休息。／**餘紅**：落花。／**縈**：圍繞、纏繞。／**皺**：波紋。
三行—**乳燕**：雛燕。／**庭戶**：門戶。／**飛絮**：飄飛的柳絮。
四行—**真箇**：真的，確實。
五行—**帶眼**：腰帶上的孔眼。／**恁**：如此，這樣。／**厭**：虛弱生病的樣子。
六行—**思量**：想念。
七行—**為問**：借問、相問，不禁想問。／**何似**：那裡像。
八行—**偶**：成雙成對。／**且**：暫且。／**分付**：交給。

題旨：相思情懷

賞讀譯文

殘存的寒氣已經消盡，在清明節過後疏落地下了幾陣雨。花叢小徑上還留有片片落花，風吹過池沼，水面縈繞著新起的波紋。小燕子飛過門戶，飄飛的柳絮沾在衣襟和袖口上。這正是一年中最美好的時節，從早到晚給人的感覺，真的比酒還要濃郁。

我頻頻移動腰帶上的孔眼，徒然只是這樣虛弱地瘦下去。不見面的時候一再思念，見了面之後，依舊又要分離相思。讓人不禁想問，頻繁地見面哪裡比得上長相廝守呢？天不會老，人也沒有成雙成雙，暫且將這份愁恨交給庭院前的楊柳吧。

165

菩薩蠻

溪山掩映斜陽裏

魏玩

溪山掩映斜陽裏，樓臺影動鴛鴦起。
隔岸兩三家，出牆紅杏花。
綠楊堤下路，早晚溪邊去。
三見柳綿飛，離人猶未歸。

魏玩（約1140～1103）
字玉如，一作玉汝。出身名門世家，為北宋宰相曾布（1036～1107）之妻。曾布為曾鞏之弟，王安石變法的支持者，多次遭蔡京排擠，被貶在外，夫妻常相隔兩地。魏玩因夫貴而受初瀛國夫人、魯國夫人，人稱「魏夫人」。

題旨：相思情懷

注釋

一行　**掩映**：光影相互映照。

二行　**出牆紅杏花**：化用自宋代葉紹翁的〈遊園不值〉：「春色滿園關不住，一枝紅杏出牆來。」

四行　**柳綿**：柳絮。／**離人**：離開家園的人。

賞讀譯文

斜陽下溪流映照著青山，水面上，搖晃的樓臺倒影間有鴛鴦飛起。對岸的兩三戶人家，紅杏花都伸出圍牆外了。
每天早晚，我都到溪邊綠楊堤下的小路徘徊，我已經看到三次柳絮紛飛的景象了，離家在外的人仍然沒回來。

166

虞美人

芙蓉落盡天涵水

舒亶

芙蓉落盡天涵水，日暮滄波起。
背飛雙燕貼雲寒，獨向小樓東畔倚欄看。
浮生只合樽前老，雪滿長安道。
故人早晚上高臺，寄我江南春色一枝梅。

舒亶（1041～1103）

字通道，號懶堂。曾任臨海尉、監察御史里行、給事中、御史中丞、龍圖閣待制等職。曾因奏書引發紛爭，在神宗時約有十年不為朝廷所用。

一注釋一

一行一**芙蓉**：荷花的別稱。／**天涵水**：指水天相接。／**滄波**：綠波。／**日暮**：傍晚、黃昏。

二行一**背飛雙燕**：相背而飛的燕子，指各奔東西。

三行一**浮生**：人生。／**合**：該。

四行一**故人**：老友。／**寄我江南春色一枝梅**：化用自南北朝陸凱的〈贈范曄〉：「折花逢驛使，寄與隴頭人。江南無所有，聊贈一枝春。」

題旨：賞景懷友

賞讀譯文

荷花落盡，水天相接，黃昏時一陣風吹動了綠波。

雙燕貼著寒雲各自分飛，我獨自面向小樓的東邊，倚著欄杆遠望。

人生只應該在酒杯前老去。大雪鋪滿了長安的道路。

老友早晚都登上高臺，也寄來代表江南春色的一枝梅。

167 水調歌頭

瑤草一何碧

黃庭堅

瑤草一何碧，春入武陵溪。
溪上桃花無數，枝上有黃鸝。
我欲穿花尋路，直入白雲深處，浩氣展虹霓。
只恐花深裏，紅露濕人衣。

坐玉石，倚玉枕，拂金徽。
謫仙何處，無人伴我白螺杯。
我為靈芝仙草，不為朱唇丹臉，長嘯亦何為。
醉舞下山去，明月逐人歸。

黃庭堅（1045～1105）字魯直，號山谷道人，晚號涪翁。蘇門四學士之一。江西詩派祖師，亦為宋朝書法四家之一。生前與蘇軾齊名，世稱蘇黃。曾任北京國子監教授、校書郎、著作佐郎、秘書丞、涪州別駕、黔州安置等職，晚年兩次受到貶謫。

注釋

一行—**瑤草**：仙草，此處指香草。／**一何**：多麼。／**武陵溪**：引自晉代陶淵明〈桃花源記〉中流入桃花源的武陵溪。

二行—**枝**：另有版本為「花」。／**黃鸝**：黃鶯。

三行—**浩氣**：正大剛直之氣。／**虹霓**：彩虹。

四行—**紅露**：花上的露水。

五行—**倚**：另有版本為「欹」。／**金徽**：金製的琴徽。琴徽為鑲嵌在琴面上的圓形標誌，橫向依序排列，共有十三徽。在此指琴。

六行—**謫仙**：被貶謫至人間的仙人。或指唐代李白，他的〈對酒憶賀監〉中有「長安一相見，呼我謫仙人」之句。／**白螺杯**：白色螺殼製成的。

八行—**逐**：追逐。

題旨：春日遊記

賞讀譯文

香草多麼碧綠，春天已經來到武陵溪。溪流上方有無數朵桃花綻放，枝頭上還有黃鸝鳥。我想要穿過花叢，尋找直入白雲深處的道路，到彩虹上方展現正直浩氣，卻怕花叢深處的露水會把我的衣服沾濕。

坐在玉石上，倚著玉枕，撥動琴弦。那被貶謫的仙人在哪裡？沒有人陪我一起用白螺杯飲酒。我只想尋找靈芝仙草，不想追求朱唇丹臉那樣的華麗，為什麼要長嘯呢？喝醉了的我，跳著舞下山，明月一路跟隨我回家。

168

念奴嬌

斷虹霽雨

黃庭堅

斷虹霽雨，淨秋空，山染修眉新綠。
桂影扶疏，誰便道今夕清輝不足。
萬里青天，姮娥何處，駕此一輪玉。
寒光零亂，為誰偏照醽醁。

年少從我追遊，晚涼幽徑，繞張園森木。
共倒金荷，家萬里，難得尊前相屬。
老子平生，江南江北，最愛臨風笛。
孫郎微笑，坐來聲噴霜竹。

題旨：賞月抒懷

題序

八月十七日，同諸生步自永安城樓，過張寬夫園待月。偶有名酒，因以金荷酌眾客。客有孫彥立，善吹笛。援筆作樂府長短句，文不加點。

注釋

一行—**斷虹**：一部分被雲遮蔽的彩虹。／**霽雨**：雨停。／**修眉**：長眉。

二行—**桂影**：相傳月中有桂樹，稱月中陰影為桂影。／**扶疏**：枝葉繁茂。／**清輝**：皎潔的月光。

三行—**姮娥**：嫦娥。／**一輪玉**：指圓月。

四行—**寒光**：月光。／**醽醁**：取湖南地區酃湖之水所釀成的美酒。

五行—**年少**：年輕人。

六行—**金荷**：金製的荷葉杯，泛指精美酒器。／**尊**：樽，酒器。／**屬**：勸酒。

七行—**老子**：老夫。

八行—**坐來**：馬上。／**霜竹**：指笛子。

賞讀譯文

雨後放晴，天邊有一道被雲截斷的彩虹。澄淨的秋空下，山脈就像染上新綠的美人長眉。月中桂樹繁茂，陰影明顯，誰說今晚的月光不夠明亮呢？

萬里青天間，嫦娥在哪裡駕著這一輪圓月呢？零亂的月光是為了誰而偏偏照在美酒上呢？

少年們追隨我一起遊賞，在清涼的夜晚裡，循幽徑繞著張寬夫園的樹林散步。我們一起將酒杯斟滿酒。家在萬里之外，難得我們能拿著酒杯相勸暢飲。

我這一生走遍大江南北，最喜歡聽風中的笛聲。孫郎便微笑，馬上吹起了笛子。

169

清平樂

春歸何處

黃庭堅

春歸何處，寂寞無行路。
若有人知春去處，喚取歸來同住。
春無蹤跡誰知，除非問取黃鸝。
百囀無人能解，因風飛過薔薇。

題旨：傷春

一注釋一

一行一**寂寞**：寂靜。／**行路**：蹤跡。
二行一**取**：語助詞。／**歸來**：回來。
三行一**取**：語助詞。／**黃鸝**：黃鶯。
四行一**囀**：鳴叫聲。／**因**：乘、趁。

賞讀譯文

春天回到哪裡去了？四周一片寂靜，沒有它的蹤跡。
如果有人知道春天的去處，請叫它回來跟我同住。
春天沒有蹤跡，誰知道它在何處？除非去問一問黃鸝。
但牠鳴叫百聲也無人能理解，便乘著風飛過薔薇花。

170 虞美人・宜州見梅作

黃庭堅

天涯也有江南信，梅破知春近。
夜闌風細得香遲，不道曉來開遍向南枝。
玉臺弄粉花應妒，飄到眉心住。
平生個裏願杯深，去國十年老盡少年心。

題旨：詠梅抒懷

一注釋一

題—**宜州**：今廣西宜山縣一帶。

一行—**信**：指花信，花朵開放的消息或特定時節。在古代，人們從小寒到穀雨的八個節氣之間，以每五日為一候，共二十四候，各挑選一種花期最準確的植物為代表，稱之為花信。／**梅破**：指梅花綻放。

二行—**夜闌**：夜深、夜將盡。／**不道**：不料。／**向南枝**：因太陽在南方，面向南方的枝頭花朵先綻放。

三行—**玉臺**：鏡臺、梳妝臺。／**弄粉**：指化妝。／**飄到眉心住**：引用南朝劉宋時代壽陽公主的軼事，相傳某日她在梅花樹下睡午覺，梅花飄落在額頭上印下花痕。

四行—**個裏**：在這樣的情景裡。／**杯深**：指杯子深可裝很多酒，意為暢快飲酒。／**去國**：離開朝廷。

賞讀譯文

在天涯之地也有像江南那樣的花信，一見梅花開，就知道春天近了。夜深時，微風輕送，很晚才聞到花香，沒想到早上起來時，面向南方的枝條上，梅花幾乎都盛開了。女子在鏡臺前化妝，梅花應該是嫉妒她的美色，才會飄到她的眉心間停下。平生在這樣的情景裡，我都會希望杯中的酒越多越好，但離開朝廷十年來，已經讓我的少年心衰老了。

171

鷓鴣天

黃菊枝頭生曉寒

黃庭堅

黃菊枝頭生曉寒，人生莫放酒杯乾。
風前橫笛斜吹雨，醉裏簪花倒著冠。
身健在，且加餐，舞裙歌板盡清歡。
黃花白髮相牽挽，付與時人冷眼看。

題旨：賞景抒懷

—注釋—

一行—**簪**：插、戴。／**倒著冠**：把帽子反過來戴。

三行—**歌板**：唱歌時敲擊打節奏的拍板。／**清歡**：清雅恬適的樂趣。

四行—**付與**：拿給、交付。／**時人**：同時代的人。

賞讀譯文

黃菊在枝頭綻放，引出清晨的寒意。人生中不要放任酒杯裡空空無酒而乾掉。我對著斜風細雨吹橫笛，喝醉了就在頭上插朵花，把帽子反過來戴。身體還健在，就多加點餐食來吃，欣賞舞裙飄搖、聽歌打拍子，享受清雅恬適的樂趣。黃花和我這白髮人相牽著手，就讓同時代的人冷眼看待吧。

172

漁家傲

小雨纖纖風細細

朱服

小雨纖纖風細細，萬家楊柳青煙裏。
戀樹溼花飛不起，愁無際，和春付與東流水。
九十光陰能有幾，金龜解盡留無計。
寄語東陽沽酒市，拚一醉，而今樂事他年淚。

朱服（1048～不詳）
字行中。登進士第後，曾任國子司業、中書舍人等職，之後一再被貶至廣州、袁州等地。

題旨：春景抒懷

注釋

二行－**和春**：跟著春天。／**付與**：拿給、交付。

三行－**九十**：指春季共九十天。／**金龜**：唐代武則天掌權時，規定三品以上的官佩戴金龜符。／**金龜解盡**：指卸下所有官職。／**無計**：沒有辦法。

四行－**寄語**：轉告，寄託心意。／**東陽**：今浙江省金華市。／**沽酒**：賣酒。／**他年**：以後、今後。

賞讀譯文

雨絲纖細微風輕柔，家家戶戶的楊柳都籠罩在青煙裡。溼透的花眷戀著樹，不肯飛起，我心中無邊無際的愁緒，都跟著春天一起交給東去的流水了。春季九十天的光陰能有多長？就算卸下所有官職也沒有辦法留住它。我把心意寄託在東陽的賣酒市場，努力暢飲到醉，就算現今的歡樂情事在往後惹人流淚。

173

八六子

倚危亭

秦觀

倚危亭。恨如芳草，萋萋剗盡還生。
念柳外青驄別後，水邊紅袂分時，愴然暗驚。
無端天與娉婷。夜月一簾幽夢，春風十里柔情。
怎奈向歡娛漸隨流水，素絃聲斷，翠綃香減，
那堪片片飛花弄晚，濛濛殘雨籠晴。
正銷凝，黃鸝又啼數聲。

題旨：春愁

秦觀（1049～1100）

字太虛、少遊。蘇門四學士之一。曾兩次落第，登進士第後，歷任秘書省正字、國史院編修官等職。新黨執政後，被貶至杭州、處州、郴州等地，最後卒於藤州。為婉約詞派代表。

【注釋】

一行—**危亭**：高亭。／**萋萋**：草茂盛的樣子。／**剗**：削平、刪除。

二行—**青驄**：毛色青白交雜的駿馬。／**紅袂**：紅色袖子，指女子，情人。／**愴然**：悲傷哀痛的樣子。

三行—**與**：給予。／**娉婷**：形容女子的容貌或體態輕巧美好，代指美女。／**幽夢**：隱約的夢。／**春風十里**：引自唐代杜牧的〈贈別〉：「春風十里揚州路。」

四行—**怎奈**：無奈。／**向**：語助詞。／**素絃**：指樸素的琴。／翠綃：綠色的絲織薄紗。

五行—**那堪**：怎麼承受。／**飛花**：飄飛的落花。／**弄**：搖動。／**殘雨**：將止的雨。／**籠**：籠罩。

六行—**銷凝**：銷魂凝思。／**黃鸝**：黃鶯。

賞讀譯文

我倚在高亭上，愁恨如芳草那般茂盛，砍除殆盡後又不斷生長出來。想起我騎著青白駿馬到柳堤之後，與情人在水邊分手的時刻，總讓我暗自悲傷心驚。上天沒由來的給予她如此美好的外貌。月夜裡簾後的幽夢裡，有十里春風帶來的柔情。無奈那些歡娛都已隨著流水逝去，素琴的樂聲中斷了，綠紗的香氣也消減了，叫人怎麼受得了一片片飄飛的落花在夜裡舞動，濛濛殘雨籠罩著晴日的景象？我正銷魂凝思時，黃鸝又啼叫了幾聲。

174

千秋歲

水邊沙外

秦觀

水邊沙外，城郭春寒退。
花影亂，鶯聲碎。
飄零疏酒盞，離別寬衣帶。
人不見，碧雲暮合空相對。
憶昔西池會，鵷鷺同飛蓋。
攜手處，今誰在。
日邊清夢斷，鏡裏朱顏改。
春去也，飛紅萬點愁如海。

題旨：愁春抒懷

注釋

一行—**城郭**：城牆，代指整座城。

二行—**碎**：細碎。

三行—**飄零**：四處飄泊。／**疏**：遠離，不親近。／**酒盞**：酒杯，代指飲酒。

四行—**碧雲暮合**：化用自南朝江淹的〈休上人怨別〉：「日暮碧雲合，佳人殊未來。」

五行—**鵷鷺**：指朝官的行列如鵷鳥和鷺鳥飛行時那般整齊。／**飛蓋**：蓋為車蓋，飛蓋指車行如飛。

七行—**日邊**：日指皇帝，日邊指皇帝身邊。／**朱顏**：青春紅潤的容貌。／**清夢**：美夢。

八行—**飛紅**：飄飛的落花。

賞讀譯文

城裡的春日寒意退到水畔沙洲外。花影零亂，鶯鳥啼聲細碎。

我四處漂泊，已經與飲酒樂事疏遠，離別後消瘦到衣帶都變寬了。我無法見到那人，只能徒然與黃昏時合攏的碧雲相對。

想起昔日在西池相會，與朝官同僚乘車出遊，當時攜手遊賞的地方，今天有誰在那裡？

待在皇帝身邊的美夢斷了，鏡子裡的青春容顏也改變了。春離去了，萬千點點飄飛的落花，我的愁深如海。

175

水龍吟

小樓連苑橫空

秦觀

小樓連苑橫空，下窺繡轂雕鞍驟。
朱簾半捲，單衣初試，清明時候。
破暖輕風，弄晴微雨，欲無還有。
賣花聲過盡，斜陽院落，紅成陣，飛鴛甃。
玉佩丁東別後，悵佳期參差難又。
名韁利鎖，天還知道，和天也瘦。
花下重門，柳邊深巷，不堪回首。
念多情但有，當時皓月，向人依舊。

題旨：相思情懷

注釋

一行—**苑**：花園。／**繡轂**：華貴的車輛。轂為車輪中心的圓木，代指車。（轂，音同「孤」。）／**雕鞍**：有雕飾圖案的馬鞍，代指馬匹。／**驟**：急馳。

二行—**單衣**：單層無內裡的衣服。

三行—**弄晴**：指乍晴還雨。／**微雨**：細雨。

四行—**院落**：庭院。／**紅**：指落花。／**鴛甃**：用對稱的磚砌起的井壁。甃指井壁。

五行—**玉佩**：古代男女在分離時，常贈玉佩為信物。／**丁東**：形容玉佩撞擊聲的聲音。／**佳期**：會合之期。／**參差**：不一致。

六行—**名韁利鎖**：名利如韁鎖般束縛人。／**還**：也。／**和**：連。

七行—**重門**：多層的門戶。

八行—**皓月**：皎潔的月亮。

賞讀譯文

連著花園的小樓橫過天空，可以窺看下方急駛而過的華麗車馬。清明時節，將朱簾半捲起，初次試穿單層薄衣。那吹破暖意的輕風，晴日裡飄搖的細雨，都若有似無的。在賣花聲過去後，斜陽照射的庭院裡，一陣陣落花飛上井壁。以丁東作響的玉佩為信物與她道別後，令人惆悵的是能相見之日不同，難以再會。名利如韁鎖般束縛人，如果上天也知道，連上天都會消瘦。當時在繁花下方的多重門內、柳樹邊的深巷裡歡會的往事，令人不堪回首。我想，仍然多情的，是當時皎潔的月亮依舊照著人。

176

好事近

春路雨添花

秦觀

春路雨添花，花動一山春色。
行到小溪深處，有黃鸝千百。
飛雲當面化龍蛇，夭矯轉空碧。
醉臥古藤陰下，了不知南北。

題旨：夢中遊記

一注釋一

二航一**黃鸝**：黃鶯。

三行一**龍蛇**：似龍若蛇，指快速移行的雲。／**夭矯**：飛騰，或屈伸自如。／**空碧**：淡藍色天空。

四行一**古藤**：老藤。／**了**：完全，全然。

賞讀譯文

春日的道路上，雨後增添了許多花，花一搖動，整座山都充滿春色。
走到小溪的深處，有千百隻黃鸝。
飛雲在我面前化成龍蛇，飛騰到碧空中。
我喝醉了，躺臥在老藤的綠蔭下，完全不知道南北是在哪一邊。

177

江城子

西城楊柳弄春柔

秦觀

西城楊柳弄春柔。動離憂，淚難收。
猶記多情，曾為繫歸舟。
碧野朱橋當日事，人不見，水空流。
韶華不為少年留。恨悠悠，幾時休。
飛絮落花時候一登樓。
便做春江都是淚，流不盡，許多愁。

題旨：暮春別恨

【注釋】

一行—**弄**：擺動、搖動。／**動**：觸動。／**離憂**：離別的憂思。

四行—**韶華**：美好的時光。／**悠悠**：眾多。

五行—**飛絮**：飄飛的柳絮。

六行—**便做**：就算，即使。

賞讀譯文

西城的楊柳在春日裡擺動柔軟的枝條，觸動了我心中那些離別的憂思，淚水嘩嘩流下難以收止。
還記得多情的楊柳曾為我繫住歸舟。
想起在綠野紅橋那天的往事，人已不見，只剩下江水空流。
美好的時光不會為少年停留。那麼多的愁恨要到何時才會停休？
在柳絮飄飛、春花凋落的時節登上樓，
就算春江都是我的淚水，也流不盡我心中的許多愁緒。

178

浣溪沙

漠漠輕寒上小樓

秦觀

漠漠輕寒上小樓，曉陰無賴似窮秋。
淡煙流水畫屏幽。
自在飛花輕似夢，無邊絲雨細如愁。
寶簾閑掛小銀鉤。

題旨：春愁

一注釋一

一行一**漠漠**：寂靜無聲。／**輕寒**：輕微的寒意。／**曉陰**：早晨的陰天。／**無賴**：代表詞人心中的嫌惡。／**窮秋**：秋天到了盡頭，指深秋。

二行一**幽**：清新、雅致的。

三行一**飛花**：飄飛的落花。／**絲雨**：細雨。

四行一**寶簾**：綴著珠寶的簾子。／**閑掛**：隨意地掛著。閑，通「閒」。

賞讀譯文

寂靜無聲的輕微寒意登上小樓，早晨的陰天令人討厭，感覺像是深秋時節。畫屏上的幾縷淡煙和一彎流水，景色多雅致。自在飛舞的落花像夢境般輕盈，無邊無際的絲雨如愁緒般細微。珠寶簾子隨意地掛在小銀鉤上。

179 望海潮

梅英疏淡

秦觀

梅英疏淡，冰澌溶洩，東風暗換年華。
金谷俊遊，銅駝巷陌，新晴細履平沙。
長記誤隨車。正絮翻蝶舞，芳思交加。
柳下桃蹊，亂分春色到人家。

西園夜飲鳴笳。有華燈礙月，飛蓋妨花。
蘭苑未空，行人漸老，重來是事堪嗟。
煙暝酒旗斜。但倚樓極目，時見棲鴉。
無奈歸心，暗隨流水到天涯。

題旨：傷春懷舊

—注釋—

一行—**梅英**：梅花。／**疏淡**：稀疏褪色。／**冰澌**：流冰。／**東風**：春風。／**暗換**：不知不覺地更換。

二行—**金谷**：指金谷園，為西晉富人石崇的別墅，遺址位於今洛陽市。／**俊遊**：賢俊之流。／**銅駝**：銅駝街。在今河南省洛陽市，因漢代時路旁設有銅駝夾道而得名，為當時的繁華區域。／**巷陌**：街巷。／**新晴**：剛放晴。／**細履**：輕步慢行。／**平沙**：平坦沙地。

三行—**長記**：永遠記得。／**誤隨車**：誤跟到別家女子的車。／**芳思**：春天勾起的情思。／**交加**：紛多雜亂。

四行—**桃蹊**：桃樹下的小路。

五行—**西園**：指曹操所建的銅雀園。／**笳**：胡笳，西北少數民族的管樂器。／**礙月**：減損月色。／**飛蓋**：蓋指車上的傘狀篷子，飛蓋指往來急駛的車子。

六行—**蘭苑**：美麗的園林。／**行人**：遠行的人。／**重來**：重返、再訪。／**是事**：凡事。／**嗟**：慨嘆。

七行—**煙暝**：煙靄瀰漫的黃昏。／**但**：僅、只。／**極目**：放眼遠望。

賞讀譯文

梅花稀疏色淡，流冰逐漸溶化四溢，春風再度吹起，不知不覺又換了新的一年。我曾經與賢俊友人同遊金谷園，走訪熱鬧的銅駝街巷，在剛放晴之際輕盈漫步在沙地上。我永遠記得我們誤跟著別家女子的車馬，那時正是柳絮翻動、蝴蝶飛舞，心中充滿紛亂情思的時節。柳樹下的桃花小徑，隨意地將春色送到各戶人家。

在西園裡夜飲，吹起胡笳。有如此華麗的燈火，減損了月光的亮麗；還有急駛而過的車馬，妨礙了繁花的美好。園林尚未空蕩荒無，但遠行的人已逐漸老去，重返舊地，每件事都令人慨嘆。煙靄瀰漫的暮色中，有酒旗斜插著。只有我倚樓遠望，不時看到棲息在樹上的鴉鳥。無奈我的歸鄉之心，只能暗自隨著流水到天涯。

180 畫堂春

落紅鋪徑水平池

秦觀

落紅鋪徑水平池，弄晴小雨霏霏。
杏園憔悴杜鵑啼，無奈春歸。
柳外畫樓獨上，憑闌手撚花枝。
放花無語對斜暉，此恨誰知。

題旨：傷春怨別

【注釋】

一行【**落紅**：落花。／**水平池**：水滿到與池塘邊齊平。／**弄晴**：指乍晴還雨。

二行【**杏園**：指汴京中的園林。／**杜鵑**：指杜鵑鳥，初夏時常晝夜不停啼叫，叫聲類似「不如歸去」。相傳為商周至春秋時代之間的古蜀君主杜宇之魂所化，又叫杜宇、子規、鶗鴃、啼鴃、鵜鴃。／**歸**：回去。

三行【**畫樓**：華麗的樓閣。／**憑闌**：倚靠欄杆。／**撚**：用手指捏取、拿取。

四行【**放花**：放下花枝。

賞讀譯文

落花鋪滿小徑，綠水滿溢池塘，天才剛放晴，又下起霏霏細雨。杏園裡景象憔悴，還有杜鵑鳥啼叫著，無奈春天已經回去。我獨自走上柳樹外的華麗樓閣，倚靠欄杆，手上只拿著花枝。我放下花枝，無言地對著斜陽，心中這份愁恨有誰知道呢？

181

滿庭芳

山抹微雲

秦觀

山抹微雲，天連衰草，畫角聲斷譙門。
暫停征棹，聊共引離尊。
多少蓬萊舊事，空回首煙靄紛紛。
斜陽外，寒鴉萬點，流水繞孤村。
銷魂。當此際，香囊暗解，羅帶輕分。
謾贏得青樓薄倖名存。
此去何時見也，襟袖上空惹啼痕。
傷情處，高城望斷，燈火已黃昏。

題旨：離情別怨

—注釋—

一行—**微雲**：薄雲。／**衰草**：枯草。／**畫角**：樂器名。傳自西羌，形如牛、羊角，表面彩繪裝飾，吹奏時發出嗚嗚聲。／**譙門**：城門上用來望遠的高樓。

二行—**征棹**：遠行的船。棹為船槳，在此指船。／**引**：執舉。／**離尊**：臨別之酒。尊為酒杯。

三行—**蓬萊舊事**：美好的往事，或指男女愛情舊事。蓬萊指傳說中的海上蓬萊仙山。／**紛紛**：多而雜亂的樣子。

四行—**寒鴉**：一種體型略小的黑色及灰色鴉。

五行—**銷魂**：哀傷至極，好像魂魄離開形體而消失。／**羅帶**：絲質的衣帶。

六行—**謾**：徒然。／**青樓**：在魏晉南北朝時指女子居住的地方。梁朝以後用為伎院的代稱。／**薄倖**：薄情。／化用自唐代杜牧的〈遣懷〉：「十年一覺揚州夢，贏得青樓薄倖名。」

七行—**空**：只、僅僅。／**惹**：沾染、碰觸。／**啼**：哭啼。

八行—**望斷**：放眼遠望，直到看不見為止。

賞讀譯文

遠山抹上一層薄雲，無邊的枯草蔓延至天際，城樓上的畫角嗚聲已中斷停歇。暫時停下遠行的船，一邊聊天，一邊舉起酒杯道別。那麼多美好的往事，回首起來如煙靄那般迷茫紛亂。在斜陽外圍，有萬點寒鴉飛動，流水繞過孤立的村落。

就在哀傷到魂魄幾乎要消失之際，我暗自解下香囊相贈，她也輕輕解開羅帶回贈，徒然讓我獲得對青樓女子薄情的名聲。這次離開後，何時能再相見？只能徒然在襟袖上沾惹哭啼的淚痕。令人傷心的是，回頭遙望視線盡頭的高城，在黃昏時分已亮起點點燈火了。

182

滿庭芳

紅蓼花繁

秦觀

紅蓼花繁，黃蘆葉亂，夜深玉露初零。
霽天空闊，雲淡楚江清。
獨棹孤篷小艇，悠悠過煙渚沙汀。
金鉤細，絲綸慢捲，牽動一潭星。

時時，橫短笛，清風皓月，相與忘形。
任人笑生涯，泛梗飄萍。
飲罷不妨醉臥，塵勞事有耳誰聽。
江風靜，日高未起，枕上酒微醒。

題旨：月夜抒懷

注釋

一行—**紅蓼**：水陸兩棲草本植物，為粉紅或玫瑰紅色穗狀花序，六至九月開花。／**黃蘆**：黃蘆葦。／**玉露**：晶瑩如玉的露水。／**零**：滴落。

二行—**霽天**：雨後的天空。／**楚江**：楚地的江水。楚地為春秋戰國時期楚國所在的長江中下游一帶。

三行—**棹**：船槳，此指划船。／**悠悠**：閒適的樣子。／**煙渚**：瀰漫霧氣的小洲。／**沙汀**：沙洲。

四行—**絲綸**：釣線。

五行—**相與**：相偕、相互。／**忘形**：超然物外，忘了自己的形體。

六行—**泛梗**：隨水漂流的斷梗。／**飄萍**：飄泊的浮萍。

七行—**塵勞事**：讓人煩惱的世俗事務。

八行—**靜**：停止不動。

賞讀譯文

紅蓼花繁茂盛開，黃蘆葦的葉子凌亂交錯，夜深時分如玉露水剛剛落下。雨後天空遼闊，雲層淡薄，楚地的江水十分清澈。我獨自划著孤篷小艇，悠閒地經過煙靄瀰漫的沙洲。我慢慢地捲起釣線，細細的金製魚鉤露出水面，也牽動了一整潭星星的倒影。

我不時橫吹短笛，伴著清風與皓月，彼此都超然物外，忘了自己的形體。放任他人笑我這一生像隨水漂流的斷梗和浮萍。喝完酒後，不妨醉醺醺地入睡，那些惱人的世俗事務，就算人有耳朵，還有誰要聽？江風已停息，太陽高掛，我還沒起床，躺在枕頭上，酒意消散，人稍微清醒。

183

滿庭芳

碧水驚秋

秦觀

碧水驚秋，黃雲凝暮，敗葉零亂空階。
洞房人靜，斜月照徘徊。
又是重陽近也，幾處處砧杵聲催。
西窗下，風搖翠竹，疑是故人來。

傷懷，增悵望，新歡易失，往事難猜。
問籬邊黃菊，知為誰開。
謾道愁須殢酒，酒未醒愁已先回。
憑闌久，金波漸轉，白露點蒼苔。

題旨：傷離懷舊

【注釋】

一行【驚秋】：因秋而驚。在此指水因秋風而驚動生波。／【敗葉】：凋零的落葉。

二行【洞房】：深邃的內室。／【徘徊】：指徘徊的人。

三行【砧杵】：擣衣的石砧和木杵，代指擣衣。擣衣是指用杵捶打生絲，使其柔白富彈性，能裁成衣物；古代婦女在秋涼時節常為了幫親人趕製冬衣而擣衣。

四行【故人】：老友。

五行【悵望】：情緒落寞而有所想望。／【猜】：推測、想像。

七行【謾道】：不要說。／【殢】：滯留、逗留。

八行【憑闌】：倚靠欄杆。／【金波】：指月光。／【蒼苔】：深綠色的苔蘚。

賞讀譯文

綠水因秋風而驚動生波，暮色中黃雲凝聚成團，落葉零亂地飄向空空的臺階。深邃的內室裡人靜無聲，只有斜月照著徘徊的人。又到了重陽節將近的時節，幾乎到處都聽得到擣衣聲急促地催著人。西邊的窗戶下方，綠竹因為風吹而搖動，讓人懷疑好像是老友來訪了。

這實在令人傷懷，惆悵的想望也隨之增加，只因為新歡容易失去，往事也難以猜想真相。我問竹籬邊的黃菊，知道它是為誰而開嗎？不要說愁緒必須留在酒裡，說不定酒還未醒，愁緒就已經先返回了。我倚靠欄杆許久，只見月光逐漸轉動，白露點點散布在綠苔蘚上。

184

滿庭芳

曉色雲開

秦觀

曉色雲開，春隨人意，驟雨纔過還晴。
古臺芳榭，飛燕蹴紅英。
舞困榆錢自落，鞦韆外綠水橋平。
東風裏，朱門映柳，低按小秦箏。
多情。行樂處，珠鈿翠蓋，玉轡紅纓。
漸酒空金榼，花困蓬瀛。
豆蔻梢頭舊恨，十年夢屈指堪驚。
憑闌久，疏煙淡日，寂寞下蕪城。

題旨：追憶舊遊

一注釋一

一行—**曉色**：清晨的天色。／**驟雨**：忽然降下的大雨。

二行—**芳**：美好的。／**榭**：建築在臺上的房屋。／**蹴**：踢。／**紅英**：紅色的落花。

三行—**困**：疲累。／**榆錢**：榆筴，榆樹在春季結成的果實，形狀似錢，俗稱榆錢。

四行—**東風**：春風。／**秦箏**：古代秦地（今陝西）所造的一種弦樂器，形似瑟。

五行—**珠鈿翠蓋**：指有珠寶和嵌金裝飾，蓋子綴有翠羽的華麗車子。／**玉轡紅纓**：指繫有美玉裝飾的轡繩和紅色穗子外形的布飾品，裝扮華貴的馬匹。

六行—**榼**：一種盛酒器。／**蓬瀛**：傳說中的海上仙山蓬萊和瀛州。代指飲酒處。／花，或指女子；蓬瀛，或指歌伎居所。

七行—化用自唐代杜牧的〈贈別〉：「娉娉嫋嫋十三餘，豆蔻梢頭二月初」，以及〈遣懷〉：「十年一覺揚州夢，贏得青樓薄倖名」。

八行—**憑闌**：倚靠欄杆。／**蕪城**：即揚州。南北朝時的鮑照曾作〈蕪城賦〉來呈現揚州城的荒蕪。

賞讀譯文

清晨的天空裡，雲已散開，春天隨著人的心意，忽然降下的大雨才剛過去，就馬上放晴了。古老的秀麗臺榭旁，飛燕踢著飄落的紅花。榆莢在風中舞累了，便兀自掉落。鞦韆外側的綠水，已經滿溢到與橋面齊平了。春風吹拂間，朱門上倒映著柳樹搖動的影子，門後的女子低頭按著小秦箏的弦。

充滿情意的回憶，是她乘著華麗的車子，我騎著華貴的馬匹，一起來到行樂處賞遊。金榼裡的酒漸漸空了，名花仍困在仙山裡。那與豆蔻少女有關的舊恨，屈指一算竟如十年前的一場夢，實在讓人心驚。我依靠欄杆許久，只見薄煙中的黯淡日光，寂寞地墜入揚州城。

185 踏莎行

霧失樓臺

秦觀

霧失樓臺，月迷津渡。桃源望斷無尋處。
可堪孤館閉春寒，杜鵑聲裏斜陽暮。
驛寄梅花，魚傳尺素。砌成此恨無重數。
郴江幸自繞郴山，為誰流下瀟湘去。

◎汲古閣本（明末毛晉所刻之書）中，作題名為「郴州旅舍」。

注釋

一行｜**失**：使消失。／**迷**：使迷失。／**津渡**：渡口，供人上下船的地方。／**桃源**：指桃花源，安定和平之地。／**望斷**：放眼遠望，直到看不見為止。

二行｜**可堪**：怎麼承受得住。／**孤館**：孤寂的旅舍。／**杜鵑**：指杜鵑鳥，初夏時常晝夜不停啼叫，叫聲類似「不如歸去」。相傳為商周至春秋時代之間的古蜀君主杜宇之魂所化，又叫杜宇、子規、鶗鴂、啼鴂、鵜鴂。

三行｜**驛寄梅花**：指友人的訊息，化用自南北朝陸凱的〈贈范曄〉：「折梅逢驛使，寄與隴頭人。江南無所有，聊贈一枝春。」／**魚傳尺素**：指書信，源自漢代古詩〈飲馬長城窟行〉：「客從遠方來，遺我雙鯉魚，呼兒烹鯉魚，中有尺素書。」／**砌**：堆積。／**無重數**：多到數不清。

四行｜**郴江**：在郴州（今湖南省境內），會匯入湘江的支流。／**幸自**：本來是。／**瀟湘**：瀟水和湘水，合流後稱湘江，又稱瀟湘。

題旨：江景抒懷

賞讀譯文

濃霧掩蔽了樓臺，讓它消失不見，朦朧的月色也讓人迷失了渡口的方向。
即便望向視線盡頭處，也沒有地方能找到理想中的桃花源。
怎麼承受得了閉門待在孤寂的旅館裡，忍受著春寒，聽杜鵑鳥啼叫直到斜陽西下的黃昏？
友人從驛站寄來梅花，傳來書信，卻讓我的愁恨堆到數不盡。
郴江本來就繞著郴山流，是為了誰要離開而流到瀟湘去呢？

186

點絳唇

醉漾輕舟

秦觀

醉漾輕舟，信流引到花深處。
塵緣相誤，無計花間住。
煙水茫茫，回首斜陽暮。
山無數，亂紅如雨，不記來時路。

題旨：醉遊抒懷

一注釋一

一行一**漾**：搖動。／**信**：隨意、任憑。
二行一**塵緣**：塵世的因緣。／**無計**：沒有辦法。
三行一**煙水**：煙霧瀰漫的水面。
四行一**亂紅**：落花。

賞讀譯文

我在醉意中乘著輕舟在水面搖蕩，任憑水流帶我到花叢深處。我被塵世的因緣給擔誤，沒辦法在花間長住。水面煙霧茫茫，回首一看，已是斜陽西下的黃昏了。周圍有數不盡的青山，落花如雨飄落，我已記不得來時的路了。

187

鵲橋仙

纖雲弄巧

秦觀

纖雲弄巧，飛星傳恨，銀漢迢迢暗度。
金風玉露一相逢，便勝卻人間無數。
柔情似水，佳期如夢，忍顧鵲橋歸路。
兩情若是久長時，又豈在朝朝暮暮。

題旨：詠七夕

一注釋一

一行一**纖雲**：小片的雲朵。／**弄巧**：做出各種巧妙的花樣。／**飛星**：流星，或指牽牛、織女二星。／**銀漢**：銀河。／**迢迢**：遙遠的樣子。

二行一**金風玉露**：秋風白露；白露指秋天的露水，因秋屬金，金色為白，故有此稱。引自唐代李商隱的〈辛未七夕〉：「由來碧落銀河畔，可要金風玉露時。」

三行一**佳期**：相會的日子。／**鵲橋**：相傳七夕時，喜鵲會飛聚搭成跨越天河的橋，好讓織女和牛郎相會。／**歸**：回去。

四行一**朝朝暮暮**：指朝夕相處。或有戰國時代宋玉〈高唐賦〉中，「旦為朝雲，暮為行雨。朝朝暮暮，陽臺之下。」而引申的男女歡合之意。

賞讀譯文

纖薄的雲朵在夜空中變幻各種樣貌，流星傳遞著離恨，牛郎和織女悄悄地渡過遙遠的銀河。
他們在秋風白露的時節相會一次，便勝過人間夫婦的無數次聚會。
他們之間的柔情似水般清澈深沉，相會之日卻如夢般短暫易逝，怎麼忍心回顧鵲橋上的回去之路呢？
兩人的感情若是長久不渝，又何必要朝夕相處呢？

188

蝶戀花

捲絮風頭寒欲盡

趙令時

捲絮風頭寒欲盡，墜粉飄香，日日紅成陣。
新酒又添殘酒困，今春不減前春恨。
蝶去鶯飛無處問，隔水高樓，望斷雙魚信。
惱亂橫波秋一寸，斜陽只與黃昏近。

趙令時（1051～1134）
字景貺，後蘇軾為之改字德麟，自號聊復翁。宋太祖次子燕王趙德昭的玄孫。曾任右監門衛大將軍、營州防御史、洪州觀察史等職，曾因元祐黨爭而被廢十年。之後，襲封安定郡王，遷寧遠軍承宣使。

題旨：春日懷人

注釋

一行—**風頭**：風勢強勁。／**墜粉**：落花。

二行—**困**：疲倦。

三行—**望斷**：放眼遠望，直到看不見為止。／**雙魚**：指書信，源自漢代古詩〈飲馬長城窟行〉：「客從遠方來，遺我雙鯉魚，呼兒烹鯉魚，中有尺素書。」此外，古代人會將書信放在刻成魚形的兩片木片中。

四行—**橫波**：指眼神流動，如水橫流。／**秋一寸**：亦指眼睛，如唐代李賀的〈唐兒歌〉的「一雙瞳人剪秋水」。

賞讀譯文

強勁的春風捲起柳絮，寒氣就快要消盡了，落花飄散香氣，每天都有一陣一陣的落花。我喝下新酒，又更添殘餘酒意的困倦，今年春天的愁恨比起去年春天也絲毫沒有減少。蝴蝶和鶯鳥都已飛去，不知道要到哪裡詢問，在隔水的高樓上望向遠方，期待有書信送來。眼中流露出惱亂的心情，只因為斜陽西下，黃昏又將近了。

189 石州慢

薄雨收寒

賀鑄

薄雨收寒，斜照弄晴，春意空闊。
長亭柳色纔黃，倚馬何人先折。
煙橫水漫，映帶幾點歸鴻，平沙消盡龍荒雪。
猶記出關來，恰如今時節。

將發，畫樓芳酒，紅淚清歌，便成輕別。
回首經年，杳杳音塵都絕。
欲知方寸，共有幾許新愁。芭蕉不展丁香結。
憔悴一天涯，兩厭厭風月。

賞讀譯文

小雨收斂了寒氣，陽光斜照露出晴空，春意遼闊。長亭邊的柳葉顏色才剛轉黃，是哪個倚著馬匹的人先折取了？煙氣橫在廣大的水面上，映襯著遠處幾點歸鴻的身影，塞外沙漠上的雪已經消融了。還記得我出關來到此地，恰巧也是像今天這樣的時節。將要出發之前，我們在華麗樓閣上喝著美酒，妳流下混了胭脂的淚水清唱著，就這樣輕易離別了。如今回首，已經過了多年，連隱約的音訊都沒有。想知道我心中有多少新愁？就像那捲起不展的芭蕉和丁香結。獨自在天涯憔悴，兩人都憂鬱地看著眼前的清風明月。

題旨：相思離情

賀鑄（1052～1125）字方回。為宋太祖賀皇后族孫。自稱唐代賀知章後裔，以知章居慶湖而自號慶湖遺老。長相奇特，人稱賀鬼頭。曾任右班殿直、泗州及太平州通判、承事郎、奉議郎等，多為下僚之職。耿介豪俠，不附權貴。詞作兼具豪放、婉約二派之長。晚年退居蘇州。

—注釋—

一行—**薄雨**：小雨。／**弄晴**：指乍晴還雨。／**空闊**：廣闊。

二行—**長亭**：古代約每十里設一個休憩亭，稱為長亭，通常是送別的地方。／**纔**：通「才」。

三行—**漫**：水廣大的樣子。／**映**：映襯、反映。／**平沙**：廣袤的沙漠。／**龍荒**：指塞外荒漠。

四行—**出關**：出塞。／**恰如**：恰是。

五行—**將發**：即將出發時。／**畫樓**：華麗的樓閣。／**芳酒**：芳香的美酒。／**紅淚**：原指血淚，此處指和著胭脂的淚水。

六行—**經年**：經過一年或若干年。／**杳杳**：隱約、依稀。／**音塵**：音信，消息。

七行—**方寸**：指心。

八行—**芭蕉不展丁香結**：唐代李商隱的〈代贈〉中有此句。／**厭厭**：懨懨，憂鬱的樣子。／**風月**：清風明月，指閒適的景色。

踏莎行

楊柳回塘　　賀鑄

楊柳回塘，鴛鴦別浦，綠萍漲斷蓮舟路。
斷無蜂蝶慕幽香，紅衣脫盡芳心苦。
返照迎潮，行雲帶雨，依依似與騷人語。
當年不肯嫁春風，無端卻被秋風誤。

題旨：詠荷花

注釋

一行—**回塘**：環曲的水池。／**別浦**：支流匯入主流的入水口。／**蓮舟**：採蓮的船。

二行—**斷無蜂蝶慕幽香**：化用自唐代崔塗的〈殘花〉：「蜂蝶無情極，殘香更不尋。」／**幽香**：清淡的香氣。／**紅衣**：指荷花的紅色花瓣。／**芳心苦**：指蓮子心有苦味。

三行—**返照**：夕陽、落日。／**行雲**：流動的雲。／**依依**：隨風搖擺的樣子。／**騷人**：詩人。

四行—**不肯嫁春風**：指不在春天開花，化用自唐代韓偓的〈寄恨〉：「蓮花不肯嫁春風。」／**無端**：沒由來。／**誤**：妨害、使受損害。

賞讀譯文

楊柳圍繞著環曲的水池，鴛鴦在別浦上嬉遊，茂盛的綠萍高漲，擋住了採蓮舟的前路。一定沒有蜜蜂和蝴蝶傾慕荷花的幽香了；荷花將紅色外衣似的花瓣脫盡後，只剩下苦澀的蓮子心。夕陽迎向潮水，流動的雲朵帶來雨絲，荷花隨風搖曳的樣子，像是在對詩人說：當年我不肯在春風裡綻放，如今沒由來地被秋風傷害吹落。

191

浣溪沙

樓角初消一縷霞

賀鑄

樓角初消一縷霞，淡黃楊柳暗棲鴉，
玉人和月摘梅花。
笑撚粉香歸洞戶，更垂簾幕護窗紗，
東風寒似夜來些。

題旨：女子閨情

一注釋一

一行一**霞**：晚霞。／**暗**：默不作聲的、隱密的。
二行一**玉人**：美人。／**和月**：趁著月光。
三行一**撚**：摘取。／**粉香**：指梅花。／**洞戶**：幽深的內室。／**更**：再、復。／**護**：遮掩。
四行一**東風**：春風。／**似**：表示比較、差等之詞。／**夜來**：夜裡。／**些**：語助詞。

賞讀譯文

樓角外的一縷晚霞剛剛消散，淡黃色的楊柳樹上，有鴉鳥靜靜地棲息著，
女子趁著月光摘下梅花。
她笑著手拿梅花，回到幽深的內室，又垂下簾幕遮住窗紗，
這時吹來的春風比夜裡更寒冷。

192

浣溪沙

不信芳春厭老人

賀鑄

不信芳春厭老人，老人幾度送餘春，惜春行樂莫辭頻。

巧笑豔歌皆我意，惱花顛酒拚君瞋，物情惟有醉中真。

題旨：惜春抒懷

注釋

一行—**芳春**：指春天。／**厭**：厭惡。／**餘春**：暮春、殘春。

二行—**莫辭頻**：不要因太多而推辭。

三行—**巧笑**：嬌媚的笑容。／**豔歌**：美妙的歌聲。／**皆我意**：都合我意。／**惱**：撩撥、逗弄。惱花出自唐代杜甫的〈江畔獨步尋花七絕句〉：「江上被花惱不徹。」／**顛酒**：狂飲。／**瞋**：同「嗔」，指怒目而視。

四行—**物情**：事物的道理與人情。／**醉中真**：出自唐代李白的〈擬古十二首〉：「仙人殊恍忽，未若醉中真。」

賞讀譯文

不相信春天會厭惡老人，老人還能送走幾次暮春呢？欲珍惜春天，就要及時行樂，不要因為太頻繁而推辭。嬌媚的笑容、美妙的歌聲，全都合我意。有時被繁花撩撥逗弄，有時放縱狂飲，任憑你氣惱也無妨，因為事物的道理與人情，唯有在酒醉中才是最真實的。

193

青玉案

凌波不過橫塘路

賀鑄

凌波不過橫塘路，但目送，芳塵去。
錦瑟年華誰與度。
月橋花院，瑣窗朱戶，只有春知道。
飛雲冉冉蘅皋暮，彩筆新題斷腸句。
若問閒情都幾許。
一川煙草，滿城風絮，梅子黃時雨。

題旨：相思情懷

—注釋—

一行—**凌波**：形容女子步履輕盈。／**橫塘**：位在蘇州城外。／**但**：只、惟。／**芳塵**：美人蹤跡。

二行—**錦瑟華年**：指美好的青春年華，化用自唐代李商隱〈錦瑟〉：「錦瑟無端五十弦，一弦一柱思華年。」

三行—**月橋**：形狀如彎月的橋。／**瑣窗**：有連環鎖鏈般花紋的窗戶。／**朱戶**：朱紅色門戶，指富貴人家。

四行—**冉冉**：緩慢流動。／**蘅皋**：長有香草的水邊高地。／**彩筆**：指華美的文才。源自南朝的官員暨文學家江淹，少時曾夢見有人授他五色彩筆，從此文思敏捷。／**斷腸**：比喻極度悲傷。

五行—**閒情**：此處指男女之情。／**都幾許**：共有多少。

六行—**一川**：一片平川（平坦的地勢），滿地。／**風絮**：隨風飄揚的柳絮。／**梅子黃時雨**：即梅雨季。

賞讀譯文

那步履輕盈的女子不願經過橫塘路，我只能目送女子的身影遠去。
她的美好年華是與誰度過的呢？
在那有著月形橋的花園，以花紋窗格搭襯朱紅大門的屋子裡，只有春知道（她的生活）。
飛雲緩緩飄動，暮色降臨在長滿香草的水岸高地，我以泉湧才思新寫了訴說悲傷情緒的詩句。
如果問我對她的感情有多少？
就像滿地籠罩著煙霧的青草、滿城隨風紛飛的柳絮，還有梅子轉黃的季節裡連綿不斷的細雨。

194

水龍吟

問春何苦匆匆

晁補之

問春何苦匆匆，帶風伴雨如馳驟。
幽葩細萼，小園低檻，壅培未就。
吹盡繁紅，占春長久，不如垂柳。
算春長不老，人愁春老，愁只是人間有。

春恨十常八九，忍輕孤芳醪經口。
那知自是桃花結子，不因春瘦。
世上功名，老來風味，春歸時候。
縱樽前痛飲，狂歌似舊，情難依舊。

晁補之（1053～1110）
字無咎，號歸來子。蘇門四學士之一，工書畫。出身文學世家，晁沖之為其堂弟。登進士第後，曾任校書郎、著作佐郎、吏部員外郎、禮部郎中等職，知濟州、河中府等地。

題序
次韻林聖予惜春。

一注釋一

一行—**馳驟**：騎馬疾奔。
二行—**幽**：清麗、高雅的。／**葩**：花。／**檻**：欄杆。／**壅培**：用泥土或肥料培養在植物根部。／**就**：完成。
五行—**孤**：辜負。／**芳醪**：指醇酒。
六行—**自是**：自然是。
七行—**歸**：回去。
八行—**痛飲**：暢飲、痛快的喝。／**狂歌**：縱情高歌。／本句另有「最多情猶有，尊前青眼，相逢依舊」的版本。青眼指喜悅時的眼睛。

題旨：惜春抒懷

賞讀譯文

想問春天的腳步何苦要如此匆匆？如同騎馬奔馳般帶著風雨而過。小園裡矮欄杆旁的清麗花朵和細小花萼（已被摧毀），我都還來不及為它們施肥。那些已全被風吹落的繁花，占有春天的時間不如垂柳那般長久。就算春天始終不會老去，人卻為春天老去而發愁，這種憂愁只是在人間才會有的。

恨春天如此短暫的心情是常有的事，怎麼忍心辜負入口的香酒呢？怎麼知道桃花本來就是為了結子而凋落，不是因為春天離去才消瘦。世界上的功名，在老了之後品味，都像春天要回去的時候。縱然拿著酒杯暢快飲酒，像以往那樣放聲高歌，心情卻很難像過往那樣了。

195

洞仙歌·泗州中秋作

晁補之

青煙冪處，碧海飛金鏡。永夜閒階臥桂影。露涼時，零亂多少寒螿，神京遠，惟有藍橋路近。

水晶簾不下，雲母屏開，冷浸佳人淡脂粉。待都將許多明月，付與金尊，投曉共流霞傾盡。更攜取胡牀上南樓，看玉做人間素秋千頃。

題旨：賞月情景

注釋

題—**泗州**：今安徽省泗縣。

一行—**冪**：煙霧瀰漫。／**碧海**：為夜空的比喻。／**金鏡**：指明月。／**永夜**：長夜。

二行—**寒螿**：寒蟬，秋蟬。／**多少**：許多。

三行—**神京**：指北宋京城汴梁。／**藍橋**：指秀才裴航在藍橋邂逅仙女雲英一事。

四行—**雲母**：指花崗岩。／**屏**：屏風。／**佳人**：指席間的女性。

五行—**付與**：拿給、交付。／**投**：接近、靠近。／**曉**：清晨。／**流霞**：指美酒，也指朝霞。

六行—**胡牀**：一種可以折疊的椅子。／**南樓**：化用《世說新語．容止》中，庾亮和下屬在南樓賞月的典故。／**玉做人間**：指月光普照人間。／**素秋**：秋季。秋屬金，金色為白，故稱素秋。

賞讀譯文

在青色煙霧籠罩的地方，從碧海般的夜空中飛出一面有如金鏡的明月。長夜裡，閒靜的階梯上躺臥著桂樹的影子。在露水漸涼的時節，有許多寒蟬零亂地鳴叫著。前往京城的路途實在遙遠，只有通往仙女所在的藍橋之路比較近。

水晶簾沒有放下來，雲母屏風也拿開了，冷意浸入了佳人臉上的淡淡脂粉。等我將許多月色都倒入金酒杯裡，在將近清晨時連同美酒一起喝光。我還要帶著胡牀上南樓，看月光普照下的千頃秋季人間景色。

鹽角兒・亳社觀梅

晁補之

開時似雪，謝時似雪，花中奇絕。
香非在蕊，香非在萼，骨中香徹。
占溪風，留溪月，堪羞損山桃如血。
直饒更疏疏淡淡，終有一般情別。

題旨：詠梅

一注釋一

題一**亳社**：亳州祭祀土地神的廟。
一行一**奇絕**：非常奇妙。
二行一**骨**：指枝幹。／**香徹**：香透。
三行一**占**：占有。／**留**：留下。／**堪**：可以，能夠。／**羞損**：羞慚減損。／**山桃如血**：鮮紅似血的山桃花。
四行一**直饒**：即使。／**更**：變得。

賞讀譯文

它開花時像雪，凋謝時也像雪，在花界中是非常奇妙的。
它的香氣不在花蕊，也不在花萼，而是從枝幹深處散發出來的。
它占有了溪風，留住了溪上的明月，能夠使鮮紅似血的山桃花之美羞慚減損。
即使梅花變得疏淡，終究有不同於一般的風情。

197

風流子

亭皋木葉下

張耒

亭皋木葉下，重陽近又是擣衣秋。
奈愁入庾腸，老侵潘鬢，漫簪黃菊，花也應羞。
楚天晚，白蘋煙盡處，紅蓼水邊頭。
芳草有情，夕陽無語，雁橫南浦，人倚西樓。

玉容知安否，香箋共錦字，兩處悠悠。
空恨碧雲離合，青鳥沉浮。
向風前懊惱，芳心一點，寸眉兩葉，禁甚閒愁。
情到不堪言處，分付東流。

賞讀譯文

水邊平地上有樹葉落下，重陽節將近，又是婦女忙著擣衣的秋季。無奈思鄉情愁闖入我的心腸，老態侵入我的雙鬢，我隨意地插上黃菊，這花也應該感到難為情吧。南方的天色已晚，白蘋花開在煙霧的盡頭處，紅蓼群生在水邊。芳草充滿情意，夕陽卻默默無語，雁鳥橫越南邊水岸，人倚在西樓上。不知道你的容顏是否安好？書信和情詩各自待在相隔遙遠的兩地。我徒然地怨恨碧雲不停聚散，送信的青鳥在其中浮沉。迎面臨風，一片芳心滿是懊惱，兩葉柳眉承受許多無端的愁緒。這份心情到了難以言說的地步，只能交給東去的流水。

題旨：相思離情

張耒（1054～1114）字文潛，號柯山。蘇門四學士之一。登進士第後，曾任臨淮主簿、著作郎、太常少卿等職，後被指為元祐黨人，數度遭到貶謫，晚年居於陳州。

─注釋─

一行─**亭皋**：水邊的平地。／**木葉**：樹葉。／**擣衣**：用杵捶打生絲，使其柔白富彈性，能裁成衣物；古代婦女在秋涼時節常為了幫親人趕製冬衣而擣衣。

二行─**庾腸**：庾信的愁腸，指思鄉情懷。庾信出身南朝梁，出使西魏後因江陵陷落而羈旅北朝任官，曾作〈哀江南賦〉抒發心情。／**潘鬢**：西晉文學家、知名美男子潘安（潘岳）的斑鬢，他在中年時因仕途不順而長了白髮，作〈秋興賦．序〉：「余春秋三十有二，始見二毛。」／**漫**：隨便、胡亂。／**羞**：難為情。

三行─**楚天**：春秋戰國時期的楚國在長江中下游一帶，之後泛指南方天空。／**白蘋**：水中浮草，又名「水蘋」。夏末秋初開白色花。／**紅蓼**：水陸兩棲草本植物，花為粉紅或玫瑰紅色穗狀花序，六至九月開花。

四行─**南浦**：南邊的水岸。泛指送別之地。源自南朝江淹〈別賦〉：「送君南浦，傷如之何。」

五行─**玉容**：美麗的容顏。／**箋**：書信。／**錦字**：指妻子寫給丈夫的信，或情書。源自《晉書》中所記載，秦州刺史竇滔被徙流沙，其妻蘇氏織錦為回文旋圖詩贈之。／**悠悠**：遙遠。

六行─**青鳥**：傳說中，青鳥是為西王母傳遞音訊的使者。

六行─**禁**：承擔、受得住。／**甚**：很、非常。／**閒愁**：無端的愁緒。／**分付**：交給。

198 少年遊

朝雲漠漠散輕絲

周邦彥

朝雲漠漠散輕絲，樓閣淡春姿。
柳泣花啼，九街泥重，門外燕飛遲。
而今麗日明金屋，春色在桃枝。
不似當時，小橋衝雨，幽恨兩人知。

周邦彥（1056～1121）字美成，自號清真居士。因獻〈汴都賦〉而被召為太學正，曾任徽猷閣待制、大晟府提舉，中年後任順昌府和處州等地方小官。精通音律，任大晟府提舉期間，不僅審訂古調，也創設許多音律，為格律派詞的奠基者。

題旨：惜春抒懷

—注釋—

一行—**漠漠**：迷濛廣遠的樣子。／**輕絲**：細雨。

二行—**柳泣花啼**：指雨下不停，柳和花好似在哭泣。／**九街**：縱橫交錯的街道。／**泥重**：一片泥濘。／**燕飛遲**：指燕子的羽翼被雨水打濕，飛行緩慢。

三行—**麗日**：明亮的太陽。／**明**：照。／**金屋**：美女居住的華麗屋子。《漢武故事》中記有漢武帝幼時說：「若得阿嬌作婦，當作金屋貯之也。」／**春色在桃枝**：有合好成家之意。

四行—**衝雨**：冒雨。／**幽恨**：深藏於心中的怨恨。

賞讀譯文

早上的雲一片迷濛，飄散著細雨，樓閣上散發淡淡的春季氛圍。
柳樹在流淚，花兒在哭泣，交錯縱橫的街道上一片泥濘，門外的燕子緩慢地飛行著。
如今明亮的太陽照著華麗的屋子，桃枝上顯露出春色。
不像當時兩人冒雨站在小橋上，知道彼此內心的怨恨。

199

氐州第一

波落寒汀

周邦彥

波落寒汀，村渡向晚，遙看數點帆小。亂葉翻鴉，驚風破雁，天角孤雲縹緲。官柳蕭疏，甚尚掛微微殘照。景物關情，川途換目，頓來催老。

漸解狂朋歡意少，奈猶被思牽情繞。座上琴心，機中錦字，覺最縈懷抱。也知人懸望久，薔薇謝歸來一笑。欲夢高唐，未成眠霜空已曉。

題旨：賞景抒懷

【注釋】

一行—**波落**：退潮。／**寒汀**：冷清的水中沙洲。／**村渡**：村落的渡口。／**向晚**：傍晚。

二行—**亂葉**：紛亂的落葉。／**翻**：翻飛。／**驚風**：突來的一陣強風。／**破雁**：吹散大雁的行列。／**縹緲**：高遠隱約，若隱若現的樣子。

三行—**官柳**：官道上的柳樹。／**蕭疏**：稀疏。／**甚**：正。／**殘照**：夕陽。

四行—**關情**：觸動情感。／**川途**：水路。／**換目**：景象變換。／**頓來**：頓時。

五行—**漸解**：逐漸了解。／**狂朋**：狂放不羈的朋友。／**奈**：無奈。

六行—**座上琴心**：西漢時，司馬相如在宴會上以琴聲向卓文君示愛，指男子對女子的愛慕之情。／**機**：織布的器具／**錦字**：指妻子寫給丈夫的信，或情書。源自《晉書》中所記載，秦州刺史竇滔被徙流沙，其妻蘇氏織錦為回文旋圖詩贈之。／**覺**：覺得。／**縈**：圍繞、纏繞。

七行—**懸望**：盼望。／**歸來**：回來。

八行—**夢高唐**：引用宋玉〈高唐賦〉的典故，指在夢中與愛人相會。／**霜空**：秋冬的晴空。

賞讀譯文

冷清的汀洲周圍退潮了，村莊渡口已被傍晚暮色籠罩，我看著遠方數點小小的帆船形影。紛亂的落葉與鴉鳥一起翻飛，突來的一陣風吹散大雁的行列，天邊角落有一朵若隱若現的雲。官道上的柳樹葉子稀疏，正掛著微微的夕陽光影。景物向來能觸動人的情感，水路沿途的景象變化，頓時把人催老了。

我逐漸了解狂放不羈的朋友為何鬱鬱寡歡，無奈的他仍被相思之情牽動環繞。我覺得，如同在座位上以琴聲傳遞心意、編織出錦字傳達情意的夫妻深情，是最讓人牽掛在心的。我也知道親人盼望很久，希望我在薔薇凋謝的時節回去，微笑相對。我想要在夢中與愛人相會，還未入睡，秋季的天空又亮了。

200

玉樓春

桃溪不作從容住

周邦彥

桃溪不作從容住，秋藕絕來無續處。
當時相候赤闌橋，今日獨尋黃葉路。
煙中列岫青無數，雁背夕陽紅欲暮。
人如風後入江雲，情似雨餘黏地絮。

題旨：相思情懷

注釋

一行 **桃溪**：指與女子同住之處。南朝宋的劉義慶所著的《幽明錄》中，記載劉晨、阮肇入天臺山採藥，因迷路而取桃樹果實充飢、飲溪水解渴，後來遇到兩位仙女，遂留在山裡同居半年，待兩人回鄉時，發現已過了七代。／**從容**：舒緩悠閒。／**秋藕**：指藕斷而絲不連。

二行 **赤闌橋**：紅色欄杆的橋，暗指春景。

三行 **列岫**：山巒並列。／**暮**：傍晚、黃昏。

四行 **入江雲**：落入江中的雲，指一去無蹤。／**雨餘**：雨後。／**黏地絮**：黏在地上的柳絮。

賞讀譯文

自從我沒有悠閒從容地與女子同住之後，兩人就像秋藕斷絕之後沒有相連之處。當時我們在紅欄杆的橋上相等候，如今我獨自在鋪滿黃葉的路上尋覓。煙霧中有無數並列的青山，燕子背對著紅紅的夕陽，就快到傍晚時分了。那個人如風吹過後落入江中的雲般找不到蹤跡，而我的思念之情就像雨後黏在地上的柳絮那般掃不掉。

201

夜飛鵲・別情

周邦彥

河橋送人處，涼夜何其。斜月遠墮餘輝。
銅盤燭淚已流盡，霏霏涼露霑衣。
相將散離會，探風前津鼓，樹杪參旗。
花驄會意，縱揚鞭亦自行遲。

迢遞路回清野，人語漸無聞，空帶愁歸。
何意重經前地，遺鈿不見，斜徑都迷。
兔葵燕麥，向殘陽影與人齊。
但徘徊班草，欷歔酹酒，極望天西。

題旨：送別之情

【注釋】

一行【**夜何其**：夜深。何，如何。其，為語助詞。／**墮**：向下墜落。

二行【**霏霏**：雨、雪、煙、雲綿密的樣子。／**霑**：沾溼。

三行【**相將**：將要。／**離會**：離別前的聚會。／**探**：打探。／**津鼓**：渡口報時的鼓聲。／**樹杪**：樹梢。／**參旗**：星名，即獵戶星座。

四行【**花驄**：青白色的駿馬。

五行【**路回**：道路彎曲。／**清野**：清寂的原野。／**空**：徒然地。

六行【**何意**：沒想到。／**重經前地**：另有版本為「重紅滿地」。／**遺鈿**：遺落的首飾。／**迷**：分辨不清。

七行【**兔葵**：植物名，可當作野菜食用。／**殘陽**：夕陽餘暉。

八行【**班草**：把草攤平而坐。／**欷歔**：嘆息。／**酹酒**：以酒澆地。

賞讀譯文

在河橋上送人離去之處，涼夜已深。斜月的餘輝在遠處降落。銅盤上的蠟燭已流盡眼淚，細密的涼露沾濕了衣服。離別前的聚會就要解散了，渡口的鼓聲隨風傳來，樹梢上掛著獵戶星。花駿馬了解我的心意，縱使我揚鞭催促，仍自顧自地慢慢走。

清寂原野上的路程遙遠又曲折，逐漸聽不到人說話的聲音，我徒然帶著愁緒回去。沒想到再次經過之前走過的地方，已經找不到遺落的首飾，連斜斜的路徑都分辨不清了。在夕陽餘暉下，兔葵和燕麥的影子與人同高。我在此處徘徊，把草攤平，一邊嘆息一邊以酒澆地，望向西方天空的盡頭。

花犯

粉牆低

周邦彥

粉牆低，梅花照眼，依然舊風味。
露痕輕綴，疑淨洗鉛華，無限佳麗。
去年勝賞曾孤倚，冰盤同宴喜。
更可惜，雪中高樹，香篝熏素被。

今年對花最匆匆，相逢似有恨，依依愁悴。
吟望久，青苔上旋看飛墜。
相將見脆丸薦酒，人正在空江煙浪裏。
但夢想一枝瀟灑，黃昏斜照水。

注釋

一行—**粉牆**：粉白色的牆。／**照眼**：映入眼簾。

二行—**露**：露水。／**鉛華**：脂粉。／**佳麗**：美好的樣子。

三行—**勝賞**：快意遊賞。／**冰盤**：白瓷盤。／**同**：供。／**宴喜**：宴飲喜樂。

四行—**可惜**：憐惜。／**雪中高樹**：指梅樹。／**香篝**：內燃香料，用來熏衣物的熏籠。

五行—**依依**：留戀不捨的樣子。／**愁悴**：憂傷憔悴。

七行—**相將**：將要。／**脆丸**：指梅子。／**薦酒**：釀酒。／**空江**：浩瀚寂靜的江面。／**煙浪**：即煙波，雲煙瀰漫的水面。

八行—**黃昏斜照水**：引自北宋林逋的〈山園小梅〉：「疏影橫斜水清淺，暗香浮動月黃昏。」（見九一頁）

題旨：詠梅

賞讀譯文

低矮的白粉牆上，梅花映入眼簾，依然散發著與舊日相同的風味。露水的痕跡輕輕點綴在花朵上，好像把脂粉都洗乾淨了，看起來無限美好。去年快意遊賞時，我曾獨自倚樹欣賞，也曾將花放在冰盤上，增添宴席的喜樂氣氛。我更憐惜佇立雪中的高挺梅樹，看起來就像香篝上鋪了素白的棉被。

今年賞花十分匆促，因此相逢時，梅花的心中似乎有愁恨，為此留戀不捨、憂傷憔悴。我對著梅花低吟凝望許久，忽然看到有梅花飛落在青苔上。即將要到看著人們用梅子釀酒的季節了，但那時我正乘船在煙霧瀰漫的浩瀚江面上。我只夢想自己能化為一枝黃昏時倒影斜照在水面上的瀟灑梅花。

203

拜星月慢

夜色催更

周邦彥

夜色催更，清塵收露，小曲幽坊月暗。
竹檻燈窗，識秋娘庭院。
笑相遇，似覺瓊枝玉樹相倚，暖日明霞光爛。
水盼蘭情，總平生稀見。
畫圖中舊識春風面。
誰知道自到瑤臺畔，眷戀雨潤雲溫，苦驚風吹散。
念荒寒寄宿無人館，重門閉敗壁秋蟲嘆。
怎奈向一縷相思，隔溪山不斷。

注釋

一行—**催更**：報時的更鼓聲催促著。／**清塵**：揚起的塵埃。／**收露**：露水吸收。／**小曲幽坊**：唐代時，伎女居住的地方稱為「坊曲」。

二行—**竹檻**：竹欄杆。／**識**：見面。／**秋娘**：唐代時有名伎叫「秋娘」，在詞中多指伎女。

三行—**瓊枝玉樹**：指女子姿態優雅。／**暖日明霞**：指女子光采動人。／**光爛**：光輝燦爛。

四行—**水盼**：目光如水波般靈活流動。／**蘭情**：性情如蘭花優雅。／**總**：終究。

五行—**畫圖**：畫像。／**春風面**：美麗的容貌，出自唐代杜甫的〈詠懷古跡〉：「畫圖省識春風面，環珮空歸月夜魂。」

六行—**瑤臺**：原指仙人居住的地方，在此指女子的住所。／**雨潤雲溫**：指男女歡合，源自戰國時代宋玉〈高唐賦〉中，巫山神女「旦為朝雲，暮為行雨」，曾與楚王歡會，引申而來。／**驚風**：突來的一陣強風。

七行—**荒寒**：荒涼寒冷。／**重門**：屋內的門。

八行—**怎奈向**：怎奈何，無可奈何。「向」為語助詞。

題旨：相思離愁

賞讀譯文

更鼓聲催促著夜色轉變，露水收斂了揚起的塵埃，小巧幽情的坊曲裡月色昏暗。竹欄杆映襯著透出燈光的窗戶，那是我和女子見面的庭院。我們微笑相遇，我與體態優美如瓊枝玉樹的她緊緊相倚，她就像暖日明霞那般光采耀人。她的目光如水波般靈活流動，性情如蘭花優雅，終究是平生中很少見的。我早就從畫像中認識她美麗的容貌。誰知道我能夠到她的住處旁，眷戀兩人歡合的美好，卻苦於這份情被突來的強風般勢力給吹散了。我寄宿在無人的旅館裡，只覺得荒涼又寒冷。我緊閉著房門，聽見破敗牆壁旁有秋蟲在哀嘆。無奈我的一縷相思之情，即使隔著重重溪山也不會斷絕。

204

風流子

新綠小池塘

周邦彥

新綠小池塘，風簾動，碎影舞斜陽。
羨金屋去來，舊時巢燕；土花繚繞，前度莓牆。
繡閣裏，鳳幃深幾許，聽得理絲簧。
欲說又休，慮乖芳信；未歌先噎，愁近清觴。
遙知新妝了，開朱戶，應自待月西廂。
最苦夢魂，今宵不到伊行。
問甚時說與，佳音密耗，寄將秦鏡，偷換韓香。
天便教人，霎時廝見何妨。

題旨：相思情懷

一注釋一

一行—**金屋**：美女居住的華麗屋子。《漢武故事》中記有漢武帝幼時說：「若得阿嬌作婦，當作金屋貯之也。」／**舊時**：從前。／**土花**：苔蘚。／**前度**：前次。／**莓牆**：長滿莓苔（青苔）的牆。

三行—**繡閣**：女子居住的閨房。／**鳳幃**：繡有鳳凰的帳幃，泛指華美的帳幃。／**理**：彈奏。／**絲簧**：指管弦樂器。

四行—**乖**：違背。／**芳信**：美好的訊息。／**清觴**：潔淨的酒杯，代指美酒。

五行—**遙知**：在遠處知曉情況。／**朱戶**：朱紅色門戶，指富貴人家。／**待月西廂**：出自唐代元稹的《鶯鶯傳》，崔鶯鶯回給張生的詩：「待月西廂下，迎風戶半開。拂牆花影動，疑是玉人來。」

六行—**夢魂**：古人認為人的靈魂能在睡夢中離開肉體。／**伊行**：她的身邊。

七行—**甚時**：什麼時候。／**說**：另有版本為「卻」。／**密耗**：密約。／**寄將**：寄去。／**秦鏡**：指情人間的信物。東漢詩人秦嘉的妻子徐淑，因病而不願跟隨秦嘉赴任職地，便送鏡子給秦嘉。／**韓香**：指情人間的信物。西晉時，韓壽與高官賈充之女賈午偷情，賈午偷拿皇上賜給賈充的西域奇香，送給韓壽。私情被發現後，順利結為夫妻。

八行—**便**：就算。／**廝見**：相見。

賞讀譯文

小池塘蕩漾著新綠光采，風吹動簾子，它破碎的影子在斜陽下舞動。好羨慕那一對在金屋來去的燕子，似乎就是從前在這裡築巢的燕子。苔蘚圍繞著我上次看到的那堵長滿青苔的牆。女子的住處就在華麗帳幃後方的深處，我曾聽她彈奏管弦樂。那時她欲言又止，擔心會違背美好的誓言，還沒開口唱歌，聲音就哽咽了，也因為愁緒逼近而舉杯喝酒。

我猜想她已經化好新妝，打開朱紅色窗戶，應該是獨自在西廂等月亮升起。最苦的是我的夢魂，今晚到不了她身邊。想問她什麼時候能傳來好消息和密約，好讓我把如秦鏡和韓香那樣的信物寄去給她？老天爺啊，就算讓我們短暫的相見一面，又何妨呢？

205

尉遲杯・離恨

周邦彥

隋堤路。漸日晚密靄生深樹。
陰陰淡月籠沙，還宿河橋深處。
無情畫舸，都不管煙波隔前浦。
等行人醉擁重衾，載將離恨歸去。

因思舊客京華，長偎傍疏林小檻歡聚。
冶葉倡條俱相識，仍慣見珠歌翠舞。
如今向漁村水驛，夜如歲焚香獨自語。
有何人念我無聊，夢魂凝想鴛侶。

題旨：離愁懷舊

注釋

一行—**隋堤**：由隋煬帝所建，連接黃河與淮河的通濟渠（汴河）兩岸的堤防。／**密靄**：濃密的雲霧。／**深樹**：枝葉茂密的樹叢。

二行—**籠**：籠罩。／**沙**：沙岸。／化用自唐代杜牧〈泊秦淮〉：「煙籠寒水月籠沙。」／**河橋**：汴河上的橋。

三行—**畫舸**：裝飾華麗的遊船。／**煙波**：雲煙瀰漫的水面。／**浦**：水邊。／**前浦**：另有版本為「南浦」。

四行—**重衾**：兩層被子。／**歸去**：回去。

五行—**思舊**：另有版本為「念舊」。／**京華**：京城。／**偎傍**：相互偎依的樣子。／**小檻**：窗下或長廊上的欄杆。

六行—**冶葉倡條**：指歌伎。出自唐代李商隱的〈燕臺〉：「蜜房羽客類芳心，冶葉倡條遍相識。」／**慣見**：常見。／**珠歌翠舞**：指聲色美妙的歌舞。

七行—**水驛**：水邊的驛站。／**歲**：一年。

八行—**無聊**：精神空虛、愁悶。／**夢魂**：夢。古人認為人的靈魂能在睡夢中離開肉體，故稱之「夢魂」。／**凝想**：聚精會神的想，癡癡地想。／**鴛侶**：情侶。

賞讀譯文

隋堤路上，天色漸晚，茂盛的樹叢間生出濃密的霧靄。陰陰的黯淡月色籠照著沙岸，我回到河橋深處夜宿。無情的華麗遊船完全不管雲煙瀰漫的江水隔開了前面的水岸。等到出行的人喝醉後擁著雙層被入睡，就載著離恨回去。

我回想起舊日客居在京城時，常和她在疏林裡相依偎，在小巧的欄杆旁歡聚。我和歌伎們全都認識，也習慣欣賞華麗歌舞。如今，我對著漁村的水邊驛站，在漫長如年的夜晚裡，邊焚香邊獨自言語。有哪個人知道我的空虛愁悶，在夢中聚精會神地想著有情侶相伴。

渡江雲

晴嵐低楚甸

周邦彥

晴嵐低楚甸，暖回雁翼，陣勢起平沙。驟驚春在眼，借問何時，委曲到山家。塗香暈色，盛粉飾爭作妍華。千萬絲陌頭楊柳，漸漸可藏鴉。

堪嗟。清江東注，畫舸西流，指長安日下。愁宴闌風翻旗尾，潮濺烏紗。今宵正對初弦月，傍水驛深艤蒹葭。沉恨處，時時自剔燈花。

題旨：賞遊抒懷

注釋

一行—**晴嵐**：晴日山中的霧氣。／**楚甸**：古楚國的原野。／**暖回雁翼**：春天晴暖，大雁準備北返。／**陣勢起平沙**：在沙地上排好隊形起飛。／**山家**：山野人家。

二行—**委曲**：委婉曲折。／**借問**：請問。

三行—**塗香暈色**：形容春天的景色有馥郁香氣及繽紛色彩。／**盛粉飾**：把山妝點得像濃妝豔抹。／**妍華**：美麗的花朵。

四行—**陌頭**：路旁。

五行—**堪嗟**：可嘆。／**畫舸**：裝飾華麗的遊船。／**指長安日下**：遙指長安，在日落之處。

六行—**闌**：結束。／**烏紗**：烏紗帽。

七行—**初弦月**：上弦月。／**水驛**：水邊的驛站。／**深艤蒹葭**：將船深深地停靠在蒹葭旁。

八行—**沉恨處**：愁恨深沉時。／**燈花**：燈芯燒盡所結成的花狀物。

賞讀譯文

晴日的山嵐低低地浮蕩在南方的原野上，暖意回到大雁的翅膀上，牠們在沙地上排好隊形，準備起飛北返。我突然驚訝於春日就在眼前，請問它什麼時候委婉曲折地來到山野人家？春天為景色塗上香氣、暈染上色彩，把山妝點得像濃妝豔抹，爭相開出美麗的花朵。路旁的楊柳垂下千萬絲條，逐漸可以藏住鴉鳥了。可嘆啊！清澈的江水往東流，華麗遊船卻往西方航行，遙指長安就在日落之處。令人發愁的離別宴席結束後，風翻捲著船尾的旗子，潮水濺溼了烏紗帽。今天晚上正好對著上弦月，船隻在水邊驛站附近，深深地停靠在蒹葭旁。在愁恨深沉的時刻，我時常獨自剔燈花。

207

虞美人

廉纖小雨池塘遍

周邦彥

廉纖小雨池塘遍，細點看萍面。
一雙燕子守朱門，比似尋常時候易黃昏。
宜城酒泛浮香絮，細作更闌語。
相將羈思亂如雲，又是一窗燈影兩愁人。

題旨：雨中送別

一注釋一

一行—**廉纖**：微小、纖細。／**萍面**：長滿浮萍的水面。

二行—**比似**：比起。

三行—**宜城酒**：酒名。宜城（今湖北宜城縣南）生產的名酒。／**香絮**：酒面的浮沫。／**更**：以更計時的夜晚。／**闌**：將盡。

四行—**相將**：即將。／**羈思**：羈旅（寄居他鄉）的愁思。

賞讀譯文

纖細的小雨灑遍池塘，看到長滿浮萍的水面上有許多細點。

一雙燕子守著朱紅色的門，今天的黃昏比平常時候來得更早。

宜城酒有著香絮般的浮沫，我們輕聲細語直到夜晚結束。

將要到來的羈旅愁思像雲那樣紛亂，又是一座窗戶的燈影下有兩個發愁的人。

208

解連環

怨懷無託

周邦彥

怨懷無託，嗟情人斷絕，信音遼邈。
縱妙手能解連環，似風散雨收，霧輕雲薄。
燕子樓空，暗塵鎖一牀弦索。
想移根換葉，盡是舊時手種紅藥。

汀洲漸生杜若。料舟移岸曲，人在天角。
謾記得當日音書，把閒語閒言，待總燒卻。
水驛春回，望寄我江南梅萼。
拚今生，對花對酒，為伊淚落。

—注釋—

一行—**託**：寄託。／**嗟**：嘆詞。／**信音**：音信，消息。／**遼邈**：遼遠。

二行—**縱**：另有版本為「信」。／**解連環**：指解開感情的糾葛。源自《戰國策．齊策六》中，秦昭王派使者送玉連環當齊國王后，問多智的齊國能否解開，王后則在問過群臣後用槌子打破它。

三行—**燕子樓**：為唐代時張尚書建給愛妓盼盼居住之處，之後泛指女子居所。／**暗塵**：積累的塵埃。／**暗塵**：累積的塵埃。／**鎖**：籠罩。／**牀**：放琴的架子。／**弦索**：樂器上的弦，泛指弦樂器。

四行—**舊時**：從前。／**紅藥**：紅色芍藥花。

五行—**汀洲**：水中的沙洲。／**杜若**：一種香草植物，開白色花。／**移**：另有版本為「依」。／**岸曲**：曲折的江岸。

六行—**謾**：徒然。另有版本為「漫」，意思相同。／**閒語閒言**：沒有根據的話。／**卻**：去、掉。

七行—**水驛**：水邊的驛站。／**梅萼**：梅花的蓓蕾。／化用自南北朝陸凱的〈贈范曄〉：「折花逢驛使，寄與隴頭人。江南無所有，聊贈一枝春。」

八行—**拚**：不惜，捨棄。

題旨：相思傷別

賞讀譯文

我哀怨的情懷無處寄託，感嘆情人之間斷絕，信音遼遠渺茫。就算有妙手能解開這連環的情感糾葛，這份情也像風散雨停、霧雲變輕薄那般輕淡了。她住的樓房已經空了，只有累積的塵埃籠罩住那一座琴。我猜想現在正在移根換葉的，全是她舊時親手栽種的紅芍藥。

汀洲上漸漸有杜若草長出來了。料想她所乘的小舟沿著曲折的水岸移動，人已在天涯一角了。我徒然記得當年那些書信，等著要把這些沒用的閒言閒語全都燒掉。希望春天回到水邊驛站時，她能寄給我一枝江南的梅花蓓蕾。我不惜這一生都對著花和酒，為她流淚。

209

過秦樓

水浴清蟾

周邦彥

水浴清蟾，葉喧涼吹，巷陌馬聲初斷。
閒依露井，笑撲流螢，惹破畫羅輕扇。
人靜夜久憑闌，愁不歸眠，立殘更箭。
歎年華一瞬，人今千里，夢沉書遠。

空見說鬢怯瓊梳，容銷金鏡，漸懶趁時勻染。
梅風地溽，虹雨苔滋，一架舞紅都變。
誰信無聊，為伊才減江淹，情傷荀倩。
但明河影下，還看稀星數點。

題旨：賞月懷人

—注釋—

一行—**清蟾**：明月。／**喧**：喧嘩、喧鬧。／**巷陌**：街巷。

二行—**露井**：沒有覆蓋的井。／**畫羅輕扇**：使用畫有圖案的絲織品做的扇子。化用自唐代杜牧的〈秋夕〉：「輕羅小扇撲流螢。」

三行—**憑闌**：倚靠欄杆。／**更箭**：計時的銅壺滴漏中標有時間刻度的浮尺，形狀像箭。

四行—**夢沉**：夢破滅。

五行—**見說**：聽說。／**瓊梳**：飾以美玉的發梳。／**容銷**：面容消瘦。／**金鏡**：銅鏡。／**趁時勻染**：按照時尚流行化妝打扮。

六行—**梅風**：梅子成熟季節的風。／**溽**：濕潤。／**虹雨**：夏日的陣雨。／**舞紅**：迎風舞動的花。

七行—**無聊**：精神空虛、愁悶。／**才減江淹**：江郎才盡。相傳南朝的官員暨文學家江淹，少時曾夢見有人授他五色彩筆，從此文思敏捷；之後，他又夢見郭璞取走其筆，便才思竭盡。／**荀倩**：指荀粲，字奉倩。《世說新語．惑溺》記載荀奉倩與妻子感情甚篤，在妻子因病亡故後，荀奉倩傷心欲絕，不久後也死去。

八行—**明河**：銀河。／**稀星**：暗指牛郎、織女星。

賞讀譯文

明月的倒影浴淋在水中，涼風吹得葉子喧鬧不已，街巷裡的馬聲剛剛停止了。我悠閒地倚著露井，笑著撲捉飛舞的螢火蟲，卻弄破了美麗的絲質輕扇。夜深人靜，我倚靠欄杆許久，因為愁緒而無法入眠，站到更漏將盡之時。我感嘆青春年華短暫如一瞬，如今人兒卻相隔千里，相見的夢破滅，書信在遙遠的他處。

徒然聽說她害怕拿玉梳子梳鬢髮，銅鏡裡消瘦容顏，逐漸懶得按照時尚化妝打扮。梅子成熟季節吹來的風，讓地上變得潮溼，夏季的陣雨也促使青苔滋生，架上隨風舞動的花，都已轉變凋落了。誰相信我的精神如此愁悶，為她失去了才思，也像荀倩喪妻那樣傷心。但是在銀河光影下，還看得到幾點稀疏的星星。

瑣窗寒

暗柳啼鴉

周邦彥

暗柳啼鴉，單衣佇立，小簾朱戶。
桐花半畝，靜鎖一庭愁雨。
灑空階，夜闌未休，故人剪燭西窗語。
似楚江暝宿，風燈零亂，少年羈旅。

遲暮。嬉遊處。正店舍無煙，禁城百五。
旗亭喚酒，付與高陽儔侶。
想東園桃李自春，小脣秀靨今在否。
到歸時定有殘英，待客攜尊俎。

題旨：羈旅離愁

—注釋—

一行—**單衣**：單層無內裡的衣服。／**朱戶**：朱紅色門戶，指富貴人家。

二行—**鎖**：幽禁、封閉，延伸為籠罩之意。

三行—**夜闌**：夜深。／**故人**：老友。／**剪燭**：剪掉多餘的燭芯，以維持燭火的亮度。／化用自唐代李商隱的〈夜雨寄北〉：「何當共剪西窗燭，卻話巴山夜雨時。」

四行—**暝宿**：夜宿。／**羈旅**：寄居他鄉。

五行—**遲暮**：黃昏，比喻晚年。／**正**：正好。／**店舍**：商店旅舍。／**禁城**：京城。／**百五**：寒食節，通常在冬至後第一〇五日，在清明節前一或二日。傳統上當日禁火，一律吃冷食。

六行—**旗亭**：酒樓。因樓外懸著旗子，故有此稱。／**付與**：拿給、交付。／**高陽**：高陽酒徒，泛指好飲酒而放蕩不羈的人。／**儔侶**：伴侶。

七行—**自春**：兀自迎春綻放花朵。／**小脣秀靨**：指容貌美麗的女子。

八行—**殘英**：殘存未落的花。／**尊俎**：酒杯和盛肉的器皿，在此指酒和菜餚。

賞讀譯文

昏暗的柳樹中有鴉鳥在啼叫，我穿著單薄的衣服佇立在朱紅門戶的小簾旁。半畝大的桐樹林都開花了，散發愁意的雨靜靜地籠罩著這一座庭院。雨滴灑落在空蕩的臺階上，直到夜深都還未停，我和老友在西窗旁邊剪燭邊聊天。這就好像少年時作客他鄉，夜宿在楚江，風吹得燈火零亂搖曳的情景。

我年紀大了。那些嬉遊的場所，正逢京城的寒食節，無論是酒店或旅舍都沒有起煙火。到酒樓叫酒來喝的事，就交給那些愛狂飲的朋友吧。我想到東園的桃樹和李樹都兀自迎春綻放花朵了，那容貌美麗的女子如今還在嗎？我回去時，一定還有殘存未落的花，等著我帶酒和菜餚過去賞花。

211

齊天樂・秋思

周邦彥

綠蕪凋盡臺城路，殊鄉又逢秋晚。
暮雨生寒，鳴蛩勸織，深閣時聞裁剪。
雲窗靜掩。嘆重拂羅裀，頓疏花簟。
尚有練囊，露螢清夜照書卷。
荊江留滯最久，故人相望處，離思何限。
渭水西風，長安亂葉，空憶詩情宛轉。
憑高眺遠，正玉液新篘，蟹螯初薦。
醉倒山翁，但愁斜照斂。

題旨：秋景懷友

注釋

一行—**蕪**：叢生的雜草。／**臺城**：舊城名，在今南京市。最初為三國吳的後苑城，之後為南朝的宮城所在地，當時將宮城稱為「臺城」。／**殊鄉**：異鄉。／**秋晚**：深秋。

二行—**蛩**：蟋蟀，因鳴聲像織布聲，又名促織。／**裁剪**：裁剪衣服的聲音。

三行—**雲窗**：描繪雲圖案的窗戶，指華美的窗戶。／**羅裀**：絲質的被褥。／**花簟**：織有花紋的竹席。

四行—**練囊**：粗絲做的袋子。／**清夜**：寂靜的夜晚。／化用自《晉書．車胤傳》：「夏月則練囊盛數十螢火以照書，以夜繼日焉。」

五行—**荊江**：荊州，位於今湖北省。／**留滯**：停留。／**故人**：老友。

六行—化用自唐代賈島的〈憶江上吳處士〉：「秋風生渭水，落葉滿長安。」指當年一起在秋天出遊的往事。／**詩情**：作詩的情思、興味。

七行—**憑高**：登上高處。／**玉液**：美酒。／**篘**：過濾酒的竹器，在此做動詞用。／**薦**：進獻。指把蟹端上筵席來下酒。

八行—**山翁**：晉代將軍山簡，晚年時經常喝醉。在此指故人。／**斜照**：夕陽。／**斂**：收。

賞讀譯文

臺城道路兩旁叢生的綠草已全部枯萎，我人在異鄉，又正逢深秋時節。傍晚的雨帶來寒意，蟋蟀的鳴聲似乎在勸人織布，我在樓閣深處時常聽到裁剪冬衣的聲音。我靜靜地掩上華美窗戶，邊嘆氣邊重新抖動絲質被褥，收好有花紋的竹蓆。還有裝了螢火蟲的粗絲袋，露出螢光，在寂靜的夜晚為我照著書卷。我在荊州停留最久，在老友相望的地方，充滿了無限的離思。徒然記起我們在西風吹亂樹葉的季節出遊，當時作詩的情思多麼宛轉。我登高望遠，如今正是美酒剛過濾好，蟹螯剛呈獻上桌的季節。你這愛喝酒的「山翁」應該喝醉了，只愁夕陽西下吧！

212

應天長

條風布暖

周邦彥

條風布暖，霏霧弄晴，池塘遍滿春色。正是夜臺無月，沉沉暗寒食。梁間燕，社前客，似笑我閉門愁寂。亂花過，隔院芸香，滿地狼藉。

長記那回時，邂逅相逢，郊外駐油壁。又見漢宮傳燭，飛煙五侯宅。青青草，迷路陌，強載酒細尋前跡。市橋遠，柳下人家，猶自相識。

題旨：追思懷人

注釋

一行—**條風**：本為立春時所吹的東北風，後多指春風。／**布**：散布。／**霏霧**：飄浮的霧氣。／**弄晴**：指乍晴還雨。／**池塘**：另有版本為「池臺」。

二行—**夜臺**：墳墓，代指陰間。另有版本為「夜堂」，指夜間的廳堂。／**寒食**：節令名，通常是在冬至後第一〇五日，在清明節前一或二日。傳統上當日禁火，一律吃冷食。

三行—**社**：指春社，古代將立春後第五個戊日稱為「春社」。燕子會在春社前從南方飛來。／**社前客**：另有版本為「前社客」。／**愁寂**：憂愁寂寞。

四行—**芸香**：一種香草植物名，代指亂花的香氣。／**狼藉**：凌亂不堪。

五行—**長記**：永遠記得。／**時**：語氣詞，相當於「呵」。／**邂逅**：不期而遇。／**油壁**：指油壁車。用油漆塗飾的華麗車子，為古代貴婦所乘坐。

六行—**漢宮**：代指皇宮。／**五侯**：漢成帝曾在同一天封五位舅舅王譚、王商、王立、王根、王逢時為侯，世稱五侯，之後泛指達官貴族。／化用自唐代韓翃的〈寒食〉：「日暮漢宮傳蠟燭，輕煙散入五侯家。」（見五六頁）

七行—**陌**：市中街道。／**強**：勉強。

八行—**猶自**：仍舊。

賞讀譯文

春風散布著暖意，霧氣飄浮乍晴還雨，池塘遍布滿溢的春色。在沒有月亮的陰間，寒食節也暗沉沉的。梁柱間的燕子，是春社日之前就來的客人，似乎在笑我關著門憂愁寂寞。一陣零亂的落花飛過，帶來隔壁院子的香氣，過後卻是滿地凌亂不堪。

我一直記得我們邂逅相逢的那一天，她的油壁車就停駐在郊外，那是寒食節的傍晚，皇宮正開始傳燭火，飛煙散入了達官貴族的屋子裡。綠意盎然的青草，讓路徑變得迷離難辨，我勉強載著酒，仔細尋找先前的足跡。市橋遠處，柳樹下的那戶人家仍然認得我。

213

惜分飛

淚溼闌干花著露

毛滂

淚溼闌干花著露，愁到眉峰碧聚。此恨平分取，更無言語空相覷。

斷雨殘雲無意緒，寂寞朝朝暮暮。今夜山深處，斷魂分付潮回去。

毛滂（約 1056 ～ 1124）

字澤民。父執輩多為進士。因父蔭入仕，曾任郢州長壽尉、杭州法曹、武康知縣等職。受蘇軾賞識。在曾布推薦下任刪定官，後因曾布罷相，連坐受審入獄，又流落東京（今河南省開封市）。之後，填詞呈宰相蔡京被起用，任登聞鼓院、祠部員外郎等職。

題序

富陽僧舍作別語（贈伎瓊芳）。

一注釋一

一行一**闌干**：指眼淚縱橫的樣子。／化用自五代張泌〈思越人〉：「黛眉愁聚春碧。」

二行一**覷**：看。

三行一**斷雨殘雲**：雲雨有男女歡會的象徵，源自戰國時代宋玉〈高唐賦〉中，巫山神女「旦為朝雲，暮為行雨」，曾與楚王歡會，引申而來。在此以雨消雲散比喻戀情結束。／**意緒**：思緒、心緒。

四行一**斷魂**：極度悲傷到好像失去魂魄。／**分付**：交給。／**潮**：潮水。

題旨：離情送別

賞讀譯文

你的臉上被縱橫的淚水沾溼，就像沾了露水的花朵；憂愁到了你的眉頭，讓雙眉就像青山聚攏在一起。這份愁恨我倆平分收取，更只能無言無語地徒然相望。

我們的情意將要消逝，讓人沒了心緒，朝朝暮暮都獨自寂寞著。今夜在深山處，就將極度悲傷的情緒交給潮水帶回去吧。

214

中秋

李朴

皓魄當空寶鏡升，雲間仙籟寂無聲。
平分秋色一輪滿，長伴雲衢千里明。
狡兔空從弦外落，妖蟇休向眼前生。
靈槎擬約同攜手，更待銀河徹底清。

李朴（1063～1127）
字先之。登進士第後，曾任西京國子監教授、虔州教授、著作郎等職，為官正直敢言。

題旨：詠月

注釋

一行—**皓魄**：潔白明亮的月亮。／**仙籟**：仙樂。

二行—**平分秋色**：指中秋節。農曆八月十五日是秋季三個月的正中間那天，秋季平分之日。／**一輪滿**：指滿月。／**雲衢**：雲間四通八達的大路。

三行—**弦**：指弦月。／**妖蟇**：指月宮中的蟾蜍。蟇為「蟆」的異體字。

四行—**靈槎**：天神搭乘的木筏。／**擬**：打算。

賞讀譯文

潔白明亮的月亮在天空中，就像升起了一面寶鏡，雲間的仙樂都安靜無聲。中秋的滿月長伴著雲間道路，千里一片明亮。狡兔早在弦月時就跳落下來，月中的蟾蜍也別在眼前出現。我們打算相約攜手搭乘天上的木筏，但還要等到銀河徹底澄清之後。

215

虞美人

落花已作風前舞

葉夢得

落花已作風前舞，又送黃昏雨。
曉來庭院半殘紅，惟有游絲千丈嫋晴空。
殷勤花下同攜手，更盡杯中酒。
美人不用斂蛾眉，我亦多情無奈酒闌時。

題旨：春景抒懷

葉夢得（1077～1148）

字少蘊。登進士第後，曾任官翰林學士、戶部尚書、尚書左丞、江東安撫大使等職。晚年隱居湖州卞山，自號石林居士。

題序

雨後同幹譽、才卿置酒來禽花下作（注：來禽為林檎的別名，又稱花紅、沙果，為中國特有的蘋果品種。）

一注釋一

一行一**曉**：清晨。／**殘紅**：落花。／**游絲**：飄在半空中，由昆蟲類所吐的絲。／**嫋**：搖晃，擺蕩。另一版本為「罥」，指懸掛、纏繞。

三行一**殷勤**：懇切、周到。

四行一**闌**：殘、盡。／**斂**：指緊皺。／**蛾眉**：指女子細長柔美的眉毛。另有版本為「蛾眉」，因女子的眉毛細長而彎曲，像蛾的觸鬚，故有此稱。

賞讀譯文

落花已經在風前飛舞，又送走了黃昏的雨。清晨到來時，庭院裡大半都是落花，只有昆蟲吐的游絲在廣大的晴空下搖動。我們懇切地一同攜手在花下遊賞，還喝光了杯中的酒。美人不必為此緊皺蛾眉；我也是多情的人，無奈酒有喝光的時候。

216

臨江仙·與客湖上飲歸

葉夢得

不見跳魚翻曲港，湖邊特地經過。
蕭蕭疏雨亂風荷。
微雲吹盡散，明月墮平波。
白酒一杯還徑醉，歸來散髮婆娑。
無人能唱採菱歌。
小軒攲枕簟，檐影掛星河。

題旨：湖邊賞遊

【注釋】

一行—**曲港**：曲折的港口。化用北宋蘇軾〈永遇樂〉的「曲港跳魚」。

二行—**蕭蕭**：形容風雨打葉子的聲音。

三行—**微雲**：薄雲。／**平波**：指湖面。

四行—**還徑**：返回的路上。／**歸來**：回來。／**婆娑**：舞蹈的樣子。

五行—**軒**：窗子。／**枕簟**：枕席，泛指臥具。／**星河**：銀河。

六行—**攲**：傾斜，斜靠。（音同「棲」。）

賞讀譯文

我特地經過湖邊，卻沒看到跳魚在曲折的港口裡翻動。我只聽到稀疏風雨打亂荷葉的蕭蕭聲。風將薄雲全都吹散後，明月好像落入了湖面。我喝了一杯酒，在返回的路上就醉了，回到家後披頭髮地跳著舞，但沒有人能為我唱採菱歌。我在小窗旁斜倚於枕席上，看著銀河掛在屋簷形影的外側。

217

點絳唇

新月娟娟

汪藻

新月娟娟，夜寒江靜山銜斗。
起來搔首，梅影橫窗瘦。
好箇霜天，閒卻傳杯手。
君知否，亂鴉啼後，歸興濃如酒。

題旨：夜景抒懷

汪藻（1079～1154）

字彥章，號浮溪、龍溪。登進士第後，於北宋朝曾任宣州教授、著作佐郎、宣州通判、屯田員外郎、太常少卿、起居舍人等職；於南宋朝曾任龍圖閣直學士、顯謨閣大學士、左大中大夫，知湖、撫、徽、泉、宣等州。為官清廉，擅長四六文。

注釋

一行——**娟娟**：皎好柔美的樣子。／**斗**：指北斗七星。

二行——**搔首**：用手搔髮。形容心有所思的樣子。

三行——**好箇**：好一個。／**霜天**：嚴寒的天氣。／**閑卻**：空閒。／**傳杯**：互相傳遞酒杯。

四行——**亂鴉**：暗喻朝中小人。／**歸興**：回鄉的興致。

賞讀譯文

新月柔美，寒冷的夜裡江水沉靜，山頭銜著北斗七星。

我起來搔首沉思，只見橫過窗外的疏落梅影。

好一個嚴寒的天氣，本來應該忙著傳遞酒杯的手卻閒著沒事做。

你知道嗎？在亂鴉啼叫後，讓我的回鄉興致變得跟酒一樣濃。

念奴嬌

晚涼可愛

朱敦儒

晚涼可愛，是黃昏人靜，風生蘋葉。
誰做秋聲穿細柳，初聽寒蟬淒切。
旋采芙蓉，重熏沉水，暗裏香交徹。
拂開冰簟，小牀獨臥明月。

老來應免多情，還因風景好，愁腸重結。
可惜良宵人不見，角枕蘭衾虛設。
宛轉無眠，起來閒步，露草時明滅。
銀河西去，畫樓殘角嗚咽。

朱敦儒（1081～1159）

字希真。早年多次被舉薦為官，皆不出任。後經親朋勸說才轉變心意，歷任兵部郎中、臨安府通判、秘書郎、都官員外郎、兩浙東路提點刑獄等職，致仕後居於民間。有「詞俊」之稱。

注釋

一行—**風生蘋葉**：化用自戰國時代宋玉的〈風賦〉：「夫風生於地，起於青蘋之末。」

二行—**初**：剛剛。／**寒蟬**：秋蟬。

三行—**旋采芙蓉**：化用古詩〈涉江采芙蓉〉的意境：「涉江采芙蓉，蘭澤多芳草。采之欲遺誰，所思在遠道。還顧望舊鄉，長路漫浩浩。同心而離居，憂傷以終老。」芙蓉，荷花的別稱。／**沉水**：指沉水香。引自南北朝古樂府：「歡作沉水香，儂作博山爐。」

四行—**冰簟**：冰冷的竹席。

五行—**愁腸**：憂思鬱結的心腸。

六行—**角枕**：角製或用角裝飾的枕頭。／**衾**：大被子。

七行—**宛轉**：身體翻來覆去。

八行—**畫樓**：華麗的樓閣。／**殘角**：將結束的畫角聲。畫角發出的樂聲為嗚嗚聲。

題旨：賞景懷人

賞讀譯文

傍晚的涼意討人喜愛，正是黃昏人安靜，風自蘋葉間生起的時刻。是誰傳出秋聲穿過細柳之間？原來是剛剛聽到的淒切寒蟬鳴叫聲。我趕緊去採荷花，重新熏沉水香，暗裡只有香氣徹骨。我拿開冰冷的竹席，獨自躺臥在明月下的小床上。

老了之後應該不會再多情，我卻還是因為風景美好而再次感到憂愁。可惜在這美好的夜裡，枕邊人已經不見，角枕和蘭花圖案的大被子都是虛設的。我翻來覆去睡不著，起來悠閒地散步，看到沾了露水的青草間時有螢光明滅。銀河往西方流去，華麗樓閣上即將結束的畫角聲彷彿在嗚咽哀鳴著。

菩薩蠻

綠蕪牆繞青苔院

陳克

綠蕪牆繞青苔院，中庭日淡芭蕉卷。
蝴蝶上階飛，烘簾自在垂。
玉鉤雙語燕，寶甃楊花轉。
幾處簸錢聲，綠窗春睡輕。

陳克（1081～1137）
字子高，自號赤城居士。少時隨父親宦學四方，曾任敕令所刪定官等職。曾隨呂祉的軍隊北上抗金、收編叛軍部隊，後因兵敗被擒而身亡。

題旨：閒適春景

一注釋一

一行一**蕪**：叢生的雜草。／**中庭**：建築物中央的露天庭院。

二行一**烘簾**：暖簾，冬天掛的擋風棉布簾。

三行一**玉鉤**：簾鉤的美稱。／**寶甃**：華美的井。甃為井壁。／**楊花**：即柳絮。

四行一**簸錢**：擲錢猜正反面的賭博遊戲。／**綠窗**：綠紗窗，指婦女的居室。

賞讀譯文

綠色雜草叢生的圍牆，環繞著長滿青苔的院子。中庭裡日光淡淡的，芭蕉葉還捲著。蝴蝶在階梯上方飛舞，暖簾自然地垂下。一對燕子在簾鉤上細語，華美的井中有柳絮飛轉。幾處傳來了玩簸錢遊戲的聲音，綠紗窗裡的人在春天裡輕輕入睡。

踏莎行

情似游絲

周紫芝

情似游絲，人如飛絮，淚珠閣定空相覷。
一溪煙柳萬絲垂，無因繫得蘭舟住。
雁過斜陽，草迷煙渚，如今已是愁無數。
明朝且做莫思量，如何過得今宵去。

周紫芝（1082～1155）

字少隱，號竹坡居士。於南宋高宗時期登進士，曾任樞密院編修官、右司員外郎等職，後退隱廬山。

題旨：離愁別恨

注釋

一行—**游絲**：飄在半空中，由昆蟲類所吐的絲。／**飛絮**：飄飛的柳絮。／**閣**：同「擱」，停住。／**空**：徒然。／**覷**：細看。

二行—**煙柳**：煙霧籠罩的柳林，亦泛指柳林、柳樹。／**無因**：無法。／**蘭舟**：木蘭樹打造的船，為船隻的美稱。

三行—**煙渚**：煙霧籠罩的水中小洲。

賞讀譯文

感情像游絲那般飄浮不定，人也像飄飛的柳絮那樣行蹤不定，淚珠停在臉上，兩人徒然地互看彼此。一整條溪流旁的柳樹林垂下了萬千絲條，卻沒辦法繫住船隻，讓它停下來。雁子飛過斜陽前方，芳草讓人分辨不出煙霧籠罩的水中小洲所在，如今已經有無數的愁緒在我的心中。明天的事暫且不要去思量，但今天晚上要如何度過呢？

221

鷓鴣天

一點殘紅欲盡時

周紫芝

一點殘紅欲盡時，乍涼秋氣滿屏幃。梧桐葉上三更雨，葉葉聲聲是別離。
調寶瑟，撥金猊，那時同唱鷓鴣詞。如今風雨西樓夜，不聽清歌也淚垂。

題旨：秋夜懷人

一注釋一

一行一**殘紅**：殘存的花朵。／**乍**：突然。／**屏幃**：用布做成的帳幕。

二行一化用自唐代溫庭筠的〈更漏子〉：「梧桐樹，三更雨，不道離情正苦。一葉葉，一聲聲，空階滴到明。」（見四二頁）

三行一**調**：撫弄。／**寶瑟**：瑟的美稱。／**金猊**：銅製的獅形香爐。（猊，音同「泥」。）／**鷓鴣詞**：唐代教坊曲名、詞牌名。

四行一**清歌**：清唱。

賞讀譯文

在殘存的一些花朵快要凋落殆盡時，突來的秋日涼氣襲上屏幃。
三更時分，雨滴落在梧桐葉上，每一葉傳出的每一聲，都像是別離時的哀嘆。
那時，我們撫弄寶瑟，撥動獅形銅香爐裡的香，一起合唱《鷓鴣詞》。
如今，在風吹雨打的夜裡，我獨自待在西樓，即使不聽清唱的歌聲也會垂淚。

222

採桑子

恨君不似江樓月

呂本中

恨君不似江樓月，南北東西。
南北東西，只有相隨無別離。
恨君卻似江樓月，暫滿還虧。
暫滿還虧，待得團圓是幾時。

呂本中（1084～1145）
原名大中，字居仁，號紫微。知名道學家，世稱東萊先生。為宰相呂公著的曾孫，早年因恩蔭而任承務郎、樞密院編修官、職方員外郎等職，之後被賜進士出身，任起居舍人、中書舍人等職，最後因觸怒秦檜而結束官場生涯。

題旨：相思離愁

注釋

一行 **江樓**：臨江而建的樓閣。
三行 **滿**：指月圓。／**虧**：指月缺。

賞讀譯文

恨你不像江樓旁的明月，無論人在南北東西，都只有緊緊相隨，沒有別離。但又恨你像江樓旁的明月，暫時圓滿之後又出現缺口，要等到團圓之日，是幾時呢？

223

減字木蘭花

去年今夜

呂本中

去年今夜，同醉月明花樹下。
此夜江邊，月暗長堤柳暗船。
故人何處，帶我離愁江外去。
來歲花前，又是今年憶昔年。

題旨：傷離念舊

【注釋】

一行【**故人**：老友。／**江外**：江南。從中原人看來，此處在長江之外，故有此稱。

四行【**來歲**：次年，明年。／**昔年**：往年、從前。

賞讀譯文

去年的今夜，我們一同醉倒在月光明亮、百花綻放的樹下。這一夜的江邊，長堤上月光黯淡，柳樹的暗影遮蓋著船。老友身在何處？請帶著我的離愁到江南去吧。明年在繁花面前，又是跟今年一樣追憶著往年了。

224

一剪梅

紅藕香殘玉簟秋

李清照

紅藕香殘玉簟秋。輕解羅裳，獨上蘭舟。
雲中誰寄錦書來，雁字回時，月滿西樓。
花自飄零水自流。一種相思，兩處閑愁。
此情無計可消除，才下眉頭，卻上心頭。

李清照（1084～1156）號易安居士。出身官宦書香世家，與丈夫趙明誠感情甚篤，熱衷於書畫金石的搜集。遭逢黨爭、宋室南遷等變故，詞作主題從悠閒生活轉為感傷悲嘆身世。

注釋

一行—**江紅藕**：紅蓮的別稱，為睡蓮科植物。／**玉簟**：光滑如玉的竹席。／羅裳：即羅裙，絲織的裙。／**蘭舟**：木蘭樹打造的船，為船隻的美稱。

二行—**錦書**：指妻子寫給丈夫的信，或情書。源自《晉書》中所記載，秦州刺史竇滔被徙流沙，其妻蘇氏織錦為回文旋圖詩贈之。／**雁字**：指雁群，因牠們飛行時常排列成「人」或「一」字形。古人把鴻雁視為信差的代表。相傳漢武帝時，漢使接獲密告，得知匈奴將使臣蘇武流放北海，卻謊稱他已死，並用計對匈奴說，漢皇帝射下的一隻鴻雁上有蘇武的帛書，讓蘇武得以被釋放。

三行—**飄零**：凋謝飄落。／**閑愁**：無端而來的愁緒。閑，通「閒」。

四行—**無計**：沒有辦法。

題旨：相思情懷

賞讀譯文

紅蓮只剩下最後殘存的香氣，光滑如玉的竹席散發出秋的涼意。我換下羅裙，獨自坐上船隻。有誰自雲中寄書信來給我？在雁群排成人字飛回時，西樓上正掛著滿月。

繁花兀自凋謝飄落，江水逕自流去。同一種相思情懷，卻在兩處引發無端的愁緒。我沒有能夠消除這份情意的辦法，它才剛從眉頭退下，卻又湧上心頭。

225

小重山

春到長門春草青

李清照

春到長門春草青。江梅些子破，未開勻。碧雲籠碾玉成塵，留曉夢，驚破一甌春。
花影壓重門。疏簾鋪淡月，好黃昏。二年三度負東君。歸來也，著意過今春。

題旨：春景懷人

一注釋一

一行一**春到長門春草青**：用自唐末五代薛昭蘊〈小重山〉的第一句。／**長門**：漢代宮殿名，被打入冷宮的陳皇后住所，在此指女子寂寞孤獨的住所。／**江梅**：一種野生梅的品種。／**些子**：一些，少許。／**子**：指花苞。

二行一**碧雲**：指顏色碧綠的茶團、茶餅。／**籠**：竹製的貯茶器皿。／**玉**：指茶團。／**留**：沉浸。／**驚破**：突然驚醒。／**甌**：杯。／**春**：指春茶。另有版本為「雲」。

三行一**重門**：多層的門戶。／**壓**：層疊。／**疏簾**：稀疏的竹簾。

四行一**東君**：《楚辭．九歌》中有祭日神的〈東君〉篇，之後演變為春神。／**歸來**：回來。／**著意**：用心、刻意。

賞讀譯文

春天來到女子的寂寞住所，春草一片青綠。江梅已有一些花苞綻放了，但還沒有開均勻。我將茶團從籠中拿出來碾成粉塵，本來還沉浸在早晨的夢裡，喝了一杯春茶後才突然驚醒。江梅的花影層疊映在重門上，淡淡的月光鋪灑在稀疏的竹簾上，多美好的黃昏。兩年來三次辜負了春神。你快回來吧！我們一起用心度過這個春天。

如夢令

昨夜雨疏風驟

李清照

昨夜雨疏風驟，濃睡不消殘酒。
試問捲簾人，卻道海棠依舊。
知否，知否，應是綠肥紅瘦。

題旨：惜春

注釋

一行 **雨疏**：雨點稀疏。／**驟**：急速。／**濃睡**：熟睡。／**殘酒**：殘餘的醉意。

三行 **綠肥**：綠葉繁茂肥大。／**紅瘦**：紅花凋零消瘦。

賞讀譯文

昨夜雨點稀疏，風卻急驟。我熟睡了一晚，還是沒能消減殘餘的醉意。我問那捲簾的人（庭中風景如何），他卻說海棠花依舊在。你知道嗎？你知道嗎？現在應該是綠葉繁茂肥大、紅花凋零消瘦才對。

227

行香子

草際鳴蛩

李清照

草際鳴蛩，驚落梧桐，正人間天上愁濃。
雲階月地，關鎖千重。
縱浮槎來，浮槎去，不相逢。
星橋鵲駕，經年纔見，想離情別恨難窮。
牽牛織女，莫是離中。
甚霎兒晴，霎兒雨，霎兒風。

題旨：離愁別恨

｜注釋｜

一行｜**蛩**：蟋蟀。

二行｜**雲階月地**：指天上。出自唐代杜牧的〈七夕〉：「雲階月地一相過，未抵經年別恨多。」／**關鎖**：門鎖，或是可以關閉上鎖的設施。

三行｜**浮槎**：指往來於海和天河之間的木筏。出自晉代張華的《博物志》卷十：「舊說云：天河與海通。近世有人居海渚者，年年八月，有浮槎去來，不失期。」

四行｜**經年**：經過一年。／**難窮**：難窮盡。

五行｜**離中**：離別中。

六行｜**甚**：正。／**霎兒**：一會兒。

賞讀譯文

草叢間的蟋蟀鳴叫聲，驚落了梧桐葉，現在正是人間和天上愁緒最濃的時候。
以雲為階梯、以月為地的天上，有著千重的關鎖，
縱然搭乘浮槎來來去去，卻不能相逢。
喜鵲駕起串連兩星的橋，經過一年才見面，我想這份離情別恨是難以窮盡的。
牛郎和織女莫非正在道離別中？
為什麼一會兒晴、一會兒下雨、一會兒起風呢？

念奴嬌

蕭條庭院

李清照

蕭條庭院，又斜風細雨，重門須閉。寵柳嬌花寒食近，種種惱人天氣。險韻詩成，扶頭酒醒，別是閒滋味。征鴻過盡，萬千心事難寄。

樓上幾日春寒，簾垂四面，玉闌干慵倚。被冷香消新夢覺，不許愁人不起。清露晨流，新桐初引，多少遊春意。日高煙斂，更看今日晴未。

題旨：春愁

—注釋—

一行—**重門**：多層的門。

二行—**寒食**：節令名，通常在冬至後第一〇五日，在清明節前一或二日。傳統上當日禁火，一律吃冷食。

三行—**險韻詩**：以生僻又難押韻的字為韻腳的詩。／**扶頭酒**：易使人醉的烈酒。

四行—**征鴻**：遠行的鴻雁。古人把鴻雁視為信差的代表。相傳漢武帝時，匈奴將使臣蘇武流放北海，並謊稱他已死。漢使接獲密告得知實情，並用計對匈奴說，漢皇帝射下的一隻鴻雁上有蘇武的帛書，讓蘇武得以被釋放。

五行—**闌干**：欄杆。／**慵**：懶。

六行—**被**：被子。／**香**：熏香。／**新**：剛剛。

七行—**初引**：初生。／引用自《世說新語．賞譽》：「時恭嘗行散至京口射堂，於時清露晨流，新桐初引，恭目之曰：『王大故自濯濯！』」／**多少**：或多或少。

八行—**煙斂**：煙霧散去。／**晴未**：天晴了沒？

賞讀譯文

蕭條的庭院裡，又下起斜風細雨，讓人必須關閉層層重門。隨處可見令人寵愛的柳絲和嬌媚花朵的寒食節即將到來，老是各種惱人的天氣。我完成險韻詩後，喝烈酒後的醉意醒了，又是另一種閒滋味。遠行的鴻雁全都飛走了，我的萬千心事難以寄出。

這幾天來在樓上都感受到春寒，便將四面的布簾都放下來，懶得去倚玉欄杆。被子涼冷，熏香也消散了，還剛從夢中醒來，讓憂愁的人不得不起床。清露在早晨流下，梧桐長出新葉，讓人有了或多或少的遊春興致。日頭漸高，煙霧散去，還要看看今天放晴了沒。

229

武陵春

風住塵香花已盡

李清照

風住塵香花已盡，日晚倦梳頭。
物是人非事事休，欲語淚先流。
聞說雙溪春尚好，也擬泛輕舟。
只恐雙溪舴艋舟，載不動許多愁。

題旨：傷春

—注釋—

一行—**塵香**：塵土沾染落花的香氣。／**花已盡**：另有「春已盡」的版本。

三行—**聞說**：聽說。／**雙溪**：位在今浙江金華。／**擬**：準備、打算。

四行—**舴艋舟**：兩頭尖如蚱蜢的小舟。

賞讀譯文

風停了，花已經全被吹落，塵土裡滿是花香，今日已到傍晚時分，我懶得梳理頭髮。景物依舊，人事全非，事事都已經到盡頭，我想開口說話，淚卻先流下來。聽說雙溪的春景還很美好，我也打算到那裡划輕舟，只是怕雙溪的舴艋舟載不動我的許多愁。

230 南歌子

天上星河轉　　李清照

天上星河轉，人間簾幕垂。
涼生枕簟淚痕滋。起解羅衣，聊問夜何其。
翠貼蓮蓬小，金銷藕葉稀。
舊時天氣舊時衣，只有情懷不似舊家時。

題旨：閨怨

注釋

一行　**星河**：銀河。

二行　**枕簟**：枕頭和竹席。／**滋**：繁多、茂盛。／**羅衣**：絲質的衣服。／**聊**：暫且、辜且。／**夜何其**：夜有多深。出自《詩經．小雅．庭燎》：「夜如何其？夜未央。」其為語助詞。

三行　**翠貼**：即貼翠。在衣服上用細線縫花飾，不見針腳叫「貼」。／**金銷**：指銷金，用金或金色裝飾物品。

四行　**舊時**：從前。／**情懷**：心情。／**舊家**：過去、從前。

賞讀譯文

天上的銀河轉動，人間的簾幕都低垂著。枕頭和竹席散發涼意，上面有許多淚痕。我起身解下羅衣，暫且問問夜有多深了？衣服上有小小的貼翠蓮蓬、稀疏的銷金藕葉。我在像從前那樣的天氣裡，穿著從前的衣服，只有心情不再像從前一樣了。

231 浣溪沙

小院閑窗春色深

李清照

小院閑窗春色深，重簾未捲影沉沉。
倚樓無語理瑤琴。
遠岫出雲催薄暮，細風吹雨弄輕陰。
梨花欲謝恐難禁。

題旨：惜春

注釋

一行—**閑窗**：有護欄的窗子。／**重簾**：一層層的簾子。／**理**：撥弄。

二行—**瑤琴**：琴的美稱，泛指古琴。

三行—**岫**：山峰。／化用自晉代陶淵明的〈歸去來辭〉：「雲無心以出岫，鳥倦飛而知還。」／**薄暮**：傍晚、黃昏。／**細風**：微風。／**弄**：搖動、攪動。／**輕陰**：薄雲。

四行—**禁**：阻止，或指承受。

賞讀譯文

欄窗外的小院子裡春色深濃，我沒有捲起一層層的簾子，屋子裡暗影沉沉。

我倚著樓，不發一語地撥弄瑤琴。

遠處的山峰湧出雲朵，像在催促著黃昏快到來，微風吹著雨絲搖動薄雲。

梨花就要凋謝了，這恐怕是難以阻止的。

漁家傲

天接雲濤連曉霧

李清照

天接雲濤連曉霧，星河欲轉千帆舞。
彷彿夢魂歸帝所，聞天語，殷勤問我歸何處。
我報路長嗟日暮，學詩漫有驚人句。
九萬里風鵬正舉。風休住，蓬舟吹取三山去。

題旨：夢境抒懷

一注釋一

一行一**雲濤**：波濤。／**曉霧**：清晨的薄霧。／**星河**：銀河。

二行一**夢魂**：古人認為人的靈魂能在睡夢中離開肉體，故稱之「夢魂」。／**帝所**：天帝的住所。／**天語**：天帝的話語。／**殷勤**：懇切地。

三行一**報**：答覆。／**嗟**：慨歎。／**日暮**：傍晚、黃昏。／**漫**：徒然。

四行一**九萬里風鵬正舉**：化用自《莊子．逍遙遊》：「有鳥焉，其名為鵬……摶扶搖羊角而上者九萬里。」／**蓬舟**：輕快的船。／**吹取**：吹到。／**三山**：指傳說中的蓬萊、方丈、瀛洲三座海中仙山。

賞讀譯文

天際緊接浪濤，連著清晨的曉霧。銀河將要轉動，千艘帆船飛舞著。我的夢魂好像回到天帝的住所，聽到天帝的話語，懇切地問我要回到哪裡。我回答路很漫長，感嘆現在已是黃昏，學作詩卻空有驚人語句。大鵬正迎風舉翼，將飛行到九萬里遠。風別停，吹著我的蓬舟到海上的仙山去吧。

233

醉花陰

薄霧濃雲愁永晝

李清照

薄霧濃雲愁永晝，瑞腦消金獸。
佳節又重陽，玉枕紗廚，半夜涼初透。
東籬把酒黃昏後，有暗香盈袖。
莫道不消魂，簾捲西風，人比黃花瘦。

題旨：秋景抒懷

一注釋一

一行一**雲**：另有版本為「雺」，指霧氣。／**永晝**：漫長的白日。／**瑞腦**：又名「冰片」，以龍腦香樹的樹膠製成的香料或藥物。／**金獸**：獸形的銅香爐。

二行一**玉枕**：另有版本為「寶枕」。／**紗廚**：防蚊蠅的方頂紗帳。

三行一**東籬**：東邊的竹籬，代指菊圃，源自晉代陶淵明的〈飲酒〉：「採菊東籬下。」／**把酒**：拿著酒杯，代指喝酒。／**暗香**：指菊花的幽香。／**盈袖**：滿袖。／化用自〈古詩十九首．庭中有奇樹〉：「馨香盈懷袖，路遠莫致之。」

四行一**消魂**：哀傷至極，好像魂魄離開形體而消失。／**西風**：秋風。／**黃花**：指菊花。

賞讀譯文

薄霧濃雲籠罩，愁緒讓白日變得好漫長，獸形銅香爐中的瑞腦香逐漸消減變少。又快到重陽佳節了，紗帳和玉枕在半夜剛開始透出涼意。黃昏後，我在菊圃喝酒，有菊花的幽香盈滿我的衣袖。別說我沒有哀傷到魂魄幾乎要消失，在秋風吹捲簾子時，簾後人比菊花還要瘦弱。

234

聲聲慢

尋尋覓覓

李清照

尋尋覓覓，冷冷清清，悽悽慘慘戚戚。
乍暖還寒時候，最難將息。
三杯兩盞淡酒，怎敵他晚來風急。
雁過也，正傷心，卻是舊時相識。

滿地黃花堆積。憔悴損，如今有誰堪摘。
守著窗兒，獨自怎生得黑。
梧桐更兼細雨，到黃昏點點滴滴。
這次第，怎一個愁字了得。

題旨：秋日抒懷

【注釋】

一行—**悽悽慘慘**：淒涼悲慘的樣子。／**戚戚**：憂懼的樣子。

二行—**乍暖還寒**：天氣忽暖又轉寒。／**將息**：調養休息。

三行—**盞**：小而淺的杯子。／**敵**：抵擋。

四行—**舊時**：從前。

五行—**黃花**：菊花。／**損**：損壞。／**堪**：可以。

六行—**怎生**：怎樣、如何。

七行—**更兼**：更加上。

八行—**這次第**：這光景、這情形。／**了得**：了卻、完結。

賞讀譯文

我到處尋尋覓覓，只覺得冷冷清清，淒涼悲慘又令人憂懼。
在這忽暖又轉寒的季節，最難調養休息。
我喝了三、兩杯淡酒，怎麼抵擋得了傍晚時吹來的急風。
雁群過去了，我正為牠們是從前就相識的而傷心。
菊花堆積滿地，都已經憔悴受損，如今還有誰能摘取？
我獨自守著窗兒，怎麼就到天黑時分了？
梧桐葉再加上細雨綿綿，直到黃昏都還點點滴滴下不停。
這種情況，怎麼用一個愁字就能概括了結呢？

235

臨江仙・梅

李清照

庭院深深深幾許，雲窗霧閣春遲。
為誰憔悴損芳姿。
夜來清夢好，應是發南枝。

玉瘦檀輕無限恨，南樓羌管休吹。
濃香吹盡有誰知。
暖風遲日也，別到杏花肥。

題旨：傷春感時

注釋

一行—**庭院深深深幾許**：取自歐陽脩的〈蝶戀花〉之句。

二行—**芳姿**：美妙的姿容。

三行—**夜來**：入夜。／**清夢**：美夢。／**南枝**：朝南的樹枝，借指梅花。源自南北朝陸凱的〈贈范曄〉：「江南無所有，聊贈一枝春。」

四行—**玉**：指白梅。／**檀**：指開深黃色花的檀香梅，為蠟梅的一種。／**羌管**：羌笛，代指音調哀怨的笛曲〈梅花落〉。

六行—**遲日**：春日，源自《詩・豳風・七月》：「春日遲遲，采蘩祁祁。」／**杏花**：梅花的花期在晚冬，杏花的花期在初春。／**肥**：指盛開。另有版本為「時」。

賞讀譯文

深深的庭院，到底有多深呢？樓閣窗外雲霧繚繞，春天遲遲未到。
梅樹是為誰憔悴而減損了美妙的姿容？
我在入夜後做了一場美好的夢，應該是朝南的梅枝開花了。
白梅清瘦、檀香梅輕盈，好像懷著無限的愁恨，在南樓上可別用羌笛吹奏曲子。
有誰知道散發濃香的梅花都被風吹落了？
吹送暖風的春天，不要等到杏花盛開時才來。

236

點絳脣

寂寞深閨

李清照

寂寞深閨，柔腸一寸愁千縷。
惜春春去，幾點催花雨。
倚遍闌干，只是無情緒。
人何處，連天芳草，望斷歸來路。

題旨：惜春懷人

注釋

一行 **柔腸**：柔曲的心腸，比喻纏綿的情意。／化用自唐代韋莊〈應天長〉的「一寸離腸千萬結」，或北宋晏殊〈木蘭花〉的「一寸還成千萬縷」。

二行 **催花雨**：春雨。

三行 **闌干**：欄杆。／**情緒**：心情。

四行 **芳草**：另有版本寫「衰草」、「芳樹」。／**望斷**：放眼遠望，直到看不見為止。／**歸來**：回來。

賞讀譯文

我待在寂寞的深閨裡，一寸柔腸有著千縷愁思。
我愛惜春天，春天卻將要離去，只下了幾點春雨。
我倚遍欄杆的每一處，還是沒有心情。
那人在何處呢？我遠眺回來的道路，只看見連接到天際的芳草。

漢宮春

瀟灑江梅

李邴

瀟灑江梅，向竹梢疏處，橫兩三枝。
東君也不愛惜，雪壓霜欺。
無情燕子，怕春寒輕失花期。
卻是有年年塞雁，歸來曾見開時。

清淺小溪如練，問玉堂何似，茅舍疏籬。
傷心故人去後，冷落新詩。
微雲淡月，對江天分付他誰。
空自憶清香未減，風流不在人知。

李邴（1085～1146）

字漢老，號龍龕居士。登進士第後，曾任翰林學士、兵部侍郎、尚書左丞、參知政事等職。晚年寓居泉州。

※關於本詞作者，亦有晁冲之（見三〇三頁）之說。

題旨：詠梅抒懷

注釋

一行—化用自北宋蘇軾〈和秦太虛梅花〉：「江頭千樹春欲暗，竹外一枝斜更好。」

二行—**東君**：《楚辭．九歌》中有祭日神的〈東君〉篇，之後演變為春神。

四行—**塞雁**：塞外的鴻雁。鴻雁又稱大雁，是一種候鳥，於春季返回北方，秋季飛到南方越冬。古人常用來表達對遠方親人的懷念。／**歸來**：回來。

五行—**練**：柔軟潔白的絲絹。／**玉堂**：富貴宅第。／**何似**：哪裡比得上，不如。

六行—**故人**：老友。

七行—**微雲**：薄雲。／**分付**：交給。

八行—**憶**：記起。／**風流**：風雅灑脫。

賞讀譯文

江邊的瀟灑梅樹，朝著竹梢枝葉稀疏處，橫向伸出兩、三枝梅枝。春神也不愛惜，老是用雪霜欺壓它。無情的燕子害怕春天的寒氣，輕易地錯失花期。卻是有塞雁每年回來都曾看見梅樹開花時。

清淺的小溪如柔軟潔白的絲絹，請問富貴宅第哪裡比得上茅舍疏籬。在老友離去後，我為此傷心不已，冷落了新詩的創作。薄薄的雲、淡淡的月色，對著這片遼闊的江水和天空，這份心情要交給誰？我徒然地想起，江梅的清香未曾減少，其風雅灑脫也不在於他人知不知道。

238

柳梢青

數聲鶗鴂

蔡伸

數聲鶗鴂，可憐又是春歸時節。
滿院東風，海棠鋪繡，梨花飄雪。
丁香露泣殘枝，算未比，愁腸寸結。
自是休文，多情多感，不干風月。

蔡伸（1088～1156）
字伸道，號友古居士，莆田（今屬福建）人，書法家蔡襄之孫。登進士第後，曾知濰州北海縣、通判徐州；南渡後，曾通判真州，知徐州、德安府，任浙東安撫司參謀官等。

一注釋一

一行—**鶗鴂**：杜鵑鳥。初夏時常晝夜不停啼叫，叫聲類似「不如歸去」。相傳為商周至春秋時代之間的古蜀君主杜宇之魂所化，又叫杜宇、子規、鶗鴂、啼鴂、鵜鴂。／**可憐**：令人惋惜。／**歸**：回去。

二行—**東風**：春風。

三行—**算未比**：算來比不上。／**愁腸**：憂思鬱結的心腸。

四行—**休文**：指南朝文學家、史學家沈約。沈約擔任宰相時，想轉任御史臺，但梁武帝不同意，也不讓他外調，沈約為了告老還鄉，而寫信跟徐勉說：「言已老病，百日數旬，革帶常應移孔，以手握臂，率計月小半分。」因此以「沈郎瘦腰」聞名，之後多指因憂愁而使身體逐漸消瘦。／**不干**：與之無關。／**風月**：清風與明月，泛指閒適的風景。

題旨：傷春惜花

賞讀譯文

耳邊傳來幾聲杜鵑鳥的啼叫聲，可惜又是春天回去的時節了。春風吹過整個院子，海棠花鋪滿地面，就像編織成一塊繡毯，梨花則如飄雪般飛落。丁香的殘枝上凝結著露水，好像在哭泣，但這算起來還比不上我寸寸糾結的愁腸。我就像沉約一樣多情多感，與眼前的清風明月景色無關。

239

石州慢

寒水依痕

張元幹

寒水依痕，春意漸回，沙際煙闊。
溪梅晴照生香，冷蕊數枝爭發。
天涯舊恨，試看幾許消魂。
長亭門外山重疊，不盡眼中青，是愁來時節。

情切，畫樓深閉，想見東風，暗消肌雪。
孤負枕前雲雨，尊前花月。
心期切處，更有多少淒涼，殷勤留與歸時說。
到得再相逢，恰經年離別。

賞讀譯文

寒水依著冰痕流動，春意漸漸回來了，沙灘邊煙霧遼闊。溪邊的梅花在晴日的照耀下散發香氣，數枝梅花爭著綻放。身在天涯的舊恨，請看看有多麼令人悲傷到魂魄幾乎要消失。長亭的門外，山巒重疊，眼中的青綠景色望也望不盡，正是愁緒到來的季節。

我的心情急切，想起你待在華麗樓閣深處緊閉門扉，春風悄悄地讓你潔白如雪的肌膚消損。我辜負了枕前的歡會時光，還有酒杯前的花月美景。我心中期待急切之處，還有許多淒涼悲苦的心情，懇切地留在回去時對你訴說。等到我們再重逢時，恰好經過了一年的離別。

張元幹（1091～約1161）
字仲宗，號蘆川居士、真隱山人，晚年自稱蘆川老隱。於北宋朝，曾任開德府教授，後隨李綱抗金兵。於南宋朝，曾任朝議大夫、撫諭使等職。因作詞挺反秦檜之官員胡詮而入獄，晚年浪遊江浙一帶。

—注釋—

一行—**寒水**：清冷的河水。／**沙際**：沙洲或沙灘邊。

二行—**冷蕊**：寒天的花，多指梅花。／**發**：綻放。

三行—**消魂**：哀傷至極，好像魂魄離開形體而消失。／**幾許**：多少。

四行—**長亭**：古代約每十里設一個休憩亭，稱為長亭，通常是送別的地方。

五行—**切**：急迫、急促。／**畫樓**：華麗的樓閣。／**東風**：春風。／**肌雪**：女子白潤如雪的肌膚。

六行—**孤負**：辜負。／**雲雨**：男女歡會的象徵，源自戰國時代宋玉的〈高唐賦序〉提到，巫山神女「旦為朝雲，暮為行雨」，曾與楚王歡會。／**尊前**：酒樽（酒杯）之前。／**花月**：花和月，泛指美好的景色。

七行—**淒涼**：悲苦。／**殷勤**：懇切。

八行—**到得**：等到，到了。／**經年**：經過一年。

題旨：春景懷人

卜算子・詠梅

陸游

驛外斷橋邊，寂寞開無主。
已是黃昏獨自愁，更著風和雨。
無意苦爭春，一任群芳妒。
零落成泥碾作塵，只有香如故。

陸游（1125～1210）

字務觀，號放翁。力主抗金。宋高宗時，受秦檜排斥，仕途不暢。宋孝宗賜其進士出身，之後曾任敕令所刪定官、隆興府通判、王炎幕府官、禮部郎中等職，後因「嘲詠風月」被罷官。宋寧宗詔其主持編修《兩朝實錄》和《三朝史》，官至寶章閣待制。與楊萬里、范成大、尤袤合稱南宋「中興四大詩人」。

題旨：詠梅

一注釋一

一行一**無主**：沒有主人，不屬於任何人。
二行一**更**：又，再。／**著**：遭受。
三行一**苦**：盡心盡力的。／**爭春**：爭豔於春日。／一**任**：任憑。／**群芳**：群花。
四行一**零落**：凋落。／**碾**：壓碎。／**故**：本來、從前。

賞讀譯文

驛站外的斷橋邊，沒有主人的梅花寂寞地開著。已經是黃昏時分，梅花獨自憂愁著，還遭受了風吹雨打。梅花無意在春日裡盡力爭豔，只任憑百花嫉妒。凋落的梅花化成泥狀，被壓碎成土灰，只有香氣一如從前。

241

秦樓月

樓陰缺

范成大

樓陰缺，闌干影臥東廂月。
東廂月，一天風露，杏花如雪。
隔煙催漏金虯咽，羅幃黯淡燈花結。
燈花結，片時春夢，江南天闊。

范成大（1126～1193）

字至能、幼元，早年自號此山居士，晚號石湖居士。登進士第後，歷任校書郎、著作佐郎、處州知州、國史院編修官、禮部員外郎、崇政殿說書等職；曾出使金國，以剛直不屈的態度完成使命。曾被派至廣西，知靜江府兼廣西經略安撫使；之後被派至四川，任四川制置使、知成都府。辭官退休後，於石湖隱居十年。與楊萬里、陸游、尤袤合稱南宋「中興四大詩人」。

題旨：春夜夢境

—注釋—

題—**秦樓月**：又名「憶秦娥」。

一行—**闌干影**：欄杆的影子。／**廂**：廂房。

二行—**一天**：滿天。

三行—**金虯**：造型為龍的銅製滴漏計時器。虯為古代傳說中的無角龍。（虯，音同「球」。）／**羅幃**：絲質簾幕，一般指床帳。／**黯**：光線微弱。／**燈花**：燈芯燒盡所結成的花狀物。

四行—**片時**：一會兒，指很短暫的時間。／化用自唐代岑參的〈春夢〉：「枕上片時春夢中，行盡江南數千里。」

賞讀譯文

樓閣的遮蔭缺了一角，月光下，欄杆的影子躺臥在東廂。月光照著東廂，滿天冷風涼露，杏花如雪般潔白。隔著煙霧，金龍形狀的更漏嗚咽著，羅幃內光線黯淡，燈芯已結成花狀物。在燈芯結花時，我做了短暫的春夢，去到天空遼闊的江南。

242

霜天曉角

晚晴風歇

范成大

晚晴風歇，一夜春威折。
脈脈花疎天淡，雲來去，數枝雪。
勝絕，愁亦絕，此情誰共說。
惟有兩行低雁，知人倚畫樓月。

題旨：詠梅抒懷

【注釋】

一行【**晚晴**：傍晚晴朗的天色。／**春威**：春寒的威力。／**折**：折損、喪失。

二行【**脈脈**：含情，藏在內心的感情。／**花疎**：花朵稀疏。／**數枝雪**：指白梅如雪。

三行【**勝**：美好的、優越的。／**絕**：到極點、頂峰。／**共**：跟、和。／**畫樓**：華麗的樓閣。

賞讀譯文

傍晚天氣晴朗，風已停歇，一夜之間，春寒的威力就折損了。天空雲層淡薄，稀疏的幾朵梅花含情不語，雲朵來來去去，梅花潔白如雪。這景色美好到極點，我的愁緒也到了極點，這份情要跟誰訴說？只有兩行低飛的雁群，知道我在月光下倚著華麗樓閣。

243 醉花曉出淨慈寺送林子方 二首

楊萬里

• 其一

出得西湖月尚殘，荷花蕩裏柳行間。
紅香世界清涼國，行了南山卻北山。

• 其二

畢竟西湖六月中，風光不與四時同。
接天蓮葉無窮碧，映日荷花別樣紅。

楊萬里（1127～1206）字廷秀，號誠齋。曾任太常博士、秘書監、寶謨閣學士等職，力主抗金，後因奸相專權而辭官隱居。自創淺白幽默、清新自然的「誠齋體」。與陸游、尤袤、范成大，並稱南宋「中興四大詩人」。

題旨：詠西湖

注釋

題｜**淨慈寺**：淨慈報恩光孝禪寺，位於杭州西湖。／**林子方**：作者的朋友。

一之一行｜**蕩**：積水長草的淺水湖。

一之二行｜**紅香**：指荷花。／**卻**：還、再。

二之一行｜**畢竟**：究竟、到底。／**中**：中旬。／**四時**：四季。

二之二行｜**映日**：映照著日光。／**別樣**：特別、不一樣。

賞讀譯文

〔其一〕我們走出西湖時，還有殘月掛在天上。湖中開滿荷花，我們行走在柳樹夾道的小徑上。在紅花散發香氣的世界、如此清涼的國度裡，我們走到了南山，又到北山。

〔其二〕畢竟西湖在六月中旬的風光，與其他季節截然不同。片片蓮葉接到天際，滿眼無窮無盡的碧綠，日光映照下的荷花特別紅。

244

念奴嬌・過洞庭

張孝祥

洞庭青草，近中秋更無一點風色。
玉鑑瓊田三萬頃，著我扁舟一葉。
素月分輝，銀河共影，表裏俱澄澈。
悠然心會，妙處難與君說。

應念嶺海經年，孤光自照，肝膽皆冰雪。
短髮蕭騷襟袖冷，穩泛滄浪空闊。
盡挹西江，細斟北斗，萬象為賓客。
扣舷獨嘯，不知今夕何夕。

張孝祥（1132～1170）字安國，別號於湖居士。曾上書為岳飛辯冤，使其父張祁遭秦檜誣陷而下獄。曾任秘書郎、著作郎、中書舍人、顯謨閣直學士，以及地方安撫使、知州等職。亦為書法家。

題旨：夜景抒懷

一注釋一

一行—**青草**：湖名，與洞庭湖相接。／**風色**：風勢。

二行—**鑑**：鏡子。另有版本為「界」。／**瓊**：一種美玉。

三行—**素月**：潔白的月亮。／**表裏**：內外。／**俱**：皆、都、全。／**澄澈**：清澈明亮。

四行—**悠然**：閒適自得的樣子。

五行—**嶺海**：另有版本為「嶺表」，皆指五嶺以南的兩廣地區。／**經年**：經過多年。／**孤光**：月光。／**肝膽**：肝和膽，比喻真摯的心意。

六行—**蕭騷**：稀疏。／**泛**：飄浮。／**滄浪**：青蒼色的水。／**空闊**：寬大遼闊。

七行—**挹**：舀，另有版本為「吸」。／**西江**：指在洞庭湖以西的長江。／**斟**：注入。／**北斗**：北斗星。／**萬象**：宇宙間一切事物或景象。

八行—**扣**：敲擊。／**舷**：船兩側的邊緣。／**嘯**：發出高昂悠長的聲響。另有版本為「笑」。

賞讀譯文

洞庭湖和青草湖，在中秋將近的此刻沒有一點風勢。三萬頃的湖面好似玉鏡瓊田，載著我的一葉扁舟。潔白的月亮分出光輝，銀河投影在湖面，內外全都清澈明亮。這種閒適自得只能用心神領會，奇妙之處難以對你訴說。

應該想起我在嶺南兩廣地區多年，獨自照著月光，真摯的心意如冰雪潔白。現在我短髮稀疏，冷意竄入襟袖，我穩穩地乘舟飄浮在寬大遼闊的青水上。我把西江的水全都舀盡，仔細地注入北斗星做成的勺子，邀請宇宙萬物來做賓客。我獨自敲著船緣並長嘯，完全不知道今夜是哪一夜。

245

太常引・建康中秋夜為呂叔潛賦

辛棄疾

一輪秋影轉金波，飛鏡又重磨。
把酒問姮娥，被白髮欺人奈何。
乘風好去，長空萬里，直下看山河。
斫去桂婆娑，人道是清光更多。

題旨：賞月抒懷，或有鏟奸除惡之意

辛棄疾（1140～1207）字幼安，號稼軒。生於金國，祖父辛贊為金國縣令，卻教育他要抗金復宋。二十多歲時歸宋，曾任建康通判、提點江西刑獄、湖南安撫使、江西安撫使等地方官，多次上書獻策未獲重視，亦多次被彈劾。晚年時多隱居江西。人稱「詞中之龍」，與蘇軾合稱「蘇辛」。

【注釋】

題—**建康**：位於今南京市，是孫吳和六朝的都城。／**呂叔潛**：名大虬，生平事蹟不詳。

一行—**秋影**：秋天的月影。／**金波**：月光。／**飛鏡**：飛天的明鏡，指月亮。

二行—**把酒**：拿著酒杯。／**姮娥**：即嫦娥。／**被**：披散。／**奈何**：怎麼辦。／化用自唐代薛能的〈春日使府寓懷〉：「青春背我堂堂去，白髮欺人故故生。」

三行—**好**：以便。／**直下**：向下。

四行—**斫**：砍。（音同「卓」。）／**桂**：桂樹。唐代段成式的筆記小說集《酉陽雜俎》記載：「…月桂高五百丈，下有一人常斫之，樹創遂合，人姓吳、名剛…」／**婆娑**：枝葉隨風搖曳的樣子。／化用自唐代杜甫的〈一百五日夜對月〉：「斫卻月中桂，清光應更多。」

賞讀譯文

一輪秋天的月影轉動著金色波光，好似飛天的明鏡又再度磨亮。
我拿著酒杯問嫦娥，我頭上披散著白髮，（這白髮欺負人，）怎麼辦呢？
我想乘著風以便離開，到萬里長空之上，直接往下看這片山何。
我還要砍下迎風搖曳的桂樹，人們說，這樣月亮灑下的清光會更多。

水龍吟・登建康賞心亭

辛棄疾

楚天千里清秋，水隨天去秋無際。
遙岑遠目，獻愁供恨，玉簪螺髻。
落日樓頭，斷鴻聲裏，江南遊子，
把吳鈎看了，闌干拍遍，無人會，登臨意。
休說鱸魚堪鱠，儘西風季鷹歸未。
求田問舍，怕應羞見，劉郎才氣。
可惜流年，憂愁風雨，樹猶如此。
倩何人喚取紅巾翠袖，搵英雄淚。

賞讀譯文

深秋裡南方天空千里遼闊，江水流向天際而去，秋景廣闊無邊際。遙望遠處形狀如玉簪螺髻的山岑，似乎都在獻上愁緒、供給恨意似的。落日掛在樓房上頭，落單孤雁的鳴聲裡，只有我這個江南遊子。我把自己的寶刀看了看，拍遍了欄杆，卻沒有人理解我登高望遠的心思。不要說家鄉的鱸魚可以切絲入菜，任憑西風吹來，我是否要像張季鷹那樣回去了沒？若只求購置田宅家產，應該會羞愧見到像劉備那樣有才氣的英雄吧。可惜時光流逝，飄搖國勢令人憂愁，小樹已長得高大粗壯，我卻一無所成。拜託哪個人呼請女子來為我擦擦英雄淚吧。

注釋

題─**建康**：位於今南京市，是孫吳和六朝的都城。

一行─**楚天**：春秋戰國時期的楚國在長江中下游一帶，之後泛指南方天空。／**清秋**：明淨爽朗的秋日。

二行─**岑**：小而高的山。／**遠目**：遠望。／化用自唐代韓愈、孟郊合作的〈城南聯句〉：「遙岑出寸碧，遠目增雙明。」／**玉簪螺髻**：形容山的形狀像玉簪和海螺形狀的髮髻。

三行─**樓頭**：樓上。／**斷鴻**：落單的孤雁。／**江南遊子**：作者的自稱。

四行─**吳鈎**：古代吳地製造的一種寶刀。／**闌干**：即欄杆。／**會**：理解。／**登臨**：登高望遠。

五行─**鱸魚堪膾**：西晉文學家張翰因見秋風起而想念故鄉菜，便棄官還鄉。引自化用《晉書．張翰傳》：「翰因見秋風起，乃思吳中菰菜、蓴羹、鱸魚膾。」／**膾**：細切魚肉烹調成料理。／**儘**：聽任、不加限制。／**季鷹**：張翰的字為「季鷹」。

六行─**求田問舍**：只求購置田宅家產。在三國志中，劉備則責罵許汜：「…而君求田問舍，言無可采，是元龍所諱也…」／**羞**：羞愧。／**劉郎**：劉備。／**才氣**：才能氣度。

七行─**流年**：如流水般消逝的時光。／**風雨**：比喻飄搖的國勢。化用自北宋蘇軾的〈滿庭芳〉：「思量能幾許，憂愁風雨，一半相妨。」／**樹猶如此**：出自《世說新語．言語》：「桓公北征經金城，見前為琅邪時種柳，皆已十圍，慨然曰：『木猶如此，人何以堪！』」

八行─**倩**：請託。／**喚取**：呼請。／**紅巾翠袖**：女子的裝飾，代指女子。／**搵**：擦拭。

題旨：秋景抒懷

247

西江月・夜行黃沙道中

辛棄疾

明月別枝驚鵲，清風半夜鳴蟬。
稻花香裏說豐年，聽取蛙聲一片。

七八個星天外，兩三點雨山前。
舊時茅店社林邊，路轉溪橋忽見。

題旨：夏夜途中風景

注釋

題 **黃沙**：地名，在今江西省上饒縣。

一行 **別枝**：飛離樹枝。

二行 **說**：訴說。／**聽取**：聽到。

四行 **舊時**：從前。／**茅店**：茅草蓋的旅舍。／**社**：土地神廟。

賞讀譯文

明月升起，鵲鳥為此驚訝地飛離樹枝。半夜吹來清風，蟬兒鳴叫著。四周瀰漫著稻花香，訴說著今年是豐收年，我還聽到一片蛙聲。

天外有七、八顆星星，山前有兩、三點雨滴。沿著道路轉進溪橋，忽然看見從前的簡陋旅舍就在土地神廟的樹林旁邊。

248 念奴嬌・書東流村壁

辛棄疾

野棠花落，又匆匆過了，清明時節。
剗地東風欺客夢，一枕雲屏寒怯。
曲岸持觴，垂楊繫馬，此地曾輕別。
樓空人去，舊遊飛燕能說。
聞道綺陌東頭，行人長見，簾底纖纖月。
舊恨春江流不盡，新恨雲山千疊。
料得明朝，尊前重見，鏡裏花難折。
也應驚問，近來多少華髮。

題旨：賞遊憶舊

注釋

題—**東流**：地名，在今安徽省。

一行—**野棠**：棠梨，開白色花，花期為四至五月。

二行—**剗地**：無端地、平白無故。（剗，音同「剷」。）／**東風**：春風。／**客**：旅人，指作者本人。／**雲屏**：畫有雲彩的屏風，或以雲母石飾製的屏風。

三行—**觴**：酒杯。／**垂楊**：柳樹的別名。

五行—**聞道**：聽說。／**綺陌**：綺麗的街道，多指花街柳巷。／**長見**：曾經見過。／**纖纖月**：形容女子纖細的腳。

六行—**雲山**：高聳入雲的山。／**千疊**：層層堆疊。

七行—**料得**：料想到。／**明朝**：明天。／**尊**：酒器，代指酒席。／**重見**：再度相見。

八行—**多少**：很多。／**華髮**：花白的頭髮。

賞讀譯文

野棠花凋落，清明時節又匆匆過去了。春風無端地欺壓旅人的夢，我躺在枕上望向雲屏，只覺得寒冷畏怯。在彎曲的岸邊拿著酒杯相對，將馬繫在柳樹下，我們曾經在這樣的地方輕易離別。如今樓空人去，只有舊日曾來遊訪的飛燕能訴說樓中發生過的事。聽說綺麗街道的東邊那頭，行人曾經見過她站在簾子底下的纖足。舊恨如春江流也流不盡，新恨像高聳入雲的層疊群山壓在心頭。料想明天在酒席前再度相見時，她應該仍像鏡中花那般難以折取。她應該也會驚訝地問，我最近怎麼長了這麼多白髮？

249

青玉案・元夕

辛棄疾

東風夜放花千樹，更吹落星如雨。
寶馬雕車香滿路，
鳳簫聲動，玉壺光轉，一夜魚龍舞。

蛾兒雪柳黃金縷，笑語盈盈暗香去。
衆裏尋他千百度，
驀然回首，那人卻在，燈火闌珊處。

題旨：元宵風景

【注釋】

題【**元夕**】：元宵節。

一行【**花**】：指燈火或花火。／**星**：指燈火或花火。

二行【**寶馬雕車**】：名貴的馬與有雕飾的車，指豪華馬車。／**香**：指女子的衣香與胭脂香。

三行【**鳳簫**】：簫的美稱。／**玉壺**：指明月或燈火。／**魚龍**：魚形和龍形的彩燈。

四行【**蛾兒**】：又稱「鬧蛾」，一種女子的頭飾，用絲綢或烏金紙做成花或草蟲形狀，再用色彩畫上翅紋等。／**雪柳**：用絹或紙製成的雪柳枝，為女子的頭飾。／**黃金縷**：鵝黃色的柳絲。／**盈盈**：儀態嬌美的樣子。／**暗香**：指女子身上的香氣。

五行【**千百度**】：千百次。

六行【**驀然**】：突然，忽然。／**闌珊**：稀落、零落、稀少。

賞讀譯文

燈火燦爛，彷彿春風在夜裡讓千樹綻放了燈花，還吹落了如雨般的點點星燈。

滿路上都是豪華馬車和女子的衣香，

街上傳來躍動的鳳簫聲，彩燈的光旋轉著，魚形燈和龍形燈舞動了一夜。

那女子戴著蛾兒、雪柳、黃金縷等頭飾，優雅地與友人說笑，離開後只留下一股暗香。

我在人群裡找尋她千百次，

突然回首，才發現她就在燈火稀落的地方。

祝英臺近・晚春

辛棄疾

寶釵分，桃葉渡，煙柳暗南浦。
怕上層樓，十日九風雨。
斷腸片片飛紅，都無人管，倩誰喚啼鶯聲住。
鬢邊覷，試把花卜歸期，才簪又重數。
羅帳燈昏，哽咽夢中語。
是他春帶愁來，春歸何處，卻不解將愁歸去。

賞讀譯文

昔日在桃葉渡口分寶釵贈別時，岸邊煙霧籠罩的柳樹林一片幽暗。
女子最怕登上高樓，十日來九日都有風雨。
看到一片片飄飛的落花全都無人理會，實在讓人悲傷，又要請誰叫鶯鳥停住啼聲呢？
女子看向插著花的鬢邊，試著把花拿下來卜算愛人的歸期，才剛插好又拿下來重數。
羅帳中燈火昏暗，女子哽咽地說著夢話。
是春天把愁帶來的，春天回到哪裡去了？卻不知道將愁帶回去？

題旨：春日相思

—注釋—

一行—**寶釵分**：古代男女分別時，有分釵贈別的習俗。如南朝梁陸罩的〈閨怨〉：「自憐斷帶日，偏恨分釵時。」／**桃葉渡**：南京秦淮河與青溪的合流處，為東晉王獻之送別愛妾桃葉之處，泛指男女送別處。／**煙柳**：煙霧籠罩的柳林，亦泛指柳林、柳樹。／**南浦**：南邊的水岸。泛指送別之地。源自南朝江淹〈別賦〉：「送君南浦，傷如之何。」

二行—**層樓**：高樓。

三行—**斷腸**：比喻極度悲傷。／**飛紅**：飄飛的落花。／**倩**：請。／**倩誰喚**：另有「更誰勸」的版本。／**住**：停住。

四行—**覷**：細看、偷看。／**簪**：插上。

五行—**羅帳**：絲質簾幕，一般指床帳。

六行—**不解**：不知道。／**將**：帶。／**歸去**：回去。

251 粉蝶兒・和趙晉臣賦落花

辛棄疾

昨日春如十三女兒學繡，一枝枝不教花瘦。
甚無情便下得雨僝風僽，向園林鋪作地衣紅縐。
而今春似輕薄蕩子難久。
記前時送春歸後，把春波都釀作一江醇酎。
約清愁，楊柳岸邊相候。

題旨：詠落花

注釋

題—**趙晉臣**：趙不迂，字晉臣，官至敷文閣學士。
一行—**十三女兒**：十三歲的女孩。／**教**：使、讓。
二行—**甚**：怎麼。／**下得**：忍得。／**雨僝風僽**：僝僽為摧殘、折磨之意。此處拆開來使用。（僝，音同「潺」。僽，音同「皺」。）／**地衣**：地毯。
三行—**蕩子**：指遠行不歸，流蕩忘返的人。
四行—**歸**：回去。／**春波**：春水。／**醇酎**：濃烈的美酒。
五行—**清愁**：淒涼的愁悶情緒。／**相候**：等候。

賞讀譯文

昨日的春光像十三歲女孩學繡花，每一枝花都豐滿，不讓它消瘦。
怎麼會無情地忍得用風雨來摧殘花兒，讓它們飄向園林，鋪成縐縐的紅地毯。
而今日的春光像輕薄的蕩子難以久待。
記得之前送春回去後，落花把春水都釀成一江濃烈的美酒。
就約這份清愁，到楊柳岸邊等候吧。

252

賀新郎

把酒長亭說

辛棄疾

把酒長亭說。看淵明風流酷似，臥龍諸葛。何處飛來林間鵲，蹙踏松梢微雪，要破帽多添華髮。剩水殘山無態度，被疏梅料理成風月。兩三雁，也蕭瑟。

佳人重約還輕別。悵清江天寒不渡，水深冰合。路斷車輪生四角，此地行人銷骨。問誰使君來愁絕，鑄就而今相思錯，料當初費盡人間鐵。長夜笛，莫吹裂。

賞讀譯文

我們在長亭裡拿著酒杯談話，我看你風雅灑脫的樣子，與隱居奇才諸葛亮十分相似。不知道從哪裡飛來了林間的鵲鳥，踩踏松樹梢頭微少的殘雪，要我們的破帽上再多添加一些花白的頭髮。凋枯的山水沒有風采，卻被疏落的梅花點綴成閒適的景色。兩、三隻雁子飛來後，仍是蕭瑟的景象。你重視約定卻輕易離別。我對於寒天中的清江因冰雪封閉了江面而無法渡過，感到惆悵。道路中斷，車輪也像生出四角那樣難行，此處的行人都感到極度傷心。自問是誰使我這麼哀愁，鑄成了今天彼此想念的錯誤之刀？料想當初應該用盡了人世間的鐵吧。漫長的夜裡傳來笛聲，希望他千萬別用力到吹裂了笛子。

題旨：追友不遇

題序

陳同父自東陽來過余……既別之明日，余意中殊戀戀，復欲追路。至鷺鶿林，則雪深泥滑，不得前矣。……為賦〈賀新郎〉以見意。又五日，同父書來索詞……（注：陳同父即陳亮。）

注釋

一行—**長亭**：古代約每十里設一個休憩亭，稱為長亭，通常是送別的地方。／**淵明**：陶淵明，指陳亮。／**風流**：風雅灑脫。／**酷似**：非常相似。／**臥龍**：比喻隱居的奇才。

二行—**蹙踏**：踩踏。

三行—**剩水殘山**：形容山水景物的凋枯。／**料理**：整理、安排。／**風月**：清風明月，指閒適的景色。

四行—**蕭瑟**：冷清，淒涼。

五行—**佳人**：好人，多指君子、賢人，在此指陳亮。／**重約**：重視約定。／**還**：卻。／**冰合**：冰封住了江面。

六行—**銷骨**：極度傷心。

七行—**愁絕**：極度哀愁。／**相思**：彼此想念。／**錯**：原指錯刀，為王莽所鑄的古錢。在此為雙關語，亦指錯誤。

八行—**長夜笛，莫吹裂**：宋代李昉等人編著的《太平廣記》中提到獨孤生吹笛，笛聲入雲，最後笛子被吹裂。

賀新郎

甚矣吾衰矣

辛棄疾

甚矣吾衰矣。悵平生交遊零落，只今餘幾。白髮空垂三千丈，一笑人間萬事，問何物能令公喜。我見青山多嫵媚，料青山見我應如是。情與貌，略相似。

一尊搔首東窗裏。想淵明停雲詩就，此時風味。江左沉酣求名者，豈識濁醪妙理。回首叫雲飛風起，不恨古人吾不見，恨古人不見吾狂耳。知我者，二三子。

賞讀譯文

我已經非常衰老了。平生來往的朋友大多已死去，如今只剩下幾個，實在令人惆悵。徒然垂著彷彿三千丈長的白髮，不如對人間萬事置之一笑。我自問，有什麼東西能令我喜愛呢？我看青山景致優美，料想青山看我也應該是如此。我們的情感和外貌，大略相似。

我拿著一杯酒，坐在東窗裡搔首。我想陶淵明在寫〈停雲〉組詩時，情境就跟現在一樣吧。那些縱酒暢飲、追求名利的東晉人士，哪能了解濁酒的精妙道理。我回想那些雲飛風起的古英雄，大叫道，我不恨我未能親眼見到這些古人，只恨古人沒看過我的狂傲。了解我的人，只有你們幾個朋友。

題旨：賞景抒懷

題序

邑中園亭，僕皆為賦此詞。一日，獨坐停雲，水聲山色，競來相娛。意溪山欲援例者，遂作數語，庶幾彷彿淵明思親友之意云。（注：邑指鉛山縣，辛棄疾的別墅所在地。停雲為堂名。）

一注釋一

一行一**甚**：非常。／**甚矣吾衰矣**：源自《論語．述而》：「甚矣，吾衰也！久矣，吾不復夢見周公。」有「吾道不行」之意。／**交遊**：往來的朋友。／**零落**：死亡。／只今：如今。

二行一**白髮空垂三千丈，一笑人間萬事**：化用自唐代李白的〈秋浦歌〉：「白髮三千丈，緣愁似箇長。」／**能令公喜**：化用自《世說新語．寵禮篇》：「髯參軍，短主簿。能令公喜，能令公怒。」

三行一**嫵媚**：景致優美動人。

五行一**一尊**：一杯酒。／**搔首東窗**：化用自晉代陶淵明（陶潛）〈停雲〉：「靜寄東軒，春醪獨撫。良朋悠邈，搔首延佇。」／**就**：從事。／**風味**：事物特有的色彩和趣味。

六行一**江左**：長江下游以東一帶，約在江蘇南部，在此指南朝之東晉。／**沉酣**：縱酒暢飲。／**濁醪**：濁酒。／**妙理**：精妙的道理。

七行一**回首**：回想。／**雲飛風起**：化用自漢高祖劉邦的〈大風歌〉：「大風起兮雲飛揚。」／化用自《南史．張融傳》：「不恨我不見古人，所恨古人又不見我。」

八行一**二三子**：諸位，你們。

254

瑞鶴仙・賦梅

雁霜寒透幙。正護月雲輕，嫩冰猶薄。
溪奩照梳掠。想含香弄粉，豔粧難學。
玉肌瘦弱，更重重龍綃襯著。
倚東風一笑嫣然，轉盼萬花羞落。
寂寞。家山何在，雪後園林，水邊樓閣。
瑤池舊約，鱗鴻更，仗誰託。
粉蝶兒只解，尋桃覓柳，開遍南枝未覺。
但傷心冷落黃昏，數聲畫角。

辛棄疾

題旨：詠梅抒懷

注釋

一行—**幙**：幕。／**嫩冰**：初結的冰。

二行—**奩**：盛裝婦女梳妝用品的鏡匣。／**照**：照鏡子。／**梳掠**：梳理。／**含香**：古代婦女會銜香於口中，以增加芬芳之氣。／**弄粉**：塗抹脂粉。／**豔粧**：濃妝豔抹。

三行—**玉肌**：形容膚色潔白光潤。／**龍綃**：即鮫綃，傳說中海裡鮫人所織的絲絹、薄紗。

四行—**倚**：配合。／**東風**：春風。／**嫣然**：嫵媚美好的樣子。／**轉盼**：一轉眼。／**羞**：羞慚。

五行—**家山**：家鄉。

六行—**瑤池**：仙界的天池，傳說中西王母所居處，泛指神仙居住的地方。／**鱗鴻**：魚雁，古人以為魚雁能傳遞書信，也代指書信。／**仗**：依靠。／**託**：交付。

七行—**南枝**：朝南的樹枝，借指梅花。源自南北朝詩人陸凱的〈贈范曄〉：「江南無所有，聊贈一枝春。」

八行—**冷落**：蕭條、不熱鬧。／**畫角**：樂器名。傳自西羌，形如牛、羊角，表面彩繪裝飾，吹奏時發出嗚嗚聲。

賞讀譯文

雁子南飛時的霜寒，穿透簾幕襲來。現在正有輕薄的雲朵守護明月，初結的冰還很薄。梅花把溪面當作鏡奩，邊照邊梳理她想在嘴裡含香，在臉上塗抹脂粉，但濃妝豔抹這件事，她很難學會。她有著潔白的肌膚，身姿瘦弱，還襯著重重的鮫綃。

她配合春風嫵媚地一笑，轉眼間萬朵繁花就羞慚地掉落。

家鄉在哪裡呢？她獨自佇立在雪後園林裡的臨水樓閣旁，心裡只感到寂寞。雖然有仙界的舊約，但她還能依靠誰交付書信呢？粉蝶兒只懂得尋覓桃花和柳樹的身影，卻沒發覺梅花已經開遍了。但在令人傷心的蕭條黃昏裡，傳來了數聲嗚嗚的畫角聲。

255 摸魚兒

更能消幾番風雨　辛棄疾

更能消幾番風雨，匆匆春又歸去。
惜春長怕花開早，何況落紅無數。
春且住，見說道天涯芳草無歸路。
怨春不語，算只有殷勤，畫檐蛛網，盡日惹飛絮。
長門事，準擬佳期又誤，蛾眉曾有人妒。
千金縱買相如賦，脈脈此情誰訴。
君莫舞，君不見玉環飛燕皆塵土。
閒愁最苦，休去倚危闌，斜陽正在，煙柳斷腸處。

題旨：惜春抒懷

題序

淳熙己亥，自湖北漕移湖南，同官王正之置酒小山亭，為賦。（注：漕為漕司（轉運使）的簡稱。移為調動之意。）

注釋

一行—**消**：禁得起。／**幾番**：幾次。／**歸去**：回去。
二行—**長怕**：總是擔心。／**落紅**：落花。
三行—**且**：暫且。／**見說道**：聽說。
四行—**算**：看來。／**殷勤**：辛勤。／**畫檐**：檐即簷，畫檐指有畫飾的屋簷。／**盡日**：整天。／**惹**：沾惹。／**飛絮**：飄飛的柳絮。
五行—**長門事**：指〈長門賦序〉中，被打入冷宮的陳皇后，奉黃金百萬請司馬相如為自己寫賦，並因此重獲漢武帝寵愛。／**準擬**：確定、一定。／**蛾眉**：女子的眉毛細長而彎曲，像蛾的觸鬚，故有此稱，亦代指美女。
六行—**相如賦**：指〈長門賦〉。／**脈脈**：含情，藏在內心的感情。
七行—**君**：指善妒之人。／**玉環飛燕**：楊玉環、趙飛燕。
八行—**閒愁**：無端而來的愁緒。／**危闌**：即危欄，高樓上的欄杆。／**斷腸**：比喻極度悲傷。

賞讀譯文

還能禁得起幾次的風雨呢？春天又匆匆回去了。愛惜春天的我，總是擔心花開得太早，何況此時已有無數的落花了。春天且留住腳步吧！聽說天涯芳草繁茂，已經看不到回去的路了。我怨春天始終不發一語，看來只有華麗屋簷下的蜘蛛網，辛勤地整天沾惹飄飛的柳絮。長門宮中受冷落的陳皇后，這次的佳期一定又延誤了，只因為曾經有人嫉妒她的美色。縱然她花費了千金買司馬相如的賦作，這份藏在心中的深情又能向誰傾訴呢？你別開心跳舞，你沒看到受寵的楊玉環和趙飛燕如今已成了塵土嗎？無端而來的愁緒是最苦的，千萬別去倚高樓上的欄杆，因為斜陽正在令人悲傷的、煙霧籠罩的柳樹林那裡。

256

滿江紅

敲碎離愁

辛棄疾

敲碎離愁，紗窗外風搖翠竹。
人去後吹簫聲斷，倚樓人獨。
滿眼不堪三月暮，舉頭已覺千山綠。
但試把一紙寄來書，從頭讀。

相思字，空盈幅。相思意，何時足。
滴羅襟點點，淚珠盈掬。
芳草不迷行客路，垂楊只礙離人目。
最苦是立盡月黃昏，欄干曲。

題旨：離愁相思

注釋

二行—**吹簫聲斷**：漢代劉向《列仙傳》中提到，蕭史善吹簫，娶了秦穆公之女弄玉，後來夫妻各乘龍鳳成仙去。此處暗指夫婿遠離。

三行—**不堪**：承受不了。

四行—**寄來書**：寄來的書信。

五行—**空**：徒然。／**盈幅**：充滿篇幅。

六行—**羅襟**：絲綢衣襟。／**盈掬**：滿把。

七行—**迷**：迷失。／**行客**：旅客。／**垂楊**：柳樹的別名。／**礙**：阻礙。／**離人**：傷離的人，指女子自己。

八行—**欄干**：欄杆。

賞讀譯文

紗窗外風兒搖動翠竹，陣陣聲響好像要敲碎我的離愁似的。自從他離去後，吹奏簫管的樂聲就中斷了，我獨自倚在樓上。我承受不了滿眼都是三月的暮春景象，抬頭看，已經覺得千山一片濃綠。但我試著把一封寄來的書信，從頭讀起。

訴說相思的字眼，徒然占滿整個篇幅。但這份相思情意，何時才能得到滿足？我的淚珠幾乎滴滿了雙手，也滴得羅襟上點點痕跡。芳草不會使旅客迷失回鄉的路，但柳樹只會妨礙傷離者的目光。最苦的是我在這裡站到月兒初上的黃昏，欄杆的影子都曲斜了。

257 滿江紅・暮春

辛棄疾

家住江南，又過了清明寒食。
花徑裏，一番風雨，一番狼籍。
紅粉暗隨流水去，園林漸覺清陰密。
算年年落盡刺桐花，寒無力。
庭院靜，空相憶。無說處，閒愁極。
怕流鶯乳燕，得知消息。
尺素如今何處也，彩雲依舊無蹤跡。
謾教人羞去上層樓，平蕪碧。

題旨：暮春懷人

注釋

一行—**寒食**：節令名，通常在冬至後第一〇五日，在清明節前一或二日。傳統上當日禁火，一律吃冷食。

二行—**狼籍**：凌亂不堪。

三行—**紅粉**：落花。／**暗**：暗自。／**清陰**：清涼的樹蔭。

四行—**算**：算來，估計。／**刺桐**：一種落葉喬木，開朱紅色的花，花期為三至四月。／**寒無力**：再也冷不起來。

五行—**空**：徒然地。／**相憶**：想念。／**閒愁**：無端而來的愁緒。／**極**：極度。

六行—**流鶯**：四處飛翔的黃鶯鳥。／**乳燕**：剛孵生雛燕的母燕。／**消息**：在此指心事。

七行—**尺素**：指書信。古人會用一尺長左右的白色素絹來寫信。／**彩雲**：指思念的人。

八行—**謾**：空，徒然。／**層樓**：高樓。／**平蕪**：雜草繁茂的平原。

賞讀譯文

我家住在江南，剛度過清明節和寒食節。花徑裡，在一番風吹雨打後，只見一片凌亂不堪的落花。落花暗自隨著流水離去，我走在園林裡，逐漸覺得清涼的樹陰變得濃密了。算來每年刺桐花落盡時，就不會再寒冷了。

我在安靜的庭院裡徒然地想念，心中充滿極度的無端愁緒，卻沒有地方可以訴說。我害怕四處飛翔的鶯鳥和母燕會得知我心中的祕密。如今書信在哪裡呢？我所思念的人依然沒有露出蹤跡。徒然讓人羞於登上高樓，去看那綠草繁茂的平原。

258

漢宮春・立春日

辛棄疾

春已歸來，看美人頭上，裊裊春幡。無端風雨，未肯收盡餘寒。年時燕子，料今宵夢到西園。渾未辦黃柑薦酒，更傳青韭堆盤。

卻笑東風從此便薰梅染柳，更沒些閒。閒時又來鏡裏，轉變朱顏。清愁不斷，問何人會解連環。生怕見花開花落，朝來塞雁先還。

賞讀譯文

春天回來了，我看到美人頭上都戴著搖曳的春幡。但風雨時常無端襲來，冬天的餘寒還不肯收盡。料想當年的燕子在今晚應該會夢到西園。我完全沒有進獻黃柑酒，更別説互傳青韭堆盤了。

我笑東風從此就要讓梅花飄香、柳葉變綠了，更加沒有一些空閒。有空閒時，又會來鏡子裡改變青春的容顏。淒涼的愁悶情緒沒有中斷，問誰會解開這糾結的愁緒？我只怕看到花開花落，還有塞雁在早晨比我先返回北方。

題旨：春景抒懷，或暗諷南宋偏安

一注釋一

二行一**歸來**：回來。／**裊裊**：搖曳不定的樣子。／**春幡**：即旛勝。唐宋時，人們會在立春日將紙或絹剪成旌旗、金錢、燕、蝶等形狀，戴在鬢髮上，或掛在花枝下。

三行一**年時**：當年、著日。／**西園**：歷代皆有園林稱西園，此處指北宋都城汴京外的瓊林苑。

四行一**渾**：全然、完全。／**黃柑**：黃柑酒。／**薦酒**：獻酒。／**青韭堆盤**：即五辛盤、春盤。古人在立春之日會把蔥、蒜、韭菜、油菜（芸苔）、香菜（胡荽），以及水果等放在盤中取食。

五行一**東風**：春風。／**便**：即、就。／**薰梅**：使梅花飄香。／**染柳**：使柳絲變綠。／化用自唐代李賀的〈瑤華樂〉：「玄霜絳雪何足云，薰梅染柳將贈君。」原指某種仙術。

六行一**朱顏**：青春紅潤的容貌。

七行一**清愁**：淒涼的愁悶情緒。／**解連環**：解開糾結的愁緒。源自《戰國策・齊策六》中，秦昭王派使者送玉連環當齊國王后，問多智的齊國能否解開，王后則在問過群臣後用槌子打破它。

八行一**生怕**：只怕。／**朝來**：早晨。／**塞雁**：塞外的鴻雁。鴻雁又稱大雁，是一種候鳥，於春季返回北方，秋季飛到南方越冬。古人常用來表達對遠方親人的懷念。

259

蝶戀花・戊申元日立春席間作

辛棄疾

誰向椒盤簪綵勝，整整韶華，爭上春風鬢。往日不堪重記省，為花長把新春恨。

春未來時先借問，晚恨開遲，早又飄零近。今歲花期消息定，只愁風雨無憑準。

題旨：春景抒懷

一注釋一

題一**戊申**：即宋孝宗淳熙十五年。／**元日**：正月初一。／**立春**：該年的這一天正好是立春。

一行一**椒盤**：盛有椒的盤子。宋代羅願的《爾雅翼》中記有正月一日以盤進椒的習俗。／**簪**：插、戴。／**綵勝**：即旛勝。唐宋時，人們會在立春日將紙或絹剪成旌旗、金錢、燕、蝶等形狀，戴在鬢髮上，或掛在花枝下。／**整整**：十足的、完整的。／**韶華**：春光，或指青春年華。

二行一**記省**：回憶。

三行一**借問**：詢問。／**飄零**：凋謝飄落。

四行一**花期**：花開的日期。／**愁**：憂慮。／**憑準**：依據、標準。

賞讀譯文

是誰對著元日的椒盤，又戴著立春的綵勝？在春風吹拂下，完整的春光都爭著登上人們的鬢邊。往日不堪再次回憶，我時常為了花而怨恨新春。

在春天還沒來時就先詢問花期。若花期晚，我就恨花開得太遲；若花期早，我又恨花朵凋謝飄落的時候將近。今年的花期消息已經確定，我只憂慮風雨襲來的時間沒有依據、抓不準。

260

臨江仙

金谷無煙宮樹綠

辛棄疾

金谷無煙宮樹綠，嫩寒生怕春風。
博山微透暖薰籠。
小樓春色裏，幽夢雨聲中。
別浦鯉魚何日到，錦書封恨重重。
海棠花下去年逢。
也應隨分瘦，忍淚覓殘紅。

題旨：春景相思

—注釋—

一行—**金谷**：指金谷園，為西晉富人石崇的別墅，遺址位於今洛陽市。此處代指作者所居的園林。／**宮樹**：皇宮中的樹，代指園中樹。／**嫩**：柔弱。／**生怕**：只怕。

二行—**博山**：指博山爐，一種焚香用的熏爐，爐蓋呈山形。／**薰籠**：罩在爐子上，供薰香、烘物和取暖的器物。

三行—**幽夢**：隱約的夢。

四行—**別浦**：分別的水邊。／**鯉魚**：指信差。源自漢代古詩〈飲馬長城窟行〉：「客從遠方來，遺我雙鯉魚，呼兒烹鯉魚，中有尺素書。」／**錦書**：指妻子寫給丈夫的信，或情書。源自《晉書》中所記載，秦州刺史竇滔被徙流沙，其妻蘇氏織錦為回文旋圖詩贈之。／**封**：一封。／**重重**：形容眾多。

五行—**逢**：相遇。

六行—**隨分**：照樣、照例。／**殘紅**：落花。

賞讀譯文

園林中沒有煙霧，樹林顯得鮮綠，柔弱的寒意只怕春風吹來。薰籠中的博山鑪微微透出暖意。
小樓身處在春色裡，我在雨聲中做著隱約的夢。
送信的鯉魚會在哪一天來到我們分別的水邊？那是一封愁恨深濃的情書。
我們去年在海棠花下相遇。
你現在應該也照樣變瘦了，忍著淚在尋覓落花吧。

261

醜奴兒近・博山道中效李易安體

辛棄疾

千峰雲起，驟雨一霎兒價。
更遠樹斜陽，風景怎生圖畫。
青旗賣酒，山那畔別有人家。
只消山水光中，無事過這一夏。

午醉醒時，松窗竹戶，萬千瀟灑。
野鳥飛來，又是一般閑暇。
卻怪白鷗，覷著人欲下未下。
舊盟都在，新來莫是，別有說話。

題旨：賞景抒懷

一注釋一

題一**博山**：地名，在今江西省。／**效**：仿效。／**李易安**：李清照，自號易安居士。（見二二四頁）／**體**：風格。

一行一**驟雨**：忽然降落的大雨。／**一霎兒**：一會兒。／**價**：語助詞。

二行一**怎生**：怎麼。／**圖畫**：畫成圖畫。

三行一**青旗**：青色酒旗。／**那畔**：那邊。／**別有**：另外有。

四行一**只消**：只需要。／**光**：景色、風光。

五行一**萬千**：萬分，非常。／**瀟灑**：自然大方、灑脫不羈。

六行一**一般**：同樣。／**閑**：通「閒」。

七行一**覷**：看。

八行一**舊盟**：與鷗鳥訂的舊盟約，要與歐鳥同住水邊，比喻退隱。辛棄疾曾寫〈水調歌頭．盟鷗〉：「帶湖吾甚愛，千丈翠奩開。先生杖屨無事，一日走千回。凡我同盟鷗鳥，今日既盟之後，來往莫相猜。白鶴在何處，嘗試與偕來。……」／**新來**：最近。／**莫是**：莫非是、難道是。

賞讀譯文

千峰之間湧起雲氣，一下子就忽然下起大雨。還有斜陽映照著遠方的樹林，要怎麼將這風景畫成圖畫呢？青色的賣酒酒旗飄揚著，山那邊還有人家。我只需要在這山水風光中，無事地度過這一個夏天。

我在中午喝醉了，醒來時，窗戶外的松竹看來非常瀟灑。野鳥飛來，也是同樣的閒暇。我反而怪白鷗，只看著人，要飛下來卻沒有飛下來。我們的舊盟約還在，莫非是你最近有別的話要說？

262

醜奴兒・書博山道中壁

辛棄疾

少年不識愁滋味，愛上層樓。
愛上層樓，為賦新詞強說愁。
而今識盡愁滋味，欲說還休。
欲說還休，卻道天涼好個秋。

題旨：人生感懷

注釋

題 **博山**：地名，在今江西省。

一行 **少年**：指年少時。／**不識**：不懂。／**層樓**：高樓。

二行 **強**：勉強地。／**賦**：寫作。

三行 **而今**：如今。

賞讀譯文

年少時不懂得愁的滋味，喜歡登上高樓。
登上高樓後，總是為了寫新詞而勉強說愁。
如今我懂得所有的愁滋味，想說卻不說。
想說卻不說，反而說好一個天氣涼爽的秋日。

263

鷓鴣天·代人賦

辛棄疾

陌上柔桑破嫩芽，東鄰蠶種已生些。
平岡細草鳴黃犢，斜日寒林點暮鴉。
山遠近，路橫斜，青旗沽酒有人家。
城中桃李愁風雨，春在溪頭薺菜花。

題旨：春景抒懷

注釋

題 **代人賦**：為別人寫作。

一行 **陌**：田間道路。／**柔桑**：另有版本為「柔條」。／**破**：冒出。／**蠶種**：作種用的蠶卵。／**些**：一些。

二行 **平岡**：平坦的山崗。／**犢**：小牛。／**寒林**：原指秋冬的林木，在此指帶著春寒的樹林。／**暮鴉**：黃昏時歸巢的鴉鳥。

三行 **青旗**：青色的酒旗。／**沽酒**：買酒。／化用自唐代白居易的〈杭州春望〉：「青旗沽酒趁梨花。」

四行 **愁**：憂慮。／**溪頭**：溪邊。／**薺菜**：一種草本植物，可做蔬菜食用。開白色花，花期為三至四月。

賞讀譯文

路上柔軟的桑條有嫩芽冒出來，東邊的鄰居家已有一些蠶卵孵化出小蠶了。平坦的山崗上，有小黃牛在細草間鳴叫；斜陽下，帶著春寒的樹林裡，有於黃昏歸巢的鴉鳥點點身影。青山有遠有近，道路有橫有斜，還有人家掛著青色酒旗在賣酒。城裡的桃花和李花憂慮著風雨來襲，但春意卻能在溪邊的薺菜花上感受到。

水龍吟

鬧花深處層樓

陳亮

鬧花深處層樓，畫簾半捲東風軟。
春歸翠陌，平莎茸嫩，垂楊金淺。
遲日催花，淡雲閣雨，輕寒輕暖。
恨芳菲世界，游人未賞，都付與鶯和燕。
寂寞憑高念遠，向南樓一聲歸雁。
金釵鬥草，青絲勒馬，風流雲散。
羅綬分香，翠綃封淚，幾多幽怨。
正銷魂，又是疏煙淡月，子規聲斷。

賞讀譯文

繁花盛開深處的高樓上，春風輕柔地吹著捲起一半的畫簾。春天回到翠綠的道路上，平原上的莎草長出柔嫩的小草，柳樹開滿淡金黃色的花。春天催促著花兒綻放，雲層淡薄，讓雨落不下來，天氣有點寒冷，又有點溫暖。我恨這繁盛的花草世界都還沒給遊客欣賞，就都交給了鶯鳥和燕子。

我懷著寂寞的心情登上高處，想念遠方的人，大雁卻對著南樓鳴叫了一聲。當時我們拔金釵玩鬥草遊戲、以青色絲繩勒馬出遊的情景，已經如風吹雲散般消失了。贈別的羅帶散發香氣，綠色薄絹上帶著當時的淚痕，內心有多少愁恨呢？我正為此悲傷到魂魄幾乎要消失，卻又是薄煙籠罩、月光黯淡，杜鵑鳥的啼叫聲斷斷續續的時刻。

題旨：傷春念遠

陳亮（1143～1194）

原名汝能，後改名陳亮，字同甫，號龍川。多次以布衣身分上書論國事，兩度被誣陷入獄。五十一歲時中進士，在赴任途中身亡。主張經世致用，創立永康學派，反對朱熹的理學。主戰派，與辛棄疾交好。

—注釋—

一行—**鬧花**：繁花盛開。／**層樓**：高樓。／**畫簾**：有畫飾的簾子。／**東風**：春風。／**軟**：輕柔。

二行—**歸**：回來。／**平莎**：平原上的莎草。／**茸**：草初生細柔的樣子。／**垂楊**：柳樹的別名。／**金淺**：淺淡的金黃色，指柳樹的花色。

三行—**遲日**：春日，源自《詩・豳風・七月》：「春日遲遲，采蘩祁祁。」／**閣**：同「擱」，停留、延緩。／**輕**：輕微。

四行—**芳菲**：繁盛的花草世界。／**游人**：遊客。／**付與**：拿給、交付。

五行—**憑高**：登上高處。／**念遠**：對遠方人或物的思念。／**歸雁**：大雁、鴻雁的別名。是一種候鳥，於春季返回北方，秋季飛到南方越冬，故有此稱。

六行—**金釵鬥草**：拔金釵玩鬥草遊戲。／**青絲**：青色絲繩。／**風流雲散**：風吹雲散，全無蹤跡。

七行—**羅綬**：羅帶，絲質衣帶，是古人贈別的信物之一。／**翠綃**：綠色的薄絹。／**封**：封住。／**幾多**：多少。／**幽怨**：隱藏於內心的愁恨。

八行—**銷魂**：哀傷至極，好像魂魄離開形體而消失。／**子規**：杜鵑鳥。初夏時常晝夜不停啼叫，叫聲類似「不如歸去」。相傳為商周至春秋時代之間的古蜀君主杜宇之魂所化。

一萼紅

古城陰

姜夔

古城陰，有官梅幾許，紅萼未宜簪。
池面冰膠，牆腰雪老，雲意還又沉沉。
翠藤共閒穿徑竹，漸笑語驚起臥沙禽。
野老林泉，故王臺榭，呼喚登臨。
南去北來何事，蕩湘雲楚水，目極傷心。
朱戶黏雞，金盤簇燕，空歎時序侵尋。
記曾共西樓雅集，想垂楊還裊萬絲金。
待得歸鞍到時，只怕春深。

賞讀譯文

古城的南邊有幾株官方種植的梅樹，但它的紅花還不適合拿來插戴。池面的冰層膠連在一起，牆腰有光澤黯淡的舊積雪，雲彩還又顯得陰沉沉的。翠藤伴隨著悠閒的我們穿過竹林小徑，我們逐漸開始談笑，驚起了臥伏在沙上的禽鳥。我們這些村野老人前往的林泉，有漢代長沙定王劉發所築的臺榭，便呼喚彼此去登高望遠。

我為何要南來北往地奔波呢？我面對著蕩漾的湖南雲空及流水，盡力遠望，只覺得傷心。在紅色大門貼上畫雞的人日（正月初七）才剛過，又到了春盤上放著生菜組成燕子形狀的立春日，我徒然嘆息時序就這樣漸進地過去了。我記得我們曾一起在西樓舉辦文人雅士的集會，還回想起柳樹搖曳萬條金色絲條。但等到我回家所乘的馬抵達時，只怕已是深春時節了。

姜夔（1155～1221）

字堯章，號白石道人。少年孤貧，屢試不第，終身布衣，遊歷四處，靠賣字及友人接濟為生。多才多藝，精通詩詞、散文、書法、音律等，為格律派詞人。

題序

丙午人日，予客長沙別駕之觀政堂……穿徑而南，官梅數十株……（注：丙午人日為宋孝宗淳熙十三年正月初七。）

—注釋—

一行—**陰**：南面。／**官梅**：官方種植的梅樹。／**紅萼**：紅花。／**未宜**：不適合。／**簪**：插、戴。

二行—**冰膠**：冰層膠連在一起。／**雪老**：積雪已無新鮮色澤。

三行—**共**：陪伴。／**臥沙禽**：臥伏在沙上的禽鳥。

四行—**野老**：村野老人。／**故王臺榭**：指漢代長沙定王劉發所築的臺榭。／**登臨**：登高望遠。

五行—**何事**：為何。／**湘雲楚水**：湖南的雲及流水。湖南的簡稱為「湘」，也屬於楚地（春秋戰國時期楚國所在的長江中下游一帶）。／**目極**：用盡目力遠望。

六行—**黏雞**：《荊楚歲時記》提到「人日貼畫雞於戶，懸葦索其上，插符於旁，百鬼畏之」。／**金盤**：指春盤。古代會於立春日吃冷春捲，上桌時會將餅放在正中央，周圍擺放餡料。／**簇燕**：用生菜組成燕子的形狀。周密《武林舊事》提到「後苑辦造春盤供進……翠縷紅絲，金雞玉燕，備極精巧……」／**空**：徒然。／**侵尋**：漸進。

七行—**雅集**：指文人雅士的賞花、彈琴、品茶、聞香的集會。／**垂楊**：柳樹的別名。／**裊**：搖曳、擺動。

八行—**歸鞍**：回家所乘的馬。

題旨：傷春懷舊

八歸・湖中送胡德華

姜夔

芳蓮墜粉，疏桐吹綠，庭院暗雨乍歇。
無端抱影銷魂處，還見篠牆螢暗，蘚階蛩切。
送客重尋西去路，問水面琵琶誰撥。
最可惜一片江山，總付與啼鴂。

長恨相從未款，而今何事，又對西風離別。
渚寒煙淡，棹移人遠，縹緲行舟如葉。
想文君望久，倚竹愁生步羅襪。
歸來後翠尊雙飲，下了珠簾，玲瓏閒看月。

題旨：送別心情

注釋

一行—**粉**：指粉白的花瓣。／**綠**：指綠葉。／**暗雨**：夜雨。／**乍**：忽然。

二行—**抱影**：守著影子，形容孤獨。／**銷魂**：哀傷至極，好像魂魄離開形體而消失。／**篠**：細竹。（音同「小」。）／**蛩**：蟋蟀。／**切**：急迫、急促。

三行—**水面琵琶**：化用自唐代白居易〈琵琶行〉：「忽聞水上琵琶聲，主人忘歸客不發。」

四行—**付與**：拿給、交付。／**啼鴂**：即杜鵑鳥。初夏時常晝夜不停啼叫，叫聲類似「不如歸去」。相傳為商周至春秋時代之間的古蜀君主杜宇之魂所化，又叫杜宇、子規、鶗鴂、鵜鴂。

五行—**相從**：跟隨、在一起。／**款**：親近。／**而今**：如今。／**何事**：為何。

六行—**渚**：水中小陸地。／**棹**：船槳，代指船。／**縹緲**：若隱若現。／**行舟**：行駛中的船。

七行—**文君**：漢代司馬相如的妻子卓文君，代指胡德華的妻子。／**羅襪**：絲織的襪子。

八行—**歸來**：回來。／**翠尊**：翠玉酒杯。／**玲瓏**：明亮的樣子。／化用自唐代李白的〈玉階怨〉：「玉階生白露，夜久侵羅襪。卻下水晶簾，玲瓏望秋月。」

賞讀譯文

芳香蓮花的花瓣墜落，稀疏的桐樹被風吹落綠葉，庭院裡夜雨突然停歇。我無端地獨自守著影子、極度悲傷，還在那裡看到細竹牆旁螢光黯淡，長滿苔蘚的階梯上有蟋蟀急切地鳴叫著。我為了送別客人，重尋了往西方的路，問水面上有沒有人為你彈奏琵琶。最可惜的是，這一片江河山岳風光，總是交給了杜鵑鳥。我時常怨恨我們相隨以來，還未曾好好親近，如今為何又要對著西風互道離別？在寒冷的洲渚旁，淡淡煙霧的籠罩下，船隻逐漸移動，載著人遠行，那艘行駛中的船隻若隱若現，已如葉子那麼嬌小。我想你的妻子已盼望很久，時常穿著絲襪走到外面，倚著竹樹發愁。你回去後，兩人可以一起用翠玉酒杯喝酒，還能放下珠簾，悠閒地看著明亮的圓月。

267

念奴嬌

鬧紅一舸

姜夔

鬧紅一舸，記來時嘗與鴛鴦為侶。
三十六陂人未到，水佩風裳無數。
翠葉吹涼，玉容消酒，更灑菰蒲雨。
嫣然搖動，冷香飛上詩句。

日暮，青蓋亭亭，情人不見，爭忍凌波去。
只恐舞衣寒易落，愁入西風南浦。
高柳垂陰，老魚吹浪，留我花間住。
田田多少，幾回沙際歸路。

題旨：詠荷抒懷

題序

余客武陵……余與二三友，日蕩舟其間，薄荷花而飲……秋水且涸，荷葉出地尋丈。……又夜泛西湖，光景奇絕……（注：薄為靠近之意。尋為八尺，丈為十尺。一尺約現今的三十公分左右，各代略有差異。）

一注釋一

一行—**鬧紅**：盛開的荷花。／**舸**：大船。

二行—**三十六陂**：形容很多的水塘。／**水佩風裳**：以水為佩飾，以風為衣裳。源自唐代李賀的〈蘇小小墓〉：「風為裳，水為佩。」原形容美人的妝飾，也用以形容荷葉、荷花。

三行—**玉容**：女子的容貌，在此指荷花。／**菰蒲**：菰和蒲，兩種草本水生植物。

四行—**嫣然**：嫵媚美好的樣子。

五行—**日暮**：傍晚、黃昏。／**青蓋**：綠傘，指荷葉。／**亭亭**：高聳直立的樣子。／**爭忍**：怎忍。／**凌波**：在水上行走，也指乘船。

六行—**舞衣**：指荷花花瓣。／**南浦**：南邊的水岸。泛指送別之地。源自南朝江淹〈別賦〉：「送君南浦，傷如之何。」

八行—**田田**：指荷葉相連、盛密的樣子。／**沙際**：沙洲或沙灘邊。／**歸路**：回去的路。

賞讀譯文

盛開的荷花間有一艘大船，記得上次來時，我曾經與鴛鴦為伴遊玩。遊人還沒來到這些水塘造訪，這裡卻有無數以水為佩飾、以風為衣裳的荷花和荷葉。翠綠的荷葉間吹來涼風，荷花看起來像酒意剛退般微紅，還有一陣雨灑落在菰蒲上。荷花嫵媚地搖動著，它的冷香也飛上了我的詩句。

傍晚時分，荷葉挺直如綠傘，似乎在說沒看到情人，怎麼忍心乘船離去？只怕舞衣般的荷花花瓣遇寒就容易凋落，愁緒隨著西風來到送別的南浦。高高的柳樹垂下遮蔭，老魚吹動浪花，把我留在花間停住。連綿不斷的荷葉有多少？這條沙岸邊的歸路，我又走過幾回了？

268

長亭怨慢

漸吹盡枝頭香絮

姜夔

漸吹盡枝頭香絮，是處人家，綠深門戶。
遠浦縈回，暮帆零亂向何許。
閱人多矣，誰得似長亭樹。
樹若有情時，不會得青青如此。

日暮。望高城不見，只見亂山無數。
韋郎去也，怎忘得玉環分付。
第一是早早歸來，怕紅萼無人為主。
算空有并刀，難翦離愁千縷。

賞讀譯文

春風逐漸將枝頭上的芳香柳絮吹落光了，各處人家的門戶前綠蔭深濃。遠方的水岸蜿蜒曲折，暮色下零亂的帆船要駛向何處呢？誰能像長亭邊的樹，眼見那麼多人離別？樹要是有感情時，不可能還這麼青綠。

黃昏時分，我看不到高城，只看到無數的亂山。我像韋郎一樣離去，怎麼會忘了交付玉指環的事？第一件事是早早回來，怕紅花般的女子沒有人可作主。就算我手中空有鋒利的并刀，也剪不斷這千縷離愁。

題序

余頗喜自製曲。……桓大司馬云：「昔年種柳，依依漢南。今看搖落，悽愴江潭。樹猶如此，人何以堪？」此語余深愛之。（注：桓大司馬指東晉桓溫。此段敘述出自北周庾信的〈枯樹賦〉。漢南指漢水以南。）

—注釋—

一行—**是處**：到處、處處。

二行—**浦**：水邊。／**縈回**：蜿蜒曲折。／**零亂**：散亂不整齊。／**何許**：何處。

三行—**長亭樹**：長亭邊的柳樹。古代約每十里設一個休憩亭，稱為長亭，通常是送別的地方。

四行—**不會得**：不可能。「得」為語助詞。／化用自唐代李賀的〈金銅仙人辭漢歌〉：「衰蘭送客咸陽道，天若有情天亦老。」

五行—**日暮**：傍晚、黃昏。／**高城**：指合肥。源自唐代歐陽詹的〈初發太原途中寄太原所思〉：「高城已不見，況復城中人。」

六行—**韋郎**：韋皋，代指作者自己。唐代范攄所著之筆記小說《雲溪友議．玉簫化》中，提到唐代韋皋游江夏，與名為「玉簫」的女子有感情，離開時留下玉指環，相約七年內來娶她。玉簫苦苦等了八年後，絕食而死。／**玉環**：指玉指環。／**分付**：交付。

七行—**歸來**：回來。／**紅萼**：紅花，指女子。

八行—**并刀**：并州（今山西省太原）出產的刀，以鋒利著稱。

題旨：賞景懷人

269

淡黃柳

空城曉角

姜夔

空城曉角，吹入垂楊陌。
馬上單衣寒惻惻。
看盡鵝黃嫩綠，都是江南舊相識。

正岑寂，明朝又寒食。
強攜酒小橋宅。
怕梨花落盡成秋色。
燕燕飛來，問春何在，唯有池塘自碧。

賞讀譯文

空蕩的城裡迴盪著早晨的號角聲，這聲音傳入柳樹夾道的街上。
我穿著單衣騎在馬上，感到寒冷。
我看遍了柳樹的鵝黃嫩綠風采，這些都是我在江南早就熟識的景色。
四周正一片寂靜，明天又是寒食節。
我勉強帶著酒來到小橋邊的屋宅。
我害怕梨花落盡後，就會變成如秋天般蕭瑟的景色。
當燕子飛來詢問春天在哪裡時，只有池塘依然碧綠。

題旨：惜春抒懷

題序

客居合肥南城赤闌橋之西，巷陌淒涼，與江左異。唯柳色夾道，依依可憐。因度此闋，以紓客懷。（注：江左即江東，泛指江南，為蕪湖到南京一帶的長江南岸。）

注釋

一行—**曉角**：早晨的號角聲。／**吹入**：指聲音傳入。／**垂楊**：柳樹的別名。／**陌**：市中街道。

二行—**單衣**：單層無內裡的衣服。／**惻惻**：寒冷。

三行—**鵝黃**：指柳葉的顏色。

四行—**岑寂**：寂靜。／**明朝**：明天。／**寒食**：節令名，通常在冬至後第一〇五日，在清明節前一或二日。傳統上當日禁火，一律吃冷食。

五行—**小橋宅**：指赤闌橋旁的住宅；或是姜夔在合肥的戀人所居之處，「小橋」指三國時代的小喬，代指合肥戀人。

六行—化用自唐代李賀的〈河南府試十二月樂詞・三月〉：「曲水漂香去不歸，梨花落盡成秋苑。」梨花的花期為農曆三月左右。

七行—**自**：依然。

暗香

舊時月色

姜夔

舊時月色，算幾番照我，梅邊吹笛。
喚起玉人，不管清寒與攀摘。
何遜而今漸老，都忘卻春風詞筆。
但怪得竹外疏花，香冷入瑤席。

江國，正寂寂。歎寄與路遙，夜雪初積。
翠尊易泣，紅萼無言耿相憶。
長記曾攜手處，千樹壓西湖寒碧。
又片片吹盡也，幾時見得。

賞讀譯文

從前的月色算起來有幾次照著我在梅邊吹笛子了？我把美人叫起，不管天氣清寒，都一起攀摘梅花。曾像何遜那樣文思泉湧的我，如今已經逐漸變老了，都忘記像他寫出〈詠春風詩〉那般的文采了。我卻怪竹林外的稀疏梅花，將寒冷香氣傳入我的座席處。

江南水鄉正是安靜的季節，我感嘆要寄贈梅花的路途太遙遠，夜裡又剛剛積了一層雪。我拿起翠綠的酒杯，卻輕易哭泣；看著默默無言的紅梅，內心想念著她。我永遠記得兩人曾經攜手同遊處，千株梅樹倒映在西湖的寒碧湖面上。這些梅花又一片片被吹落光了，何時才能再次看到呢？

題序

辛亥之冬，余載雪詣石湖，止既月，授簡索句，且征新聲，作此兩曲……乃名之曰暗香、疏影。（注：辛亥指南宋光宗紹熙二年。石湖為詩人范成大。）

一注釋一

題一取自北宋林逋的〈山園小梅〉：「疏影橫斜水清淺，暗香浮動月黃昏。」（見九一頁）

一行一**舊時**：從前。／**幾番**：幾次。

二行一**玉人**：美人。源自北宋賀鑄的〈浣溪紗〉：「玉人和月摘梅花。」／**清寒**：清朗而有寒意。／**與**：一起。

三行一**何遜**：南朝梁代詩人，任揚州法曹時，常在梅花樹下吟詠。但之後再抵揚州時，卻吟詠不出新作。／**忘卻**：忘記。／**春風**：何遜的〈詠春風詩〉：「可聞不可見，能重復能輕。鏡前飄落粉，琴上響餘聲。」代指作者自己的文采。

四行一**竹外疏花**：竹林外的稀疏梅花。／**香冷**：寒冷的梅花香氣。／**瑤席**：席座的美稱。

五行一**江國**：江南水鄉。／**寂寂**：寂靜。／**寄與**：指寄贈梅花。化用自南北朝陸凱的〈贈范曄〉：「折花逢驛使，寄與隴頭人。江南無所有，聊贈一枝春。」

六行一**翠尊**：翠綠的酒杯，代指酒。／**紅萼**：指紅梅。／**耿**：指耿耿，掛懷在心。／**相憶**：想念。

七行一**長記**：永遠記得。／**千樹**：指西湖旁山上的梅花林。／**壓**：倒映。／**寒碧**：給人清冷感覺的碧色。代指清冷的湖水。

八行一**幾時**：何時。

題旨：詠梅懷人

271

疏影

苔枝綴玉

姜夔

苔枝綴玉，有翠禽小小，枝上同宿。
客裏相逢，籬角黃昏，無言自倚修竹。
昭君不慣胡沙遠，但暗憶江南江北。
想佩環月夜歸來，化作此花幽獨。
猶記深宮舊事，那人正睡裏，飛近蛾綠。
莫似春風，不管盈盈，早與安排金屋。
還教一片隨波去，又卻怨玉龍哀曲。
等恁時重覓幽香，已入小窗橫幅。

賞讀譯文

苔梅的枝幹上點綴著美玉般的梅花，有翠綠色的小鳥在枝頭上一起棲宿。我在作客期間與梅花相遇，在黃昏時分的籬笆角落，梅花就像美人一樣無言地倚著長竹。王昭君不習慣西北方沙漠的遙遠，卻暗自想念著江南和江北的風光。我想她或許在月夜裡歸來，化成這靜寂孤獨的梅花。

我還記得深宮中的舊事，壽陽公主正在熟睡時，有梅花飛近她的眉毛。不要像春風那樣不管輕巧美好的梅花，應該早早就為梅花安排華麗屋子入住。但還是讓一片片梅花隨波流去，又只能埋怨有人用玉龍笛吹奏哀怨的〈梅花落〉曲子。等到那時再尋找梅花的幽香，它已經跑進小窗上的橫畫幅中。

題旨：詠梅抒懷

題序

辛亥之冬，余載雪詣石湖，止既月，授簡索句，且征新聲，作此兩曲……乃名之曰暗香、疏影。（注：辛亥指南宋光宗紹熙二年。石湖為詩人范成大。）

【注釋】

題—取自北宋林逋的〈山園小梅〉：「疏影橫斜水清淺，暗香浮動月黃昏。」（見九一頁）

一行—**苔枝**：苔梅，梅樹的一種。／**綴玉**：指梅花像美玉般綴滿枝頭。／**翠禽**：翠綠色的鳥。

二行—**客裏**：在外鄉作客的期間。姜夔是江西人，當時住在蘇州。／**籬**：竹籬。／**修竹**：修長的竹子。／化用自唐代杜甫的〈佳人〉：「天寒翠袖薄，日暮倚修竹。」

三行—**昭君**：指王昭君，出身民間，被選入宮為宮女，之後被漢元帝賜給匈奴的呼韓邪單于。／**胡沙**：西方和北方的沙漠或風沙。「胡」為中國古代北方和西方各民族的通稱。

四行—**佩環**：古代婦女掛在身上的玉器，代指王昭君。／**幽獨**：靜寂孤獨。

五行—引用南朝劉宋時的壽陽公主軼事，相傳某日她在梅花樹下睡午覺，梅花飄落在額頭上印下花痕。／**蛾綠**：指女子的眉毛，因古代女子以黛（青黑）色畫眉。

六行—**盈盈**：儀態輕巧美好，代指梅花。／**金屋**：美女居住的華麗屋子。《漢武故事》中記有漢武帝幼時說：「若得阿嬌作婦，當作金屋貯之也。」

七行—**玉龍**：一種笛子的名稱。／**哀曲**：指音調哀怨的笛曲〈梅花落〉。

八行—**恁時**：那時。／**橫幅**：橫向吊掛的字畫。

琵琶仙

雙槳來時

姜夔

雙槳來時，有人似舊曲桃根桃葉。
歌扇輕約飛花，蛾眉正奇絕。
春漸遠，汀洲自綠，更添了幾聲啼鴂。
十里揚州，三生杜牧，前事休說。

又還是宮燭分煙，奈愁裏匆匆換時節。
都把一襟芳思，與空階榆莢。
千萬縷藏鴉細柳，為玉尊起舞回雪。
想見西出陽關，故人初別。

賞讀譯文

有人划著雙槳過來時，我發現她們好像舊曲中提到的桃根、桃葉兩姊妹。她們的歌扇輕輕掠過飛花，雙眉出奇的絕美。春天逐漸遠去，汀洲自然地轉綠了，還增添了幾聲杜鵑鳥的啼叫聲。像杜牧的十里揚州那樣的三生戀情往事，就別再說了。

又到了宮燭分煙的寒食節，無奈時節就在愁緒裡匆匆變換著。我把春天勾起的滿懷情思，都交給飄落在空盪階梯上的榆莢。濃密到能藏住鴉鳥的千萬縷細柳枝，在玉酒杯前為它翩翩起舞，讓白雪般的柳絮迴旋在空中。我想到當年在送別曲聲中與那人剛分別的情景。

題旨：春遊感懷

題序

……春遊之盛，西湖未能過也。己酉歲，予與蕭時父載酒南郭，感遇成歌。（注：己酉為宋淳熙十六年。蕭時父為姜夔妻子的親人。南郭為城南之意。）

注釋

一行—**桃根桃葉**：桃葉為東晉王獻之的愛妾，桃根為桃葉的妹妹。

二行—**歌扇**：歌舞時用的扇子。／**約**：掠過。／**飛花**：飄飛的落花。／**蛾眉**：女子的眉毛細長而彎曲，像蛾的觸鬚，故有此稱，亦代指美女。

三行—**汀洲**：水中的沙洲。／**自**：自然、當然。／**啼鴂**：即杜鵑鳥。初夏時常晝夜不停啼叫，叫聲類似「不如歸去」。相傳為商周至春秋時代之間的古蜀君主杜宇之魂所化。

四行—**十里揚州**：指唐代杜牧的〈贈別〉：「春風十里揚州路，捲上珠簾總不如。」以及〈遣懷〉：「十年一覺揚州夢，贏得青樓薄倖名」。／**三生**：指過去、現在、未來三世人生。／**前事**：以前的事。

五行—**宮燭分煙**：指寒食節，通常在冬至後第一〇五日，在清明節前一或二日。傳統上當日禁火，一律吃冷食。化用自唐代詩人韓翃的〈寒食〉：「日暮漢宮傳蠟燭，輕煙散入五侯家。」（見五六頁）

六行—**襟**：心胸、懷抱。／**芳思**：春天勾起的情思。／**與**：交給。／**榆莢**：榆樹在春季結成的果實。

七行—化用自北宋周邦彥的〈渡江雲〉：「千萬絲陌頭楊柳，漸漸可藏鴉。」／**玉尊**：玉製酒杯。／**回**：迴旋。

八行—**西出陽關**：源自唐代王維的〈渭城曲〉：「勸君更盡一杯酒，西出陽關無故人。」後來被編為琴歌，名為〈陽關三疊〉，多為送別時演唱。／**故人**：老友。

273

鷓鴣天・元夕有所夢

姜夔

肥水東流無盡期，當初不合種相思。
夢中未比丹青見，暗裏忽驚山鳥啼。
春未綠，鬢先絲，人間別久不成悲。
誰教歲歲紅蓮夜，兩處沉吟各自知。

題旨：相思情懷

一注釋一

題一**元夕**：元宵節。

一行一**肥水**：河流名，流經合肥。／**不合**：不應該。

二行一**未比**：比不上。／**丹青**：丹砂和青雘，為繪畫時所用的顏料，亦泛指圖畫，此處指畫像。

三行一**絲**：指白髮絲。

四行一**紅蓮**：指花燈。／**紅蓮夜**：指掛花燈的元宵夜。／**沉吟**：沉思低吟。

賞讀譯文

肥水往東流永遠沒有終止的時候，當初不應該種下相思的種子。在夢中看到你，卻不比畫像清楚，我在黑暗中忽然被山鳥的啼叫聲驚醒。春色尚未轉綠，我的雙鬢就先出現白絲，在人間若分別久了，應該不會再悲傷了。是誰讓我們在每年的元宵夜，相隔兩地沉思低吟，各自知道自己的心情。

274

綺羅香・詠春雨

史達祖

做冷欺花，將煙困柳，千里偷催春暮。
盡日冥迷，愁裏欲飛還住。
驚粉重蝶宿西園，喜泥潤燕歸南浦。
最妨它佳約風流，鈿車不到杜陵路。

沉沉江上望極，還被春潮晚急，難尋官渡。
隱約遙峰，和淚謝娘眉嫵。
臨斷岸新綠生時，是落紅帶愁流處。
記當日門掩梨花，翦燈深夜語。

賞讀譯文

春雨帶著冷意而來，欺壓著花朵，還讓煙霧困住柳樹，以廣大的雨勢偷偷催促著春天走向盡頭。一整天都陰暗迷茫，就像困在愁裡，想飛走卻還是停住。蝴蝶驚訝於身上的花粉太沉重，夜宿在園林裡。燕子喜歡溼潤的泥土，回到南邊的水岸。春雨更妨礙了風流男女間的約會佳期，讓貴婦乘坐的珠寶車馬難以走到通往遊樂地的道路。

我往沉沉江水面上望向視線極限之處，因為晚來急湧的春潮，而難以找到官家的渡船。遠處山峰看起來隱隱約約的，就像帶淚佳人的嫵媚雙眉。綠草緊臨江邊絕壁新生時，正是落花帶著憂愁隨流水而去之處。記得當天春雨打著梨花，我們掩上門扉，在深夜裡邊修剪燈芯邊談話。

題旨：詠春雨

史達祖（1163～約 1220）

字邦卿，號梅溪。屢試不中，曾擔任北伐抗金的韓侂冑之幕僚，負責撰擬文書。在韓侂冑遭襲擊殺害後，被處以黥刑，流放到江漢，貧困而終。

一注釋一

一行—**做冷**：製造寒冷。／**千里**：指面積遼闊。／**千里偷催春暮**：化用自唐代孟郊的〈喜雨〉：「朝見一片雲，暮成千里雨。」

二行—**冥迷**：陰暗迷茫。

三行—**粉**：指花粉。／**西園**：歷代皆有園林稱西園，泛指園林。／**潤**：溼潤、潮溼。／**南浦**：南邊的水岸。泛指送別之地。源自南朝江淹〈別賦〉：「送君南浦，傷如之何。」

四行—**佳約**：約會佳期。／**風流**：指男女情愛方面。／**鈿車**：用珠寶裝飾的車，為貴族婦女所乘坐。／**杜陵**：漢宣帝的陵墓，在長安（今陝西省西安市）東南，一向為遊覽勝地，在此泛指遊樂處。

五行—**望極**：望向視線極限之處。／**春潮晚急**：化用自唐代韋應物的〈滁州西澗〉：「春潮帶雨晚來急。」／**官渡**：官方設置的渡船。

六行—**和淚**：帶著淚。／**謝娘**：唐代宰相李德裕家有個名歌伎叫謝秋娘，後以「謝娘」泛指歌伎。

七行—**斷岸**：江邊絕壁。／**落紅**：落花。

八行—**門掩梨花**：化用自北宋李重元的〈憶王孫〉：「雨打梨花深閉門。」／**翦燈**：修剪燈芯。／**翦燈深夜語**：化用自唐代李商隱〈夜雨寄北〉：「何當共剪西窗燭，卻話巴山夜雨時。」

275

雙雙燕・詠燕

史達祖

過春社了，度簾幕中間，去年塵冷。
差池欲住，試入舊巢相並。
還相雕梁藻井，又軟語商量不定。
飄然快拂花梢，翠尾分開紅影。

芳徑，芹泥雨潤。愛貼地爭飛，競誇輕俊。
紅樓歸晚，看足柳昏花暝。
應自棲香正穩，便忘了天涯芳信。
愁損翠黛雙蛾，日日畫闌獨憑。

題旨：詠燕抒情

注釋

一行─**春社**：古代將立春後第五個戊日稱為春社。燕子會在春社前從南方飛來。／**度**：穿過。／**冷**：冷清。

二行─**差池**：同「參差」，指燕子飛行舒張不齊的羽翼。源自《國風・邶風・燕燕》：「燕燕於飛，差池其羽。」／**相並**：並排、並列。

三行─**相**：仔細看。／**雕梁**：有雕花的華麗屋樑。／**藻井**：有彩圖及雕刻裝飾，由多層斗拱組成，下大頂小的天花板。／**軟語**：輕柔的低語，指燕子的呢喃聲。

四行─**翠尾**：翠色的燕尾。／**紅影**：花影。

五行─**芳徑**：花草間的小徑。／**芹泥**：水邊長芹草的泥土，此為燕子築巢的材料。／**輕俊**：輕盈俊美。

六行─**紅樓**：華美的樓房。／**昏**：黃昏。／**暝**：傍晚。

七行─**棲香正穩**：棲息得正香甜安穩。／**芳信**：閨中人的書信。古人認為雙燕可幫忙傳遞書信，例如南朝江淹的〈擬李都尉從軍〉：「袖中有短書，願寄雙飛燕。」

八行─**愁損**：憂愁。／**翠黛雙蛾**：指女子的雙眉，亦代指美女。翠黛為女子畫眉用的青黑色顏料；另外，女子的眉毛因細長彎曲，像蛾的觸鬚，被稱為蛾眉。／**畫闌**：畫欄，有畫飾的欄杆。／**憑**：倚靠。

賞讀譯文

過了春社日之後，雙燕穿過簾幕中間入屋，屋梁上滿是去年的灰塵，看來冷冷清清的。雙燕想要停下舒張的參差羽翼，試著進入舊巢中並排在一起。牠們還仔細看著華麗的屋梁和藻井，又低喃啼叫著商量不定。

雙燕輕飄飄地快速拂過花梢，翠色的燕尾劃開了紅色花影。

在花草間的小徑上，長滿芹草的泥土因雨水而溼潤。雙燕喜歡貼著地爭相飛行，相競誇耀自己的輕盈俊美。牠們看夠了黃昏景色中的柳樹及花朵後，直到夜晚才回到華美的樓房。雙燕應該是自顧自地棲息，睡得香甜安穩，卻忘了帶來自天涯的、給閨中人的書信。這讓佳人十分憂愁，日日獨自倚靠著畫欄（等候來信）。

276

月夜舟中

滿船明月浸虛空，綠水無痕夜氣沖。
詩思浮沉檣影裏，夢魂搖曳櫓聲中。
星辰冷落碧潭水，鴻雁悲鳴紅蓼風。
數點漁燈依古岸，斷橋垂露滴梧桐。

戴復古

題旨：月夜風景

戴復古（1167～約 1248）
字式之，自號石屏。曾從陸遊學詩。終身布衣，曾浪遊江湖，後歸家隱居。

一注釋一

一行一**虛空**：天空、太空。／**無痕**：沒有波痕。／**夜氣**：夜晚的涼氣。／**沖**：猛烈的。

二行一**詩思**：寫詩的興致。／**檣**：船的桅桿。／**夢魂**：夢。古人認為人的靈魂能在睡夢中離開肉體，故稱之「夢魂」。／**櫓**：划水使船前進的器具，外形比槳粗長。

三行一**冷落**：冷清、稀疏。／**紅蓼**：水陸兩棲草本植物，花為粉紅或玫瑰紅色穗狀花序，六至九月開花。

賞讀譯文

船上滿載著明亮的月光，就好像沉浸在太空之中，綠色水面平靜無波痕，夜晚的涼氣猛烈襲來。

我寫詩的興致隨著船桅的影子沉浮，夢魂也在搖櫓聲中跟著搖曳。

稀疏的星辰倒映在碧綠的潭水中，鴻雁在吹過紅蓼的風中悲鳴著。

數點漁船的燈火依靠著古老的水岸，斷橋上有露水從梧桐樹垂落滴下。

277

賀新郎・九日

劉克莊

湛湛長空黑。更那堪斜風細雨，亂愁如織。
老眼平生空四海，賴有高樓百尺。看浩蕩千崖秋色。
白髮書生神州淚，儘凄涼不向牛山滴。
追往事，去無跡。
少年自負凌雲筆。到而今春華落盡，滿懷蕭瑟。
常恨世人新意少，愛說南朝狂客，把破帽年年拈出。
若對黃花孤負酒，怕黃花也笑人岑寂。
鴻北去，日西匿。

賞讀譯文

深遠的長空一片黑暗，我怎能忍受眼前吹打著斜風細雨，心中紛亂的愁緒又交錯穿梭的情況呢？我一生這雙老眼自視甚高，連四海都不看在眼裡，仰賴這百尺高樓，才看到廣博浩大的千座山崖秋日景色。我這白髮書生為中原淪陷而落淚，儘管淒涼也不對著牛山滴下。追念往事，一切已離去無蹤跡了。年少時，我為自己豪氣凌雲的文筆感到自負。到如今青春年華已經落盡，只有滿懷的蕭瑟。我常恨世人少有新意，總愛說南朝狂客晉嘉的故事，年年都把那破帽拿出來。若是對著菊花而辜負了酒，不肯喝下，只怕菊花也會笑人太寂靜孤僻。鴻雁往北方飛去，太陽也往西邊落下，躲藏起來了。

題旨：秋景抒懷

劉克莊（1187～1269）初名灼，字潛夫，號後村。因父蔭入仕，曾任靖安主簿、真州錄事等職，後以「文名久著，史學尤精」被賜進士，曾任樞密院編修、中書舍人、兵部侍郎、龍圖閣直學士等職。因彈劾宰相史嵩之而多次遭貶，晚年則與奸臣賈似道交好。

注釋

題—**九日**：指九月九日重陽節。

一行—**湛湛**：深遠的樣子。／**更那堪**：哪裡能夠忍受。／**如織**：交錯穿梭，像織布一樣。

二行—**老眼平生空四海**：其中「眼空四海」指「自視甚高，一切都不看在眼內」。／**賴**：仰賴。／**高樓百尺**：指愛國志士登臨之所。源自劉備對許汜的談話。／**浩蕩**：廣博浩大的樣子。

三行—**白髮書生**：指詞人自己。／**神州**：指中原地區。／**牛山**：在山東臨淄縣南。

五行—**凌雲筆**：指文筆豪氣凌雲。／**而今**：如今。／**春華**：青春年華。

六行—**南朝狂客**：指東晉孟嘉。／**破帽**：《晉書．孟嘉傳》記載孟嘉於九月九日登龍山，帽子被風吹落而不覺。／**拈出**：以手指捏取出來。

七行—**黃花**：菊花。／**孤負**：辜負。／**岑寂**：寂靜。

八行—**鴻**：指鴻雁。又稱大雁，是一種候鳥，於春季返回北方，秋季飛到南方越冬。古人常用來表達對遠方親人的懷念。／**匿**：隱藏。

278

摸魚兒・雁丘詞

元好問

問世間，情是何物，直教生死相許。
天南地北雙飛客，老翅幾回寒暑。
歡樂趣，離別苦，就中更有癡兒女。
君應有語，渺萬里層雲，千山暮雪，隻影為誰去。
橫汾路，寂寞當年簫鼓，荒煙依舊平楚。
招魂楚些何嗟及，山鬼暗啼風雨。
天也妒，未信與，鶯兒燕子俱黃土。
千秋萬古，為留待騷人，狂歌痛飲，來訪雁丘處。

賞讀譯文

請問這世間，愛情是什麼東西？竟然會讓雙雁生死相許。這兩隻飛雁一起往返南天北地之間，老邁的翅膀經歷了好幾回的冬寒夏暑。雁群一起經歷歡樂喜趣、離別的痛苦，其中還有一些癡情兒女。牠應該想說，在渺茫的萬里層雲間，飄著暮雪的千山間，孤獨的身影要為誰飛去？

橫過汾水的路上，在漢武帝時代曾簫鼓喧天，如今卻一片寂寞，荒煙間仍然只有樹梢齊平的叢林。我在這裡為死雁招魂，但悲嘆也沒有用，雁子的魂魄只能在風雨中暗自啼哭。上天應該也嫉妒雙雁的深情，我不相信牠們會跟鶯鳥和燕子一樣都成了黃土。在千秋萬古之後仍然存在，只為了留待詩人來拜訪雁丘所在處，為此情狂歌痛飲一番。

元好問（1190～1257）

字裕之，號遺山，金朝人，有「北方文雄」之稱。科舉之路歷經波折，任官後亦曾多次因故離官。而後遭遇蒙古軍圍城、金朝滅亡等變故，因曾為開城降將崔立修撰功德碑文及上書給耶律楚材，而被質疑氣節問題，使其意志消沉。晚年致力編寫書籍保留金朝歷史及文化。除詩、文、詞、曲外，亦著有志怪短篇小說《續夷堅志》。

題序

……道逢捕雁者云：「今旦獲一雁，殺之矣。其脫網者悲鳴不能去，竟自投於地而死。」予因買得之，葬之汾水之上，壘石為識，號曰「雁丘」……

—注釋—

一行—**問**：另有版本為「恨」。／**直教**：竟使。／**許**：允諾。

二行—**天南地北**：鴻雁的習性為在秋季南來、春季北去。／**雙飛客**：指雙飛的鴻雁。

三行—**就中**：其中。

四行—**暮雪**：傍晚時下的雪。

五行—**汾**：汾水。／**簫鼓**：源自漢武帝的〈秋風辭〉：「泛樓船兮濟汾河，橫中流兮揚素波，簫鼓鳴兮發棹歌。」／**平楚**：遠處樹梢齊平的叢林。

六行—**招魂楚些**：《楚辭．招魂》的句尾皆有「些」字。／**何嗟及**：悲歎無濟於事。／**山鬼**：《楚辭．九歌．山鬼》中指山神，在此指雁魂。／**暗啼**：另有版本為「自啼」。

八行—**千秋萬古**：世世代代，形容時間長久。／**騷人**：詩人。

題旨：哀悼殉情雁子

八聲甘州・靈巖陪庾幕諸公遊

吳文英

渺空煙四遠，是何年，青天墜長星。
幻蒼崖雲樹，名娃金屋，殘霸宮城。
箭徑酸風射眼，膩水染花腥。
時靸雙鴛響，廊葉秋聲。

宮裏吳王沉醉，倩五湖倦客，獨釣醒醒。
問蒼波無語，華髮奈山青。
水涵空闌干高處，送亂鴉斜日落漁汀。
連呼酒，上琴臺去，秋與雲平。

吳文英（約 1200 ~ 1260）

字君特，號夢窗，晚年號覺翁。原翁姓，過繼給吳氏。一生未第，曾任江南東路提舉常平司的幕賓、浙東安撫使吳潛及嗣榮王趙與芮的門下客等。

注釋

題—**靈巖**：山名，位在江蘇省，有春秋時代的吳王夫差為西施所建的館娃宮等遺址。／**庾幕**：幕府僚屬的美稱。

一行—**長星**：彗星。

二行—**幻**：幻化。／**蒼崖雲樹**：青山叢林。／**名娃**：著名的美女，在此指西施。／**金屋**：美女居住的華麗屋子，在此指館娃宮。《漢武故事》中記有漢武帝幼時說：「若得阿嬌作婦，當作金屋貯之也。」。／**殘霸**：指吳王夫差，因其爭霸中原的事業被越國破壞而有始無終，故有此稱。

三行—**箭徑**：即采香徑，位在香山旁的小溪之名。《蘇州府志》記載：「采香徑在香山之旁，小溪也……一水直如矢，故俗名箭徑。」／**酸風**：刺人的寒風。／**膩水**：宮女濯妝的脂粉水。

四行—**靸**：草製拖鞋，在此指穿著拖鞋。／**雙鴛**：一雙女子的繡鞋。／**廊**：指響屧廊，南宋范成大的《吳郡志》中記載：「相傳吳王令西施輩步屧，廊虛而響。」

五行—**沉醉**：沉迷於酒色。／**五湖倦客**：指范蠡。春秋時代，范蠡幫助越王句踐滅吳後，「遂乘輕舟以浮於五湖，莫知其所終極。」出自《國語．越語》。／**獨釣**：指隱居獨釣。／**醒醒**：清醒。

六行—**華髮**：花白的頭髮。

七行—**水涵空**：指水面上倒映著天空。／**闌干**：欄杆。／**漁汀**：捕漁的沙洲。

八行—**琴臺**：地名，在靈巖山上。

題旨：懷古嘆今

賞讀譯文

渺茫的天空裡，煙霧向四方遠散，慧星是在哪一年墜落這座青山？它幻化成青山叢林，還有吳王夫差的宮城、給美女西施的館娃宮。箭徑（溪）上的刺人寒風射入雙眼，曾是宮女濯妝的溪水讓周圍的花染上腥味。此時廊道上似乎有女子穿著一雙刺繡拖鞋走路的聲響，原來是秋天的落葉聲。

宮廷裡的吳王沉迷酒色，厭倦功名的范蠡則清醒地到五湖隱居獨釣。我無語可問綠波，無奈於自己已頭髮花白而山色依舊青綠。水面上倒映著天空，我站在高處欄杆旁，目送紛亂的鴉群在斜陽餘暉中停落在捕漁的汀洲上。我連忙呼喚人把酒送來，登上琴臺去，看這片與雲齊平的遼闊秋色。

風入松

聽風聽雨過清明

吳文英

聽風聽雨過清明，愁草瘞花銘。
樓前綠暗分攜路，一絲柳一寸柔情。
料峭春寒中酒，交加曉夢啼鶯。
西園日日掃林亭，依舊賞新晴。
黃蜂頻撲鞦韆索，有當時纖手香凝。
惆悵雙鴛不到，幽階一夜苔生。

題旨：傷春懷人

注釋

一行－**草**：草擬。／**瘞**：埋葬。（音同「易」。）／**銘**：文體名。刻在器物或石碑上，歌功頌德或警惕自己的文字。

二行－**綠暗**：綠蔭濃暗。／**分攜**：分手。

三行－**料峭**：微寒。／**中酒**：醉酒。／**交加**：指不同事物一齊發生。／**曉夢**：拂曉時的夢。

四行－**林亭**：樹林亭臺。／**新晴**：剛放晴。

五行－**凝**：凝聚。

六行－**雙鴛**：一雙女子的繡鞋，兼指女子本人。

賞讀譯文

我聽著風雨聲度過清明節，憂愁地草擬埋葬花的銘文。
樓臺前方的分手路上綠蔭濃暗，每一絲柳枝都像我的一寸柔情。
在微寒的春日喝醉酒，拂曉時的夢中交雜著鶯鳥的啼叫聲，（把我喚醒）。
我每天都打掃西園裡的樹林和亭臺，依舊去欣賞剛放晴的景色。
黃蜂頻頻撲向鞦韆的繩索，好像有當時妳纖手的香氣凝聚在上面。
我為身著繡鞋的妳沒有出現而惆悵，幽靜的臺階上一夜就長出青苔。

281 唐多令・惜別

何處合成愁，離人心上秋。
縱芭蕉不雨也颼颼。
都道晚涼天氣好，有明月，怕登樓。
年事夢中休，花空煙水流。
燕辭歸客尚淹留。
垂柳不縈裙帶住，漫長是，繫行舟。

吳文英

題旨：離別心情

一注釋一

一行一**離人**：傷離的人。

二行一**縱**：縱然。／**颼**：形容風聲。

三行一**都道**：大家都說。

四行一**年事**：在此指往事。／**休**：停歇、終止。／**煙水**：煙霧迷濛的水面。

五行一**辭**：告別。／**歸客**：旅居外地返家的人。／**淹留**：停留。／化用自魏朝曹丕的〈燕歌行〉：「群燕辭歸鵠南翔，念君客遊多思腸。慊慊思歸戀故鄉，君何淹留寄他方。」

六行一**縈**：纏繞。／**裙帶**：指離開的女子。／**漫**：徒然。／**長是**：總是。／**行舟**：行駛中的船。

賞讀譯文

「愁」字是在哪裡合成的？就在傷離者心上的秋天。
縱然沒有下雨，風也吹得芭蕉樹傳出颼颼的聲響。
大家都說晚涼時的天氣最好，但我卻因為有明月而害怕登樓。
往事像夢境一樣休止，也像繁花凋落一空、煙霧迷濛的江水流去那般。
燕子已經告別，我這個該回家的人還停留在異鄉。
垂柳不纏繞住她的裙帶，總是徒然地繫住我的行舟。

282

浣溪沙　門隔花深舊夢遊

吳文英

門隔花深舊夢遊，夕陽無語燕歸愁，
玉纖香動小簾鉤。
落絮無聲春墮淚，行雲有影月含羞，
東風臨夜冷於秋。

題旨：感夢懷人

一注釋一
一行一**花深**：茂盛的花叢。／**歸**：回來。
二行一**玉纖**：纖細如玉的手指。
三行一**行雲**：流動的雲。／**含羞**：表情嬌羞。
四行一**東風**：春風。

賞讀譯文

門扉將茂盛的花叢隔開，我在舊夢裡遊歷。夕陽默默無語地西下，燕子帶著憂愁回來。
纖纖玉手觸動了小簾鉤，便有一陣香氣浮動。
柳絮無聲地落下，春天也跟著掉淚。流雲的影子讓月兒看來嬌羞。
春風降臨的夜晚比秋天還冷。

283

浣溪沙

波面銅花冷不收

吳文英

波面銅花冷不收，玉人垂釣理纖鉤，
月明池閣夜來秋。
江燕話歸成曉別，水花紅減似春休，
西風梧井葉先愁。

題旨：賞景懷人

【注釋】

一行【銅花：刻有花紋的銅鏡。／玉人：美女。／纖鉤：新月的倒影。

二行【夜來：入夜。

三行【歸：回去。／曉：清晨時分。／水花：指荷花。／休：結束。

賞讀譯文

波面平靜如銅鏡，散發出寒氣。美女像在垂釣般看著新月的倒影。月色照亮池閣，入夜後感受到秋意。

江邊的燕子說要回去，在清晨時分離開了。水中豔紅的荷花減少了，就像春天要結束時那樣。西風吹過天井裡的梧桐樹，葉子先憂愁地凋落了。

祝英臺近·除夜立春

吳文英

翦紅情，裁綠意，花信上釵股。
殘日東風，不放歲華去。
有人添燭西窗，不眠侵曉，笑聲轉新年鶯語。

舊尊俎，玉纖曾擘黃柑，柔香繫幽素。
歸夢湖邊，還迷鏡中路。
可憐千點吳霜，寒消不盡，又相對落梅如雨。

題旨：除夕抒懷

注釋

題—**除夜**：除夕。

一行—**翦紅情，裁綠意**：指裁剪出紅花綠葉。唐宋時，人們會在立春日將紙或絹剪成各種形狀，戴在鬢髮上，或掛在花枝下，稱為「綵勝」或「旛勝」。／**信**：指花信，花朵開放的消息或特定時節。在古代，人們從小寒到穀雨的八個節氣之間，以每五日為一候，共二十四候，各挑選一種花期最準確的植物為代表，稱之為花信。／**釵股**：古代婦女用來固定髮髻的頭飾。

二行—**殘日**：夕陽。／**東風**：春風。／**歲華**：年華。

三行—**添燭西窗**：化用自唐代李商隱的〈夜雨寄北〉：「何當共剪西窗燭。」／**侵曉**：天色漸亮時。／**新年鶯語**：化用自唐代杜甫的〈傷春〉：「鶯入新年語。」

四行—**尊俎**：古代盛酒食的器具。／**玉纖**：女子的手指。／**擘**：分開。／**幽素**：幽雅素潔的心地。

五行—**鏡**：指如鏡的湖水。

六行—**吳霜**：吳地的霜雪。吳地指春秋時代吳國的疆域，在今江蘇、浙江一帶。吳霜也有白髮之意。

賞讀譯文

人們裁剪出紅花綠葉的風情，將花卉綻放的消息掛上釵股。夕陽下春風吹送，不願意放年華離去。有人在西窗旁點上蠟燭，直到天色漸亮都還沒入睡，談笑聲逐漸轉為新年時鶯鳥的啼叫聲。

在舊尊俎旁，那女子的手指曾掰開黃柑，這股柔香緊繫著我幽雅素潔的心地。我夢到了回鄉之路的湖邊，還是在如鏡的湖中迷了路。可憐吳地的千點霜雪，寒氣還沒消盡，又得面對如雨般飄落的梅花。

高陽臺・豐樂樓分韻得如字

吳文英

修竹凝妝，垂楊繫馬，憑闌淺畫成圖。
山色誰題，樓前有雁斜書。
東風緊送斜陽下，弄舊寒晚酒醒餘。
自消凝，能幾花前，頓老相如。

傷春不在高樓上，在鐙前敧枕，雨外熏鑪。
怕艤遊船，臨流可奈清臞。
飛紅若到西湖底，攪翠瀾總是愁魚。
莫重來，吹盡香綿，淚滿平蕪。

題旨：春景抒懷

注釋

題—**豐樂樓**：宋代的遊覽名勝之一。／**分韻**：古代文人聚會時，常以某主題為賦，再選定用某些字為韻。詞人分到「如」字，韻腳均須與此字同韻。

一行—**修竹**：修長的竹子。／**凝妝**：盛妝。／**憑闌**：倚靠欄杆。／**淺畫**：淡淡幾筆畫。

二行—**題**：題詩。／**雁斜**：指雁郡斜飛而過。

三行—**東風**：春風。／**緊**：趕緊。／**弄**：把玩。／**舊寒**：舊冬的餘寒。／**醒餘**：酒醒後。

四行—**消凝**：消魂凝想，指因傷感而出神。／**相如**：漢代文學家司馬相如，在此指作者自己指。

五行—**鐙**：同「燈」。／**敧**：傾斜、倚靠。（音同「棲」。）／**熏鑪**：熏香、取暖用的火爐。

六行—**艤**：停船靠岸。／**臨流**：臨水。／**可奈**：怎奈，可恨。／**清臞**：清瘦，瘦削無肉。

七行—**飛紅**：飄飛的落花。／**翠瀾**：綠波。

八行—**香綿**：指有清香的柳絮。／**平蕪**：雜草繁茂的平原。

賞讀譯文

修長的竹子像盛妝打扮般翠綠，垂楊下繫著馬匹。我倚靠欄杆，欣賞這片大自然淺畫幾筆即成的圖畫。是誰在為山色題詩？高樓前方有雁群斜飛而過書寫文字。春風趕緊送斜陽落下，把玩舊冬的餘寒，將我晚上喝的酒吹醒了。我獨自消魂凝想，我這個突然變老的文人，還能在花前欣賞幾次呢？

讓人傷春的時刻，不是站在高樓上之時，而是在燈火前斜倚在枕上，窗外雨聲瀟瀟，屋內熏鑪香氣繚繞。我害怕將遊船停靠在岸邊，臨水自照，可恨於自己的清瘦。飄飛的落花若是沉到西湖底部，憂愁的魚兒總是會攪動綠波。我不要再來這裡了，因為春風已經將香柳絮吹盡，讓它像眼淚那樣落滿在平蕪上。

眉嫵・新月

王沂孫

漸新痕懸柳，澹彩穿花，依約破初暝。
便有團圓意，深深拜相逢誰在香徑。
畫眉未穩，料素娥猶帶離恨。
最堪愛一曲銀鉤小，寶簾掛秋冷。

千古盈虧休問。歎漫磨玉斧，難補金鏡。
太液池猶在，淒涼處何人重賦清景。
故山夜永，試待他窺戶端正。
看雲外山河，還老桂花舊影。

王沂孫（約 1230～1291 年前後在世）

字聖與，號碧山、中仙、玉笥山人。入元後，曾任慶元路學正。與周密、張炎相唱和，亦與蔣捷、張炎、周密並稱「宋末四大家」。

—注釋—

一行—**新痕**：指初露的新月。／**澹彩**：清淡的光彩。／**依約**：隱約。／**初暝**：剛入夜。

二行—**團圓意**：反用自唐代牛希濟的〈生查子〉：「新月曲如眉，未有團圓意。」／**深深拜**：古人有拜新月的習俗。／**香徑**：飄散花草芳香的小徑。

三行—**未穩**：未妥當。／**料**：猜想。／**素娥**：嫦娥的別稱，亦是月的代稱。

四行—**曲**：彎曲。／**銀鉤**：泛指新月。

五行—**盈虧**：圓缺。／**休問**：不要問。／**漫**：徒然。／**玉斧**：指修月用的玉斧。唐代段成式的《酉陽雜俎》中，記載了用玉斧修月的故事。／**金鏡**：指月亮。

六行—**太液池**：漢代和唐代的皇家園林中皆有池塘依此命名，代指宋朝的宮苑池臺。／**淒涼**：形容環境孤寂、冷清。／**賦**：給與、賦予。

七行—**故山**：舊山，比喻家鄉。／**夜永**：夜長。／**窺**：觀看，代指照亮。／**端正**：指圓月。

八行—**雲外**：高空，代指月中。／**還**：已經。／**桂花舊影**：月中的桂花樹影。

賞讀譯文

新月逐漸懸掛上柳樹梢頭，清淡的光彩穿過花叢，隱約劃破了剛入夜的夜空。女子懷著團圓的心意，深深地拜著新月，期待與那人在散發花草芳香的小徑相逢。新月像是還沒畫好的眉，我猜想嫦娥心中還帶著離恨。最值得喜愛的是彎曲如小銀鉤的新月，似乎將寶簾掛在秋天清冷的天氣裡。

不要問自千古以來的月亮圓缺，我感嘆徒然磨利玉斧，也難以將金鏡般的月亮補圓。宮苑中的太液池還在，卻成了淒涼冷清的處所，有誰能夠重新賦予它清麗的景色？故國山河長夜漫漫，我試著期待圓月來照亮門戶。看著月中的山河，桂花樹影已經老去了。

題旨：詠月抒懷

287

高陽臺·和周草窗寄越中諸友韻

王沂孫

殘雪庭陰，輕寒簾影，霏霏玉管春葭。
小帖金泥，不知春是誰家。
相思一夜窗前夢，奈箇人水隔天遮。
但凄然滿樹幽香，滿地橫斜。

江南自是離愁苦，況游驄古道，歸雁平沙。
怎得銀箋，殷勤說與年華。
如今處處生芳草，縱憑高不見天涯。
更消他，幾度東風，幾度飛花。

題旨：離愁

【注釋】

題—**周草窗**：即周密，見二七九頁。／**越中**：泛指今浙江紹興一帶。

一行—**輕寒**：輕微的寒意。／**霏霏**：騰起飛揚的樣子。／**玉管**：簫管。／**葭**：蘆葦，在此指蘆葦灰。古代會將蘆葦灰放在定十二律音高的律管內，到了特定的節氣，裡面的蘆葦灰就會自動飛出，用來驗節氣的變化。出自《後漢書．律歷志上》。

二行—**金泥**：由金箔製成的金色顏料。

三行—**奈**：無奈。／**箇**：同「個」。

四行—**凄然**：凄涼悲傷。

五行—**自是**：自然是。／**況**：何況。／**驄**：毛色青白相雜的馬。／**歸雁**：大雁、鴻雁的別名，是一種候鳥，於春季返回北方，秋季飛到南方越冬，故有此稱。／**平沙**：平坦沙地。

六行—**銀箋**：書信。／**殷勤**：懇切。

七行—**憑高**：登上高處。

八行—**更**：豈能。／**消**：禁得起。／**東風**：春風。／**飛花**：飄飛的落花。

賞讀譯文

庭院的陰涼處堆著殘雪，簾幕的陰影處散發輕微的寒意，玉管裡的蘆葦灰騰起飛揚。門上有寫著金泥字的小帖，不知道春天到了誰家。我想念友人一整夜，在窗前夢見了他，無奈那個人遠隔在水的另一方，被昏暗的天色遮蔽。但我看著滿樹散發幽香的繁花，滿地樹枝橫斜的影子，只覺得淒涼悲傷。

人在江南，自然會受到離愁所苦，更何況是騎著青花馬遊古道，看到歸雁在平坦沙地上休息。我要怎麼在信箋上，懇切地訴說這些年來的風華？如今到處都生長著茂盛的芳草，縱然登上高處也看不見天涯的盡頭。豈能禁得起又吹了幾次春風，看了幾次飄飛的落花。

288

一萼紅・登蓬萊閣有感

周密

步深幽。正雲黃天淡，雪意未全休。
鑑曲寒沙，茂林煙草，俯仰千古悠悠。
歲華晚飄零漸遠，誰念我同載五湖舟。
磴古松斜，崖陰苔老，一片清愁。

回首天涯歸夢，幾魂飛西浦，淚灑東州。
故國山川，故園心眼，還似王粲登樓。
最負他秦鬟妝鏡，好江山何事此時遊。
為喚狂吟老監，共賦消憂。

賞讀譯文

我登上深幽的山林，天空正鋪著一層淡淡黃雲，似要下雪的景象還沒有完全停休。鑑湖的曲岸上盡是寒沙，蘭亭周圍的茂林間全是煙霧瀰漫的雜草，在俯仰之間千古往事已經渺遠。我已年華老去，流浪飄零的足跡越行越遠，有誰想跟我一起學范蠡那樣拋棄功名在五湖乘舟泛遊？石坂上的老松斜立著，山崖陰暗處的青苔已生長多年，散發一片淒涼的愁悶情緒。

回首自己人在天涯的歸鄉之夢，有幾次魂魄飛到西浦，淚灑在東州。故國的山川景色，還有我看待故國的心眼，就跟當年王粲的〈登樓賦〉一樣。最辜負的是外形像髮髻的秦望山和鏡湖，我為什麼在這時遊賞這片美好江山風景？為的是喚來那有四明狂客和秘書外監稱號的賀知章，一起賦詩消解憂愁。

題旨：賞景抒懷

周密（1232～1298）

字公謹，號草窗、霄齋、蘋洲、蕭齋，晚年號弁陽老人、四水潛夫、華不注山人。南宋時曾任義烏令等職，入元不仕。著有《武林舊事》、《齊東野語》、《癸辛雜識》等書，記錄許多南宋的社會文化風情。

注釋

題—**蓬萊閣**：地名，位在浙江紹興。

一行—**步**：登上。／**雪意**：將欲下雪的景象。

二行—**鑑**：指鑑湖，又名鏡湖，為唐代詩人賀知章告老隱居地。／**茂林**：指蘭亭（位在浙江紹興）的景致。東晉王羲之的〈蘭亭集序〉：「此地有崇山峻嶺，茂林修竹。」／**煙草**：煙霧籠罩的草叢。亦泛指蔓草。／**俯仰**：俯仰之間，指瞬息之間。另有「俛仰」的版本。〈蘭亭集序〉：「俛仰之間，已為陳跡。」／**悠悠**：眇遠無盡的樣子。

三行—**歲華**：年華。／**飄零**：比喻生活無依，四處流浪。／**五湖舟**：春秋時代，范蠡幫助越王句踐滅吳後，「遂乘輕舟以浮於五湖，莫知其所終極。」出自《國語．越語》。

四行—**磴**：指山中石坂。／**崖陰**：山陰暗處。／**清愁**：淒涼的愁悶情緒。

五行—**幾**：幾次。／**西浦**、**東州**：皆在浙江紹興。作者自注：「閣在紹興，西浦、東州皆其地。」

六行—**王粲登樓**：東漢末年，王粲在避亂時作〈登樓賦〉抒發思鄉心情。

七行—**負**：辜負。／**秦鬟**：指外形像髮髻的秦望山，亦在浙江紹興。／**妝鏡**：指鏡湖。／**何事**：為何。

八行—**狂吟老監**：指賀知章。《舊唐書》中記載：「知章晚年尤加縱誕，無復規檢，自號四明狂客，又稱秘書外監，遨遊里巷。」／**消憂**：消除憂愁。

曲遊春

禁苑東風外

周密

禁苑東風外，颺暖絲晴絮，春思如織。燕約鶯期，惱芳情偏在，翠深紅隙。漠漠香塵隔，沸十里亂絃叢笛。看畫船盡入西泠，閒卻半湖春色。

柳陌，新煙凝碧，映簾底宮眉，堤上遊勒。輕暝籠寒，怕梨雲夢冷，杏香愁冪。歌管酬寒食，奈蝶怨良宵岑寂。正滿湖碎月搖花，怎生去得。

題旨：寒食節遊西湖

題序

禁煙湖上薄游，施中山賦詞甚佳，余因次其韻……（注：施中山，施岳，字中山。）

一注釋一

一行—**禁苑**：皇宮的園林。／**東風**：春風。／**颺**：高飛。／**春思**：春日的思緒情懷。

二行—**芳情**：春天的氣息。／**翠深紅隙**：指樹下花間。

三行—**漠漠**：瀰漫密布的樣子。／**香塵**：指車輛捲起的飛塵。／**沸**：喧鬧。／**亂絃叢笛**：指各種管絃樂器合奏。

四行—**盡**：全部。／**西泠**：西湖上的橋名，在孤山的西側。

五行—**陌**：道路。／**宮眉**：宮中女子的眉式，代指美人。／**遊勒**：騎馬的遊客。

六行—**暝**：昏暗。／**梨雲**：像雲一般的梨花。化用自唐代王建的〈夢看梨花雲歌〉：「薄薄落落霧不分，夢中喚作梨花雲。」／**杏香**：代指杏花。／**冪**：覆蓋。

七行—**歌管**：唱歌奏樂。／**酬**：應對、唱和。／**岑寂**：寂靜。

八行—**碎月**：細碎的月光。／**怎生**：怎麼，如何。

賞讀譯文

禁苑外吹著春風，游絲和柳絮在暖晴天氣下高飛，春日的思緒情懷交錯如織。燕子和鶯鳥相約飛舞，可惱的是這春天景色都在樹叢深處及花叢間隙。四周瀰漫著車馬捲起的飛塵，阻隔了視線。方圓十里內喧鬧著各種管絃樂器的合奏聲。我看到畫船全都行過西泠橋下，閒置了大半的西湖春色。

柳樹環繞的道路上，剛漫起的煙霧凝聚在碧綠的柳葉上，映照著車簾下美人和堤岸上騎馬的遊客。微暗的天色籠罩著寒意，我擔心梨花在夢中覺得冷，杏花也籠罩著愁容。人們以唱歌奏樂來應對寒食節，無奈蝴蝶卻埋怨這美好的夜晚太寂靜。現在湖面上全是細碎的月光和搖動的花影，我怎麼捨得離去？

290

瑤華

朱鈿寶玦

周密

朱鈿寶玦，天上飛瓊，比人間春別。
江南江北，曾未見漫擬梨雲梅雪。
淮山春晚，問誰識芳心高潔。
消幾番花落花開，老了玉關豪傑。
金壺翦送瓊枝，看一騎紅塵，香度瑤闕。
韶華正好，應自喜初識長安蜂蝶。
杜郎老矣，想舊事花須能說。
記少年一夢揚州，二十四橋明月

賞讀譯文

瓊花就像朱紅金銀鑲嵌飾品、珍貴的半環形玉佩，也像天上的仙女飛瓊，它與人間的春色相比是與眾不同的。我在江南和江北，都沒見過這樣的花，隨便把它比擬成像雲一般的梨花，像雪一般的梅花。淮山正是暮春時節，請問有誰認識瓊花的高潔芳心？經過幾次花落花開，在玉門關守衛的英雄豪傑都老了。剪下一枝瓊花，用金壺護送，看那傳送者騎著快馬揚起紅塵，將這香花送到皇宮。瓊花的青春年華正好，應該暗自欣喜於能夠初識這些長安的蜂和蝶。我像杜牧那樣老了，但想起舊事，瓊花應該能夠訴說。它記得我少年時如夢般的揚州生活，明月照著二十四橋的景色。

題旨：詠花抒懷

題序

后土之花，天下無二本。方其初開，帥臣以金瓶飛騎，進之天上，間亦分致貴邸……（注：后土指后土祠；花指瓊花，四、五月間開白色花，繖形花序生於枝端。）

—注釋—

一行—**鈿**：用金銀珠寶鑲製的物品。／**玦**：半環形玉佩。／**飛瓊**：仙女名，傳說中為西王母的侍女。／**別**：特殊、與眾不同。

二行—**漫**：隨便、胡亂。／**擬**：比照、相比。／**梨雲**：像雲一般的梨花。化用自唐代王建的〈夢看梨花雲歌〉：「薄薄落落霧不分，夢中喚作梨花雲。」

三行—**淮山**：地名，位於南宋北界的淮水旁。

四行—**消**：經過。／**玉關**：玉門關，位在今甘肅省敦煌市。

五行—**翦**：裁剪、截斷。／**一騎紅塵**：化用自唐代杜牧〈過華清宮〉：「一騎紅塵妃子笑，無人知是荔枝來。」／**瑤闕**：傳說中的仙宮，亦指皇宮。

六行—**韶華**：青春年華。／**識**：另有版本為「亂」。

七行—**杜郎**：指唐代杜牧。

八行—化用自唐代杜牧的〈遣懷〉：「十年一覺揚州夢，贏得青樓薄倖名。」／**二十四橋**：一座橋名，位於揚州，化用自唐代杜牧的〈寄揚州韓綽判官〉：「二十四橋明月夜，玉人何處教吹簫。」

沁園春・送春

劉辰翁

春汝歸歟，風雨蔽江，煙塵暗天。
況雁門阨塞，龍沙渺莽，東連吳會，西至秦川。
芳草迷津，飛花擁道，小為蓬壺借百年。
江南好，問夫君何事，不少留連。

江南正是堪憐。但滿眼楊花化白氈。
看兔葵燕麥，華清宮裏，蜂黃蝶粉，凝碧池邊。
我已無家，君歸何里，中路徘徊七寶鞭。
風回處，寄一聲珍重，兩地潸然。

賞讀譯文

春天，你要回去了嗎？現在風雨已遮擋住江面，瀰漫的煙塵也讓天色暗了下來。何況是雁門險要之處，如今遼闊塞外之地已經往東連接到吳會，往西到達秦川了。茂盛芳草讓人迷失泊船的渡口，飄飛的落花聚圍著道路，稍微向蓬萊山借了百年的歲月。江南這麼美好，我問你（春天）為何不稍微留連呢？

現在江南的處境正是堪憐，只有滿眼的柳絮化成白色毛毯。看啊！宮殿裡長滿了兔葵燕麥，諂媚的降臣都待在宮殿裡。我已經沒有家了，你（春天）要回去何處？我持著華麗馬鞭在半路徘徊。在風回轉的地方，送你一句珍重，我們在兩地潸然淚下。

題旨：春景抒懷

劉辰翁（1232～1297）

字會孟，號須溪。登進士第後，因廷試對策觸忤權臣賈似道，被評為丙等。曾任濂溪書院山長、臨安府學教授等職。宋亡後隱居不仕。致力於文學創作和文學批評。

─注釋─

一行─**汝**：你。／**歟**：助詞，表示疑問、反詰等語氣，相當於「嗎」。

二行─**況**：何況。／**雁門**：雁門關，位在今山西省。／**阨塞**：險要的地方。／**龍沙**：泛指塞外之地。／**渺莽**：遼闊無際的樣子。／**吳會**：地名，今江蘇省、浙江省一帶。／**秦川**：陝西、秦嶺以北的平原地帶。

三行─**迷津**：迷失泊船的渡口。／**飛花**：飄飛的落花。／**擁**：圍著、聚集。／**蓬壺**：即蓬萊。古代傳說中的海中仙山。

四行─**何事**：為何。／**少**：稍微。

五行─**但**：只有。／**楊花**：即柳絮。／**氈**：毛毯。

六行─**兔葵**：植物名，可當作野菜食用。／**華清宮**：唐玄宗在陝西的離宮，在此指南宋宮殿。／**蜂黃蝶粉**：指婦女粉面額黃的妝扮，此處代指降臣。出自唐代李商隱的〈酬崔八早梅有贈兼示之作〉：「何處拂胸資蝶粉，幾時塗額藉蜂黃。」／**凝碧**：唐代洛陽神都苑裡有凝碧池，在此指被元人占據的宮殿。

七行─**中路**：半路。／**七寶鞭**：以多種珍寶裝飾的華麗馬鞭。

八行─**潸然**：流淚的樣子。

292 一剪梅・舟過吳江

蔣捷

一片春愁待酒澆。江上舟搖，樓上帘招。
秋娘渡與泰娘橋，風又飄飄，雨又蕭蕭。
何日歸家洗客袍，銀字笙調，心字香燒。
流光容易把人拋，紅了櫻桃，綠了芭蕉。

蔣捷（約1245～1305後）字勝欲，號竹山。先世為宜興巨族，曾登進士第。南宋亡後隱居不仕。與周密、王沂孫、張炎並稱「宋末四大家」。

題旨：春愁思歸

一注釋一

題一**吳江**：地名，在蘇州南邊、太湖東邊。

一行一**澆**：淋灌。／**帘**：酒店門前懸掛的旗幟。／**招**：招展，飄蕩、搖曳。

二行一**秋娘渡**：地名，在吳江。／**泰娘橋**：地名，在吳江。／**蕭蕭**：形容雨聲。

三行一**歸家**：回家。／**客袍**：在外傷客者的袍子。／**銀字笙**：一種笙管樂器，上面有銀字表示音階高低。／**調**：調弄。／**心字香**：心字形的香。

四行一**流光**：光陰、歲月。

賞讀譯文

我心中滿懷的春愁等待著酒來澆灌。江上的舟船搖晃著，酒樓上的旗幟飄蕩著。秋娘渡和泰娘橋等地，春風飄送，雨聲瀟瀟。我到哪一天才能回家清洗這身作客時穿的袍子？調弄銀字笙，燒心字形的香呢？歲月容易把人拋在後頭，兀自讓櫻桃轉紅，芭蕉轉綠。

293

虞美人・聽雨

蔣捷

少年聽雨歌樓上，紅燭昏羅帳。
壯年聽雨客舟中，江闊雲低斷雁叫西風。
而今聽雨僧廬下，鬢已星星也。
悲歡離合總無情，一任階前點滴到天明。

題旨：聽雨抒懷

注釋

一行—**昏**：昏暗。／**羅帳**：絲質簾幕。
二行—**客舟**：運送旅客的船。／**斷雁**：離群的孤雁。
三行—**僧廬**：僧寺，僧舍。／**星星**：白髮點點如星。
四行—**一任**：任憑。／化用自唐代溫庭筠的〈更漏子〉：「梧桐樹，三更雨，不道離情正苦。一葉葉，一聲聲，空階滴到明。」（見四二頁）

賞讀譯文

少年時，我在歌樓上聽雨，當時紅燭照著昏暗的羅帳。
壯年時，我在載送旅客的舟船中聽雨，江面闊遼、雲層低垂，離群的孤雁在西風中鳴叫著。
如今，我在僧廬下聽雨，雙鬢已有星星白髮。
人生中悲歡離合的遭遇總是無情的，就任憑臺階前的小雨點滴到天亮吧。

月下笛

萬里孤雲

張炎

萬里孤雲，清遊漸遠，故人何處。
寒窗夢裏，猶記經行舊時路。
連昌約略無多柳，第一是難聽夜雨。
謾驚回淒悄，相看燭影，擁衾誰語。

張緒歸何暮，半零落依依，斷橋鷗鷺。
天涯倦旅，此時心事良苦。
只愁重灑西州淚，問杜曲人家在否。
恐翠袖正天寒，猶倚梅花那樹。

賞讀譯文

我像萬里長空中的一朵孤雲，清寂地逐漸遊向遠方，老友在哪裡呢？我在寒窗邊做著夢，夢中還記得從前經過的那條路。舊宮廷裡大概沒有多少柳樹了，最讓人難受的是聽著夜雨的聲音。我無端地被驚醒，在傷感寂寞中與燭影相對看。我抱著被子，能跟誰說話？

我為何這麼晚回去？斷橋附近的鷗鷺大半已零落，卻還依依不捨。身在天涯、倦於行旅的人，此時的心事非常苦澀。我只擔心會像羊曇在西洲觸景傷情那樣流淚。請問那些貴族人家都還在嗎？只怕那穿著翠袖的逸士在正當天寒之時，還倚著那棵梅花樹。

張炎（1248～1318）
字叔夏，號玉田、樂笑翁。貴族後裔，二十九歲時南宋都城臨安被攻陷，從此家道中落，落魄而終。格律派詞人，著有《詞源》。

題序
孤游萬竹山中，閒門落葉，愁思黯然，因動黍離之感……（注：萬竹山位在浙江。黍離指《詩經》的〈黍離〉篇，描述悼念故國之情。）

注釋

一行—**清**：寂靜。／**故人**：老友。

二行—**經行**：經過。／**舊時**：從前。

三行—**連昌**：唐代的行宮名，種有許多柳樹。唐代元稹曾作長篇敘事詩《連昌宮詞》，描寫連昌宮的興廢變遷。此處代指南宋故宮。／**約略**：大約。／**第一**：最。／**難**：難以。

四行—**謾**：任意、隨便。／**淒悄**：傷感寂寞。／**衾**：大被子。

五行—**張緒**：南北朝時代劉宋、南齊的官員、學者。代指作者自己。／**歸**：回去。／**暮**：遲。／**依依**：留戀不捨的樣子。／**斷橋**：地名，在西湖。

六行—**倦旅**：倦於行旅的人。／**良**：非常。

七行—**西州淚**：指晉代羊曇在西州為謝安之死觸景傷情而痛哭一事。／**杜曲**：地名，在今陝西省，因唐代貴族杜氏世居於此而得名。在此代指杭州貴族聚居地。

八行—**翠袖**：指隱居不仕的南宋遺民逸士，化用自唐代杜甫的〈佳人〉：「天寒翠袖薄，日暮倚修竹。」

題旨：賞景抒懷

295

南浦・春水

張炎

波暖綠粼粼，燕燕飛來，好是蘇堤纔曉。
魚沒浪痕圓。流紅去，翻笑東風難掃。
荒橋斷浦，柳陰撐出扁舟小。
回首池塘青欲遍，絕似夢中芳草。

和雲流出空山，甚年年淨洗花香不了。
新淥乍生時，孤村路，猶憶那回曾到。
餘情渺渺，茂林觴咏如今悄。
前度劉郎歸去後，溪上碧桃多少。

題旨：詠春水

注釋

一行—**粼粼**：水流清澈，泛著光亮的樣子。／**燕燕**：燕子。／**蘇堤**：位在西湖，由蘇軾所建。／**纔**：通「才」。／**曉**：破曉，天亮。／蘇堤春曉是南宋西湖十景之首。

二行—**流紅**：流動的落花。／**東風**：春風。

三行—**荒橋**：荒廢的橋。／**斷浦**：崩壞的水岸。／**撐**：用竹篙撥水使船前進。

四行—**遍**：布滿。／**絕**：極、非常。

五行—**空山**：空曠的山谷。／**甚**：為什麼。

六行—**淥**：清澈的水。

七行—**渺渺**：渺茫遙遠。／**茂林觴詠**：指文人集會，飲酒賦詩。出自東晉王羲之的〈蘭亭集序〉：「此地有崇山峻嶺，茂林修竹，又有清流激湍……引以為流觴曲水……一觴一詠，亦足以暢幽情。」

八行—**前度**：上次。／**劉郎**：劉禹錫，代指作者自己。／**歸去**：回去。／化用自唐代劉禹錫的〈再遊玄都觀〉：「百畝庭中半是苔，桃花淨盡菜花開。種桃道士歸何處，前度劉郎今又來。」

賞讀譯文

綠粼粼的波水變暖了，燕子飛來了，蘇堤這裡正好才剛破曉。魚兒沒入水中，留下圓形的浪痕。隨水流動的落花遠去，嘲笑春風難以將它掃走。荒廢的橋，崩壞的水岸，柳樹的綠陰下，一艘小扁舟撐篙划出來。回頭看池塘，幾乎布滿青綠春水，非常像我夢中的那片芳草。

春水和雲一起流出空曠的山谷，為什麼每年都沒辦法把花香洗淨？在新的清澈春水剛冒出來時，我想起那次曾經到通往孤村的道路上。殘餘的情意已經渺茫遙遠，昔日我們曾在茂林裡喝酒吟詠，如今一片悄然。上次我回去後，溪上的碧桃花開多少了？

高陽臺・西湖春感

張炎

接葉巢鶯，平波卷絮，斷橋斜日歸船。能幾番遊，看花又是明年。東風且伴薔薇住，到薔薇春已堪憐。更淒然，萬綠西泠，一抹荒煙。

當年燕子知何處，但苔深韋曲，草暗斜川。見說新愁，如今也到鷗邊。無心再續笙歌夢，掩重門淺醉閒眠。莫開簾，怕見飛花，怕聽啼鵑。

賞讀譯文

密葉相接處有鶯鳥在築巢，平靜湖面上的微波捲動著柳絮，斜陽下有返家的船行過斷橋。還能來遊賞幾次？要賞花的話，又要等到明年了。春風暫時陪薔薇留住吧！到薔薇花開的時節，春景已經讓人憐惜不已了。更讓人傷心的是，在綠意盎然的西泠橋附近，只有一抹荒野的煙霧。

當年在富貴人家前的燕子不知身在何處，但這些宅邸已長滿青苔，遊覽地也因雜草叢生而顯得幽深。聽說如今新愁也跑到鷗鳥所在的遠方了。我無心再繼續聽笙歌的美夢，關上重門，在淺淺的醉意中悠閒入眠。不要打開簾子，我怕看見飄飛的落花，也怕聽見杜鵑鳥的啼叫聲。

注釋

一行｜**接葉**：樹葉濃密相接。／**巢鶯**：築巢的黃鶯。／引自唐代杜甫的〈陪鄭廣文游何將軍山林十首〉：「卑枝低結子，接葉暗巢鶯。」／**絮**：柳絮。／**斷橋**：西湖的橋名。／**歸船**：返家的船。

三行｜**東風**：春風。／**且**：暫時。／**薔薇**：薔薇的花期為五至九月。

四行｜**悽然**：悲傷的樣子。／**萬綠**：大片綠意。／**西泠**：西湖的橋名，該橋附近原有人居住。／**荒煙**：荒野的煙霧。

五行｜**燕子**：指在富貴人家前的燕子，引自唐代劉禹錫的〈烏衣巷〉：「舊時王謝堂前燕，飛入尋常百姓家。」／**知何處**：不知在何處。／**深**：茂盛。／**韋曲**：唐代的韋氏貴族世居於長安城南，該地稱為韋曲，在此指達官貴人宅邸。／**暗**：幽深、陰翳。／**斜川**：江西的湖泊名，晉代陶潛曾寫過〈遊斜川〉一詩，代指西湖邊的遊覽地。

六行｜**見說**：聽說。／**鷗邊**：海鷗所在處，表示新愁已廣傳到遠方。

七行｜**笙歌**：指樂器演奏聲和歌聲。／**重門**：屋內的門。

八行｜**飛花**：飄飛的落花。／**鵑**：指杜鵑鳥，初夏時常晝夜不停啼叫，叫聲類似「不如歸去」。相傳為商周至春秋時代之間的古蜀君主杜宇之魂所化。

題旨：春景抒懷

297

疏影・詠荷葉

張炎

碧圓自潔，向淺洲遠渚，亭亭清絕。
猶有遺簪，不展秋心，能捲幾多炎熱。
鴛鴦密語同傾蓋，且莫與，浣紗人說。
恐怨歌忽斷花風，碎卻翠雲千疊。

回首當年漢舞，怕飛去漫皺留仙裙褶。
戀戀青衫，猶染枯香，還歎鬢絲飄雪。
盤心清露如鉛水，又一夜西風吹折。
喜淨看匹練飛光，倒瀉半湖明月。

題旨：詠荷葉

—注釋—

一行—**碧圓**：指荷葉。／**向**：鄰近。／**渚**：水中的小沙洲。／**亭亭**：高聳直立的樣子。／**清絕**：清雅至極。

二行—**遺簪**：剩下的簪子，指未展開的嫩荷葉。／**秋心**：秋日的心緒。／**幾多**：多少。

三行—**傾蓋**：二車相鄰，車蓋相交。此處指荷葉。

四行—**怨歌**：指漢成帝妃子班婕妤作的〈怨歌行〉，其中有：「……裁為合歡扇，團團似明月。……常恐秋節至，涼飇奪炎熱。」班婕妤因趙飛燕得寵而失勢。／**花風**：花信風，應花朵開放而來的風。／**翠雲千疊**：指層層堆疊如雲的荷葉。

五行—**漢舞**：指漢成帝皇后趙飛燕的舞姿。趙飛燕因舞姿曼妙而得「飛燕」之名。／**漫**：隨便、胡亂。／**留仙褶裙**：指荷葉多皺褶。在《趙后外傳》中，趙飛燕在歌唱之際起風，旁人拉住她的裙子，以免她飛走，風停後，裙子變皺了。之後，宮女刻意把裙子摺皺，就叫「留仙裙」。

六行—**青衫**：青衣，平民的衣服。

七行—**盤**：指荷葉。／**鉛水**：晶瑩凝聚的淚水。

八行—**淨看**：只見。／**匹練**：成匹的長幅白絲絹，在此指月光。／**倒瀉**：由上往下傾瀉。

賞讀譯文

碧圓的荷葉潔身自愛，在淺洲和遠處沙洲附近，亭亭直立，清雅至極。還有其他像簪子般的嫩葉，沒有展開秋心，它們能夠捲走多少炎熱呢？鴛鴦一同在相交的荷葉下祕密交談，不要跟浣紗的人說這件事。我害怕浣紗人的怨歌會突然使花信風中斷，還讓層層堆疊如雲的荷葉破碎。

回首當年趙飛燕在漢宮中翩翩起舞，皇帝怕她隨風飛去而命人拉住她，把裙擺弄皺了。我眷戀這身平民的青衫，它仍沾染著枯荷的香氣，我還感嘆鬢絲上像沾了飄雪般變白了。荷葉盤心的清露，就像晶瑩凝聚的淚水；荷枝又經過一夜的西風後，被吹折了。我喜歡只看那明月如白絲絹般的飛光，向下傾瀉在半個湖面上。

渡江雲

山空天入海

張炎

山空天入海，倚樓望極，風急暮潮初。
一簾鳩外雨，幾處閒田，隔水動春鋤。
新煙禁柳，想如今綠到西湖。
猶記得當年深隱，門掩兩三株。

愁余，荒洲古漵，斷梗疏萍，更漂流何處。
空自覺圍羞帶減，影怯燈孤。
長疑即見桃花面，甚近來翻致無書。
書縱遠，如何夢也都無。

題序

山陰久客，一再逢春。回憶西杭，渺然愁思。（注：西杭指杭州。）

注釋

一行—**望極**：望向視線極限之處。／**風急**：風快而猛烈。

二行—**鳩外雨**：雨中斑鳩的鳴聲。／**閒田**：沒有耕種的田地。

三行—**禁**：圍繞住。

四行—**深隱**：深處隱居。／**掩**：遮擋。

五行—**漵**：水岸。

六行—**空**：徒然地。／**圍**：指腰圍。／**羞**：害怕。／**帶**：衣帶。／**怯**：虛弱、畏縮。

七行—**即見**：即將見到。／**桃花面**：指所愛之人。化用自唐代崔護的〈題都城南莊〉：「去年今日此門中，人面桃花相映紅。人面不知何處去，桃花依舊笑春風。」／**甚**：為什麼。／**近來**：最近。／**翻**：反而。／**書**：指書信。

八行—**如何**：為什麼。

題旨：追憶舊遊

賞讀譯文

我在樓上斜倚，望向視線極限之處，山嶺消失了，天際垂入大海，風猛烈地吹著，傍晚的潮水剛湧起。簾外有班鳩在雨中鳴叫著；隔著河水外，有幾片沒有耕種的田地，農人都開始動鋤進行春耕了。新起的煙霧圍繞著柳樹，我想現在西湖周圍也充滿綠意了吧。我還記得當年在西湖深處隱居時，有兩、三株柳樹擋在門外。

這片景色讓我憂愁，荒涼的沙洲，古老的水岸，那斷掉的枝梗、稀疏的浮萍，還要漂流到哪裡呢？我徒然覺得害怕自己腰圍消瘦、衣帶減短，孤燈下的影子顯得虛弱畏縮。我常常懷疑，即將與那女子見面了，為何最近反而沒有書信送來。縱然書信還在遠方，為什麼連在夢裡都沒有看到她。

299

解連環・孤雁

張炎

楚江空晚，悵離群萬里，恍然驚散。
自顧影卻下寒塘，正沙淨草枯，水平天遠。
寫不成書，只寄得相思一點。
料因循誤了，殘氈擁雪，故人心眼。

誰憐旅愁荏苒。謾長門夜悄，錦箏彈怨。
想伴侶猶宿蘆花，也曾念春前，去程應轉。
暮雨相呼，怕驀地玉關重見。
未羞他雙燕歸來，畫簾半卷。

題旨：詠孤雁

—注釋—

一行—**楚**：指楚地，為春秋戰國時期楚國所在的長江中下游一帶。／**空**：天空。／**驚散**：受驚嚇而逃散。

二行—**自顧影**：顧影自憐。／**寒塘**：寒冷的池塘。

三行—**寫不成書**：雁群飛行時常排列成「人」或「一」字形，孤雁則無法排出字。

四行—**料**：猜想。／**因循**：敷衍慢怠。／**殘氈擁雪**：漢武帝時，蘇武被匈奴強留，將氈毛和雪一起混和吞下，當作食物。在此指困於元統治下的南宋人物。／**故人**：老友。／**心眼**：心思。

五行—**荏苒**：連綿不絕。／**謾**：漫，徒然。／**長門**：漢代宮殿名，被打入冷宮的陳皇后住所。在此指孤雁的處境。／**錦箏**：箏的美稱。古箏的箏柱因斜列如雁行，又稱「箏雁」。

七行—**驀地**：忽然。／**怕**：可能、或許。／**玉關**：玉門關，泛指北方。

賞讀譯文

在楚地江河旁，天色已晚。一隻孤雁惆悵於離雁群萬里遠，因為牠在恍然間受驚嚇而逃散了。牠為了顧影自憐而飛下到寒塘旁，正看見乾淨的沙上布滿枯草，水面平靜、天際遙遠。孤雁無法排寫出文字，只能寄出相思中的一點。牠猜想這樣的敷衍慢怠，會擔誤了老友那像蘇武般以殘氈擁雪為食的心思。誰可憐孤雁在旅途中愁思連綿不絕，徒然像夜裡靜悄的長門宮，傳出彈箏的怨曲聲。孤雁想著雁群伙伴應該還夜宿在蘆花間，牠們也曾想過在春天到來前，應該從去程轉回。牠在傍晚的雨中相呼喚，或許會突然在北方再度遇見雁群。那麼雙燕在畫簾半卷的季節歸來時，孤雁就不會覺得羞愧了。

300

聲聲慢・題吳夢窗遺筆

張炎

煙堤小舫，雨屋深燈，春衫慣染京塵。
舞柳歌桃，心事暗惱東鄰。
渾疑夜窗夢蝶，到如今猶宿花陰。
待喚起，甚江蘺搖落，化作秋聲。

回首曲終人遠。黯消魂，忍看朵朵芳雲。
潤墨空題，惆悵醉魄難醒。
獨憐水樓賦筆，有斜陽還怕登臨。
愁未了，聽殘鶯啼過柳陰。

賞讀譯文

煙霧瀰漫的堤畔小船，夜雨中屋子深處的燈，你的一身春衫已習慣沾染京城的塵土。那身姿如柳搖曳的舞女，唱著桃花的歌女，這些美麗的女子都為了你而有心事暗自煩惱著。我簡直懷疑，在夜裡的窗外，你夢魂化成的蝶，到如今都還夜宿在花叢陰暗處。我打算把你喚起，為什麼你像搖落的江蘺那樣，化成秋季的各種聲響？

我一回首，才發現你的曲子已經結束，人也遠離了。我黯然哀傷到魂魄幾乎要消失，怎麼忍心看朵朵的芳雲。我徒然地沾墨題詩，卻惆悵於你那酒醉的魂魄難以醒來。我獨自憐惜你在水邊樓臺提筆寫的詞作，雖然有斜陽美景，我還是害怕去那裡登高望遠。愁緒沒完沒了，我聽見晚春的鶯鳥啼叫著，飛過柳樹下的陰影。

題旨：悼念吳文英

注釋

題—**吳夢窗**：即吳文英，見二七九頁。／**遺筆**：指〈霜花腴．重陽前一日泛石湖〉。

一行—**舫**：船。／**深燈**：深處的燈。／**京塵**：京城的塵土。

二行—**舞柳歌桃**：指歌兒舞女。／**東鄰**：指住在隔壁的美女，引自戰國時代宋玉的〈登徒子好色賦〉。

三行—**渾**：完全、簡直。／**夜窗夢蝶**：暗指「夢窗」。／**花陰**：花叢陰暗處。

四行—**待**：打算。／**甚**：為什麼。／**江蘺**：古書上指川芎的苗，葉子像當歸，香氣似白芷。又名「蘼蕪」。（現代所指的江蘺則是一種水草。）／**秋聲**：指秋季大自然界的聲音，如風聲、落葉聲、蟲鳥聲等。

五行—**消魂**：哀傷至極，好像魂魄離開形體而消失。／**忍看**：怎麼忍心看。

六行—**空**：徒然地。

七行—**水樓**：水邊的樓臺。／**賦筆**：寫詩用的筆，在此指詞作。／**登臨**：登高望遠。

八行—**殘鶯**：晚春的鶯鳥啼聲。／**鶯啼**：暗指詞牌〈鶯啼序〉，吳文英有多首以此詞牌創作的作品。

301

春暮遊小園

王淇

一從梅粉褪殘粧，
塗抹新紅上海棠。
開到荼蘼花事了，
絲絲天棘出莓墻。

題旨：暮春風景

王淇

字菉猗，生平不詳，僅知與南宋文學家謝枋得（1226～1289）有往來。

注釋

一行**一從**：自從。／**梅粉**：指梅花。／**褪**：卸下。

三行**荼蘼**：又名酴醾、佛見笑、重瓣空心泡，為薔薇科懸鉤子屬空心泡的變種，開白色重瓣花，花期六至七月。／**花事**：指花卉開花的情況。

四行**天棘**：天門冬，一種多年生攀緣植物，葉子已退化，由綠色線形葉狀枝取代。／**莓牆**：長滿莓苔（青苔）的牆。

賞讀譯文

自從梅花卸下殘妝後，
海棠花就塗抹上新紅色。
到了荼蘼花開時，花季就結束了，
換一條條天門冬爬出長滿青苔的牆。

宋　七言絕句

帝臺春

芳草碧色

李甲

芳草碧色，萋萋遍南陌。
暖絮亂紅，也似知人，春愁無力。
憶得盈盈拾翠侶，共攜賞鳳城寒食。
到今來，海角逢春，天涯為客。

愁旋釋，還似織。淚暗拭，又偷滴。
漫倚遍危闌，儘黃昏，也只是暮雲凝碧。
拚則而今已拚了，忘則怎生便忘得。
又還問鱗鴻，試重尋消息。

李甲
字景元。擅長繪畫。與北宋蘇軾（見一四九頁）有往來。

【注釋】

一行—**萋萋**：草茂盛的樣子。／**陌**：田間道路。

二行—**亂紅**：飄落的花。

三行—**盈盈**：儀態輕巧美好。／**拾翠**：拾取翠鳥羽毛做為首飾，或指婦女春遊採拾花草。／**鳳城**：京城。／**寒食**：節令名，通常在冬至後第一〇五日，在清明節前一或二日。傳統上當日禁火，一律吃冷食。

五行—**旋**：很快，隨即。／**釋**：放下、消散。／**織**：結合、組成。

六行—**漫**：徒然地。／**危闌**：危欄，高樓上的欄杆。／**暮雲凝碧**：化用自南朝江淹的〈休上人怨別〉：「日暮碧雲合，佳人殊未來。」／**凝碧**：濃綠。

七行—**拚**：捨棄。／**怎生**：怎麼能。

八行—**鱗鴻**：魚雁，古人以為魚雁能傳遞書信，代指送書信的使者。

題旨：春景懷人

賞讀譯文

碧綠色的芳草茂盛地遍布南方的道路。暖風中飄飛的柳絮和落花，好像也知道人因春愁而慵懶無力。我想到那位一同春遊拾翠的嬌美伴侶，我們一起攜手欣賞京城寒食節的光景。到如今，我卻是在海角與春天相逢，獨自在天涯作客。

這份春愁才剛放下，卻又重組起來。我暗自拭去眼淚，卻又偷偷滴落幾滴。我徒然地倚遍高樓上的欄杆，儘管到了黃昏，也只是看到暮雲聚攏成濃綠色。我能捨棄的，如今都已經捨棄了；要忘記的話，怎麼樣才能忘得掉？我還問了送書信的魚雁，試著再尋找她的消息。

臨江仙

憶昔西池池上飲

晁沖之

憶昔西池池上飲，年年多少歡娛。
別來不寄一行書。
尋常相見了，猶道不如初。

安穩錦衾今夜夢，月明好渡江湖。
相思休問定何如。
情知春去後，管得落花無。

晁沖之
字叔用。北宋晁補之（見一九四頁）的堂弟。曾隱居多年，不戀功名。

題旨：懷舊相思

一注釋一

一行一**西池**：即汴京的金明池，為貴族文人遊宴之地。

三行一**尋常**：平常。／**道**：以為、料想。／**不如初**：不如當初。

四行一**錦衾**：錦緞被子。另有版本為「錦屏」。

五行一**定**：究竟。／**何如**：怎麼樣？

六行一**情知**：深知，明知。

賞讀譯文

回憶起往昔在西池的池上歡聚飲酒，每年度過了多少歡樂時光。
自從別離以來，連一行書信都沒寄來。
就算像平常那樣相見了，還是認為不像當初那樣了。
今夜安穩地抱著錦衾作夢，能在明亮的月光下安度江湖。
不要問相思究竟會怎麼樣。
我深知，春天在離去後就管不了落花了。

304

疏影•尋梅不見

彭元遜

江空不渡，恨蘼蕪杜若，零落無數。遠道荒寒，婉娩流年，望望美人遲暮。風煙雨雪陰晴晚，更何須，春風千樹。盡孤城落木蕭蕭，日夜江聲流去。

日晏山深聞笛，恐他年流落，與子同賦。事闊心違，交淡媒勞，蔓草沾衣多露。汀洲窈窕餘醒寐，遺佩環浮沉澧浦。有白鷗淡月微波，寄語逍遙容與。

賞讀譯文

我不渡過空闊的江水，只恨蘼蕪和杜若都已凋落許多。這段遙遠路程一片荒寒，美好時光不斷流去，像急切盼望著抵達晚年。風吹煙起，雨雪交雜，陰晴間天色已晚，又何必要吹過千樹的春風。整座孤城裡都是落葉的蕭蕭聲，日夜都聽見江水流去的聲音。天色已晚，我在深山中聽見笛聲，那是人們害怕梅花在日後流落，而把它吟詠入曲。事情這麼多，卻與我的心意相違；交情淡薄，即便有媒介也是徒勞，就像蔓生的野草只是讓衣服上沾滿許多露水。在幽深的汀洲上只剩下睡和醒這兩件事，便把佩環遺落在澧水的水濱浮沉。有白鷗、淡淡的月光和江上的微波，都傳話給我，要我消遙自在。

題旨：尋梅抒懷

彭元遜（約 1261 年前後在世）

字巽吾。曾參加解試，與劉辰翁（見二九一頁）有唱和，宋亡後不仕。

—注釋—

一行—**蘼蕪**：川芎的苗，葉子像當歸，香氣似白芷。又名「江蘺」。／**杜若**：一種香草植物。／**零落**：凋落。／**無數**：多到數不清。

二行—**遠道**：遙遠的路程。／**婉娩**：柔美，美好。／**流年**：如流水般消逝的時光。／**望望**：急切盼望的樣子。／**美人遲暮**：美人晚年。比喻年華老去，盛年不再。出自屈原的〈離騷〉：「惟草木之零落兮，恐美人之遲暮。」

三行—**何須**：何必。

四行—**盡**：全部、整個。／**落木**：落葉。／**蕭蕭**：形容落葉的聲音。

五行—**日晏**：天色已晚。／**他年**：以後、今後。／**子**：指梅花。／**賦**：吟詠、寫作。

六行—**交淡**：交情淡薄。／**媒**：媒介。／**勞**：徒勞。出自《楚辭．九歌．湘君》：「心不同兮媒勞，恩不甚兮輕絕。」／**蔓草**：蔓生的野草。

七行—**汀洲**：水中的小洲。／**窈窕**：幽深。／**遺**：遺落。／**佩環**：玉製的環形佩飾物。／**澧浦**：澧水的水濱。

八行—**寄語**：傳話。／**容與**：悠閒自得。

305

水龍吟

夜來風雨匆匆

程垓

夜來風雨匆匆，故園定是花無幾。
愁多怨極，等閒孤負，一年芳意。
柳困桃慵，杏青梅小，對人容易。
算好春長在，好花長見，原只是人憔悴。

回首池南舊事，恨星星不堪重記。
如今但有，看花老眼，傷時清淚。
不怕逢花瘦，只愁怕老來風味。
待繁紅亂處，留雲借月，也須拚醉。

程垓（約 1186～1194 年前後在世）

字正伯，號書舟。

注釋

一行　**夜來**：入夜。／**故園**：故鄉。

二行　**等閒**：隨便。／**孤負**：辜負。／**芳意**：春意。

三行　**困**：疲倦。／**慵**：慵懶。／**容易**：輕易、隨便

五行　**池南**：原指蜀地，此處代指故鄉。／**星星**：比喻白髮。

六行　**但**：只。

七行　**瘦**：纖瘦。

八行　**繁紅**：繁花。／**處**：時候、時刻。／**拚**：拚命。

題旨：惜春抒懷

賞讀譯文

入夜後一陣急風驟雨，故鄉那裡殘存的花朵一定沒多少了。我滿懷許多愁，怨恨至極，隨便辜負了這一年的春意。柳樹疲倦、桃樹慵懶，杏子青綠，梅子還小，它們對人的態度都很隨便。就算美好的春光一直都在，嬌美的花朵一直都看得到，還是只有人顯得憔悴。

回想故鄉的往事，只恨白髮星星的我無法忍受再記起這一切。如今只有看著花的一雙老眼，傷心時流下的清淚。我不怕遇到花朵纖瘦的時節，只擔心害怕老了之後的風采。等到繁花盛開時，我要留下雲彩，借來月光，也必須要拚命喝醉。

燭影搖紅・題安陸浮雲樓

廖世美

靄靄春空，畫樓森聳凌雲渚。
紫薇登覽最關情，絕妙誇能賦。
惆悵相思遲暮，記當日朱闌共語。
塞鴻難問，岸柳何窮，別愁紛絮。
催促年光，舊來流水知何處。
斷腸何必更殘陽，極目傷平楚。
晚霽波聲帶雨，悄無人舟橫野渡。
數峰江上，芳草天涯，參差煙樹。

廖世美
生活於北南宋之交，生平不詳。

注釋

題—**安陸**：今湖北省安陸市。／**浮雲樓**：浮雲寺樓。

一行—**靄靄**：雲氣聚集的樣子。／**畫樓**：華麗的樓閣。／**森聳**：高聳。／**凌**：接近。／**雲渚**：銀河。

二行—**紫薇**：指唐代杜牧。杜牧曾在中書省任中書舍人，中書省因省內多種植紫薇，曾改名為紫薇省。同時，杜牧以詩作〈紫薇花〉聞名，有「杜紫薇」之稱。本篇多處引用自杜牧的詩作〈題安州浮雲寺樓寄湖州郎中〉：「去夏疏雨餘，同倚朱闌語。當時樓下水，今日到何處。恨如春草多，事與孤鴻去。楚岸柳何窮，別愁紛如絮。」／**登覽**：登高攬勝。／**關情**：觸動情感。／**誇**：炫耀。

三行—**遲暮**：黃昏。／**朱闌**：朱紅色欄杆。

四行—**塞鴻**：塞外的鴻雁。鴻雁又稱大雁，是一種候鳥，於春季返回北方，秋季飛到南方越冬。古人常用來表達對遠方親人的懷念。／**何窮**：無窮無盡。

五行—**年光**：年華。／**知何處**：不知在何處。

六行—**斷腸**：比喻極度悲傷。／**殘陽**：夕陽餘暉。／**極目**：放眼遠望。／**平楚**：遠處樹梢齊平的叢林。

七行—**晚霽**：傍晚雨停放晴。／**野渡**：村野的渡口。／化用自唐代韋應物的〈滁州西澗〉：「春潮帶雨晚來急，野渡無人舟自橫。」

八行—**參差**：高低不齊的樣子。

賞讀譯文

春日的天空裡雲氣聚集，高聳的華麗樓閣逼近銀河。人稱杜紫薇的杜牧曾來這裡登高攬勝，被深深觸動情感，寫出絕妙好詩，炫耀自己能作賦的才華。我滿懷惆悵地相思，直到黃昏，記得當時我們曾在朱紅欄杆旁一起說話。我難以詢問塞外的鴻雁，岸邊的柳樹幾乎無窮無盡，離別的愁緒宛如紛亂飄飛的柳絮。

年華催促地前進著，舊日的流水不知在何處。我已極度悲傷到快斷腸，何必還要看夕陽餘暉？放眼遠望齊平的林稍，也讓我覺得傷心。傍晚雨停放晴，江波聲中還帶著雨聲。江上靜悄悄的沒有人聲，只有小舟橫停在村野的渡口。數座山峰矗立在江邊，芳草連接到天涯，煙霧中的樹林高低參差不一。

題旨：春景懷人

307

大德歌・秋

關漢卿

風飄飄，雨瀟瀟，
便做陳摶睡不著。
懊惱傷懷抱，撲簌簌淚點拋。
秋蟬兒噪罷寒蛩兒叫，
淅零零細雨打芭蕉。

題旨：秋景懷人

關漢卿（約 1210 ～ 1300 在世）「漢卿」是字，號已齋。漢族。元雜劇奠基人，最著名的作品是《竇娥冤》。被譽為「曲聖」，與白樸、馬致遠、鄭光祖並稱為「元曲四大家」。

注釋

一行—**便做**：就算是。
二行—**陳摶**：五代末、宋初的著名道士，常一睡百天不醒。
三行—**懊惱**：心中鬱恨、悔恨。／**懷抱**：內心。／**撲簌簌**：紛紛落下的樣子。
四行—**噪**：鳥、蟲亂鳴。／**寒蛩**：蟋蟀。
五行—**淅零零**：形容雨聲。

賞讀譯文

秋風飄飄，冷雨瀟瀟，
就算是那一睡百日的陳摶也睡不著。
悔恨傷透了我的心，讓淚珠不停地落下。
秋蟬才剛結束亂鳴，蟋蟀又開始鳴叫，
還有細雨打在芭蕉葉上的淅零零聲。

元 散曲

308

天淨沙・秋

白樸

孤村落日殘霞，輕煙老樹寒鴉。
一點飛鴻影下。
青山綠水，白草紅葉黃花。

白樸（1226～1306）
初名恆，字仁甫；後改名樸，字太素，號蘭谷。出身金朝官宦家庭，金亡後，曾由父親的好友元好問收養一段時日。終身未仕，專注於雜劇創作，代表作有《唐明皇秋夜梧桐雨》、《裴少俊牆頭馬上》、《董秀英花月東牆記》等。與關漢卿、馬致遠、鄭光祖並稱為「元曲四大家」。

題旨：秋景

一注釋一

一行—**殘霞**：殘餘的晚霞。／**輕煙**：輕淡的煙霧。／**寒鴉**：一種體型略小的黑色及灰色鴉。

二行—**鴻**：鴻雁。

賞讀譯文

孤零的村莊籠罩在太陽西下的殘餘晚霞中，淡淡的煙霧籠罩著老樹和棲息其上的寒鴉。
遠處一點飛鴻的影子往下移動著。
在青山綠水間，白草、紅葉、黃花相映成趣。

309 沉醉東風・漁父

白樸

黃蘆岸白蘋渡口，綠楊堤紅蓼灘頭。
雖無刎頸交，卻有忘機友。
點秋江白鷺沙鷗。
傲殺人萬戶侯，不識字煙波釣叟。

題旨：漁夫生活

—注釋—

一行—**黃蘆**：黃蘆葦。／**白蘋**：水中浮草，又名「水蘋」。夏末秋初開白色花。／**紅蓼**：水陸兩棲草本植物，為粉紅或玫瑰紅色穗狀花序，六至九月開花。／**灘頭**：水岸沙灘。

二行—**刎頸交**：割頸之交，指生死之交。／**忘機**：忘卻心機。／**點**：輕觸一下。

四行—**殺**：極度。／**萬戶侯**：漢代時具有萬戶食邑的侯爵，泛指高官顯貴。／**叟**：老人。

賞讀譯文

岸邊有一叢叢黃蘆葦，渡口長滿白蘋，堤岸旁綠楊柳林立，水岸沙灘上開滿紅蓼。
雖然我沒有生死之交，卻有忘卻心機的朋友。
像是輕觸秋江的白鷺和沙鷗。
比萬戶侯之類的達官顯貴還驕傲的，正是在煙波上垂釣的不識字老人。

駐馬聽・吹

白樸

裂石穿雲。
玉管宜橫清更潔。
霜天沙漠，鷓鴣風裏欲偏斜。
鳳凰臺上暮雲遮，梅花驚作黃昏雪。
人靜也，一聲吹落江樓月。

題旨：詠笛聲

注釋

一行　**裂石穿雲**：形容聲音高亢嘹亮，足以穿破雲天，震裂石頭。
二行　**玉管**：指名貴的笛子。／**橫**：橫吹。／**更**：又。
三行　**霜天**：嚴寒的天氣。／**鷓鴣**：外觀與雞相似，體型較小，羽色大多黑白相雜。
四行　**暮雲**：黃昏的雲。

賞讀譯文

笛聲高亢得彷彿可以震裂石頭、穿破雲天。

笛子適合橫吹，樂音清雅潔亮。

這笛聲傳到嚴寒的沙漠上空，在風裡飛翔的鷓鴣聽了，忘情地偏斜飛著。

傍晚，鳳凰臺上空被雲層遮蔽，梅花驚訝得凋落成黃昏的雪花。

此時，一點人聲都沒有，一聲笛曲就吹落了江樓上的明月。

311

點絳唇·雨中故人相過

王惲

誰惜幽居，故人相過還晤語。
話餘聯步，來看花成趣。
春雨霏微，吹濕閑庭戶。
香如霧，約君少住，讀了離騷去。

王惲（1227～1304）

字仲謀，出身金朝官宦世家。於元朝曾任監察御史、少中大夫、福建閩海道提刑按察使、承直郎、平陽路總管府判官等職。為官剛正不阿、直言敢諫。

題旨：春日生活記事

注釋

題—**故人**：老友。／**相過**：互相往來。

一行—**惜**：珍視。／**幽居**：隱居的幽靜居所。／**晤語**：見面交談。

二行—**餘**：之後。／**聯步**：相隨而行。／**成趣**：顯得趣味盎然。

三行—**霏微**：細雨瀰漫朦朧的樣子。／**閑庭**：寂靜的庭院。閑：通「閒」。

四行—**君**：指故人。／**少**：稍微。／**住**：停留。

賞讀譯文

有誰珍視幽居的奧妙？能與老友往來，還能見面交談。說完話之後，相隨步行去看花，顯得趣味盎然。

春雨瀰漫飄飛，吹濕了寂靜庭院的門戶。花香如霧氣般籠罩著，我約老友稍微停留一下，讀了《離騷》再走。

312

沉醉東風・秋景

盧摯

掛絕壁枯松倒倚，落殘霞孤鶩齊飛。
四圍不盡山，一望無窮水。
散西風滿天秋意。
夜靜雲帆月影低，載我在瀟湘畫裏。

題旨：詠秋景

盧摯（約 1241 ~ 1315）
字處道、莘老，號疏齋、嵩翁。登進士第後，曾任河南路總管、江東道廉訪使、翰林學士等職。晚年寓居宣城。

一注釋一

一行—**絕壁**：陡峭的山壁。／化用自唐代李白的〈蜀道難〉：「連峰去天不盈尺，枯松倒掛倚絕壁。」／**殘霞**：殘餘的晚霞。／**鶩**：野鴨。／化用自唐代王勃的〈滕王閣序〉：「落霞與孤鶩齊飛，秋水共長天一色。」

二行—**四圍**：四面環繞。／**不盡**：數不完。

三行—**滿天**：充滿整個天空。

四行—**雲帆**：白色的船帆。／**瀟湘畫裏**：瀟水和湘水合稱瀟湘，在今湖南省。宋代畫家宋迪曾畫過八幅瀟湘山水圖。

賞讀譯文

倒倚的枯松掛在陡峭的山壁上，孤鶩隨著落日晚霞一起飛翔。四面環繞著數不盡的山，一眼望去是無窮無盡的江水。西風把秋意散布在整個天空裡。安靜的夜裡，明月照著白色船帆，留下水面上的低影；帆船載著我在這片如畫的瀟湘美景裡。

313 木蘭花慢・西湖送春

梁曾

問花花不語，為誰落，為誰開。
算春色三分，半隨流水，半入塵埃。
人生能幾歡笑，但相逢尊酒莫相催。
千古幕天席地，一春翠繞珠圍。
彩雲回首暗高臺，煙樹渺吟懷。
拚一醉留春，留春不住，醉裏春歸。
西樓半簾斜日，怪銜春燕子卻飛來。
一枕青樓好夢，又教風雨驚回。

題旨：傷春抒懷

梁曾（1242～1322）字貢父。曾任淮安路總管、集賢侍講學士等職。晚年，居於淮南，避門不見賓客，每日以書史自娛。

—注釋—

二行—化用自北宋蘇軾的〈水龍吟〉：「春色三分，二分塵土，一分流水。」（見一五二頁）

三行—**但**：只要。／**杯酒**：尊酒。

四行—**幕天席地**：以天地為幕席。出自西晉劉伶的〈酒德頌〉：「幕天席地，縱意所如。」／**翠繞珠圍**：比喻花木繁茂。

五行—**渺**：模糊不清。／**吟懷**：作詩的情懷。

七行—**怪**：奇怪。

八行—**青樓**：指妓女所居之處。／**教**：讓。

賞讀譯文

我問花兒，它是為誰而落、為誰而開？花兒卻不說話。就算春色只剩下三分，也一半隨流水而去，一半落入塵埃中。人生中能有多少歡笑？只要相逢時能盡情飲酒，不要催促。這個春天以千古悠久的天地為簾幕和席子，讓四周環繞著翠綠的青草和珠光般閃耀的繁花。

我在彩雲之下回頭一看，高臺處已經昏暗，煙霧瀰漫的樹林讓作詩的情懷也模糊不清了。我拚命喝醉，想要留下春天，卻留不住春天；在我酒醉時，春天就回去了。斜日照著簾幕半捲的西樓，奇怪的是燕子似乎銜著春天飛來了。我在青樓裡躺在枕上做美夢，卻讓風雨聲嚇得驚醒回神。

314

天沙淨・秋思

枯藤老樹昏鴉，小橋流水人家，
古道西風瘦馬。
夕陽西下，斷腸人在天涯。

馬致遠

…**馬致遠**（約 1250 ~ 1321）號東籬。中年登進士第後，曾任浙江省官吏、大都工部主事等職，晚年辭官隱居。元代知名雜劇作家，並與關漢卿、鄭光祖、白樸並稱「元曲四大家」。

題旨：秋景抒懷

一注釋一

一行一**昏鴉**：黃昏時的烏鴉。
二行一**西風**：秋風。
三行一**斷腸人**：極度悲傷的人。

賞讀譯文

枯萎的藤蔓纏繞著老樹，黃昏時烏鴉在樹上棲息。小橋下流水潺潺，旁邊有一戶人家。吹著秋風的古道上，有一匹瘦馬。在夕陽西下時，有個極度悲傷的人獨自在天涯。

小桃紅・寄鑑湖諸友

張可久

一場秋雨豆花涼，閒倚平山望，
不似當年鑑湖上。
錦雲香，採蓮人語荷花蕩。
西風雁行，清谿漁唱，吹恨入滄浪。

題旨：賞景思友抒懷

張可久（約 1270～約 1350）字或號為小山。曾任路吏、首領官、桐廬典史等下級官吏。時官時隱，曾漫遊江南、湖南等地，晚年隱居在杭州一帶。

—注釋—

題—**鑑湖**：即鏡湖，在今浙江省紹興。

一行—**涼**：冷清。／**平山**：平山堂，在今江蘇省瘦西湖北蜀岡上。

二行—**當年**：另有版本為「年時」。

三行—**錦雲**：彩雲，指荷花。

四行—**清谿**：清溪。／**漁唱**：漁人唱的歌。／**滄浪**：青色溪水。

賞讀譯文

一場秋雨讓豆花變得冷清，我悠閒地倚著平山堂遠望，這裡的景致不像當年鑑湖上的風景。那裡有彩雲般的荷花飄散香氣，採蓮人談話聊天，荷花隨湖面搖蕩。此時雁群正乘著西風前行，清溪上有漁夫正唱著歌，把怨恨吹入青色溪水中。

316

蟾宮曲

倚篷窗無語嗟呀

周德清

倚篷窗無語嗟呀，七件兒全無，做甚麼人家。
柴似靈芝，油如甘露，米若丹砂。
醬甕兒恰纔夢撒，鹽瓶兒又告消乏。
茶也無多，醋也無多。
七件事尚且艱難，怎生教我折柳攀花。

周德清（1277～1365）
字日湛，號挺齋。北宋詞人周敦頤的後代。終身不仕。工樂府，精音律，為了統一北曲用韻的規律而撰寫《中原音韻》，被稱為「天下之正音」。

題旨：生活感嘆

一注釋一

一行一**篷窗**：船窗。／**嗟呀**：嘆息。／**七件兒**：指日常生活所需的七種用品，柴、米、油、鹽、醬、醋、茶。

二行一**靈芝**：一種名貴的藥材。／**甘露**：甘美的露水。／**丹砂**：一種名貴的礦石，可入藥，也可做為顏料。

三行一**纔**：通「才」。／**夢撒**：沒有了。／**消乏**：短少、欠缺。

五行一**怎生**：如何。／**折柳攀花**：尋花問柳。另有版本為「折桂」。

賞讀譯文

我倚著船窗，無言地嘆息，七樣東西都沒有，要怎麼過人的生活呢？
柴像靈芝般珍貴，油像甘露般稀少，米像丹砂那樣名貴。
甕裡的醬油才剛用完，裝鹽的瓶子裡也空了。
茶也沒有多少，醋也沒剩多少。
擁有這七樣東西就這麼艱難了，我要如何去尋花問柳呢？

317

水仙子・尋梅

冬前冬後幾村莊，溪北溪南兩履霜，
樹頭樹底孤山上。
冷風來何處香，忽相逢縞袂綃裳。
酒醒寒驚夢，笛淒春斷腸，淡月昏黃。

喬吉

題旨：尋梅記事

喬吉（1280～1345）
又名喬吉甫，字夢符，號笙鶴翁、惺惺道人。原籍太原，長期流寓杭州。一生無意仕進，寄情詩酒，生活清貧。

一注釋一

一行一**履**：鞋子。

二行一**孤山**：指杭州西湖的孤山，是以愛梅著稱的北宋詩人林逋的隱居處。

三行一**縞**：白色絲織品。／**袂**：衣袖。／**綃**：生絲製成的織品。／**裳**：下身穿的衣物。／**縞袂綃裳**：指梅花。

四行一**笛淒**：指音調哀怨的笛曲〈梅花落〉。／**斷腸**：比喻極度悲傷。／**淡月昏黃**：化用自林逋的〈山園小梅〉：「疏影橫斜水清淺，暗香浮動月黃昏。」（見九一頁）

賞讀譯文

我在冬季前後走過幾個村莊，也走遍溪北和溪南，讓兩隻鞋子都沾滿了白霜，還爬上孤山，找遍樹頂和樹下。
一陣冷風吹來，不知何處傳來香氣；突然間，我就遇到了如白絲衣裳女子那般美麗飄逸的梅花。
酒醒後，一陣寒意驚醒我的夢，淒涼的〈梅花落〉笛曲，讓春天為此悲傷欲絕。此時月色清淡昏黃。

318

水仙子・暮春即事

喬吉

風吹絲雨噀窗紗，苔和酥泥葬落花。捲雲鉤月簾初掛。玉釵香徑滑，燕藏春銜向誰家。鶯老羞尋伴，蜂寒懶報衙，啼煞飢鴉。

題旨：暮春景色

一注釋一

一行一**噀**：將水含在口中噴出去。泛指噴射。（音同「迅」。）／**酥泥**：溼潤的泥土。／**葬**：掩埋。

二行一**雲**：指簾子。／**月**：指簾鉤。

三行一**玉釵**：玉製的釵，亦指美女。／**香徑**：飄散花草芳香的小徑。／**銜**：指燕子銜泥築巢。

四行一**報衙**：舊時官吏升堂治事時，官衙會鳴鼓告眾，此稱「報衙」。另外，因群蜂會於早晚聚集，就像舊時官員到官衙參見，有蜂衙之稱。／**煞**：極、甚。

賞讀譯文

春風吹著絲絲細雨噴向窗紗；青苔和溼潤的泥土掩埋了落花。女子剛剛將簾子半捲成雲朵模樣，鉤在彎月形簾鉤上。插著玉釵的女子走在飄散花草芳香的溼滑小徑上。燕子藏起春天，銜著泥要飛向誰家？鶯鳥因為老了而羞於尋找伴侶，蜜蜂因為天氣寒冷而懶得聚集，飢餓的鴉鳥則啼叫不停。

319

滿庭芳・漁父詞

喬吉

秋江暮景，胭脂林障，翡翠山屏。
幾年罷卻青雲興，直泛滄溟。
臥御榻彎的腿疼，坐羊皮慣得身輕。
風初定，絲綸慢整，牽動一潭星。

題旨：漁夫生活

注釋

一行　**暮景**：日落時的景色。／**胭脂**：指紅葉。／**林障**：像屏障的樹林。／**屏**：屏風。

二行　**罷卻**：消除、消退。／**青雲興**：對於平步青雲的興趣。／**泛**：漂浮。／**滄溟**：大海。

三行　**御榻**：皇帝睡的床。／**羊皮**：指羊皮坐墊。／**慣**：嬌寵、縱容。／**輕**：柔弱。

四行　**絲綸**：指垂釣的絲線。／**整**：整理。

賞讀譯文

秋日江上的黃昏景色，有紅如胭脂的樹林屏障，還有翡翠叢山組成的屏風。

這幾年我已放下對平步青雲的興趣，直接漂向大海。

睡在皇帝的床會讓人彎得腿疼，坐在羊皮坐墊上會把人嬌寵得身體柔弱。

風剛停下來，我慢慢拉整釣線，可以牽動一整潭的星星倒影。

殿前歡

隔簾聽

貫雲石

隔簾聽，幾番風送賣花聲，
夜來微雨天階淨，
小院閒庭，輕寒翠袖生，
穿芳徑，十二闌干憑，
杏花疏影，楊柳新晴。

貫雲石（1286～1324）

本名小雲石海涯，字酸齋。維吾爾族人。官宦世家，初襲父官，後讓位給弟弟，跟隨姚燧學文。後任翰林侍讀學士、中奉大夫、知制誥等職，不久即辭官，隱居江南。擅長樂府，與號「甜齋」的徐再思齊名，世稱「酸甜樂府」。

題旨：春景閨思

注釋

一行—**幾番**：幾次。

二行—**夜來**：入夜。／**微雨**：細雨。／**天階**：天宮的臺階，泛指夜色；或泛指臺階。也有星星名為「天階」。

三行—**閒庭**：寂靜的庭院。／**輕寒**：輕微的寒意。／**翠袖**：青綠色的衣袖，泛指女子的穿著，亦代指女子。

四行—**芳徑**：花草間的小徑。／**十二闌干**：意指所有的欄干。／**憑**：倚靠。

五行—**疏影**：疏落的影子。／**新晴**：剛放晴。

賞讀譯文

她隔著簾幕傾聽，有幾次風送來了叫賣花的聲音。
入夜的一陣細雨後，天空變得明淨。
寂靜的小庭院裡，女子透過衣袖感受到輕微的寒意。
她穿過花草間的小徑，倚靠了所有的欄杆，
看到杏花疏落的影子，以及楊柳在剛放晴後的模樣。

321 青玉案

春寒惻惻春陰薄

顧德輝

春寒惻惻春陰薄，整半月，春蕭索。
旭日朝來升屋角。
樹頭幽鳥，對調新語，語罷雙飛卻。
紅入花腮青入萼，盡不爽花期約。
可恨狂風空做惡。
曉來一陣，晚來一陣，難道都吹落。

題旨：傷春懷人

顧德輝（1310～1369）又名阿瑛。家業豪富，輕財好客，築有玉山草堂，廣集名士詩人。為逃避授官而隱居，之後削髮為在家僧，自稱金粟道人。

題序

彥成以他故去，作此懷之。（注：他故，指別的理由。）

注釋

一行—**惻惻**：寒冷的樣子。／**春陰**：春季陰天的陰氣。／**薄**：逼近。／**蕭索**：蕭條衰頹。

二行—**旭日**：早晨初升的太陽。／**幽鳥**：幽雅的鳥。

三行—**卻**：助詞，相當於「掉」、「去」、「了」。

四行—**花腮**：即花瓣。／**爽**：違反。

五行—**做惡**：做壞事，為非作歹。

賞讀譯文

春季寒冷，陰氣逼近，整整半個月來都顯得蕭條衰頹。
這天早晨旭日升上屋角。
樹頭上幽雅的鳥兒正對著調子說新語，說完後就成雙飛走了。
花瓣變紅，花萼也變綠了，都沒有違背花期的約定。
可恨那狂風總是做壞事。
早上吹來一陣，晚上又吹來一陣，難道是要把花兒全都吹落？

322

塞鴻秋．山行警

東邊路西邊路南邊路，
五里鋪七里鋪十里鋪。
行一步盼一步懶一步，
霎時間天也暮日也暮雲也暮。
斜陽滿地鋪，回首生煙霧。
兀的不山無數水無數情無數。

無名氏

題旨：日暮思鄉

【注釋】
二行【鋪：指古時的驛站。
四行【霎時間：轉瞬之間。
六行【兀的不：怎的不，怎麼不是。

賞讀譯文

我走過了東邊、西邊和南邊的路，
在五里、七里和十里的驛站休息。
我總是每走一步就期盼一次，也發懶一次，
在轉瞬之間，天色、日光和雲朵都已轉為黃昏暮色。
斜陽鋪灑在整片大地上，我回首一看，來時路已瀰漫著煙霧。
怎麼不是無數的山和水，伴著無數的情呢？

323 風流子・送春

李雯

誰教春去也，人間恨，何處問斜陽。
見花褪殘紅，鶯捎濃綠，思量往事，塵海茫茫。
芳心謝，錦梭停舊織，麝月懶新妝。
杜宇數聲，覺余驚夢，碧欄三尺，空倚愁腸。

東君抛人易，回頭處，猶是昔日池塘。
留下長楊紫陌，付與誰行。
想折柳聲中，吹來不盡，落花影裏，舞去還香。
難把一樽輕送，多少暄涼。

李雯（1607～1647）

字舒章。與陳子龍、宋徵輿共創雲間詞派。明崇禎時代的舉人，清軍入關時人在京城，被清朝政府羈留，任內閣中書舍人等職。南歸葬父後，在返京途中染病身亡。

—注釋—

一行—**教**：讓。

二行—**捎**：拂、掠。

三行—**芳心**：女子的情懷。／**謝**：凋零。／**麝月**：用黃色麝香在額間畫彎月圖案做為裝飾。

四行—**杜宇**：指杜鵑鳥，初夏時常晝夜不停啼叫，叫聲類似「不如歸去」。相傳為商周至春秋時代之間的古蜀君主杜宇之魂所化，又叫子規、鶗鴂、啼鴂、鵜鴂。／**覺**：睡醒。／**碧欄**：碧玉製的欄杆。／**三尺**：約九十公分。／**愁腸**：憂思鬱結的心腸。

五行—**東君**：《楚辭．九歌》中有祭日神的〈東君〉篇，之後演變為春神。

六行—**長楊**：連綿的楊柳，亦指漢朝的長楊宮，代表都城。／**紫陌**：京城道路。／**付與**：拿給、交付。

七行—**折柳**：指笛曲〈折楊柳〉，表達懷念之情。／**不盡**：無窮盡、無限。

八行—**把**：拿、持。／**暄涼**：炎涼，比喻人情的冷暖。

賞讀譯文

是誰讓春天離去的？這人間的恨，要去哪裡問斜陽呢？我看著花朵褪去殘紅，鶯鳥掠過濃綠的樹梢，我思量往事，只覺得塵世如大海茫茫。我的心情宛如已經凋零的女子芳心，把錦梭停在舊的織布上，也懶得用麝香在額間畫上彎月新妝。杜鵑鳥啼叫了幾聲，把我叫醒，讓我從美夢中驚醒。滿懷愁腸的我，徒然倚著三尺高的碧玉欄杆。春神輕易就把人抛下了，但我回頭一看，那裡還是昔日所見的池塘。祂留下的連綿楊柳和京城道路，要交到誰的行列中？我想，就算是笛曲〈折楊柳〉的樂聲，也無法訴盡這份情，在落花翩舞而去的影子裡，還留下了一股香氣。我很難用一杯酒就輕易把春天送走，因為有太多炎涼世事了。

題旨：傷春抒懷

324

山花子・春恨

陳子龍

楊柳迷離曉霧中，杏花零落五更鐘。
寂寞景陽宮外月，照殘紅。
蝶化彩衣金縷盡，蟲銜畫粉玉樓空。
惟有無情雙燕子，舞東風。

題旨：傷春抒懷

陳子龍（1608～1647）
初名介，字臥子、懋中、人中，號大樽、海士、軼符等。與李雯、宋徵輿共創雲間詞派。曾任紹興推官。明亡後，在太湖結兵準備抗清，因事跡敗露被捕後，投水自盡。

注釋

一行—**迷離**：模糊難以分辨的樣子。／**五更鐘**：宋朝時曾有「寒在五更頭」，以諧音暗示宋的亡國時間。在此引為喪國聲。

二行—**景陽宮**：南朝陳的宮殿，陳後主在此被隋軍擒獲。／**殘紅**：落花。

三行—**蝶化彩衣**：清代宋廣業的《羅浮山志》裡記載了東晉道教學家、化學家、醫藥學家葛洪成仙後，遺衣化成彩蝶的故事，在此指明朝皇族死後一切化為烏有。／**玉樓**：華麗的樓閣。

賞讀譯文

在清晨的白霧中，楊柳的身影迷離難辨，杏花在五更鐘時凋落。寂寞的景陽宮外，明月照著落花。

貴族的金縷彩衣都化成蝴蝶，一件也不剩了；在空蕩蕩的華麗樓閣裡，蟲兒銜著掉落的畫粉。只有一雙無情的燕子，乘著東風飛舞著。

325 點絳脣・春日風雨有感

陳子龍

滿眼韶華，東風慣是吹紅去。
幾番煙霧，只有花難護。
夢裏相思，故國王孫路。
春無主。杜鵑啼處，淚染胭脂雨。

題旨：傷春抒懷

注釋

一行—**韶華**：美好的時光，亦指春光。／**東風**：春風。／**紅**：指花。

二行—**幾番**：幾次。

三行—**相思**：想念。／**故國**：另有版本為「芳草」。／**王孫**：王的子孫，泛指貴族子弟。

四行—**無主**：另有版本為「無語」。／**杜鵑**：指杜鵑鳥，初夏時常晝夜不停啼叫，叫聲類似「不如歸去」，傳說會啼叫到出血才停止。相傳為商周至春秋時代之間的古蜀君主杜宇之魂所化。／**胭脂**：一種紅色顏料，泛指鮮豔的紅色。

賞讀譯文

滿眼盡是春日風光，春風總是把繁花吹落。
在幾次風雨煙霧過後，只有這些花兒最難保護。
我在夢裡想念著返回故國的道路。
春天沒有主人。在杜鵑鳥啼叫的地方，牠的血把雨染紅了。

金明池

有恨寒潮

柳如是

有恨寒潮，無情殘照，正是蕭蕭南浦。
更吹起霜條孤影，還記得舊時飛絮。
況晚來煙浪迷離，見行客特地瘦腰如舞。
總一種淒涼，十分憔悴，尚有燕臺佳句。
春日釀成秋日雨，念疇昔風流，暗傷如許。
縱饒有繞堤畫舸，冷落盡水雲猶故。
憶從前一點春風，幾隔著重簾，眉兒愁苦。
待約個梅魂，黃昏月淡，與伊深憐低語。

賞讀譯文

寒潮帶著恨意，落日餘暉無情地照耀著，南浦正傳來蕭蕭風聲。風還吹著柳樹帶霜枝條的孤獨身影，也還記得舊時飄飛的柳絮。何況夜晚來臨之際，水面上雲煙瀰漫，一片迷離模糊，而柳樹看到旅客還特地舞動瘦腰。總是有一種令人十分憔悴的淒涼，就算曾有過像李商隱所寫的〈燕臺〉佳句中的情懷。

春日的美好到最後只釀成了秋日的傷心雨。一想到往昔的風流情事，就讓人暗自傷心到如此。就算有繞著河堤航行的華麗遊船，我的心情還是很冷淡，就像往常的行雲流水。回想起從前吹過的一陣春風，那幾乎像是隔著重重的簾子那般遙遠，讓人露出愁苦的眉頭。等我來與梅魂相約，在有著淡淡月色的黃昏，與它輕聲低語，互相深深憐惜。

柳如是（1618～1664）

本名楊愛，字如是，又稱河東君。從小即因家貧而被賣為婢，之後成為歌妓。曾與陳子龍等人有過一段情，最後嫁給明朝才子錢謙益為側室。

—注釋—

一行—**殘照**：落日餘暉。／**蕭蕭**：形容落葉聲。／**南浦**：南邊的水岸。泛指送別之地。源自南朝江淹〈別賦〉：「送君南浦，傷如之何。」

二行—**霜條**：寒冬時帶霜的樹木枝條。／**飛絮**：飄飛的柳絮。

三行—**況**：何況。／**晚來**：夜晚來臨之際。／**煙浪**：即煙波，雲煙瀰漫的水面。／**迷離**：模糊難以分辨的樣子。／**行客**：旅客。

四行—**燕臺**：唐代李商隱有名為〈燕臺〉的組詩作品，依四季抒發對所思慕女子的相思之情。

五行—**疇昔**：過去，以前。／**風流**：指男女情愛方面。／**如許**：如此。

六行—**縱饒**：縱令，即使。／**畫舸**：裝飾華麗的遊船。／**冷落**：冷淡。

八行—**伊**：指梅魂。

題旨：詠柳抒懷

327

玉樓春・白蓮

王夫之

娟娟片月涵秋影，低照銀塘光不定。
綠雲冉冉粉初勻，玉露泠泠香自省。
荻花風起秋波冷，獨擁檀心窺曉鏡。
他時欲與問歸魂，水碧天空清夜永。

王夫之（1619～1692）字而農，號薑齋、夕堂。晚年隱居石船山，自署船山病叟、南嶽遺民，學者稱之船山先生。曾參與抗清活動，之後專於著書，有《周易外傳》、《黃書》、《尚書引義》、《永曆實錄》、《春秋世論》、《讀通鑑論》、《宋論》等書。研究領域包括天文、曆法、數學、地學，專精於經、史、文學，總結古代唯物主義思想。

題旨：詠蓮抒懷

一注釋一

一行一**娟娟**：皎好柔美的樣子。／**片月**：弦月。／**涵**：包容、容納。／**秋影**：秋日的形影。

二行一**綠雲**：指蓮葉。／**冉冉**：柔軟低垂的樣子。／**粉初勻**：指蓮花像剛擦上脂粉的女子。／**玉露**：晶瑩如玉的露水。／**泠泠**：清涼。／**自省**：自知。

三行一**荻花**：生長在水邊的草本植物，似蘆葦，於秋季開紫花。／**檀心**：檀紅色的花蕊。／**曉鏡**：明鏡，指清澈的水面。

四行一**他時**：指將來。／**歸魂**：蓮花魂魄歸處。／**天空**：天際空闊。／**清夜**：寂靜的夜晚。／**永**：漫長。

賞讀譯文

柔美的弦月容納了秋日的形影，低低地照著銀白色水塘，閃閃波光搖曳不定。綠雲般的蓮葉柔軟低垂著，白蓮花像剛塗上脂粉的女子，晶瑩如玉的露水讓蓮株一身清涼，自知香氣怡人。秋風吹過荻花，讓水波變得涼冷，白蓮獨自擁著檀紅色的花蕊，偷窺著明鏡般的水面。我想要問白蓮的魂魄將來要歸向何處？塘水碧綠，天際空闊，寂靜的夜晚很漫長。

328 南柯子

驛館吹蘆葉

毛奇齡

驛館吹蘆葉，都亭舞柘枝。相逢風雪滿淮西，記得去年殘燭照征衣。

曲水東流淺，盤山北望迷。長安書遠寄來稀，又是一年秋色到天涯。

毛奇齡（1623～1716）

原名甡，又名初晴，字「大可」等，號「秋晴」等，人稱「西河先生」。研究經學、史學及音韻學。曾參與抗清軍事活動，清代康熙時舉博學鴻儒科，曾任明史館纂修官等職，後因病歸隱，專心著述。

題序

淮西客舍接得陳敬止書，有寄。（注：淮西，指淮水上游一帶，在今安徽省。陳敬止，為作者的朋友。）

一注釋一

一行一**驛館**：驛站的客舍。／**蘆葉**：指蘆笳，一種以蘆葉為管的管樂器。／**都亭**：城裡的旅舍。／**柘枝**：指柘枝舞，源自西域的舞蹈。節奏鮮明，舞姿變化豐富。（柘：因同「這」。）

二行一**征衣**：旅人之衣。

三行一**曲水**：彎曲的河水。／**盤山**：盤旋的山路。

四行一**長安**：漢唐的都城，代指當時的京城。／**書**：書信。

題旨：追憶抒懷

賞讀譯文

在驛館裡聽人吹著蘆笳，在城市的旅舍中欣賞柘枝舞。記得去年我們在風雪滿天的淮西相逢，殘燭照著征衣的畫面。清淺的彎曲河水往東流去，我看向北方，盤旋的山路一片迷茫。從遙遠京城寄來的信很稀少，又到了這一年秋色滿天涯的時節。

329

好事近

分手柳花天

陳維崧

分手柳花天，雪向晴窗飄落。
轉眼葵肌初繡，又紅欹欄角。
別來世事一番新，只吾徒猶昨。
話到英雄失路，忽涼風索索。

陳維崧（1625～1682）字其年，號迦陵。明末時曾應童子試得第一，入清後科舉不第，旅食四方。康熙時，舉博學鴻詞科，曾任翰林院檢討等職。陽羨詞派領袖，詞與朱彝尊並稱「朱陳」。

題序

夏日史蘧庵先生招飲，即用先生喜余歸自吳閶過訪原韻。（注：史蘧庵，為史可法的弟弟史可程。吳閶，即蘇州。）

題旨：追憶抒懷

一注釋一

一行—**柳花**：柳絮。／**天**：時節、季節。／**雪**：指柳絮。

二行—**葵**：蜀葵。／**肌**：指花瓣。／**繡**：指花像手工繡上的那般。／**紅**：指花。／**欹**：傾斜，斜靠。（音同「棲」。）／**欄角**：欄杆的轉角。

三行—**吾徒**：我們。

四行—**失路**：比喻不得志。／**索索**：形容風聲。

賞讀譯文

我們分手時，正是柳絮飛舞的季節，如雪般的柳絮朝著晴日的窗子飄落。轉間之眼，蜀葵的花瓣像剛繡上那般綻放了，又傾斜地對著欄杆的轉角。自從我們分別以來，世間之事已有了一番新的面貌，只有我們還跟昨天一樣。在談到英雄不得志的事時，忽然吹來一陣索索涼風。

330 高陽臺

橋影流虹

朱彝尊

橋影流虹，湖光映雪，翠簾不捲春深。
一寸橫波，斷腸人在樓陰。
遊絲不繫羊車住，倩何人傳語青禽，
最難禁倚遍雕闌，夢遍羅衾。
重來已是朝雲散，悵明珠佩冷，紫玉煙沉。
前度桃花，依然開滿江潯。
鍾情怕到相思路，盼長堤草盡紅心。
動愁吟碧落黃泉，兩處難尋。

賞讀譯文

橋的倒影像流動的彩虹，湖光閃亮得像反射的雪光，她沒有捲起翠簾來欣賞濃郁的春意。她的眼波一轉，看到使她斷腸的男子在樓閣陰影下。遊絲牽不住那男子所乘的車，要請誰傳話給青鳥呢？她最沒辦法忍受的是倚遍了華麗欄杆（還看不到他），擁羅衾入睡時卻總是夢到他。

當男子再次到來時，如朝雲般的女子已經消散，讓人感嘆那佩在身上的明珠已冰冷，女子的魂魄也已沉落。上次看到的桃花，依然在江邊盛開著。專情的人最怕來到這條相思路，只盼長堤上的草都有紅心。他被觸動而哀傷低吟，感嘆在天堂和黃泉這兩處都難尋找到她的身影。

題旨：愛情記事

朱彝尊（1629～1709）
字錫鬯，號竹垞、小長蘆釣魚師、金風亭長等。明代大學士朱國祚的曾孫。康熙時，舉博學鴻詞科，曾任翰林院檢討，入值南書房等，後告老還鄉，專心著述。浙西詞派創始人。曾輯唐至元五百家為《詞綜》，以及《明詩綜》，亦是藏書家。

題序
吳江葉元禮：過流虹橋，有女子⋯見而慕之，竟至病死⋯⋯

—注釋—

一行—**流虹**：流動的彩虹，化用自那座橋的名字。／**映雪**：映射的雪光。／**春深**：春意濃郁。

二行—**一寸橫波**：指眼神流動，如水橫流。／**斷腸人**：使她斷腸（極度悲傷）的人。／**樓陰**：樓閣的影子。

三行—**遊絲**：蜘蛛等蟲吐的絲。／**羊車**：羊拉的車，引申為美男子所乘的車，源自晉代衛玠的故事。／**倩**：請。／**青禽**：指青鳥，在傳說中是為西王母傳遞音訊的使者。

四行—**禁**：忍受。／**雕闌**：雕花彩飾的華麗欄杆。／**羅衾**：絲綢被子。

五行—**朝雲**：指詞中女主角，化用自戰國時代宋玉的〈高唐賦序〉，其中提到巫山神女「旦為朝雲，暮為行雨」。／**紫玉**：指詞中女主角。《搜神記》提到，吳王夫差的小女兒紫玉，因無法嫁給所愛的韓重，抑鬱而亡。其母要抱她的魂魄時，她就像煙一般消逝。

六行—**前度桃花**：化用自唐代崔護的〈題都城南莊〉：「去年今日此門中，人面桃花相映紅。人面不知何處去，桃花依舊笑春風。」／**江潯**：江邊。

七行—**鍾情**：專情愛慕。／**草盡紅心**：紅心草有憑弔美人之意，相傳唐代王炎在夢中為吳王作〈西施挽歌〉，詩中有「滿地紅心草」。

八行—**愁吟**：哀傷低吟。／**碧落黃泉**：死後的天堂及地獄。引自唐代白居易的〈長恨歌〉：「上窮碧落下黃泉，兩處茫茫皆不見。」／**難尋**：另有版本為「誰尋」。

331 夢江南 二首

屈大均

・其一

悲落葉，落葉落當春。
歲歲葉飛還有葉，年年人去更無人。
紅帶淚痕新。

・其二

悲落葉，葉落絕歸期。
縱使歸來花滿樹，新枝不是舊時枝。
且逐水流遲。

屈大均（1630～1696）初名邵龍、邵隆，號非池，字騷餘、翁山、介子等。曾多次參與反清活動，也曾削髮為僧，之後專心著述，著有《廣東新語》等書。

題旨：悼亡傷逝

注釋

一之一行－**當春**：正值春天。
一之二行－**歲歲**：每年。／**更**：再。
一之三行－**紅帶**：紅色的衣帶。
二之一行－**絕**：完全沒有。／**歸期**：回來的日期。
二之三行－**且**：只。／**遲**：緩慢。

賞讀譯文

（其一）我為落葉感到悲傷，因為葉子落下時正值春天。每一年葉子飛落了，還有其他葉子，但每一年有人過世離開後，再也沒有人可以取代他。紅色衣帶上總是有新的淚痕。

（其二）我為落葉感到悲傷，因為葉子落下後完全沒有再回到樹上的日子。縱使看到葉子回到開滿花的樹上，這些新枝葉也不是舊時的枝葉了。落葉只會隨著流水緩慢流走。

暗香・綠萼梅

李良年

春纔幾日，早數枝開遍，笑他紅白。仙徑曾逢，萼綠華來記相識。修竹天寒翠倚，翻認了暗侵苔色。縱一片月底難尋，微暈怎消得。

脈脈，清露濕。便靜掩簾衣，夜香難隔。吳根舊宅，籬角無言照溪側。只有樓邊易墜，又何處短亭風笛。歸路杳，但夢繞銅坑斷碧。

賞讀譯文

春天才來幾日，早就有數枝綠萼梅開遍了，笑傲於其他紅紅白白的花之間。綠萼梅就像我曾在仙徑相逢而認識的萼綠華仙女。在寒冷的天氣裡，穿著綠衣的她倚著修長竹子，反而被認為有青苔色暗暗侵上了。雖然在一片月色下很難找到她的身影，但那一抹微暈怎麼可能消失而不被看到？

她含情脈脈，被清露沾濕了衣裳。即使我靜靜地掩上簾幕，也難以隔去她在夜裡飄散的香氣。在我吳地老家的籬笆轉角，綠萼梅無言地在溪側照著水面。她像綠珠那樣高潔而易墜，又有哪裡的短亭裡有人吹著笛曲呢？我的回鄉之路渺茫不清，但夢境卻繞著梅花盛開的銅坑山嶺。

李良年（1635～1694）
又名法遠、兆潢，字武曾，號秋錦、芋田叟。家貧，游食四方，曾入貴州巡撫幕府，舉博學鴻詞科不第。往來南北，行蹤遍天下，與許多文人交好。

—注釋—

題—**綠萼梅**：一種梅花品種。因萼綠花白、小枝為青綠色而得名。

一行—**纔**：通「才」。

二行—**萼綠華**：道教中的仙女，年約二十，身穿青衣。

三行—**修竹**：修長的竹子。／化用自唐代杜甫的〈佳人〉：「天寒翠袖薄，日暮倚修竹。」／**翻**：反而。

五行—**脈脈**：含情，藏在內心的感情。／**便**：縱然、即使。／**簾衣**：簾幕。

六行—**吳根**：指詞人的家鄉吳地（春秋時代吳國的疆域，在今江蘇、浙江一帶。）／**風笛**：指笛曲〈梅花落〉。

七行—**樓邊易墜**：引自西晉石崇寵妾綠珠的故事，石崇拒絕將綠珠交給大臣孫秀，遭誣告謀反當權者而被圍捕，綠珠為此墜樓自殺。唐代杜牧的〈金谷園〉有「落花猶似墜樓人」之句。

八行—**杳**：渺茫。／**銅坑**：山名，在吳地，為賞梅花勝地。／**斷碧**：指青山。

題旨：詠梅抒懷

333 木蘭詞・擬古決絕詞柬友

納蘭性德

人生若只如初見，何事秋風悲畫扇。
等閒變卻故人心，卻道故人心易變。
驪山語罷清宵半，淚雨零鈴終不怨。
何如薄倖錦衣郎，比翼連枝當日願。

賞讀譯文

人生中的愛情，如果只會像初戀時那般甜蜜，為什麼會有班婕妤感嘆自己宛如在秋風中被丟棄的畫扇。情人的心輕易就改變了，但他卻說情人的心本來就容易改變。當年唐玄宗和楊貴妃在驪山華清宮傾訴情意到清靜的半夜；唐玄宗也曾在雨聲、鈴聲交錯之際，因為思念被賜死的楊貴妃而淚如雨下，創作了〈雨霖鈴〉曲。那位薄情的華服男子又是如何呢？當年他也曾經許下「在天願作比翼鳥，在地願為連理枝」的心願。

納蘭性德（1655～1685）原名成德，為避太子名諱而改為性德。字容若，滿洲正黃旗人。家世顯赫，文武兼修，二十二歲時補考殿試，受賜進士出身。與徐乾學一同編著《通志堂經解》，並擔任康熙御前侍衛。因首任妻子早逝而寫有許多悼亡詞。三十歲時因急病過世。與朱彝尊、陳維崧並稱「清詞三大家」。

一注釋一

題—**柬**：寄信給某人。

一行—**初見**：初次相見，代指初相戀時。／**何事**：為何。／**秋風悲畫扇**：化用漢成帝妃子班婕妤的故事，她因趙飛燕得寵而失勢，所作的〈怨歌行〉有：「……裁爲合歡扇，團團似明月。……常恐秋節至，涼飆奪炎熱。」

二行—**等閒**：輕易、隨便。／**故人**：指情人。／化用自南北朝謝朓的〈同王主簿怨情〉：「故人心尚永，故心人不見。」

三行—**驪山**：驪山華清宮，代指唐玄宗與楊貴妃的愛情故事。／**清宵**：清靜的夜晚。／**零鈴**：指〈雨霖鈴〉，唐玄宗在楊貴妃被賜死後，因雨聲和鈴聲而勾起傷情，便作〈雨霖鈴〉曲來傳遞哀思。

四行—**何如**：如何。／**薄倖**：薄情、無情。／**錦衣郎**：衣著精美華麗的男子。／**比翼連枝**：唐代白居易在〈長恨歌〉中曾提及唐玄宗與楊貴妃的故事：「七月七日長生殿，夜半無人私語時。在天願作比翼鳥，在地願為連理枝。」

題旨：失戀閨怨

334

臺城路・塞外七夕

納蘭性德

白狼河北秋偏早，星橋又迎河鼓。清漏頻移，微雲欲溼，正是金風玉露。兩眉愁聚。待歸踏榆花，那時才訴。只恐重逢，明明相視更無語。

人間別離無數。向瓜果筵前，碧天凝佇。連理千花，相思一葉，畢竟隨風何處。羈棲良苦，算未抵空房，冷香啼曙。今夜天孫，笑人愁似許。

賞讀譯文

在白狼河以北的地帶，秋天來得偏早，又到了鵲橋迎接牽牛星的季節。時間隨著清晰的滴漏聲頻頻前移，薄雲的溼度愈來愈重，現在正是吹秋風、結白露的季節。織女的雙眉因憂愁而緊皺，要等到牽牛踏著榆花回來的那個時候，才傾訴心意。只怕重逢時，明明互相凝視著，反而更無話可說。

人世間的別離難以計數，有許多人佇立在七夕的瓜果筵前，凝望著青天。連理樹上的千朵花，寫著相思心情的葉子，到底隨風飄到何處？我這久留外地的心情很苦，但算起來還比不上她在空房裡哭啼到天亮。今夜的織女星，笑著地上的人竟然如此憂愁。

題旨：秋景相思

注釋

一行—**白狼河**：即大淩河，在今河南省。／**星橋**：指鵲橋。／**河鼓**：即牽牛星。

二行—**清漏**：清晰的計時漏壺滴漏聲，代指時間。／**微雲**：薄雲。／**金風玉露**：秋風白露；白露指秋天的露水，因秋屬金，金色為白，故有此稱。引自唐代李商隱的〈辛未七夕〉：「由來碧落銀河畔，可要金風玉露時。」

三行—**聚**：指眉頭緊皺。／**榆花**：引自唐代曹唐的〈織女懷牽牛〉：「欲將心向仙郎說，借問榆花早晚秋。」

五行—**向**：對著。／**瓜果筵**：古代婦女在七夕時，會在庭院中擺設瓜果、鮮花、胭脂祭天，祈求擁有美貌。／**碧天**：青天。

六行—**連理**：枝條連生在一起的兩棵樹。比喻夫妻。／**相思一葉**：化用自紅葉題詩的典故，唐代時有宮女將相思心情寫在紅葉上，隨著溝水流出宮外，最後促成一段姻緣。關於主角的身分則有多種說法。／**畢竟**：到底。

七行—**羈棲**：久留他鄉。／**良**：很。／**冷香**：清香的花，借指女子。／**曙**：天亮。

八行—**天孫**：即織女星。／**似許**：如此、如許。

335

江城子

淫雲全壓數峰低

納蘭性德

淫雲全壓數峰低。影凄迷，望中疑。
非霧非煙，神女欲來時。
若問生涯原是夢，除夢裏，沒人知。

題旨：賞景抒懷

—注釋—

一行—**淫雲**：淫度大的雲。／**淒迷**：淒涼迷茫。
二行—**神女**：指戰國時代宋玉〈高唐賦〉中，楚王夢見的「旦為朝雲，暮為行雨」的巫山神女。

賞讀譯文

淫雲全都低低地壓著群山。山的影子淒涼迷茫，讓人邊望邊懷疑是否真的有山。
這不是霧，也不是煙，而是巫山神女就要來到的時刻。
若問起神女的生涯，她會說這原本就是夢，除了在夢裡，沒有人知道實情。

336

浣溪沙 誰道飄零不可憐

納蘭性德

誰道飄零不可憐，舊遊時節好花天，
斷腸人去自經年。
一片暈紅疑著雨，晚風吹掠鬢雲偏。
倩魂銷盡夕陽前。

題序
西郊馮氏園看海棠，因憶香嚴詞有感。（注：香嚴詞為清初龔鼎孳詞集《香嚴詞存稿》的簡稱。）

題旨：賞海棠抒懷

一注釋一

一行一**飄零**：凋謝飄落。／**可憐**：令人憐憫。／**舊遊**：舊日之遊。／**好花天**：繁花盛開的好時節。

二行一**斷腸人**：極度悲傷的人。／**經年**：經過一年或若干年。另有版本為「今年」。

三行一**暈紅**：指海棠花的色澤。／**疑**：另有版本為「才」。／**著雨**：帶雨。／**鬢雲**：指女子捲曲如雲的鬢髮，比喻海棠花。／**晚風吹掠鬢雲偏**：另有版本為「幾絲柔綠乍和煙」。

四行一**倩魂**：指少女的心魂，也比喻落花。源自唐代陳玄祐的《離魂記》，倩娘的心魂跟著愛慕男子遠行並生子，多年後返家才重返身體。／**銷盡**：消散。

賞讀譯文

誰說花兒的凋謝飄落不令人憐憫呢？我們舊日出遊時，正是繁花盛開的好時節。
極度悲傷的人已經離開一年了。
一片暈紅的花瓣好像帶著雨，在晚風吹掠而過時，像女子的鬢髮般傾斜偏向一邊。
那花兒就像少女的心魂那樣，在夕陽前消散了。

337

浣溪沙

誰念西風獨自涼

納蘭性德

誰念西風獨自涼，蕭蕭黃葉閉疏窗。
沉思往事立殘陽。
被酒莫驚春睡重，賭書消得潑茶香。
當時只道是尋常。

題旨：秋景懷人

—注釋—

一行—**念**：惦記。／**蕭蕭**：形容落葉聲。／**疏窗**：有鏤空雕刻花紋的窗戶。

二行—**殘陽**：夕陽餘暉。

三行—**被酒**：為酒所醉，即喝醉了。／**春睡**：在宋代的《楊太真外傳》中記載，唐玄宗曾笑稱酒醉未醒的楊貴妃為「海棠春睡」。／**賭書**、**潑茶**：指李清照和趙明誠的生活點滴，兩人會為某典故出自哪本書的幾頁幾行，答對的人可先喝茶，卻又因太高興而把茶水潑出來，出自李清照的〈金石錄後序〉。／**消得**：消受、享受。

四行—**只道**：只以為。／**尋常**：平常普通。

賞讀譯文

有誰會惦記我在西風裡獨自覺得涼冷？蕭蕭落下的黃葉遮擋了有縷空花紋的窗戶。

我站在夕陽餘暉裡沉思著往事。

她不會驚醒因酒醉而睡得深沉的我，我們像李清照夫婦一樣享受賭書潑茶之類的生活樂趣，

當時只以為這是很平常普通的事。

蝶戀花

又到綠楊曾折處

納蘭性德

又到綠楊曾折處，不語垂鞭，踏遍清秋路。
衰草連天無意緒，雁聲遠向蕭關去。
不恨天涯行役苦，只恨西風，吹夢成今古。
明日客程還幾許，霑衣況是新寒雨。

題旨：遠行心情

—注釋—

一行—**綠楊曾折**：楊指楊柳。「柳」有「留」的諧音，古人常折柳贈別，表示挽留之意。／**垂鞭**：垂下鞭子，讓馬慢慢走。／**清秋**：明淨爽朗的秋日，或指深秋。

二行—**衰草**：枯草。／**意緒**：心意、心情。／**蕭關**：關口名，在今甘肅省。

三行—**行役**：因公務而出外跋涉。／**今古**：過去、往昔，借指消逝的人事、時間。

四行—**客程**：旅途。／**幾許**：多少。／**霑**：沾溼。／**新寒**：氣候開始轉冷。

賞讀譯文

又到了曾經折綠楊柳送別的地方，我默默不語地垂下鞭子，在明淨爽朗的秋日裡騎著馬慢慢走遍這條路。枯草相連到天邊，讓人一點心情也沒有，飛雁的鳴叫聲朝向遠處的蕭關而去。我不恨這因公務出外跋涉到天涯的苦，只恨西風把美夢吹成過往。明天的路途還有多少？更何況沾濕衣服的是剛開始轉寒時的雨。

339 蝶戀花

辛苦最憐天上月

納蘭性德

辛苦最憐天上月，一昔如環，昔昔長如玦。
若似月輪終皎潔，不辭冰雪為卿熱。
無那塵緣容易絕，燕子依然，軟踏簾鉤說。
唱罷秋墳愁未歇，春叢認取雙棲蝶。

題旨：悼念亡妻

注釋

一行—**辛苦**：辛勤勞苦。／**昔**：夕，夜晚。／**環**：指滿月。／**玦**：有缺口的玉環，指不圓的月亮。

二行—**月輪**：指滿月。／**卿**：你的暱稱。／**不辭**：不推卻、不躲避。／**不辭冰雪為卿熱**：引用《世說新語．惑溺》的典故：「荀奉倩與婦至篤，冬月婦病熱，乃出中庭自取冷，還以身熨之。」

三行—**無那**：無奈。／**塵緣**：塵世的因緣。／**軟**：輕。／**軟踏簾鉤說**：引自唐代李賀〈賈公閭貴婿曲〉的「燕語踏簾鉤」，指輕輕踏在簾鉤上呢喃細語。

四行—**秋墳**：指悼亡詩，引自唐代李賀〈秋來〉的「秋墳鬼唱鮑家詩」。／**春叢**：春天的花叢。／**認取**：辨認，認得。取為助詞。／**雙棲**：成雙棲息。

賞讀譯文

最讓人憐惜的是天上辛勤勞苦的明月，每個月只有一晚像圓圓的玉環，其他夜晚都像缺了一角的玉玦。
如果你像滿月那樣始終皎潔，我一定不躲避冰雪，為你暖和身心。
無奈塵世的因緣容易斷絕，而燕子依然輕踏著簾鉤呢喃細語。
唱完了悼亡詩後，我心中的愁緒還未停歇，只好到春天的花叢裡辨認那成雙棲息的蝴蝶。

340

楊花

黃任

行人莫折柳青青，
看取楊花可暫停。
到底不知離別苦，
後身還去化浮萍。

黃任（1683～1768）
字於莘、莘田，喜收藏硯石，號十硯老人、十硯翁。曾任廣東四會知縣。因故被劾去職後，歸鄉里，生活清苦。

題旨：詠楊花

注釋

題—**楊花**：即柳絮。
一行—**行人**：指送行的人。
二行—**取**：語助詞。／**可**：能夠。
三行—**到底**：始終。
四行—**浮萍**：古代有柳絮墜入水中成為浮萍的傳說。

賞讀譯文

送行的人不要再折青青的柳枝了，
先看一下柳絮，就能夠暫停折柳了。
柳絮始終不知道離別的苦，
掉落後還去化成浮萍。

百字令

秋光今夜

厲鶚

秋光今夜，向桐江，為寫當年高躅。風露皆非人世有，自坐船頭吹竹。萬籟生山，一星在水，鶴夢疑重續。拏音遙去，西巖漁父初宿。

心憶汐社沉埋，清狂不見，使我形容獨。寂寂冷螢三四點，穿過前灣茅屋。林淨藏煙，峰危限月，帆影搖空綠。隨風飄蕩，白雲還臥深谷。

厲鶚（1692～1752）

字太鴻、雄飛，號樊榭、南湖花隱等。家境貧寒，曾考進士不第。以詩聞名，亦是浙西詞派集大成者。性喜出遊吟詩，足跡踏遍各地名山。博覽群書，著作豐富，有《宋詩紀事》、《遼史拾遺》等書。

題序

月夜過七里灘，光景奇絕。歌此調，幾令眾山皆響。（注：七里灘、桐江在今浙江桐廬縣，此處有東漢隱士嚴光的釣魚處。）

—注釋—

一行—**高躅**：高人的足跡。

二行—**吹竹**：吹奏竹管樂器。

三行—**萬籟**：自然界的各種聲響。／**鶴夢**：指超凡脫俗的嚮往。

四行—**拏**：古通「橈」，即船槳。（音同「如」。）／化用自唐代柳宗元的〈漁翁〉：「漁翁夜傍西巖宿。」

五行—**汐社**：南宋遺民謝翱創立的文社。／**清狂**：狂放不羈。／**形容**：容顏、容貌。

六行—**寂寂**：寂靜無人聲。

七行—**危**：高聳的。／**空綠**：廣闊的綠水。

題旨：秋夜江景

賞讀譯文

在今夜的秋光下，我來到桐江，為的是寫下當年高人的足跡。這裡的風和露都不是人世間會有的，我自己坐在船頭吹著竹管樂器。群山之間出現萬籟聲響，一顆星星倒映在水面，似乎再續了那化成鶴超凡脫俗的美夢。搖槳的聲音逐漸遠去，漁父才剛停在西巖夜宿。

我心想汐社已經沉落埋沒，不再有清狂之士，讓我的形貌看起來更加孤獨。安靜冷清的三、四點螢光，穿過了前面水灣旁的茅屋。清淨的樹林裡藏著煙霧，高高的山峰擋住明月，帆影在廣闊的綠水中搖動。白雲隨風飄蕩，最後還是坐臥在深谷裡。

眼兒媚

一寸橫波惹春留

厲鶚

一寸橫波惹春留，何止最宜秋。
妝殘粉薄，矜嚴消盡，只有溫柔。
當時底事匆匆去，悔不載扁舟。
分明記得，吹花小徑，聽雨高樓。

題旨：相思懷人

注釋

一行—**橫波**：比喻女子眼神流動，如水橫流。／**宜秋**：對照「秋波」一詞，此詞比喻美女的眼睛目光清澈明亮。

二行—**矜嚴**：矜持嚴整。

三行—**底事**：何事、什麼事。／**載扁舟**：指一起隱居，引自春秋時代范蠡和西施的故事，相傳范蠡幫助越王句踐滅吳後，乘輕舟於五湖，當時帶著西施同行。

四行—**分明**：清楚、明白。

賞讀譯文

她的眼波流動惹得春天停下腳步，何止最適合用秋波來形容？
她臉上只有淡妝薄粉，完全沒有矜持嚴整，只有溫柔。
當時我為了什麼事而匆匆離去？我後悔沒有帶她一起乘扁舟隱居。
我還清楚記得，我們一起在小徑上看風吹花，在高樓上聆聽雨聲。

343

齊天樂·吳山望隔江霽雪

厲鶚

瘦筇如喚登臨去，江平雪晴風小。
溼粉樓臺，釅寒城闕，不見春紅吹到。
微茫越嶠，但半沍雲根，半銷沙草。
為問鷗邊，而今可有晉時棹。

清愁幾番自遣，故人稀笑語，相憶多少。
寂寂寥寥，朝朝暮暮，吟得梅花俱惱。
將花插帽，向第一峰頭，倚空長嘯。
忽展斜陽，玉龍天際繞。

題旨：詠雪霽景色

一注釋一

一行一**筇**：竹杖。／**登臨**：登高望遠。

二行一**釅寒**：嚴寒。／**城闕**：城門兩邊的望樓。／**春紅**：春天的花。

三行一**微茫**：模糊隱約的樣子。／**越嶠**：指江浙一帶的山巒。／**沍**：凍結。／**雲根**：深山雲起之處。／**銷**：消失。

四行一**鷗邊**：水邊，亦指水邊的鷗鳥。／**而今**：如今。／**晉時棹**：指東晉王子猷在雪夜乘舟訪友人戴安道的故事，他花了一夜的時間到戴安道的住處，卻不見戴安道就直接返家，認為「吾本乘興而行，興盡而返，何必見戴？」

五行一**清愁**：淒涼的愁悶情緒。／**幾番**：幾次。／**故人**：老友。／**相憶**：想念。

六行一**寂寂寥寥**：寂寞空虛。

七行一**第一峰**：指吳山，在今浙江省。

八行一**玉龍**：指連綿的雪峰。

賞讀譯文

細瘦竹杖像是在呼喚我去登高望遠，現在江面平靜，雪後放晴，風也變小了。樓臺就像沾了溼溼的白粉，嚴寒的城闕上，看不到有春天的花吹來。模糊隱約的江浙山巒，有一半凍結在深山雲起之處，一半消失在沙草間。我問水邊的鷗鳥，如今還有像東晉王子猷那樣在雪夜乘舟訪友人的事情嗎？我幾次獨自排遣淒涼的愁悶情緒，如今很少聽到老友的笑語聲，思念之情有多少？我感到寂寞空虛，日日夜夜都在吟詩，連看梅花都覺得氣惱。我把花插在帽子上，朝向第一峰吳山的山頭，仰天長嘯。忽然間，斜陽從雲間展露，我看到連綿雪峰宛若玉龍盤繞在天際。

344

憶舊遊

溯溪流雲去

厲鶚

溯溪流雲去，樹約風來，山剪秋眉。
一片尋秋意，是涼花載雪，人在蘆碕。
楚天舊愁多少，飄作鬢邊絲。
正浦溆蒼茫，閑隨野色，行到禪扉。

忘機。悄無語，坐雁底焚香，蛩外弦詩。
又送蕭蕭響，盡平沙霜信，吹上僧衣。
憑高一聲彈指，天地入斜暉。
已隔斷塵喧，門前弄月漁艇歸。

賞讀譯文

流雲逆著溪流而上，樹邀約風過來，遠山像修剪好的秋眉。我懷著一片尋訪秋景的念頭，在長滿蘆草的曲岸旁，看到一大片雪白蘆花。南方的天空有多少舊愁呢？飄飛的蘆花成了我鬢邊的白絲。水邊曠遠迷茫，我悠閒地隨著郊野景色，行船來到禪庵門口。我忘卻心機，悄聲無語，坐在雁影底下焚香，在蟋蟀聲外彈琴吟詩。風又送來蕭蕭聲響，把廣闊沙原的霜冷全吹上僧衣。我登上高處彈指一聲，天地已浸入夕陽斜暉中。我已斷絕了塵喧，在禪庵門前賞月後，就乘著漁艇回去了。

題旨：遊溪記事

題序

辛丑九月既望，風日清霽，喚艇自西堰橋……灣洄以達於河渚。時秋蘆作花，遠近縞目。回望諸峰，蒼然如出晴雪之上……乃假僧榻，偃仰終日，唯聞棹聲掠波往來，使人絕去世俗營競所在……

—注釋—

一行—**溯**：逆流而上。／**流雲**：飄轉流動的雲。

二行—**意**：念頭、想法。／**涼花**：秋花，在此指蘆花。／**碕**：曲岸。

三行—**楚天**：春秋戰國時期的楚國在長江中下游一帶，之後泛指南方天空。

四行—**浦溆**：水邊。／**蒼茫**：曠遠迷茫的樣子。／**閑**：通「閒」。／**野色**：原野或郊野的景色。

五行—**忘機**：忘卻心機。／**蛩**：蟋蟀。／**弦詩**：彈琴吟詩。

六行—**蕭蕭**：形容風聲。／**盡**：全都。／**平沙**：廣闊的沙原。

七行—**憑高**：登上高處。／**霜信**：霜期來臨的消息。／**斜暉**：傍晚西斜的陽光。

八行—**隔斷**：斷絕。／**弄月**：賞月。／**漁艇**：小型輕快的漁船。

345

淒涼犯・蘆花

趙文哲

滄江望遠，微波外芙蓉落盡秋片。
野橋古渡，輕筠裊裊，露華零亂。
西風乍捲，便鷗鷺飛來不見。
似當時楊花滿眼，人別灞陵岸。

幾度思持贈，回首天涯，白雲空剪。
夕陽自顫，嘆絲絲鬢邊難辨。
獨立蒼茫，問何事頻吹塞管。
正淒涼，冷月宿處起斷雁。

趙文哲（1725～1773）字損之，號樸函。以詩文書法著稱。乾隆南巡時，召試後欽賜舉人，曾任內閣中書、方略館纂修、軍機處行走等職，曾參與征緬甸之戰。之後在今四川省的戰事中遇難身亡。

一注釋一

一行**一滄江**：暗綠的江水。／**微波**：微小的波浪。／**芙蓉**：荷花的別稱。

二行**一古渡**：古老的渡口。／**筠**：竹子。／**裊裊**：搖曳不定的樣子。／**露華**：露氣、露珠。／**零亂**：散亂不整齊。

三行**一乍**：突然。／**便**：即使。

四行**一楊花**：即柳絮。／**灞陵**：漢孝文帝劉恒的陵寢，因靠近灞河而得名。灞橋為橫跨灞河之橋，古人常在此折柳贈別。（「柳」有「留」的諧音，表示挽留之意。）

五行**一**化用自南宋張炎的〈八聲甘州〉：「載取白雲歸去，問誰留楚佩，弄影中洲。折蘆花贈遠，零落一身秋。」

六行**一絲絲鬢邊難辨**：化用自清代厲鶚的〈憶舊遊〉：「楚天舊愁多少，飄作鬢邊絲。」（見三四四頁）

七行**一蒼茫**：曠遠迷茫的樣子。／**何事**：為何。／**塞管**：塞外胡樂器。以蘆以首，竹為管，聲音悲切。

八行**一斷雁**：離群的孤雁。

賞讀譯文

我站在滄江旁望向遠方，在微小的波浪外，荷花花瓣已因秋季的到來而落盡。郊野的橋邊，古老的渡口處，輕盈的竹林搖曳著，露珠零亂飛落。西風突然捲起蘆花，就算有鷗鷺等水鳥飛過來也看不見牠們。就像當時柳絮飛滿眼前，我們在灞陵岸分別的時候。

我有幾次想要拿著蘆花贈送給你，但回首才發覺我人在天涯，徒然剪下朵朵白雲。蘆花在夕陽下顫抖著，我感嘆難以分辨鬢邊的是蘆花還是絲絲白髮。我獨自站立在曠遠迷茫的天地間，詢問為何要頻頻吹奏塞管？我正感到淒涼時，看到棲宿在冷冷月光下的離群孤雁起身飛向天際。

題旨：詠蘆花

觀夜潮

吳錫麒

高樓極目大江寬，為待潮生夜倚闌。
隔岸忽沉燈數點，如山湧到雪千盤。
魚龍卷地秋風壯，星斗搖天海氣寒。
明月漸低聲已歇，一枝塔影臥微瀾。

吳錫麒（1746～1818）
字聖徵，號穀人。登進士後，曾任翰林院庶起士、右贊善、入值上書房、國子監祭酒等職。後以雙親年邁需奉養為由而歸鄉里，於各書院中講學。

題旨：夜潮風景

一注釋一

一行—**極目**：放眼遠望。／**大江**：指錢塘江。／**闌**：欄杆。

二行—**隔岸**：河的對岸。

三行—**魚龍**：魚和龍。泛指有鱗的水生動物。／**卷地**：從地面席捲而過。

四行—**微瀾**：微小的波紋。

賞讀譯文

我在高樓上放眼遠望，錢塘江非常寬大。夜裡，我為了等待大潮生起，在這裡倚著欄杆。河的對岸忽然有數點燈火沉沒不見，如山高的浪潮像千盤雪般湧到面前。魚龍隨浪潮席捲地面，秋風聲勢壯大，星斗搖動天空，海氣變得寒冷。隨著明月漸低，潮聲已經停歇，只剩高塔的一枝細長影子躺臥在細微的波浪上。

347

雜感

黃景仁

仙佛茫茫兩未成，只知獨夜不平鳴。
風蓬飄盡悲歌氣，泥絮沾來薄倖名。
十有九人堪白眼，百無一用是書生。
莫因詩卷愁成讖，春鳥秋蟲自作聲。

題旨：人生感懷

黃景仁（1749～1783）
字漢鏞、仲則，號鹿菲子。宋朝詩人黃庭堅後裔。家境清貧。郡試第一，但鄉試多次不中，浪遊各地求生計，一生窮困潦倒，三十五歲時因病過世。富詩名，著有《兩當軒全集》。

注釋

一行－**茫茫**：模糊不明的樣子。／**獨夜**：孤獨的夜裡。
二行－**風蓬**：風中的蓬草。／**悲歌**：悲壯的歌。／**泥絮**：沾了泥的柳絮，不會再飄動。／**薄倖**：薄情。
三行－**白眼**：眼睛露出較多白色部分，表示厭惡、輕視或憤怒。
四行－**讖**：預言。

賞讀譯文

能否成仙或成佛，這兩件事都模糊不明，我只知道在孤獨的夜裡發出不平之鳴。我像風中的蓬草飄盡了唱悲壯歌曲的氣慨，成了飛不動的沾泥柳絮，換來薄情的名聲。世上的十個人裡有九人都值得用白眼鄙視，其中最百無一用的正是像我這樣的書生。不要因為詩卷裡的愁苦成了預言而擔憂，春鳥和秋蟲也都會隨著自己的心情而發出聲音。

木蘭花慢・楊花

張惠言

儘飄零盡了，何人解當花看。
正風避重簾，雨回深幕，雲護輕幡。
尋他一春伴侶，只斷紅相識夕陽間。
未忍無聲委地，將低重又飛還。

疏狂情性算淒涼，耐得到春闌。
便月地和梅，花天伴雪，合稱清寒。
收將十分春恨，做一天愁影繞雲山。
看取青青池畔，淚痕點點凝斑。

張惠言（1761～1802）

原名一鳴，字皋文，一作皋聞，號茗柯。家境清貧。中舉人後，考取景山宮官學教習，教授官宦子弟。登進士第後，曾任實錄館纂修官、翰林院編修。與張琦合編《詞選》，開常州詞派，著有《茗柯文集》。四十二歲時卒於官。

注釋

題—**楊花**：即柳絮。

一行—**儘**：任憑。／**飄零**：凋謝飄落。／**解**：懂得，知道。

二行—**正**：正好。／**幡**：狹長、垂直懸掛的旗幟。

三行—**他**：襯字，無所指。／**斷紅**：落花。

四行—**忍**：願意。／**委**：捨棄。

五行—**疏狂**：豪放，不受拘束。／**情性**：本性。／**耐**：承受。／**春闌**：春意闌珊，春天盡頭。

六行—指楊花與梅、雪，是清寒伴侶。

七行—**將**：語助詞。

八行—**取**：語助詞。／**淚痕點點凝斑**：化用北宋蘇軾的〈水龍吟〉：「細看來，不是楊花，點點是離人淚。」（見一五二頁）

題旨：詠柳絮

賞讀譯文

任憑柳絮全都凋謝飄落，有誰能夠明白，把它當成花來看待？正好風可以躲在重簾裡，雨滴能回到深幕下，雲護衛著輕幡。柳絮想要尋找可以共度春天的伴侶，卻在夕陽間與落花相識。它不願意無聲地掉落地上，在將要落低時又重新飛起。

柳絮有著豪放的本性，就算淒涼，也能夠承受這一切到春天的盡頭。因此，它與月光下的大地和梅花，伴著雪花的天空，一起稱為清寒一族。它收下所有的春恨，化做一天的愁影，繞著雲山打轉。看那青青的池畔，離人的點點淚痕都化成凝斑了。

349 相見歡

年年負卻花期

張惠言

年年負卻花期，過春時。只合安排愁緒送春歸。

梅花雪，梨花月，總相思。自是春來不覺去偏知。

題旨：傷春

一注釋一

一行一**負卻**：辜負。／**過**：錯過。

二行一**合**：適合。／**歸**：回去。

四行一**自是**：自然是、原本是。／**知**：明白、了解、察覺。

賞讀譯文

每年都辜負花期，錯過春天的美好時光。這種情況只適合安排愁緒送春天回去。雪地裡的梅花，月下的梨花，總是讓人相思。人原本就是在春天來時沒有感覺，在春天離去時偏偏能察覺。

350

新雷

張維屏

造物無言卻有情，
每于寒盡覺春生。
千紅萬紫安排著，
只待新雷第一聲。

題旨：詠大自然

張維屏（1780～1859）

字子樹，號南山、松心子、珠海老漁。登進士第後，曾任湖北、江西一帶的地方官，因厭倦官場黑暗，辭官歸鄉里，專心著述。曾作長詩抗英，為愛國詩人。

一注釋一

一行一**造物**：創造萬物的大自然。

二行一**于**：通「於」。

四行一**新雷**：指春雷。

賞讀譯文

創造萬物的大自然雖然無言卻有感情，
每次在寒日盡頭就感覺到春天重生了。
大自然安排好千紅萬紫的繁花，
只要等到第一聲新雷響起，就會盛開。

351

渡江雲・楊花

周濟

春風真解事，等閒吹遍，無數短長亭。
一星星是恨，直送春歸，替了落花聲。
憑闌極目，蕩春波萬種春情。
應笑人春糧幾許，便要數征程。
冥冥。車輪落日，散綺餘霞，漸都迷幻景。
問收向紅窗畫篋，可算飄零。
相逢只有浮萍好，奈蓬萊東指弱水盈盈。
休更惜秋風吹老蒓羹。

賞讀譯文

春風真是懂事，隨便就把柳絮吹到遍及無數的短亭和長亭。每一點點柳絮都是離恨，它直接送春天回去，取代了落花聲。我倚靠欄杆，放眼遠望，看著柳絮在春波上搖蕩，展現萬種春天風情。它應該在笑人們準備了多少春糧，就要開始算數行程有多遠。四周變得昏暗，車輪般的落日鋪散出綺麗的餘暉彩霞，逐漸都變成迷糊虛幻的景色。請問如果柳絮被收進紅窗底下的精美箱子裡，也算是飄零嗎？若要相逢，只有浮萍是最好的對象，無奈蓬萊仙山在清澈險惡的河海東方。不要再去憐惜那被秋風吹老的家鄉蒓羹了。

題旨：詠柳絮

周濟（1781～1839）字保緒、介存，號未齋、止庵。登進士第後，曾任淮安府府學教授。辭官歸隱後，專心著述。為詞論家，著有《味雋齋詞》、《詞辨》等書，輯有《宋四家詞選》。

注釋

題—**楊花**：即柳絮。

一行—**解事**：懂事。／**等閒**：隨便、不留意。／**短長亭**：古代設在路邊的休憩亭舍，十里設一長亭，五里設一短亭。

二行—**一星星**：一點點。／**歸**：回去。／**替了**：取代了。

三行—**憑闌**：倚靠欄杆。／**極目**：放眼遠望。

四行—**春糧**：春天的糧食。／**幾許**：多少。／**征程**：行程。

五行—**冥冥**：昏暗。／**散綺餘霞**：化用自南北朝謝朓的〈晚登三山還望京邑〉：「餘霞散成綺，澄江靜如練。」／**迷幻**：迷糊虛幻。

六行—**畫篋**：精美的箱子。／**飄零**：凋謝飄落。

七行—**浮萍**：古代有柳絮墜入水中成為浮萍的傳說。／**蓬萊**：傳說中的海上仙山。／**弱水**：古代神話傳說中險惡難渡的河海。／**盈盈**：水清澈的樣子。／化用自北宋蘇軾的〈金山妙高臺〉：「蓬萊不可到，弱水三萬里。」

八行—**蒓羹**：蓴羹。／**秋風吹老蒓羹**：指歸隱故里的想法。化用《晉書．張翰傳》：「翰因見秋風起，乃思吳中菰菜、蓴羹、鱸魚膾。」

352

蝶戀花

絡緯啼秋啼不已

周濟

絡緯啼秋啼不已。一種秋聲，萬種秋心裏。
殘月似嫌人未起，斜光直透羅幃底。
喚起閒庭看露洗。薄翠疏紅，畢竟能餘幾。
記得春花真似綺，誰將片片隨流水。

題旨：傷春悲秋

一注釋一

一行一**絡緯**：一種昆蟲，形似蚱蜢，體型較大。鳴聲急促似紡絲。又稱「絡絲娘」、「莎雞」。／**不已**：不停止。／**秋心**：指悲秋的愁心，化用自南宋吳文英的〈唐多令〉：「何處合成愁，離人心上秋。」（見二八一頁）

二行一**殘月**：將落的月亮。／**羅幃**：絲質簾幕，一般指床帳。

三行一**閒庭**：寂靜的庭院。／**露洗**：指露水洗潤過的景色。／**薄翠**：單薄的綠葉。／**疏紅**：稀疏的紅花。／**畢竟**：到底。

四行一**綺**：織有花紋的絲織品。

賞讀譯文

絡絲娘在秋天啼鳴不停，這一種秋聲，成了人心裡的萬種悲愁。

即將落下的殘月似乎嫌人還沒起床，斜斜的月光直接透進羅幃底下。

它把人喚起，到安靜的庭院去看看露水洗潤過的景色。到底單薄的綠葉和稀疏的紅花還能剩下多少？

我記得春天的花兒真的像花紋織品那樣美麗，是誰讓它們一片片隨著流水離去？

353

木蘭花慢・武林歸舟中作

董士錫

看斜陽一縷，剛送得片帆歸。
正岸繞孤城，波回野渡，月暗閒堤。
依稀是誰相憶，但輕魂如夢逐煙飛。
贏得雙雙淚眼，從教涴盡羅衣。

江南幾日又天涯，誰與寄相思。
悵夜夜霜花，空林開遍，也只儂知。
安排十分秋色，便芳菲總是別離時。
惟有醉將醽醁，任他柔櫓輕移。

董士錫（1782～1831）字晉卿、損甫。曾跟隨舅父張惠言學習。因家貧，壯年時多在公卿家作客。曾在多家書院講學，著有《齊物論齋集》等書。

題旨：相思情懷

注釋

題—**武林**：浙江杭州。
一行—**片帆**：孤舟。
二行—**野渡**：村野的渡口。
三行—**依稀**：隱約、不清晰。／**相憶**：想念。／**夢**：指夢魂。古人認為人的靈魂能在睡夢中離開肉體。
四行—**贏得**：落得。／**從教**：從而使。／**涴**：浸漬。／**羅衣**：絲質的衣服。
六行—**霜花**：即白霜。／**空林**：無人跡的樹林。／**儂**：我。
七行—**芳菲**：花草。
八行—**醽醁**：取湖南地區酃湖之水所釀成的美酒。／**他**：襯字，無所指。／**柔櫓**：輕柔搖動的船櫓。

賞讀譯文

看著一縷斜陽剛剛送一艘孤舟回去。此時此地正是水岸繞著孤城，江波返回村野渡口，月色讓安靜的堤岸暗了下來。隱約中是誰在想念我？但我的輕魂像夢魂那樣追逐煙霧飛走了。只落得一雙雙淚眼，也使得流下的淚水浸溼透了羅衣。

我在江南待了幾日，又要到天涯去，要給誰寄送相思呢？我惆悵於霜花每夜在無人跡的樹林裡開遍，也只有我知道。老天安排了十分秋色，但就算有花草，總是到了別離的時刻。我只有喝醽醁喝到醉，任由船櫓輕柔搖動，船隻隨之輕輕移動。

354 己亥雜詩

龔自珍

浩蕩離愁白日斜，
吟鞭東指即天涯。
落紅不是無情物，
化作春泥更護花。

賞讀譯文

太陽西斜，我懷著廣大曠遠的離愁，
馬鞭指向東方，那就是我要去的天涯。
落花不是無情的東西，
它化作春泥之後，更能養護其他花兒。

題旨：賞景抒懷

龔自珍（1792～1841）字爾玉、璱人，號定庵。出身官宦世家，二十七歲中舉人，三十八歲才中進士，曾任內閣中書、國史館校對、宗人府主事和禮部主事等職，主張革除弊政而遭權貴排擠，辭官還鄉不久即病逝。著有《定庵文集》，著名詩作《己亥雜詩》有三百多首。被後世稱為「近代文學開山作家」。

注釋

一行 **浩蕩**：廣大曠遠的樣子。／**白日**：太陽。

二行 **吟鞭**：詩人的馬鞭。

三行 **落紅**：落花。一說指詩人辭官還鄉一事。

355

鵲踏枝・過人家廢園作

龔自珍

漠漠春蕪春不住。藤刺牽衣，礙卻行人路。
偏是無情偏解舞，濛濛撲面皆飛絮。
繡院深沉誰是主，一朵孤花，牆角明如許。
莫怨無人來折枝，花開不合陽春暮。

題旨：春景抒懷

一注釋一

一行一**漠漠**：密布。／**蕪**：亂草叢生。／**住**：停留。／**春不住**：另有版本為「蕪不住」。／**卻**：助詞，相當於「了」。

二行一**無情**：指飛絮是無情物。／**解舞**：懂得舞蹈。／**飛絮**：飄飛的柳絮。／化用自北宋晏殊〈踏莎行〉的「春風不解禁楊花，濛濛亂撲行人面」。（見二二〇頁）

三行一**繡院**：如多彩錦繡的庭院。／**深沉**：深邃隱密。／**明**：明媚、鮮明悅目。／**如許**：如此。

四行一**無人來折枝**：化用自唐代杜秋娘的〈金縷衣〉：「花開堪折直須折，莫待無花空折枝。」／**不合**：不該。／**陽春**：溫暖的春天。／**暮**：將盡的。

賞讀譯文

園子裡雜草叢生密布，春天卻不停留。那些伸出的藤刺總是牽拉住人們的衣服，阻礙了行人的去路。偏偏是無情物最懂跳舞，迎面飛來的全是濛濛的柳絮。誰是這座深邃隱密的錦繡庭院的主人呢？一朵孤獨的花兒開在牆角，如此鮮明悅目。不要怨怪沒有人來折花枝，因為花不該在這溫暖春天的盡頭才開花。

356

水龍吟・秋聲

西風已是難聽，如何又著芭蕉雨。
泠泠暗起，澌澌漸緊，蕭蕭忽住。
候館疏碪，高城斷鼓，和成淒楚。
想亭皋木落，洞庭波遠，渾不見，愁來處。
此際頻驚倦旅，夜初長，歸程夢阻。
砌蛩自歎，邊鴻自唳，剪燈誰語。
莫更傷心，可憐秋到，無聲更苦。
滿寒江剩有，黃蘆萬頃，捲離魂去。

項廷紀

賞讀譯文

西風的聲音已經讓人聽不下去了，為什麼又遇到雨水打在芭蕉上的聲音？清脆的泠泠雨聲暗暗生起，隨後澌澌雨聲逐漸加快，接著蕭蕭風雨聲忽然停住。我在旅館裡聽到斷續的擣衣聲和高城上的更鼓聲，相和成淒涼悲苦的曲子。我想到水邊平地上的樹葉紛紛飄落，洞庭湖的波聲已遠，完全看不到愁的來處。

這個時節頻頻觸動厭倦行旅的人，夜晚開始變長，夢裡的返鄉路程卻被阻斷。臺階上的蟋蟀鳴嘆著，邊塞的鴻雁高聲鳴叫，我修剪燈芯時，能夠跟誰說話？不要再傷心了，可憐的是秋天到了卻完全沒有聲音，讓人更苦。整個寒冷的江面上，只剩下萬頃的黃蘆，把遊子的思緒捲去。

題旨：詠秋聲

項廷紀（1798～1835）
原名繼章，又名鴻祚，字蓮生。舉人，應進士不第。自述「生幼有愁癖，故其情艷而苦」。

注釋

一行—**難聽**：指讓人聽不下去。／**著**：遇到。／**如何**：為什麼。

二行—**泠泠**：狀聲詞。形容清脆激越的聲音。／**澌澌**：狀聲詞。形容雨聲。／**緊**：加快、不停止。／**蕭蕭**：形容風雨聲。

三行—**候館**：泛指接待官員或使者的驛館，代指旅館。／**疏碪**：同「疏砧」，斷續的擣衣聲。砧為擣衣石，代指擣衣聲。擣衣是指用杵捶打生絲，使其柔白富彈性，能裁成衣物；古代婦女在秋天常為了趕製冬衣而擣衣。／**鼓**：指更鼓聲。／**和**：聲音相應。／**淒楚**：淒涼悲苦。

四行—**亭皋**：水邊的平地。／**木落**：指樹木的落葉。／**洞庭波**：化用自屈原的《九歌．湘夫人》：「嫋嫋兮秋風，洞庭波兮木葉下。」／**渾**：完全。

五行—**此際**：此時，這時候。／**驚**：被觸動、擾亂。／**倦旅**：厭倦行旅的人。／**初**：開始。／**歸程**：返鄉的路程。

六行—**砌**：臺階。／**蛩**：蟋蟀。／**邊鴻**：邊塞的鴻雁。／**唳**：高聲鳴叫。／**剪燈**：修剪燈燭的芯。化用自唐代李商隱的〈夜雨寄北〉：「何當共剪西窗燭，卻話巴山夜雨時。」

八行—**滿**：整個。／**寒江**：秋冬季節的江河水面。／**黃蘆**：黃蘆葦。／**離魂**：遊子的思緒。

357

清平樂·池上納涼

項廷紀

水天清話，院靜人銷夏。
蠟炬風搖簾不下，竹影半牆如畫。
醉來扶上桃笙，熟羅扇子涼輕。
一霎荷塘過雨，明朝便是秋聲。

題旨：納涼風情

一注釋一

一行一**清話**：閒聊。／**銷夏**：消夏、解暑。
二行一**蠟炬**：蠟燭，也指蠟燭的火光。
三行一**桃笙**：桃枝竹編的竹席。／**熟羅**：以熟絲織成的綾羅。
四行一**一霎**：片刻、一會兒。／**過**：經、歷。／**明朝**：明天。

賞讀譯文

人在水天之間閒聊，在安靜的院子裡消暑。
捲起的簾子沒有放下，微風吹動燭火，竹林的影子映在半牆上，像是圖畫一般。
我在喝醉後扶著坐上桃枝席子，輕輕搧動熟羅扇子，便送來涼風。
荷塘周圍下過一陣雨，明天就會聽到秋聲了。

358

湘月 繩河一雁

項廷紀

繩河一雁，帶微雲澹月，吹墮秋影。
風約疏鐘，似喚我同醉寺橋煙景。
黃葉聲多，紅塵夢斷，中有檀欒徑。
空明積水，詩愁浩蕩千頃。

乘興欲叩禪關，殘螢幾點，颭寒星不定。
清夜湖山，肯付與詞客閒來消領。
跨鶴天高，盟漚緣淺，心事塘蒲冷。
朔風狂嘯，滿林宿鳥都醒。

賞讀譯文

銀河下方飛過一隻雁子，天空帶著薄雲和清淡的月光，吹落了秋日的形影。風兒掠過，傳來稀疏的鐘聲，好像在叫喚我一起沉醉於寺廟小橋的煙景裡。耳邊充滿黃葉拍打的聲音，關於紅塵的夢醒了，我走在竹徑之中。積水空曠澄澈，我的詩情浩蕩千頃。

我趁著興致想要敲禪門，卻看到幾點殘存的螢光，寒冷星光在風中閃爍不定。寂靜夜晚裡的山湖景色，怎麼交給詞客在平時享受？我想要跨鶴飛到高高的天空，與盟鷗的緣分卻很淺，我的志向像池塘香蒲那般冰冷。北方吹來的寒風猛烈呼嘯，把整個樹林裡正在棲宿的鳥兒都吵醒了。

題序

壬午九月，避喧於南山之甘露院，就泉分茗，移枕看山，相羊浹旬，塵念都淨……

一注釋一

一行一**繩河**：銀河。／**微雲**：薄雲。／**澹月**：清淡的月光。／**秋影**：秋日的形影。

二行一**約**：掠過。／**疏鐘**：稀疏的鐘聲。／**醉**：沉醉。

三行一**夢斷**：夢醒。／**檀欒**：秀美的樣子，代指竹。

四行一**空明**：空曠澄澈。化用自北宋蘇軾的〈記承天寺夜遊〉：「庭下如積水空明。」／**詩愁**：詩心、詩情。

五行一**乘興**：趁著興致好的時候。／**叩**：敲。／**禪關**：禪門。／**颭**：吹動、搖動。／**寒星**：寒光閃閃的星。

六行一**清夜**：寂靜的夜晚。／**肯**：那裡、怎麼，同「豈」。／**付與**：拿給、交付。／**詞客**：擅長文詞的人。／**閒來**：平時。／**消領**：消受、享受。

七行一**跨鶴**：乘鶴，騎鶴。道教認為得道後能騎鶴升天成仙。／**盟漚**：即盟鷗。指與鷗鳥訂盟同住水鄉，比喻退隱。（漚指水鳥，通「鷗」。）／**心事**：志向、志趣。／**塘**：池塘。／**蒲**：香蒲或菖蒲，都是水生植物。

八行一**朔風**：北方吹來的寒風。／**狂嘯**：猛烈的呼嘯。／**宿鳥**：歸巢棲息的鳥。

題旨：幽居抒懷

359 卜算子

燕子不曾來

蔣春霖

燕子不曾來，小院陰陰雨。
一角闌干聚落花，此是春歸處。
彈淚別東風，把酒澆飛絮。
化了浮萍也是愁，莫向天涯去。

題旨：傷春

蔣春霖（1818～1868）字鹿潭。應試屢不中，一生落拓潦倒。曾任兩淮鹽官，後遭罷官。早年工詩，中年後有大量詞作，有「詞史」之稱，與納蘭性德、項鴻祚，並稱清代三大詞人。五十一歲時自盡。

—注釋—

二行—**闌干**：欄杆。

三行—**東風**：春風。／**飛絮**：飄飛的柳絮。

四行—**浮萍**：古代有柳絮墜入水中成為浮萍的傳說。

賞讀譯文

燕子不曾飛來，院子裡下著陰陰細雨。欄杆的一角有落花堆聚，這就是春天的歸處。我彈淚向春風道別，把酒澆向飄飛的柳絮。柳絮就算化成浮萍，也是充滿飄泊的哀愁，就不要朝天涯而去了。

360

木蘭花慢・江行晚過北固山

蔣春霖

泊秦淮雨霽，又燈火送歸船。正樹擁雲昏，星垂野闊，暝色浮天。蘆邊，夜潮驟起，暈波心月影蕩江圓。夢醒誰歌楚些，泠泠霜激哀弦。

嬋娟，不語對愁眠，往事恨難捐。看莽莽南徐，蒼蒼北固，如此山川。鉤連，更無鐵鎖，任排空檣櫓自回旋。寂寞魚龍睡穩，傷心付與秋煙。

賞讀譯文

我停泊在雨後放晴的秦淮河畔，又有燈火護送歸返的船。現在正是樹林圍著昏暗的雲朵，星星低垂在廣闊的原野上，天空裡浮現夜色。蘆葦邊，突然湧起夜潮，波心往外擴散，圓圓的月影在江面搖蕩。夢醒後，不知誰在唱著悲傷的楚歌，清涼的夜霜激起哀怨的弦音。

月色明媚，我默默無語地伴著愁緒而眠，恨自己難以捨棄往事。看草木茂盛的南徐一帶和北固山，是如此美好的山川。想要鉤連船隻，卻沒有鐵鎖，只能任由激起沖天海浪的船隻兀自盤旋。寂寞的魚龍睡得很安穩，我的傷心只能交給秋日的煙靄了。

題旨：夜景抒懷

注釋

一行—**秦淮**：秦淮河，流經南京。／**雨霽**：雨後天晴。

二行—**擁**：圍著。／**暝色**：夜色。／化用自唐代杜甫的〈返照〉：「歸雲擁樹失山村。」以及〈旅夜書懷〉：「星垂平野闊，月湧大江流。」

三行—**蘆**：蘆葦。／**暈**：擴散。／**波心**：水中央。

四行—**楚些**：楚地的悲歌。招魂《楚辭．招魂》的句尾皆有「些」字。／**泠泠**：清涼。

五行—**嬋娟**：美妙的姿容，代指月色明媚。／**對愁眠**：伴著愁緒入睡。／**捐**：捨棄。

六行—**莽莽**：草木茂盛幽深的樣子。／**南徐**：古代州名，在今江蘇省。／**蒼蒼**：茂盛的樣子。／**北固**：北固山，在今江蘇省。

七行—**鉤連**：勾通連接。／**排空**：海浪沖天。／**檣櫓**：桅杆和粗槳，代指船。／**回旋**：盤旋。／可能指英軍入侵南京一事。

八行—**魚龍**：傳說中，鯉魚偷吞龍珠後變身為龍頭魚身的龍。古代有魚龍以秋日為夜的說法。／化用自唐代杜甫的〈秋興〉：「魚龍寂寞秋江冷，故國平居有所思。」／**付與**：拿給、交付。／**秋煙**：秋日的煙靄。

361

滿庭芳

黃葉人家

蔣春霖

黃葉人家，蘆花天氣，到門秋水成湖。
攜尊船過，帆小入菰蒲。
誰識天涯倦客，野橋外，寒雀驚呼。
還惆悵，霜前瘦影，人似柳蕭疏。
愁余，空自把，鄉心寄雁，泛宅依鳧。
任相逢一笑，不是吾廬。
漫託魚波萬頃，便秋風難問蓴鱸。
空江上，沉沉戍鼓，落日大旗孤。

賞讀譯文

黃葉飄落在民家周圍，在蘆葦開花的季節裡，秋季的雨水在門前積成一片湖。我帶著酒杯划船而過，小小的帆船進入湖泊中。誰認識我這個身在天涯、厭倦旅居的人呢？郊野的橋外，有寒雀在驚呼著。我還惆悵於霜前的削瘦身影，人就像秋柳一樣蕭條稀疏。

我感到愁悶，徒然把思念家鄉的心情寄託給雁子，以船為家，依靠著野鴨。任由彼此相逢一笑，說這不是我的家。隨便把自己託付給萬頃魚波，就算有秋風吹來，也難以詢問家鄉菜的事。浩瀚寂靜的江面上，傳來悠遠深沉的邊防駐軍鼓聲，落日裡，一把大旗孤獨地立著。

題予

秋水時至，海陵諸村落輒成湖蕩。小舟來去，竟日在蘆花中……鄉人偶至，話及兵革，詠「我亦有家歸未得」之句，不覺悵然。（注：海陵在今江蘇省，地勢低窪。兵革指太平天國一事。）

—注釋—

一行—**人家**：住宅、民家。／**蘆花**：蘆葦花，花期為秋季。／**天氣**：指季節。／**秋水**：秋季的雨水。

二行—**尊**：酒杯。／**菰蒲**：菰和蒲都是水草，代指湖泊。

三行—**倦客**：對作客他鄉的旅居生活感到厭倦的人。／**寒雀**：寒天的麻雀。

四行—**蕭疏**：蕭條稀疏。

五行—**余**：我。／**空**：徒然。／**鄉心**：思念家鄉的心情。／**泛宅**：以船為家。／**鳧**：野鴨。

六行—**廬**：簡陋的房舍。

七行—**漫**：隨便。／**便**：即便。／**蓴鱸**：蓴鱸，代指家鄉菜，化用自《晉書．張翰傳》：「翰因見秋風起，乃思吳中菰菜、蓴羹、鱸魚膾。」

八行—**空江**：浩瀚寂靜的江面。／**沉沉**：形容聲音悠遠而深沉。／**戍鼓**：邊防駐軍的鼓聲。

題旨：秋景抒懷

蝶戀花

九十韶光如夢裏

文廷式

九十韶光如夢裏，寸寸關河，寸寸銷魂地。
落日野田黃蝶起，古槐叢荻搖深翠。

惆悵玉簫催別意，蕙些蘭騷，未是傷心事。
重疊淚痕緘錦字，人生只有情難死。

文廷式（1856～1904）

字道希、芸閣，號純常子、羅霄山人等。成長於官宦家庭，登進士第後，曾任翰林院編修、翰林院侍讀學士等職。甲午戰爭時為主戰派，曾參與戊戌維新，失敗後出走日本多年。晚期寄情文酒，以佛學自遣，著有雜記《純常子枝語》四十卷。

題旨：人生感懷

一注釋一

一行一**韶光**：春光。／**關河**：關塞、關防，泛指山河。／**銷魂**：哀傷至極，好像魂魄離開形體而消失。

二行一**野田**：田野。／**荻**：荻草。

三行一**別意**：離情。／**蕙些蘭騷**：指忠貞高潔的憂國、愛國之士。蕙草和蘭草都是香草，常用來比喻高雅、高潔。化用自屈原的〈離騷〉：「余既滋蘭之九畹兮，又樹蕙之百畝。」

四行一**緘**：封、閉。／**錦字**：指妻子寫給丈夫的信，或情書。源自《晉書》中所記載，秦州刺史竇滔被徙流沙，其妻蘇氏織錦為回文旋圖詩贈之。

賞讀譯文

九十天的春光就像在夢裡，每一寸山河都是令人傷心到魂魄幾乎要消失之地。落日下，有黃色蝴蝶從田野中飛起，古槐樹旁，深綠色的荻草叢隨風搖曳著。惆悵的玉蕭聲催生出離情，像蕙蘭那樣忠貞高潔之士發出離騷，也不是傷心事。我用重疊的淚痕封住情書，人生只有真情不會消逝。

363

玉樓春

梅花過了仍風雨

鄭文焯

梅花過了仍風雨，著意傷春天不許。
西園詞酒去年同，別是一番惆悵處。
一枝照水渾無語，日見花飛隨水去。
斷紅還逐晚潮回，相映枝頭紅更苦。

鄭文焯（1856～1918）
字俊臣，號小坡、叔問，晚號鶴、鶴道人等。工詩詞，擅書畫，懂醫道。少時曾隨父宦游，中舉人後，曾任內閣中書。因多次會試不中，棄官南遊，旅居蘇州，任江蘇巡撫幕僚。辛亥革命後，居住上海行醫，兼賣書畫。著有《大鶴山房全集》。

一注釋一

一行一**著意**：刻意。
二行一**西園**：魏武帝所築園林，常有文人學士集會，代指文人聚會處。
三行一**一枝**：指一枝梅花。化用自北宋周邦彥的〈花犯〉：「但夢想一枝瀟灑，黃昏斜照水。」（見二〇二頁）／**渾**：完全。
四行一**斷紅**：落花。／**逐**：追逐。／**晚潮**：傍晚的潮水。／**相映**：相互照映。

題旨：傷春

賞讀譯文

梅花的季節都過了，仍然下著風雨，就算我刻意要傷春，上天也不允許。在西園裡聚會的詞和酒，都與去年相同，卻另有一番令人惆悵的地方。一枝梅花照著水面，完全不發一語。白天，它看著落花飛下隨流水而去。但這落花還追逐傍晚的潮水返回，枝頭上的花與落花相互照映，讓人更覺得苦楚。

364

聲聲慢

鳴螿頹墄

朱祖謀

鳴螿頹墄，吹蝶空枝，飄蓬人意相憐。
一片離魂，斜陽搖夢成煙。
香溝舊題紅處，拚禁花憔悴年年。
寒信急，又神宮淒奏，分付哀蟬。
終古巢鸞無分，正飛霜金井，拋斷纏綿。
起舞回風，才知恩怨無端。
天陰洞庭波闊，夜沉沉流恨湘弦。
搖落事，向空山休問杜鵑。

賞讀譯文

寒螿在頹壞的臺階上鳴叫，被吹落的黃葉如蝴蝶般飛舞，只剩下空枝，黃葉與飛蓬般的人同病相憐。黃葉的一片離魂在斜陽下搖曳如夢，轉瞬成煙。香溝是舊日題紅葉訴相思的地方，（如今）被捨棄的妃子一年比一年憔悴。嚴寒將到的信息迫在眼前，皇宮裡淒楚的演奏都交給了哀蟬。過往的夫妻已經沒有緣分，猶如黃葉遭受冷霜侵襲又落入金井，拋斷了纏綿的情意。黃葉在旋風中起舞，才知道恩怨都是沒有由來的。天色陰沉，洞庭湖上波瀾壯闊，在深沉的夜裡，遺恨透過湘妃的弦音流洩而出。關於黃葉凋落的事，就向幽深少人的山林去找，不要再問杜鵑了。

朱祖謀（1857～1931）又名孝臧，字藿生、古微，號漚尹、彊村。出身官宦世家，登進士後，曾任會典館總纂、江西副考官、禮部右侍郎等職。任廣東學政時，因與總督不和而辭官，任教於江蘇法政學堂。民國成立後，隱居上海。校刻唐宋金元詞一百六十餘家為《彊村叢書》，輯有《宋詞三百首》等書。

—注釋—

一行—**螿**：即寒螿，類似蟬，體型較小的昆蟲。／**墄**：臺階的梯級。／**吹蝶**：被吹落的葉子如蝴蝶般飛舞。／**飄蓬**：飄飛的蓬草。

二行—**離魂**：指珍妃的心魂。源自唐代陳玄祐的《離魂記》，倩娘的心魂跟著愛慕男子遠行並生子，多年後返家才重返身體。

三行—**拚**：捨棄。／**禁花**：宮苑裡的花，指珍妃。／化用自紅葉題詩的典故，唐代時有宮女將相思心情寫在紅葉上，隨著溝水流出宮外，最後促成一段姻緣。

四行—**寒信**：嚴寒將到的信息。／**急**：迫切。／**神宮**：指皇宮。／**分付**：交付、囑咐。哀蟬：化用自〈落葉哀蟬曲〉，東晉王嘉的《拾遺記》中提到，漢武帝劉徹因思念已故的寵妃李夫人，而賦此曲。

五行—**終古**：過往。／**巢鸞**：在巢中的鸞鳥和鳳凰，比喻夫妻。／**無分**：沒有緣分。／**飛霜**：降霜。／化用自唐代王昌齡的〈長信秋詞〉：「金井梧桐秋葉黃，珠簾不捲夜來霜。」

六行—**無端**：沒由來。／**回風**：旋風。

七行—**流恨**：遺恨。／**湘弦**：傳說中舜的妃子娥皇與女英，在舜崩於蒼梧後，傷心地投湘江而死，成為湘水之神，名為「湘妃」，善於彈瑟。

八行—**搖落**：凋殘、零落。／**空山**：幽深少人的山林。／**杜鵑**：杜鵑鳥，暗指清光緒皇帝。相傳是由商周至春秋時代之間的古蜀君主杜宇之魂所化。

題旨：珍妃被賜死之事

365

減字浣溪沙

惜起殘紅淚滿衣

況周頤

惜起殘紅淚滿衣，它生莫作有情癡。
天地無處著相思。
花若再開非故樹，雲能暫駐亦哀絲。
不成消遣只成悲。

況周頤（1859～1926）原名況周儀，為避宣統帝溥儀諱，改名況周頤。字夔笙，號蕙風。曾任內閣中書、國史館校對等職。與王鵬運共創臨桂詞派。戊戌變法後，曾任教於常州龍城書院、南京師範學堂等。著有《蕙風詞》、《蕙風詞話》。

題旨：黛玉葬花一事

—注釋—

一行—**殘紅**：落花。／**它生**：來生。／化用自北宋歐陽脩的〈玉樓春〉：「人生自是有情癡，此恨不關風與月。」（見一二四頁）

二行—**著**：放置。

三行—**哀絲**：哀怨的弦樂聲，亦指哀思。／化用自明末屈大均的〈夢江南〉：「縱使歸來花滿樹，新枝不是舊時枝。」（見三三一頁）／化用自《列子．湯問》中薛譚學歌唱的故事，他自以為學成就要離開，但老師秦青在為他送行時高歌，聲音直達天際，連浮雲都停住了。

四行—**消遣**：排解愁悶。

賞讀譯文

你疼惜落花，哭得淚流滿衣，來生不要再做癡情人了。
這天地之間，沒有地方可放置相思。
花就算再開，也不再是舊時的樹了，雲會暫時停駐，也是因為哀怨的弦樂。
它們都無法排解人的愁悶，只會帶來悲傷。

366

蝶戀花

昨夜夢中多少恨

王國維

昨夜夢中多少恨，細馬香車，兩兩行相近。
對面似憐人瘦損，眾中不惜搴帷問。
陌上輕雷聽隱轔，夢裏難從，覺後哪堪訊。
蠟淚窗前堆一寸，人間只有相思分。

王國維（1877～1927）

初名國楨，字靜安、伯隅，號禮堂、觀堂、永觀。出身書香世家，曾赴日本東京物理學校就讀，隔年即因病返國。曾任教於南通師範學校、江蘇師範學堂、清華大學等，並在《教育世界》發表大量譯作，介紹西方先進思想，研究中西哲學、文學、美學等。著有《人間詞》、《人間詞話》、《宋元戲曲考》等書。五十歲時投昆明湖自盡。

—注釋—

一行—化用自五代十國李煜的〈望江南〉：「多少恨，昨夜夢魂中。」（見七九頁）／**細馬**：駿馬。／**香車**：用香木做的車。泛指華美的車或轎。

二行—**瘦損**：消瘦。／**搴帷**：掀開簾幕。（搴，音同「牽」。）

三行—**輕雷**：隱隱的雷聲。／**隱轔**：形容車馬雜沓的聲音。／**覺後**：睡醒後。／**哪堪**：哪能。／**訊**：訊問。

四行—**蠟淚**：即燭淚。指蠟燭燃點時流下的液態蠟。／**分**：情誼、關係。

題旨：夢境抒情

賞讀譯文

昨夜的夢裡有多少愁恨？我的駿馬和她的香車，就這樣一起越走越近。
對面的她似乎憐惜我的削瘦，在群眾之中不惜撩起帷幕來問候。
我聽見路上傳來輕雷般的車馬聲，我在夢裡難以追隨她，醒來後哪能訊問呢？
（乾掉的）蠟液在窗子面前堆了一寸高，人世間裡只有相思的情分。

參考書籍

《大唐詩雋柳宗元詩選》洪淑苓・編著／五南圖書

《元人散曲選》龍潛菴・選注／遠流出版

《元好問詩選》陳沚齋・選注／遠流出版

《元明清詞三百首鑑賞辭典》／上海辭書出版社

《元明清詩三百首鑑賞辭典》／上海辭書出版社

《王安石詩選》周錫韍選注／遠流出版

《王國維詞注》田志豆・編注／遠流出版

《王維詩欣賞》孫燕文・主編／文國書局

《王維詩選》王福耀・選注／遠流出版

《白居易詩選》梁鑒江・選注／遠流出版

《朱淑真詩詞欣賞》孫燕文・主編／文國書局

《吳文英詞欣賞》孫燕文・主編／文國書局

《吳梅村詩選》王濤・選注／遠流出版

《李煜、李清照詞注》陳錦榮・選注／遠流出版

《杜牧詩選》周錫韍・選注／遠流出版

《辛棄疾詞選》孫乃修・選注／名田文化

《辛棄疾詞選》劉斯奮・選注／遠流出版

《周邦彥詞選》劉斯奮・選注／遠流出版

《孟郊、賈島詩選》劉斯翰・選注／遠流出版

《孟浩然、韋應物詩選》李小松・選注／遠流出版

《明月松間照詩佛：王維詩歌賞析》陶文鵬・選析／開今文化

《近三百年名家詞選》忍寒居士編／世界書局

《姜夔、張炎選》劉斯奮・選注／遠流出版

《柳永、周邦彥詞選注》周子瑜・注譯／建宏出版社

清詞

《柳永詞選》梁雪芸・選注／遠流出版
《范成大詩選》周錫䪖・選注／遠流出版
《韋應物詩欣賞》孫燕文・主編／文國書局
《唐宋名家詞選》龍沐勛・編選、卓清芬・注說／里仁書局
《晏殊、晏幾道詞選》陳永正・選注／遠流出版
《納蘭性德詞選》盛冬鈴・選注／遠流出版
《高啟詩選》陳沚齋・選注／遠流出版
《高適、岑參詩選》王鴻蘆・選注／遠流出版
《婉約詞選》王兆鵬・編選／鳳凰出版社
《張先詞欣賞》孫燕文・主編／文國書局
《張籍、王建詩選》李樹政・選注／遠流出版
《通賞中國歷代詞》沈文凡、李瑩、代景麗、王慷、胡洋、楊辰宇・著／長春出版社
《陸游詩選》陸應南・選注／遠流出版
《詞林觀止：金元明卷》陳邦炎・著／台灣古籍
《詞林觀止：清代卷》陳邦炎・著／台灣古籍
《黃仲則詩選》止水・選注／遠流出版
《黃庭堅詩選》陳永正・選注／遠流出版
《黃遵憲詩選》李小松・選注／遠流出版
《新譯千家詩》邱燮友、劉正浩・注譯／三民書局
《新譯元曲三百首》賴橋本、林玫儀・注譯／三民書局
《新譯宋詞三百首》汪中・注譯／三民書局
《新譯李白詩全集［上］》郁賢皓・注譯／三民書局
《新譯李白詩全集［下］》郁賢皓・注譯／三民書局
《新譯李白詩全集［中］》郁賢皓・注譯／三民書局
《新譯李商隱詩選》朱恆夫、姚蓉、李翰、許軍・注譯／三民書局

參考書籍

《新譯李清照集》姜漢椿、姜漢森・注譯／三民書局
《新譯李賀詩集》彭國忠・注譯／三民書局
《新譯杜甫詩選》張忠綱、趙睿才、綦維・注譯
《新譯孟浩然詩集》楊軍・注譯／三民書局
《新譯花間集》朱恆夫・注譯／三民書局
《新譯南唐詞》劉慶雲・注譯／三民書局
《新譯柳永詞集》侯孝瓊・注譯／三民書局
《新譯唐人絕句選》卞孝萱、朱崇才・注譯／三民書局
《新譯唐詩三百首》邱燮友・注譯／三民書局
《新譯清詞三百首》陳水雲、昝聖騫、王衛星・注譯／三民書局
《新譯清詩三百首》王英志・注譯／三民書局
《新譯樂府詩選》溫洪隆、溫強・注譯／三民書局
《新譯蘇軾詞選》鄧子勉・注譯／三民書局
《楊萬里詩選》劉斯翰・選注／遠流出版
《溫庭筠詩詞選》劉斯翰・選注／遠流出版
《劉禹錫詩選》梁守中・選注／遠流出版
《歐陽修、秦觀詞選》王鈞明、陳沚齋・選注／遠流出版
《歷代曲選注》朱自力、呂凱、李崇遠・選注／里仁書局
《歷代詞選注》閔宗述、劉紀華、耿湘沅・選注／里仁書局
《歷代詩選注》鄭文惠、歐麗娟、陳文華、吳彩娥・選注／里仁書局
《韓愈詩選》止水・選注／遠流出版
《龔自珍詩選》劉逸生・選注／遠流出版

參考網站

中國哲學書電子化計劃 https://ctext.org/zh

中華古詩文古書籍網 https://www.arteducation.com.tw/

百度百科 https://baike.baidu.com

查查漢語詞典 https://tw.ichacha.net

教育百科（教育雲） https://pedia.cloud.edu.tw/home/index

教育部重編國語辭典修訂本 http://dict.revised.moe.edu.tw/cbdic/

華人百科 https://www.itsfun.com.tw/

萌典 http://www.moedict.tw

漢文學網 http://cd.hwxnet.com

漢典 http://www.zdic.net

漢語網 http://www.chinesewords.org

讀古詩詞網 https://fanti.dugushici.com/

國家圖書館出版品預行編目(CIP)資料

三六六．日日賞讀古典詩詞經典名作（唐至清代）／夏玉露編注－初版－新北市：朵雲文化，2019.07

384面；22×16公分．--（ip；4）

ISBN 978-986-92790-6-2(平裝)

831 108007155

iP 04

三六六．日日賞讀古典詩詞經典名作（唐至清代）

作者─夏玉露
封面插畫─陳小琪
校對─練亭瑩
美術設計─王美琪

出版總監─鄭宇雯
主編─洪禎璐

出版 朵雲文化出版有限公司
地址：新北市中和區景新街496巷39弄16之2號
電話：(02)2945-9042
信箱：cloudoing2014@gmail.com

總經銷 大和書報圖書股份有限公司
地址：新北市新莊區五工五路2號
電話：(02)8990-2588
傳真：(02)2299-7900

初版｜2019年7月　定價｜420元　ISBN｜978-986-92790-6-2